Phébus *libretto*

LA NUIT AFRICAINE

OLIVE SCHREINER

LA NUIT AFRICAINE

roman

Traduit de l'anglais par
ÉLISABETH JANVIER

Préface de
MICHEL LE BRIS

Phébus *libretto*

Les plaines d'Afrique du Sud au milieu du siècle dernier, désertes, irritées de sécheresse, brûlées par le soleil, où passent de loin en loin, hagardes, des brutes de toutes nations, parias et déclassés, épaves des cinq continents. La nuit, qui pèse sur le karroo comme un bloc de pierre, où chacun paraît enfoncé dans un rêve, muré dans sa solitude. Et deux enfants perdus dans une ferme de cauchemar, qui essaient tant bien que mal de survivre, et de comprendre, tandis qu'autour d'eux les êtres se heurtent, se déchirent, comme emportés dans une sarabande infernale, livrés à la seule brutalité de l'instinct. Deux enfants perdus au cœur de l'Afrique, Waldo hanté par l'inconnu, souffre-douleur de l'aventurier qui a tué son père, Lyndall, intraitable, prête à mourir plutôt que de céder sur son désir de connaissance, rebelles tous deux, chacun à sa manière, et le ciel vide, au-dessus d'eux – mais comment résumer cette œuvre folle, incandescente, qui vibre de bout en bout avec l'intensité d'un arc électrique; ce cri qui voudrait contenir tout l'univers en lui, toute la douleur humaine? « Un de ces livres très rares qui, comme Moby Dick, Jude l'Obscur *ou* Les Hauts de Hurlevent, *peuvent changer la vie de leurs lecteurs, parce qu'ils les emportent jusqu'aux limites de l'esprit humain », écrivait récemment Doris Lessing dans une préface retentissante. Deux rééditions coup sur coup en Grande-Bretagne, une biographie, superbe, de Ruth First et Ann Scott, un projet de film : après Isabelle Eberhardt, après Camille Claudel, va-t-on enfin redécouvrir Olive Schreiner, et cette* Nuit africaine *que je ne suis pas le seul à classer parmi les chefs-d'œuvre de la littérature mondiale?*

Le livre, pourtant, faillit ne pas paraître. Les éditeurs, d'abord, le refusèrent avec un bel ensemble. « On ne peut pas décrire ainsi l'Afrique ! » protestaient les uns – et que l'auteur, un certain « Ralph Iron », prétendît arriver droit du Cap ne changeait rien à l'affaire : l'Afrique, c'est bien connu, était un décor pittoresque pour de folles aventures de missionnaires ou d'explorateurs, des face-à-face avec les lions furieux, des sauvetages in extremis, non cette terre aride et mauvaise, ce ciel aveugle, cet enfer morne où se débattaient des forcenés à demi-fous de solitude ! D'ailleurs, objectaient les autres, pouvait-on appeler « roman » ce texte sauvage, sarcastique, exalté, mêlant dans son tumulte récits, rêves, pamphlets, soliloques, passant sans transition du réalisme le plus brutal au lyrisme le plus extravagant, qui semblait tout ignorer non seulement de l'orthographe mais encore des règles les plus élémentaires de la composition? De toute façon, concluaient-ils en chœur, ce cri de révolte contre la terre entière, le ciel, la destinée humaine, était impubliable, dont chaque page outrageait la morale : n'y voyait-on pas, entre autres horreurs, une fille-mère refuser d'épouser l'homme qui l'avait engrossée, sous le prétexte de « rester libre »? Seuls Chapman et Hall, troublés par tant de véhémence, prirent la peine de solliciter l'avis de George Meredith, célébrissime auteur de L'Égoïste. On raconte que Meredith lut le livre d'une traite, dans la nuit, et rappela l'éditeur dès l'aurore : certes, ce roman bousculait toutes les règles, mais parce qu'il était, tout simplement, génial ! Le chef-d'œuvre, insistait Meredith, que les lettres anglaises attendaient depuis des décennies.

Le livre parut dans les premiers mois de 1883 [1] *– et à la grande surprise de l'éditeur, qui avait jusqu'au bout insisté pour marier la fille-mère (« sinon Smith's, le libraire des chemins de fer, le refusera à l'étalage »), il reçut aussitôt un*

---

1. Sous le titre *The Story of an African Farm* – devenu ici *La Nuit africaine* d'après le titre d'une de ses ébauches, pour éviter toute confusion avec le titre français du roman de Karen Blixen, *La ferme africaine*.

accueil triomphal : « une splendeur », « plus grandiose encore
que le Pilgrim's Progress de Bunyan », « l'un des plus beaux
romans jamais écrits en langue anglaise », « tout simplement
une œuvre de génie... » bref, un concert de louanges d'autant
plus impressionnant qu'il était le fait de personnes aussi peu
suspectes de complaisance, et aussi dissemblables, que Bernard
Shaw, Oscar Wilde, Havelock Ellis et Gladstone lui-même !
Bientôt, on sut que ce Ralph Iron était en réalité une jeune
femme, âgée de vingt-huit ans. Qu'elle avait travaillé dans une
ferme, au Cap, et venait tout juste de s'installer à Londres.
Et qu'enfin elle était belle – très belle. « Avec de grands yeux
noirs d'une intensité extraordinaire », écrit Frank Harris, qui
la rencontra le premier. En quelques mois la sauvageonne qui
courait de garni en garni parce que ses logeuses ne toléraient
pas qu'elle pût recevoir dans sa chambre des hommes et des
« femmes de mauvaise vie » devient la coqueluche des milieux
d'avant-garde, de tous ces cercles de libres penseurs, de socia-
listes marxisants et autres traducteurs d'Ibsen qui tentaient
alors de briser la chape de plomb de la société victorienne.
Avec Havelock Ellis, devenu son ami, elle entreprend d'écrire
un grand ouvrage sur la sexualité féminine. Avec Edward
Carpenter, l'homosexuel qui multipliait les tracts sur les droits
de ce qu'il appelait « le sexe intermédiaire », et Eleanor Marx
(la fille de Karl), devenue son intime, elle court l'Angleterre,
puis l'Europe, de meeting en meeting, pour défendre la cause
des femmes, tout en se dépensant sans compter pour secourir
les prostituées, les femmes battues, ou abandonnées dans la
misère. Au détriment de son œuvre, bien sûr. Son deuxième
roman, From Man to Man, restait à l'état de chantier. Mais
comment faire autrement, quand la Nuit africaine était tra-
duite dans le monde entier, et que les lettres affluaient de
partout, de femmes pressées de la remercier pour ce livre qui
avait, disaient-elles, « changé leur vie » ? Seule comptait alors
l'urgence du combat...

    « Changé leur vie » : il est frappant que Doris Lessing et
Dan Jakobson, les préfaciers des deux dernières rééditions du
livre, aient fait tous deux cette même remarque, et dans des

*termes identiques – comme si le livre touchait en nous la part
la plus intime, la plus secrète, la plus rebelle. Signe, s'il en
fallait, que le livre n'a pas vieilli, reste toujours actuel –
entendez : scandaleux. Et plus encore aujourd'hui, peut-être,
en ces temps médiocres de petits sentiments, de petits rica-
nements, de repliements frileux sous le prétexte de tolérance,
quand il s'agit d'abord de tout se pardonner. Qui oserait
aujourd'hui crier qu'il a une âme ? Et qui pourrait nier, pourtant, que cette soif d'absolu, cette exigence totale d'une « vie
à la mort », cette effervescence de tout l'être, transcende les
époques, les lieux, les conventions sociales – qu'elle est ce qui
fait que l'être humain, depuis l'aube des temps, parvient à se
tenir debout, vaille que vaille, au cœur de l'incompréhensible ?*

*Scandaleux, ce livre l'est encore à un autre titre : littérai-
rement. Autant le dire tout net : jugé à l'aune des critères
convenus, conduite de l'intrigue, complexité des personnages,
il ne s'agit pas d'un « bon roman ». Pas plus que* Moby Dick
ou Les Hauts de Hurlevent *ne sont de « bons romans ». C'est
même en cela, d'ailleurs, qu'ils interpellent la « littérature »,
l'oblige à s'interroger sur ses fins et ses limites – sur ce qui,
en elle, est de pur artifice. Car enfin, souligne Doris Lessing,
il doit bien paraître chaque année quelques milliers de romans
tournés selon les règles, et immédiatement oubliés, tandis que
cette* Nuit africaine, *faite de bric et de broc, reste, elle, inou-
bliable. Virginia Woolf, obligée de s'incliner devant la force de
l'œuvre, regrettait qu'elle n'explorât pas mieux la « psychologie » de ses personnages. Elle avait tort, bien sûr : la marque
d'un chef-d'œuvre est que même ses défauts s'y révèlent néces-
saires. Car dotez les personnages de « psychologie » et c'est
une dimension essentielle du livre qui s'évanouit, cette sen-
sation angoissante que nous sommes dans l'œil du cyclone, par-
delà le bien et le mal, par-delà les volontés humaines, sans
plus de bons et de méchants, atomes dérisoires pris dans le
jeu de forces gigantesques – et incompréhensibles. Plus de
psychologie ? La belle affaire ! « La vie est un grand chaudron,
et le Destin qui tourne la cuiller se moque bien de ce qui
remonte à la surface ou se noie dans le fond : il se contente*

de regarder crever les bulles, en riant » — et il faudrait, en plus, faire comme si ces bulles étaient le centre du monde?

Autodidacte, Olive Schreiner n'en était pas moins consciente de son propos : « Je suis contente de voir que ce qu'il y avait d'artistique dans mon travail a disparu, écrivait-elle à Havelock Ellis. Vous dites artistiques les procédés de fabrication dont vous pouvez démonter le mécanisme (...) A cela, qui est artifice, j'oppose la création, qui est organique (...) Ainsi vous ne savez jamais ce qui va arriver dans Wilhelm Meister, parce que Goethe lui-même ne le savait pas : chaque phrase s'imposait à lui avec un caractère de nécessité, rien n'y était fabriqué. »

Peut-être était-ce aussi pour cela, au nom de cette exigence radicale, que la Nuit africaine était destinée à demeurer pour elle une œuvre unique.

Car les articles çà et là sur ce que l'on voulait croire une success story — la jeune provinciale autodidacte s'imposant en quelques mois aux milieux intellectuels londoniens — ne parvenaient plus à cacher qu'elle endurait, en fait, un véritable calvaire. Comme si le cyclone qu'elle contenait en elle peu à peu l'emportait, comme si elle se découvrait partout étrangère, et d'abord à elle-même, incapable de surmonter ses contradictions : elle, l'intellectuelle qui n'avait jamais connu la moindre école, la pacifiste obsédée par des phantasmes de meurtre et de tortures, le personnage public que la foule terrorisait, la femme qui ne supportait pas d'être une femme, mais qui rêvait d'un enfant qu'elle s'interdisait en même temps d'avoir, l'amante incapable d'aller au bout de ses relations avec Havelock Ellis — ils s'aimaient, tous deux, elle avait besoin de lui, mais elle s'éprouvait en même temps incapable de lui donner ce qu'il voulait, et qu'elle voulait. Ce qui a pu être sauvé de leur correspondance serre aujourd'hui le cœur : comment vivre, dans pareil monde, avec des exigences si hautes? Sa santé se délabrait de jour en jour — crises d'asthme, malaises cardiaques, fièvres, hémorragies, sensations de brûlure sur tout le corps et dans les veines, crises d'angoisse, maux de tête incessants, et puis ce cri, dans une lettre : « Oh! ce n'est pas ma poitrine,

*ce ne sont pas mes jambes, c'est moi, MOI! Que puis-je faire?
Que vais-je devenir?* » Étrangère, oui, comme Isabelle
Eberhardt, comme Camille Claudel, ou comme Eleanor Marx,
qui, elle, choisit le suicide : « *Les barreaux de la réalité nous
enserrent, et nous ne pouvons ouvrir nos ailes sans qu'elles
s'y heurtent et retombent ensanglantées...* »

En même temps, elle se découvrait prisonnière de cette Afrique
qu'elle avait voulu fuir. Prisonnière de ses souvenirs du karroo
désertique, de ses horizons vides, de son soleil brûlant, et
prisonnière de son enfance – prisonnière de l'enfer.

Ce que fut cette enfance, et l'incroyable énergie qu'il lui
fallut pour s'en sortir, nous pouvons mieux l'apprécier grâce
à Ondine, ce brouillon autobiographique qui fut publié après
sa mort, contre sa volonté. Sixième enfant d'un paysan-mis-
sionnaire luthérien parfaitement borné, elle était née en 1857
dans une ferme misérable, au fin fond de la province du Cap.
Négligée par sa mère, elle avait grandi à l'abandon dans le
bush, rebelle et tourmentée. Sa seule éducation : le fouet, jusqu'au sang, quand elle défiait son père en se disant athée.
Pourtant, sans jamais être allée à l'école, elle réussit à
apprendre à lire, dévore les rares livres qui lui tombent sous
la main – pour l'essentiel, des récits bibliques. A dix-sept ans,
elle s'enfuit, s'engage comme domestique dans une ferme Boer.
On la loge dans une crèche au sol en terre battue, au toit crevé.
Ses seuls meubles : un lit, et une caisse où ranger ses hardes.
Pas de glace, ni même de bassine. Pour se laver : l'eau du
marigot, dehors. Mais qu'importe! Un étranger de passage lui
a laissé les Premiers principes *du philosophe Spencer. Révé-
lation. Elle se plonge dans Darwin, Goethe, Schiller, Carlyle,
Shakespeare, Ruskin, Locke, Stuart Mill qu'elle parvient à se
procurer à la ville. Et puis elle écrit. Le premier jet d'Ondine,
qu'elle abandonne.* La Nuit africaine *enfin. Avec cette conviction
chevillée au corps que c'est seulement ainsi qu'elle pourra
s'enfuir, un jour. « Si je quitte l'Angleterre, quand bien même
vivrais-je cinquante années, je serai morte, écrivait-elle encore,
à Londres. L'idée fixe, le rêve de ma vie était de venir ici;
rentrer signifierait que ma vie est un échec complet.* » L'Afrique,

en somme, représentait tout ce dont elle avait dû s'arracher pour être. Et voilà qu'elle y retourne, en 1889, malade, à bout de forces. Vaincue?

Un temps, elle paraît aller mieux. On l'accueille comme une personnalité de premier plan — n'est-elle pas le seul écrivain sud-africain de renommée mondiale? Cecil Rhodes essaie même de se concilier ses bonnes grâces. Il est vrai que son plus jeune frère est maintenant un politicien respecté, que l'on donne comme le futur premier ministre. Ses troubles s'apaisent. Surprise: elle se marie. Avec un jeune fermier qui partage ses convictions. Elle semble heureuse.

Pas pour longtemps. Cecil Rhodes, qui vient d'annexer la future Rhodésie, prépare la guerre — qui éclatera en 1899 — contre les Républiques libres du Transvaal, et l'État libre d'Orange. Olive Schreiner se lance dans la bataille, prend parti contre lui. En 1897, elle publie un roman, Trooper Peter Halkett of Mashonaland, *bâclé, mais qui atteint son but: alerter l'opinion internationale. Tenue pour traître par les Anglais, elle est assignée à résidence. Mais les Boers la rejettent tout autant: ne prétend elle pas défendre les « droits des Noirs »? « Admettez-les dès aujourd'hui dans votre société, répète-t-elle article après article — demain il sera trop tard, et vous vous condamneriez alors à un avenir de misère et de sang. » Les réalistes ricanent: pauvre folle! Quelque chose se brise: la voilà rejetée par tous, désormais étrangère dans son propre pays...*

Ses troubles reviennent, et ses crises d'angoisse. L'enfant qu'elle avait tant espéré, qu'elle avait enfin décidé d'avoir, meurt peu après sa naissance — comme l'enfant de Lyndall, dans la Nuit africaine. *Sa raison vacille — et si sa destinée était déjà écrite, scellée à jamais dans ce livre où elle avait tant mis d'elle-même?*

La guerre dévaste sa propriété. Le manuscrit de l'énorme travail sur la sexualité féminine qu'elle avait entrepris avec Havelock Ellis est brûlé par un parti de Cafres. Elle s'obstine un moment, trouve encore la force d'écrire un essai — mais comme on rédige son testament — Men and Women, *qui paraît*

en 1911. *Traduit en dix-huit langues en moins de deux ans,
on l'acclame comme la « Bible du féminisme ». Mais on dirait
qu'Olive Schreiner est déjà ailleurs. Elle brûle sa correspondance, détruit un à un ses manuscrits — comme si elle voulait
se retirer, s'effacer du monde. Elle retourne en Angleterre, en
1914. Mais la guerre a fait oublier, d'un coup, les luttes fémi-
nistes. Pour tout arranger, elle se déclare pacifiste. Son nom
germanique la fait soupçonner de sympathies pour l'ennemi.
En 1917 on la retrouve encore dans le « Club 17 » aux côtés
de E.M. Forster, Ramsay Mac Donald, Bertrand Russel, pour
saluer la Révolution russe. Et puis elle s'obstine à récupérer
les lettres écrites jadis, pour les détruire. Surtout, ne pas
laisser de traces...*

*Son mari qui la rejoint à Londres, en 1920, la reconnaît à
peine. Olive Schreiner, cette vieille femme hagarde ? Avec l'aide
d'Havelock Ellis, il la convainc de rentrer en Afrique. Elle
accepte, à la condition de rentrer seule. Elle meurt quelques
jours après son arrivée au Cap, seule, dans une chambre d'hôtel. Comme Lyndall encore. Son mari la fera enterrer auprès
de son enfant, ainsi qu'elle le souhaitait, au sommet d'un
« kopje » semblable à celui de la* Nuit africaine, *perdu dans
l'immensité du désert.*

*« Les barreaux de la réalité nous enserrent et nous ne pou-
vons ouvrir nos ailes sans qu'elles s'y heurtent et retombent
ensanglantées, mais si nous pouvons nous glisser entre eux
pour atteindre au-delà le Grand Inconnu, nous voguerons à
l'infini dans l'azur splendide » : reste ce livre unique, splendide
et maladroit — bouleversant.*

Michel Le Bris

Je tiens à remercier mes lecteurs et critiques pour l'accueil qu'ils ont réservé à ce petit livre – un accueil d'autant plus bienveillant que le sujet, étranger à ce qui constitue l'ordinaire de la vie en Angleterre, se trouvait par là même dépourvu du charme que revêt généralement pour le lecteur la peinture romancée de son univers familier.

Je leur dois néanmoins quelques explications. Deux étrangers traversent cette histoire, et certains lecteurs ont pu croire que le second n'était que le premier, revenu sous une autre identité. Cette curieuse interprétation tient sans doute à ce que l'on n'imagine pas qu'un personnage de roman puisse se permettre d'apparaître et de disparaître sans laisser d'autres traces qu'un simple livre, et l'on s'attend donc à ce qu'il revienne un peu plus tard, de préférence dans le rôle du mari ou de l'amant.

La vie peut être peinte de deux façons. La première s'apparente au théâtre. Chacun des personnages, d'entrée de jeu, est présenté avec son étiquette, de sorte que le spectateur sait sans équivoque que tel personnage interviendra à tel moment, et que tous reviendront saluer, quand tombera le rideau. Sans doute cette méthode procure-t-elle un sentiment rassurant d'achèvement; mais il en existe une deuxième, qui est celle de la vie même. Rien n'y est connu à l'avance. Les personnages y dansent un ballet toujours inattendu, apparaissent, agissent, réagissent les uns par rapport aux autres, brièvement, et passent. Quand arrive le moment critique, le personnage qui aurait dû intervenir ne revient pas. Et personne n'est prêt quand tombe le rideau. Les feux de la rampe s'éteignent au moment même où ils brillaient le plus intensément. Et personne ne sait le titre de la pièce. Le seul qui peut-être le connaît est assis tout en haut, et les acteurs, derrière les flammes du gaz, ne l'entendent même pas respirer. La vie peut être représentée selon ces deux méthodes. Mais une seule est jugée conforme aux canons de la littérature, tandis que l'autre est férocement taillée en pièce.

Un critique, aimable, m'a avoué qu'il aurait mieux aimé ce roman s'il y avait trouvé les ingrédients du roman d'aventures : des histoires de troupeaux volés emmenés par les Bochimans dans d'inaccessibles kranzes, de « tête-à-tête avec des lions enragés » et de « sauvetages in extremis ». Ce n'était pas possible. Il faut se trouver à Piccadilly ou sur le Strand pour écrire ce genre d'histoires; c'est là que l'imagination, non altérée par le contact de la réalité, peut déployer ses ailes.

Mais celui qui s'installe à sa table pour peindre le paysage au sein duquel il a grandi constate qu'il ne peut se déprendre de la réalité. Pas question pour lui d'inventer ces péripéties prodigieuses, ces décors flamboyants que l'imagination projette si volontiers dans des pays lointains. A regret, il se voit contraint de rincer de sa brosse toutes les couleurs vives, pour la tremper dans le gris qui l'entoure. Car il ne peut faire autrement que peindre ce qu'il a sous les yeux.

RALPH IRON

A mon amie
Mrs John Brown, de Burnley,
je dédie avec affection
ce premier-né

RALPH IRON
South Kensington, Londres,
juin 1883

Voyez le monde extérieur se refléter pour la première fois sur le miroir encore obscur de son intelligence; contemplez les premiers exemples qui frappent ses regards; écoutez les premières paroles qui éveillent chez lui les puissances endormies de la pensée; assistez enfin aux premières luttes qu'il a à soutenir; et alors seulement vous comprendrez d'où viennent les préjugés, les habitudes et les passions qui vont dominer sa vie. L'homme est pour ainsi dire tout entier dans les langes de son berceau.

ALEXIS DE TOCQUEVILLE

PREMIÈRE PARTIE

LA MONTRE

La lune pleine dans la nuit bleue d'Afrique inondait de clarté l'immense pays désert. La terre sèche et sableuse du *karroo* [1], semée de touffes rases, les collines basses qui l'encadraient, les buissons d'euphorbes aux longs doigts de feuilles prenaient dans cette lumière blanche une beauté insolite, presque inquiétante.

Un seul objet rompait la monotonie grandiose de la plaine. C'était un petit *kopje* qui s'élevait au centre telle une pyramide solitaire : un amoncellement de blocs ferrugineux, arrondis comme d'énormes boules, qui ressemblait étrangement à une tombe de géant. Des graminées et de petites plantes grasses s'accrochaient çà et là entre les pierres ; un bouquet de figuiers de Barbarie, tout en haut, dressait vers le ciel ses bras couverts d'épines, et ses raquettes charnues réfléchissaient la lune comme autant de miroirs. Au bas du kopje s'étendaient les bâtiments de la ferme. D'abord les *kraals* avec leurs murs de pierre, où les moutons étaient parqués, près des huttes des Cafres [2]; et plus loin, la maison des maîtres – un grand cube de brique rouge à toit de chaume. Sur ses murs nus, sur la grande échelle de bois qui menait au grenier, la lune jetait comme un nimbe de beauté surnaturelle ; elle transfigurait

1. Un glossaire des termes d'origine hollandaise ou coloniale figure en fin de volume. *(NdE)*
2. Le terme « Cafre », utilisé couramment à l'époque pour désigner les Noirs d'Afrique australe, n'avait pas alors la connotation injurieuse qu'il a prise aujourd'hui en Afrique du Sud. *(NdT)*

en matière impalpable la murette de brique qui courait devant
la maison pour protéger quelques poignées de sable et deux
tournesols rachitiques. Sur le grand toit de zinc de la remise,
sur les petits toits des dépendances qui s'appuyaient contre
elle, la lumière brillait avec un tel éclat que les moindres
reliefs du métal semblaient d'argent poli.

Le sommeil étendait partout sa grande main; et sur la
ferme régnait le même silence que dans les solitudes de la
plaine.

Dans son vaste lit de bois, tante Sannie se tournait et se
retournait lourdement.

Elle s'était mise au lit tout habillée, comme à son habitude;
mais la nuit était chaude, la chambre renfermée, et elle faisait
d'affreux cauchemars. Ce n'étaient ni des fantômes ni des
diables qui hantaient ses rêves, comme ils tourmentaient ses
pensées dans la journée; ce n'était pas non plus son second
mari, cet Anglais poitrinaire dont la tombe se trouvait là-bas,
derrière l'enclos des autruches; ni le premier, le jeune Boer;
c'était tout simplement les pieds de mouton qu'elle avait mangés
au dîner. Elle rêvait que l'un d'eux lui était resté en travers
du gosier, et l'énorme masse de son corps basculait d'un côté
sur l'autre, dans un concert d'abominables ronflements.

Dans la chambre voisine, où la servante avait oublié de
fermer le volet, la lumière blanche entrait à flots; il faisait
clair comme en plein jour. Deux petits lits étaient alignés
contre le mur. Dans l'un dormait une fillette aux cheveux
filasse, au front court et aux joues couvertes de taches de
son — mais là aussi, les rayons caressants de la lune atté-
nuaient tous les défauts et révélaient simplement le visage
innocent d'une enfant qui sourit doucement dans son premier sommeil.

Le petit être qui occupait le lit voisin appartenait de plein
droit à la lune, tant sa beauté s'apparentait à celle d'un elfe.
La couverture avait glissé au sol, et l'astre pouvait admirer
les petits membres nus. L'enfant ouvrit les yeux et, immobile,
contempla la grande clarté qui l'inondait.

— Em! appela-t-elle doucement en direction de l'autre lit.

Mais la jeune dormeuse ne répondit pas. Elle repêcha alors sa couverture, retourna l'oreiller, ramena le drap sur sa tête et se rendormit.

Or, dans un appentis adossé à la remise, quelqu'un ne dormait pas. La chambre était plongée dans une obscurité totale; porte et volet fermés, pas un rayon de lune ne pénétrait. L'intendant allemand qui logeait là était profondément assoupi, ses deux grands bras croisés sur la poitrine, sa barbe inculte et grisonnante se soulevant et s'abaissant régulièrement. Mais dans un coin de la pièce, quelqu'un d'autre veillait. Deux grands yeux perçaient l'ombre, tandis que deux petites mains pétrissaient la courtepointe. Le garçonnet, qui couchait sur une caisse juste sous la fenêtre, venait de s'éveiller de son premier sommeil. Il remonta la courtepointe au ras de son menton, ne laissant dépasser qu'une masse de cheveux bouclés, noirs et soyeux, et deux grands yeux noirs écarquillés dans l'ombre. L'obscurité était si dense qu'il ne pouvait pas même distinguer les contours des poutres vermoulues, ni de la petite table de bois blanc où se trouvait encore posée la Bible dont son père avait lu un passage à haute voix avant de se coucher. Il était impossible de deviner où était la boîte à outils, et même la cheminée. L'enfant était terriblement impressionné par ces ténèbres.

Au-dessus du lit de son père était suspendue une grosse montre de chasse. Son tic-tac remplissait la pièce, et le petit garçon, machinalement, se mit à compter. Tic-tac-tic-tac! Un, deux, trois, quatre! Mais il ne tarda pas à s'embrouiller dans ses chiffres, et se contenta alors d'écouter. Tic-tac-tic-tac-tic-tac!

Elle ne s'interrompait jamais; elle poursuivait sa course imperturbable; et à chaque tic-tac, se dit-il tout à coup, *un homme mourait!* Il se souleva sur un coude pour mieux entendre. Il aurait tant voulu qu'elle se taise.

Combien de fois ce tic-tac s'était-il répété depuis l'instant où il s'était couché? Un millier de fois, peut-être un million.

Il essaya de reprendre son calcul, en s'asseyant cette fois pour mieux entendre.

« Meurs, meurs, meurs! disait la montre. Meurs, meurs, meurs! »

Il entendait ces mots distinctement. Et où donc allaient-ils, tous ces gens-là qui mouraient?

Il se recoucha précipitamment et tira la couverture sur sa tête; mais bientôt ses boucles noires reparurent.

« Meurs, meurs, meurs! répétait la montre. Meurs, meurs, meurs! »

Il pensa aux paroles que son père avait lues dans la soirée : « Car large est la porte et vaste le chemin qui mènent à la perdition, et nombreux ceux qui s'y engagent. »

« Nombreux, nombreux, nombreux! » disait la montre.

« Car étroite est la porte et étroit le chemin qui conduisent à la vie, et rares ceux qui les trouvent. »

« Rares, rares, rares! » disait la montre.

L'enfant gardait les yeux grands ouverts dans le noir. Il voyait défiler devant lui, en cortège ininterrompu, des foules immenses d'hommes et de femmes qui, tous ensemble, se précipitaient dans la même direction. Arrivés à l'extrémité du monde, ils basculaient dans les ténèbres. Il regardait couler ce flot interminable que rien ne parvenait à endiguer. Il se disait qu'il en était ainsi depuis la nuit des temps; que tous les Grecs et les Romains se trouvaient déjà engloutis; que des millions et des millions de Chinois et d'Indiens défilaient maintenant à leur tour. Combien avaient sombré dans le néant, depuis qu'il s'était mis au lit?

Et la montre à présent disait : « Éternité, éternité, éternité! »

— Arrêtez! Arrêtez! cria l'enfant.

Mais le tic-tac, inexorable, continuait; c'était exactement comme la volonté de Dieu, que rien ne peut fléchir, quoi que l'on fasse.

De grosses gouttes de sueur perlèrent sur le front de l'enfant. Il sortit de son lit et s'allongea par terre, la face contre le sol de terre battue.

— Mon Dieu! mon Dieu! Sauvez-les! implora-t-il, écrasé par le désespoir. Ne serait-ce que quelques-uns; ne serait-ce qu'une

petite poignée! Ne serait-ce qu'un seul, chaque fois que je
prierai! Il joignit ses petites mains sur sa tête : oh mon Dieu!
mon Dieu! sauvez-les!

Il demeura prostré au sol.

– Oh! qu'elle est longue, longue, longue, la nuit des temps!
Qu'ils seront longs, les siècles à venir! Et les hommes, sans
fin, disparaîtront... Oh! Dieu! qu'elle est interminable cette
éternité!

L'enfant pleura et se plaqua de tout son long contre la
terre.

LE SACRIFICE

La ferme, à la lumière du jour, était tout autre que sous
le clair de lune. La plaine n'était plus guère qu'une vaste
étendue épuisée où un sable rouge piqueté de petits buissons
secs craquait sous les pas comme de l'amadou en laissant
voir de grandes plaques de terre nue. Çà et là, un buisson
d'euphorbes tendait ses tiges pâles, et partout des fourmis et
des scarabées zigzaguaient sur le sable brûlant. Sur les murs
rouges de la maison, les toits de zinc des dépendances, les
murs de pierre des kraals, le soleil se réverbérait avec une
telle violence qu'on était obligé de détourner les yeux. Et
jusqu'à l'horizon pas un arbre, pas un taillis. Les deux tournesols plantés devant la porte, vaincus par le soleil, laissaient
pendre leur tête cuivrée jusqu'à terre; et dans les rochers du
kopje des insectes pareils à des cigales stridulaient à tue-tête.

Au grand jour, la grosse Hollandaise était encore moins
attrayante que lorsqu'elle s'agitait dans ses cauchemars. Assise
dans son fauteuil, les pieds sur un tabouret de bois, elle buvait
café sur café, en essuyant sa large figure plate avec le coin
de son tablier et en jurant dans son jargon hollandais du
Cap que ce climat béni était proprement infernal. La petite
fille de l'Anglais poitrinaire, dont elle était la belle-mère,
paraissait, elle aussi, moins jolie en plein jour; le soleil sou-

lignait sans pitié ses taches de son et son front court qu'elle plissait sans cesse.

– Lyndall, dit la fillette à sa petite cousine orpheline, assise par terre à côté d'elle et très occupée à enfiler des perles, comment fais-tu pour que tes perles ne retombent pas tout le temps de l'aiguille?

– Je m'applique, répondit gravement l'enfant en mouillant son petit doigt. C'est pour ça.

A la lumière du jour, l'intendant se révélait d'une taille impressionnante dans son vieux costume élimé, et il avait la manie un peu puérile de se frotter les mains en hochant très vigoureusement la tête quand il voulait manifester son contentement. Pour le moment il était près des kraals, en plein soleil, et expliquait à deux jeunes Cafres que la fin du monde était proche. Les gamins, occupés à confectionner des galettes de bouse, se lançaient des clins d'œil et prenaient tout leur temps; mais l'Allemand ne remarquait rien.

Plus loin, derrière le kopje, son fils Waldo gardait un troupeau de brebis et d'agneaux – un tout petit troupeau aussi poussiéreux que lui-même, couvert de sable rouge de la tête aux pieds, avec sa vieille veste en loques et ses grossières chaussures de cuir brut au bout desquelles ses orteils prenaient l'air. Son chapeau bien trop grand lui tombait sur les yeux et dissimulait complètement ses boucles noires et soyeuses. Une bien étrange silhouette en vérité. Son troupeau ne lui donnait pas grand mal. Les bêtes par cette chaleur n'avaient guère envie de bouger, elles se groupaient autour du moindre petit buisson d'euphorbes dans l'espoir d'y trouver un peu d'ombre, et restaient là, serrées les unes contre les autres. Cherchant l'ombre lui aussi, l'enfant se glissa sous une roche en surplomb qui formait un abri au pied du kopje, et s'allongea à plat ventre sur le sable en agitant en l'air ses chaussures éculées.

Au bout d'un moment il fouilla dans le sac de toile bleue où se trouvait son déjeuner et il en sortit un bout d'ardoise, un livre d'arithmétique et un crayon. Gravement, solennellement, il écrivit une addition, puis se mit à compter tout haut : « Six et deux, huit ; et quatre, douze ; et deux, quatorze ; et quatre, dix-huit. » Il marqua un temps. « Et quatre, dix-huit... et... quatre... dix-huit... » Sa voix traîna sur la dernière syllabe. Le crayon glissa doucement de ses doigts sur le sable, et l'ardoise le suivit. L'enfant resta un moment sans bouger, puis commença à marmonner tout seul, croisa ses petits bras devant lui, y appuya sa tête, et l'on aurait pu croire qu'il dormait, n'étaient les vagues marmonnements qui s'échappaient de temps à autre de sa bouche. Poussée par la curiosité, une vieille brebis vint le flairer, mais il ne broncha pas. Lorsque, enfin, il releva la tête, ce fut pour contempler de ses grands yeux pensifs la ligne de collines qui fermait l'horizon.

— Et vous recevrez... vous recevrez... *recevrez, recevrez, recevrez*, murmura-t-il.

Il s'assit. La tristesse qui pesait sur son regard s'évanouit peu à peu et son visage, enfin, s'illumina. Le soleil dardait maintenant ses rayons à la verticale. C'était midi. Et l'on voyait la terre palpiter.

Le gamin se leva brusquement et dégagea un petit coin de sol en arrachant quelques touffes de broussailles. Puis il ramassa en les choisissant soigneusement douze petites pierres de grosseur identique et, s'agenouillant par terre, il les empila sur l'emplacement qu'il avait préparé, de façon à former une sorte de petit autel carré. Après quoi il alla chercher le sac dans lequel se trouvait son déjeuner ; il y avait là une côtelette de mouton et une grosse tranche de pain bis. Il les sortit et retourna plusieurs fois le pain entre ses mains d'un air méditatif. Finalement il le lança par terre et retourna vers son petit autel avec la viande qu'il posa sur les pierres. Puis il s'agenouilla tout à côté, sur le sable rouge. Jamais, certes, depuis le commencement des temps, l'on n'avait vu prêtre si jeune et si loqueteux. Il retira son grand chapeau, le posa sur le sol d'un geste solennel, puis il ferma les yeux, joignit les mains, et pria à voix haute.

— Ô Dieu, mon Père, je T'offre ce sacrifice. Je n'ai pas pu acheter un agneau, parce que je ne possède que deux petits sous. Si ce troupeau était à moi, je T'offrirais un agneau tout

entier; mais tout ce que j'ai c'est ce morceau de viande; c'est
tout mon déjeuner. Ô Père, fais descendre sur lui le feu du
ciel. Toi qui as dit : « Celui qui ordonnera à la montagne de
se jeter dans la mer, s'il a la foi, sa parole s'accomplira »,
exauce-moi au nom de Jésus-Christ. Amen.

Il se prosterna le visage contre terre, joignant les mains
sur ses cheveux. Les rayons acérés du soleil tombaient droit
sur sa tête et sur son autel. Il savait ce qu'il verrait quand
il relèverait les yeux : la gloire de Dieu! Son cœur s'arrêta
de battre, il respirait à peine, il étouffait. Il n'osait pas regarder. Finalement il se redressa. Au-dessus de lui le ciel bleu,
impassible; et devant lui la terre rouge, les petits groupes de
brebis silencieuses et son autel... c'était tout.

Il leva la tête : rien ne venait briser le calme intense de
tout ce bleu là-haut. Il regarda autour de lui avec étonnement,
puis se prosterna de nouveau et cette fois attendit plus longtemps.

Quand il se redressa pour la seconde fois, rien n'avait
changé. Le soleil avait simplement fait fondre le gras de la
petite côtelette, qui coulait sur les pierres.

Il se prosterna une troisième fois. Quand il se décida à
relever la tête, des fourmis se promenaient sur la viande. Il
se leva et les chassa. Après quoi il posa son chapeau sur ses
cheveux brûlants et s'en alla s'asseoir à l'ombre. Il s'assit,
les mains serrées autour de ses genoux, guettant ce qui *devait*
venir : la gloire du Seigneur Dieu Tout-Puissant!

« Le Bon Dieu veut m'éprouver », se dit-il, et il attendit là,
sans bouger, dans la fournaise de l'après-midi. Il attendait
toujours quand le soleil se mit à décliner; et lorsque celui-
ci se rapprocha de l'horizon, que les ombres des moutons
s'allongèrent sur le karroo, il était toujours là. Il espérait
encore quand le soleil effleura les collines, il espéra jusqu'au
dernier moment, jusqu'à ce qu'il s'enfonce derrière elles et
disparaisse. Alors il rassembla ses brebis, donna un coup de
pied dans son autel et lança sa côtelette dans les broussailles,
le plus loin qu'il put.

Il reprit le chemin de la ferme derrière son troupeau. Il

avait le cœur lourd. Il se disait : « Dieu ne peut pas mentir.
J'avais la foi. Et pourtant le feu n'est pas descendu du ciel.
Je suis comme Caïn. Dieu me rejette. Il n'écoute pas ma prière.
Dieu me hait. »

L'enfant avait le cœur très lourd. Quand il arriva à la
barrière du kraal, les deux fillettes étaient là, venues à sa
rencontre.

– Viens, Waldo, dit la petite Em aux cheveux blonds, on
va jouer à cache-cache. On a le temps avant qu'il fasse nuit.
Toi tu vas te cacher sur le kopje, et pendant ce temps-là
Lyndall et moi on fermera les yeux, je te promets qu'on ne
regardera pas.

Les fillettes se cachèrent le visage contre le mur de pierre
du parc à moutons, tandis que le garçon grimpait sur le kopje
jusqu'à mi-pente. Il s'accroupit entre deux blocs de rocher et
lança le signal. Le vacher cafre sortait juste à ce moment-là
du kraal des vaches, portant deux seaux de lait. Il avait
toujours son air souffreteux.

– Ah! pensa l'enfant, il va peut-être mourir cette nuit et
aller en enfer! Il faut que je prie, il faut que je prie pour
lui!

Puis il se dit : « Et moi, où irai-je? » et il se mit à prier
avec désespoir.

– Oh! mais ce n'est pas de jeu! s'écria la petite Em en
l'apercevant, par une fente entre deux rochers, dans cette
attitude vraiment très bizarre. Waldo! Qu'est-ce que tu fais
là! Ce n'est pas comme ça qu'on joue. Il faut que tu te sauves
dès qu'on arrive à la pierre blanche. Tu ne joues pas comme
il faut!

– Si... si, je vais jouer, dit le petit garçon en sortant tout
penaud de sa cachette. Je... j'avais oublié ce qu'il fallait faire.
On va recommencer.

– Il s'était endormi, dit la petite Em derrière ses taches de
rousseur.

– Non, dit la jolie petite Lyndall en le dévisageant avec
curiosité. Il a pleuré.

Elle ne se trompait jamais.

Une nuit, deux ans plus tard, le jeune garçon était assis tout seul sur le kopje. Il s'était échappé sur la pointe des pieds de la chambre de son père, comme il faisait souvent, pour se réfugier là. Il avait peur de réveiller son père quand il priait tout haut ou qu'il pleurait trop fort; il ne voulait pas qu'on l'entende. Personne ne connaissait sa peine, personne d'autre que lui ne connaissait son désespoir, et il gardait toutes ces choses dans son cœur.

Il releva le bord de son chapeau trop grand et regarda la lune, mais c'était surtout les raquettes du figuier de Barbarie qu'il voyait, juste devant son nez. Elles brillaient, brillaient d'un éclat métallique comme son cœur, pensait-il, ce cœur si froid, si dur, si méchant. Son cœur de chair avait mal, lui aussi, comme s'il était rempli de mille éclats de verre qui le déchiraient. Il était assis là depuis une demi-heure et il n'osait plus retourner dans la petite chambre calfeutrée.

Il se sentait effroyablement seul. Personne au monde ne pouvait être aussi mauvais que lui, de cela au moins il était sûr. Il croisa les bras et pleura en silence; il sanglotait tout bas et ses larmes brûlantes creusaient des sillons sur ses joues. Voilà qu'il n'arrivait plus à prier. Pendant des mois il avait prié nuit et jour; et cette nuit, plus rien ne venait. Quand il eut cessé de pleurer, il prit sa tête endolorie entre ses mains. Ah! qui viendrait le retrouver là-haut, qui poserait sur lui une main compatissante... sur la misérable créature qu'il était! Mais peut-être son cœur était-il déjà irrémédiablement brisé.

Les yeux gonflés, il resta assis sans bouger sur une pierre plate, tout en haut du kopje; et le figuier de Barbarie, brandissant ses raquettes méchantes, lui faisait d'horribles clins d'œil. Il allait se remettre à pleurer, mais s'arrêta pour l'observer. Il demeura tranquille un long moment, enfin lentement il se mit à genoux et s'inclina. Depuis une année il

portait dans son cœur un secret. Il n'avait pas encore osé le
regarder en face, pas même le murmurer tout bas; depuis
toute une année il le portait en lui. « Je hais Dieu! » Le vent
saisit les mots et s'enfuit avec eux, glissa sur les rochers, se
faufila entre les épines du figuier de Barbarie. Ils disparurent
avant d'atteindre le bas du kopje. Cette fois, il l'avait dit!

– J'aime Jésus-Christ, mais je hais Dieu.

Le vent emporta ces mots-là comme les autres. Il se releva
et boutonna soigneusement sa vieille veste. Il savait maintenant, de façon certaine, qu'il était damné. Il s'en moquait.
Si la moitié de l'humanité devait être damnée, pourquoi pas
lui? Il ne prierait plus pour implorer la miséricorde de Dieu.
C'était aussi bien comme cela – au moins, on savait à quoi
s'en tenir. C'était fini. Et c'était tant mieux.

Il redégringola au bas du kopje pour rentrer.

C'était tant mieux!... Mais quelle solitude, quelle souffrance! Cette nuit et toutes les autres à venir! Oh! cette
angoisse qui sommeille tout le jour dans le cœur comme un
énorme ver et se réveille la nuit pour vous ronger!

Lorsqu'on avance en âge, il arrive quelquefois que l'on prie
le Destin en disant : « Frappe-nous tant que tu veux, porte-
nous les coups les plus durs; mais par pitié ne nous fais pas
souffrir comme nous avons souffert quand nous étions enfant. »

Car l'immense solitude et l'immense ignorance de l'enfance
déchirent l'âme comme la pire des flèches.

PROJETS D'AVENIR
ET PEINTURES RUPESTRES

Puis vint 1862, l'année de la grande sécheresse. D'un bout à l'autre du pays la terre criait sa soif. Hommes et bêtes levaient les yeux vers le ciel implacable qui se courbait au-dessus d'eux comme la voûte d'un four. A la ferme, jour après jour, mois après mois, l'eau baissait dans les réservoirs; les moutons crevaient dans les champs; les vaches titubaient sur leurs pattes, se traînant à grand-peine pour chercher quelque chose à brouter. Semaine après semaine, mois après mois, le soleil trônait haut dans un ciel sans nuages, et toutes les plantes du karroo n'étaient plus que des fagots secs, dépassant à peine de la terre; la terre elle-même n'était plus qu'un désert sec et nu. Seuls les buissons d'euphorbes, semblables à de vieilles sorcières, pointaient vers le ciel leurs longs doigts desséchés pour demander la pluie. En vain.

~

Par un de ces interminables après-midi, dans cet été brûlé de soif, les deux fillettes étaient allées s'asseoir sur le kopje, du côté opposé à la ferme. Elles avaient quelque peu grandı depuis l'époque où elles venaient y jouer à cache-cache; mais c'étaient encore des enfants.

Leur robe de couleur sombre était en toile grossière; elles avaient un tablier bleu qui leur descendait aux chevilles et leurs pieds étaient chaussés de *velschoen* fabriqués à la ferme.

Elles s'étaient installées sous un abri naturel, au fond duquel se voyaient encore d'anciennes peintures des Bochimans dont les couleurs – des pigments noirs et rouges – s'étaient trouvées protégées du vent et de la pluie par le surplomb de la roche. Il y avait là des bœufs aux formes extravagantes, des éléphants, des rhinocéros, et une sorte de bête qu'on n'avait jamais vue de mémoire d'homme, portant une corne unique sur la tête.

Mais les fillettes tournaient le dos à ces peintures. Elles avaient posé sur leurs genoux quelques pousses de fougère et des feuilles de ficoïde glaciale qu'à force de persévérance elles avaient dénichées sous les rochers.

Em enleva son grand *kappie* brun et l'agita vigoureusement devant elle pour rafraîchir ses joues, qui étaient toutes rouges. Sa petite compagne, elle, resta penchée sur les plantes posées au creux de sa robe, et finit par saisir une feuille de ficoïde glaciale qu'elle fixa avec une épingle sur le devant de son tablier bleu.

– Ça doit être tout à fait comme ça, les diamants, dit-elle en inclinant la tête pour contempler la précieuse feuille et en écrasant délicatement une gouttelette de cristal du bout de son petit ongle. Quand je serai grande, ajouta-t-elle, je porterai de vrais diamants, exactement comme ceux-là, dans mes cheveux.

L'autre fillette ouvrit de grands yeux en plissant son front court.

– Où vas-tu les trouver, Lyndall? Tu sais bien que les pierres qu'on a ramassées hier, ce n'est que du cristal de roche. C'est le vieil Otto qui l'a dit.

– Parce que tu t'imagines que je vais passer toute ma vie ici?

Il y avait sur ses lèvres un tremblement de mépris.

– Oh non, dit la fillette. J'imagine bien qu'un jour on s'en ira ailleurs; mais pour l'instant on n'a que douze ans, et il faut avoir dix-sept ans pour se marier. Ça fait beaucoup de temps à attendre... quatre ans... cinq ans... Et ce n'est même pas sûr qu'on ait des diamants, quand on sera mariées.

– Tu t'imagines que je vais attendre tout ce temps-là?

– Où vas-tu aller, alors?

La fillette écrasa une feuille de ficoïde glaciale entre ses doigts.

– Tante Sannie est une sale vieille bonne femme, dit-elle. Ton père l'a épousée juste avant de mourir parce qu'il pensait qu'elle saurait s'occuper de la ferme et qu'elle nous traiterait mieux qu'une Anglaise. Il lui a dit qu'il fallait nous éduquer et nous envoyer à l'école. Et qu'est-ce qu'elle fait? Elle garde tous ses sous pour elle, elle ne nous achète même pas un vieux livre. On ne peut pas dire qu'elle nous maltraite... mais tu sais pourquoi? C'est uniquement parce qu'elle a peur du fantôme de ton père. Ce matin, je l'ai entendue qui disait à sa Hottentote qu'elle t'aurait bien battue quand tu as cassé l'assiette, mais qu'il y a trois jours elle a entendu en pleine nuit quelque chose qui grattait et qui poussait des grognements derrière la porte de l'office, et qu'elle était sûre que c'était ton père qui venait la hanter! C'est une sale vieille bonne femme, répéta la fillette en jetant sa feuille par terre. Mais moi j'ai bien l'intention d'aller à l'école.

– Et si elle ne veut pas?

– Je la forcerai.

– Comment tu feras?

La fillette ne prêta pas la moindre attention à cette question et croisa ses petits bras sur ses genoux.

– Mais, Lyndall, pourquoi veux-tu aller à l'école?

– Il n'y a qu'une chose à faire si on veut s'en tirer dans la vie, dit lentement la fillette, c'est d'être très savante et très intelligente. De tout savoir.

– Mais moi je n'ai pas du tout envie d'aller à l'école, insista le petit visage taché de son.

– Oh, toi tu n'en as pas besoin. Quand tu auras dix-sept ans, la grosse Hollandaise n'aura plus qu'à s'en aller, c'est toi qui auras la ferme avec tout ce qu'il y a dedans. Tandis que moi, je n'aurai rien du tout. C'est pour cela qu'il faut que j'aille à l'école.

– Oh, Lyndall! Mais je te donnerai quelques-uns de mes moutons, dit Em dans un soudain élan de pitié généreuse.

– Je ne veux pas de tes moutons, répliqua la fillette d'une voix tranquille. Je veux des choses qui m'appartiennent. Quand je serai grande, poursuivit-elle, et le rouge lui monta aux joues à mesure qu'elle parlait, je connaîtrai tout ce qu'il est possible de connaître. Je serai riche, très très riche; tous les jours, et pas seulement les jours de fête, je porterai une robe de soie blanche, toute blanche, avec des petites roses, comme la dame qui est dans la chambre de tante Sannie; et j'aurai des jupons qui seront brodés partout, et pas seulement dans le bas.

La dame qui était dans la chambre de tante Sannie était une somptueuse élégante découpée dans un journal de mode que la grosse Hollandaise s'était procuré Dieu sait où, et qu'elle avait fixée au pied de son lit pour provoquer l'admiration éperdue des fillettes.

– Ce serait bien, dit Em; mais c'était un rêve qui lui paraissait vraiment trop sublime, trop fabuleux pour se réaliser jamais.

A cet instant deux personnages apparurent au pied du kopje: l'un était un chien blanc, à poil lisse, une oreille fauve rabattue sur l'œil gauche; l'autre, son maître, un jeune garçon de quatorze ans qui n'était autre que Waldo, devenu un adolescent un peu lourdaud et indolent. Le chien grimpait rapidement la pente du kopje; son maître le suivait plus lentement. Il portait un vieux paletot fatigué, beaucoup trop grand pour lui, dont il avait retroussé les poignets, et comme à l'habitude il était chaussé de velschoen éculés et coiffé d'un chapeau de feutre. Il arriva enfin devant les fillettes.

– Qu'est-ce que tu as fait aujourd'hui? demanda Lyndall en le dévisageant.

– J'ai gardé les brebis et les agneaux en bas du réservoir. Tiens, c'est pour toi, dit-il en tendant gauchement la main.

C'était un petit bouquet de brins d'herbe, verts et tendres.

– Où les as-tu trouvés?

– Sur le mur du réservoir.

Elle les épingla sur son tablier bleu à côté de la feuille.

– Ça fait très joli, dit le jeune garçon en frottant ses grosses mains d'un geste embarrassé, les yeux sur elle.

– Oui. Mais le tablier gâche tout. Il est vilain.

Il regarda attentivement l'étoffe.

– C'est vrai, les carreaux sont affreux. Mais sur toi, ils ont l'air beaucoup plus beaux. Vraiment beaux.

Puis il resta planté devant elles sans rien dire, les bras ballants.

– Il y a quelqu'un qui est arrivé, marmonna-t-il tout à coup, comme si cela lui revenait brusquement à l'esprit.

– Qui ? crièrent ensemble les fillettes.

– Un Anglais, à pied.

– Comment est-il ? demanda Em.

– Je n'ai pas fait très attention. Tout ce que je peux dire c'est qu'il a un très grand nez, dit le garçon d'une voix nonchalante. Il m'a demandé le chemin de la maison.

– Il ne t'a pas dit son nom ?

– Si. Bonaparte Blenkins.

– Bonaparte ! s'écria Em. C'est comme dans la chanson que Hans le Hottentot joue sur son violon !

> *Bonaparte, Bonaparte, ma femme est malade.*
> *Tous les jours je lui fais prendre*
> *De la soupe aux haricots.*

C'est un drôle de nom.

– Autrefois il y avait quelqu'un qui s'appelait Bonaparte, dit la fillette aux grands yeux noirs.

– Ah ! oui, c'est vrai, dit Em. Ce pauvre prophète qui s'est fait dévorer par les lions. Ça me fait toujours de la peine quand j'y pense.

Sa petite compagne la toisa d'un œil impassible.

– C'était le plus grand homme qui ait jamais existé sur terre, dit-elle. L'homme que je préfère à tous les autres.

– Qu'est-ce qu'il a fait ? demanda Em, devinant qu'elle avait fait fausse route avec son prophète.

– Il était seul, unique, dit lentement la fillette, et toute la terre le craignait. Il n'était pas plus fort que les autres quand il est né, il était aussi ordinaire que nous, et pourtant il est devenu le maître du monde. Il a commencé par être un petit enfant, après il a été lieutenant, après il a été général, et après il a été empereur. Quand il se promettait de faire quelque chose, il ne l'oubliait jamais. Il attendait, attendait, attendait, et ça finissait toujours par arriver.

— Il a dû être très heureux, dit Em.

— Ça, je n'en sais rien, répliqua Lyndall. Mais il a eu tout ce qu'il s'était promis d'avoir, et ça vaut mieux que d'être heureux. Il était le plus grand, et devant lui tous les autres avaient une peur bleue. Alors ils se sont tous mis ensemble pour l'attaquer. Et comme il était seul et qu'ils étaient nombreux, ils ont fini par l'attraper. C'était comme une bande de chats sauvages qui s'attaque à un molosse; des lâches, qui mordent et qui ne veulent plus lâcher. Ils étaient nombreux, et lui était tout seul. Ils l'ont expédié dans une île au milieu de l'océan, une île déserte, et ils l'ont gardé là. Il était seul, et eux ils étaient nombreux, mais ils avaient tous peur de lui. C'était magnifique !

— Et après ? demanda Em.

— Après, il était tout seul sur cette île, avec des hommes autour de lui tout le temps pour le garder, reprit l'enfant d'une voix égale, imperturbable. Et pendant ses longues nuits solitaires il restait éveillé et repensait à tout ce qu'il avait fait autrefois dans sa vie, et à tout ce qu'il ferait si on le laissait partir. Et le jour, quand il se promenait sur le rivage, il avait l'impression que cette mer qui l'entourait était une chaîne glacée enroulée autour de son corps, qui l'étranglait.

— Et après ? répéta Em, prodigieusement intéressée.

— Il est mort dans cette île. Il n'en est plus jamais sorti.

— C'est une jolie histoire, dit Em. Mais la fin est trop triste.

— La fin est horrible, dit la petite conteuse en s'appuyant sur ses bras croisés devant elle. Mais le pire, c'est qu'elle est vraie. J'ai toujours remarqué, ajouta-t-elle, très sûre d'elle, que c'était seulement les histoires inventées qui se terminaient bien ; les vraies histoires se terminent toujours comme ça.

Tandis qu'elle parlait, les yeux noirs et pensifs du jeune garçon ne la quittaient pas.

— Tu l'as déjà lue, toi, cette histoire, n'est-ce pas ?

Il hocha la tête :

— Oui. Mais dans le vieux livre d'histoire on raconte seulement ce qu'il a fait, pas ce qu'il a pensé.

— Moi aussi c'est dans le vieux livre d'histoire que je l'ai lue, dit la fillette. Mais je sais parfaitement ce qu'il a pensé. Les livres ne disent pas tout.

— Oh non, approuva le jeune garçon en avançant lentement et en venant s'asseoir à ses pieds. Ils ne disent jamais ce qu'on voudrait savoir.

Les enfants se turent, et comme le silence se prolongeait, Doss, le chien, intrigué, vint les flairer les uns après les autres ; enfin son maître s'écria tout à coup :

— Si seulement tout ça pouvait parler ! Si les choses pouvaient nous raconter leur histoire ! dit-il en désignant du geste ce qui les entourait. Au moins on saurait la vérité. Ce kopje, s'il pouvait nous raconter comment il est venu ici ! Dans la « Géographie physique », poursuivit-il à toute allure en bafouillant, on dit qu'autrefois il y avait des lacs à la place de la terre, alors moi, ce que je pense, c'est que les collines devaient être la rive d'un lac et le kopje c'étaient des pierres qui étaient au fond, roulées par le mouvement de l'eau. Mais alors, comment ont-elles fait pour se mettre toutes ensemble au même endroit, juste au milieu de la plaine ?

C'était une question qui les dépassait et personne ne se hasarda à répondre.

— Quand j'étais petit, poursuivit le garçon, je le regardais tout le temps et je m'interrogeais, je me disais que c'était un géant qui était enterré là. Maintenant je sais que c'est l'eau qui a fait cela. Mais comment ? C'est extraordinaire. Est-ce qu'il y a eu d'abord une seule petite pierre, qui a arrêté les autres, qui les a empêchées de rouler plus loin ? demanda-t-il d'un air grave, parlant à mi-voix comme s'il s'adressait d'abord à lui-même.

– Mais Waldo, c'est Dieu qui a mis le kopje là où il est, dit Em d'une voix solennelle.

– Comment a-t-il fait?

– Il l'a *voulu.*

– Et comment est-ce qu'on fait pour créer les choses en les voulant?

– C'est comme ça.

C'était dit d'un ton sans réplique; mais il fut bien impossible à Em de savoir l'effet qu'avait produit cet argument sur son jeune interlocuteur, car celui-ci lui tourna le dos sans rien répondre.

Au bout d'un moment, s'étant rapproché un peu plus encore des pieds de Lyndall, il reprit à mi-voix:

– Quelquefois, quand je viens m'asseoir ici avec mes moutons, j'ai l'impression que les pierres me parlent; qu'elles me racontent tout ce qui se passait autrefois, quand il y avait des poissons et des bêtes bizarres qui se sont transformés en pierre, et puis plus tard quand il y a eu ces affreux petits Bochimans qui dormaient dans les trous des chiens sauvages, mangeaient des serpents et tuaient les antilopes avec leurs flèches empoisonnées. C'est un de ceux-là, un de ces Bochimans sauvages d'autrefois, qui a fait les peintures qui sont là. Il ne savait pas pourquoi il faisait ça, mais il voulait faire quelque chose, alors il a fait une peinture. Il s'est donné du mal, beaucoup de mal, pour fabriquer ses couleurs avec des jus de plantes; et après il a trouvé cet endroit, avec le rocher en surplomb, et c'est là qu'il a décidé de peindre. Nous, on trouve ça ridicule, ces peintures, ça nous fait rire; mais pour lui, elles étaient très belles.

Les fillettes s'étaient retournées et regardaient les peintures.

– Il se mettait à genoux ici, tout nu, et il peignait, peignait, peignait, en se demandant lui-même ce qu'il faisait, poursuivit le garçon en levant la main et en gesticulant avec excitation. Maintenant les Boers les ont tous tués, on ne voit plus jamais leur figure jaune à l'affût derrière les rochers.

Il se tut, son visage prit un air songeur :

— Et maintenant les antilopes sauvages ont disparu, toute cette époque-là a disparu, et c'est nous qui sommes ici. Nous aussi, on disparaîtra bientôt, il n'y aura plus que les pierres qui seront toujours là et qui continueront à regarder le monde. Je sais bien que c'est moi qui pense tout ça, ajouta-t-il plus posément, mais c'est comme si elles me parlaient. Ça ne t'a jamais fait cette impression, à toi, Lyndall ?

— Non, jamais, répondit-elle.

Le soleil avait déjà plongé derrière les collines, et se rappelant tout à coup l'existence de son troupeau, le jeune garçon se releva d'un bond.

— On va rentrer nous aussi et aller voir qui est arrivé, dit Em, tandis que le garçon s'éloignait de son pas nonchalant, avec Doss, derrière lui, qui cherchait à happer au passage le bord effrangé de son pantalon agité par le vent.

J'ÉTAIS UN ÉTRANGER
ET VOUS M'AVEZ ACCUEILLI

Quand les deux fillettes débouchèrent de derrière le kopje, un spectacle inhabituel s'offrit à leur vue. Il y avait tout un attroupement devant la porte de service de la maison.

La grosse Hollandaise se tenait sur le seuil, les deux poings sur les hanches, les joues en feu, et agitait furieusement la tête. Sa femme de confiance, la servante hottentote à la peau jaune, était assise à ses pieds, et les servantes cafres à peau noire, à demi nues, un pagne entortillé autour des reins, les entouraient. Deux d'entre elles, qui pilaient du maïs dans leurs mortiers de bois, s'étaient immobilisées, le pilon en l'air, et fixaient d'un œil hébété l'objet de ce rassemblement. De toute évidence ce n'était pas pour admirer le vieil intendant allemand, qui se tenait au milieu du cercle. Son costume poivre et sel, sa barbe grisonnante et ses yeux gris étaient aussi familiers à tous les habitants de la ferme que les pignons de brique rouge de la maison; mais à côté de lui se trouvait l'étranger sur qui tous les regards étaient fixés. De temps en temps le nouveau venu risquait, par-dessus son gigantesque nez rouge, un regard en direction de la grosse Hollandaise en esquissant un vague sourire.

— Il ne faudrait pas me prendre pour une gamine, hurlait la Hollandaise dans son jargon du Cap. Je ne suis pas née de la dernière pluie et ma mère ne m'a pas sevrée un lundi. Non, non et non! Ça ne prend pas avec moi! Oh, j'ai l'œil! Pas de vagabond chez moi! lança-t-elle en soufflant comme un bœuf. Non, non et non, par tous les diables!

Quand bien même il aurait le nez trente-six fois plus rouge encore!

L'intendant allemand intervint calmement pour dire que cet homme n'était pas un vagabond, mais une personne extrê-mement respectable, qui avait perdu son cheval trois jours plus tôt dans un accident.

— Ne me racontez pas d'histoire, vociféra la Hollandaise. Celui qui me bernera n'est pas encore né. S'il a tant d'argent que ça, pourquoi n'a-t-il pas racheté un cheval? Les hommes qui marchent à pied sont tous des voleurs, des menteurs, des assassins, des papistes et des coureurs de jupons! Il n'y a qu'à voir son nez, c'est la marque du Diable! cria tante Sannie en brandissant le poing. Et on se permet d'entrer dans cette maison comme dans un moulin, et de vous serrer la main comme si on descendait de cheval! Ah non!

L'étranger retira son chapeau, un grand tuyau de poêle cabossé, sous lequel apparut un crâne chauve agrémenté der-rière la nuque d'une petite frange de cheveux blancs, bouclés; et il s'inclina devant tante Sannie.

— Que raconte-t-elle, mon ami? demanda-t-il en tournant ses yeux torves vers le vieil Allemand.

— Euh... eh bien... elle... euh... vous savez... les Hollandais n'aiment pas beaucoup les gens qui voyagent à pied par ici... voilà.

— Mon cher ami, dit l'étranger en posant sa main sur le bras de l'Allemand, j'aurais évidemment racheté un autre cheval si je n'avais perdu mon portefeuille cinq jours plus tôt en traversant une rivière... un portefeuille qui contenait cinq cents livres sterling. J'ai passé cinq jours au bord de cette rivière à essayer de le retrouver. En vain. J'ai même donné neuf livres à un Cafre pour qu'il plonge au fond de l'eau au péril de sa vie. Impossible de le retrouver.

L'Allemand s'apprêtait à traduire cette information, mais la grosse Hollandaise ne voulait rien entendre.

— Non, non et non. Il partira ce soir. Il n'y a qu'à voir la façon dont il me regarde. Je suis une femme seule, sans défense. S'il s'attaque à moi, qui me protégera?

— Je crois, glissa l'Allemand à mi-voix à l'étranger, que vous feriez mieux de ne pas trop la regarder. Elle... euh... elle pourrait... s'imaginer qu'elle vous plaît un peu trop... euh...

— Mais bien sûr, mon ami, bien sûr, dit l'étranger. Je ne vais plus la regarder.

Ce disant, il tourna son grand nez du côté d'un bambin qui se trouvait là. Le petit négrillon en costume d'Adam en fut si terrifié qu'il se précipita dans le pagne de sa mère en poussant des hurlements épouvantables.

Ce que voyant le nouveau venu, croisant les mains sur le pommeau de sa canne, se plongea dans la contemplation d'un mortier. Si ses bottes étaient complètement éculées, sa canne, elle, était encore celle d'un gentleman.

— Espèce de vaggabondds de Engleschman! dit tante Sannie en faisant un effort pour parler presque anglais.

L'Anglais aurait presque pu comprendre; mais il continuait à contempler le mortier d'un air absent, sans paraître s'apercevoir le moins du monde du peu de sympathie qu'on lui manifestait.

— Vous ne seriez pas par hasard un petit peu Écossais ou quelque chose de ce genre? lui souffla l'Allemand. Vous savez que les Boers n'aiment guère les Anglais.

— Mon cher ami, déclara l'étranger, je suis Irlandais de la tête aux pieds. Père irlandais, mère irlandaise. Je n'ai pas la moindre goutte de sang anglais dans les veines.

— Et vous ne seriez pas marié, par hasard? poursuivit l'Allemand. Vous pourriez peut-être avoir une femme et un enfant, non? Les Boers n'aiment pas beaucoup les hommes célibataires.

— Ah, dit l'étranger en considérant le mortier d'un air attendri, mais oui, j'ai une très chère épouse et trois adorables petits enfants. Deux charmantes fillettes et un superbe garçon.

Ces informations furent transmises à la grosse Hollandaise et, après un nouveau conciliabule, elle parut s'amadouer quelque peu; mais elle n'était pas moins fermement convaincue que cet individu ne nourrissait que de mauvais desseins.

– Ah Seigneur! criait-elle encore. Les Anglais sont tous laids comme des poux. Mais celui-là alors, a-t-on jamais vu figure humaine flanquée d'un pareil nez à faire peur aux taureaux, avec des yeux bigleux et des bottes aussi avachies? Emmenez-le chez vous, lança-t-elle à l'Allemand. Mais c'est vous qui répondrez de ses crimes.

L'Allemand l'ayant informé de la façon dont s'arrangeaient finalement les choses, l'étranger s'inclina bien bas devant tante Sannie et emboîta le pas à son hôte en direction de la petite cabane qui lui servait de logement.

– Je pensais bien que sa bonne nature reprendrait le dessus, dit l'Allemand d'un air réjoui. Tante Sannie n'est pas entièrement mauvaise, loin de là. Puis, remarquant les coups d'œil furtifs que son compagnon lui lançait et qu'il prit à tort pour l'expression de son étonnement, il s'empressa d'ajouter : Hé! oui... on est tous un peu primitifs par ici; on ne s'embarrasse pas de manières. Tout le monde s'appelle « tante » et « oncle »... *Tanta* et *Oom,* comme disent les Boers. Eh bien voilà ma chambre, dit-il en ouvrant la porte. C'est un peu primitif, ça aussi... oui, si on veut... ce n'est pas un palais... pas vraiment. Mais ce sera mieux que de dormir à la belle étoile. Enfin j'espère! fit-il en se retournant vers son compagnon. Entrez, entrez. On va vous donner à manger... Oh, ce n'est pas royal, mais nous ne mourons pas de faim... pas encore, reprit-il en se frottant les mains et en jetant un regard circulaire dans la pièce.

Un sourire de contentement un peu inquiet éclaira son visage fatigué.

– Ah! mon ami, mon cher ami, dit l'étranger en lui prenant la main, que le Seigneur vous bénisse, que le Dieu des orphelins et des étrangers vous bénisse et vous le rende au centuple! Sans vous j'aurais passé cette nuit dehors, avec la rosée du ciel sur la tête.

Plus tard dans la soirée, Lyndall vint apporter dans la cabane les provisions du lendemain. Une lumière vive s'échappait de la minuscule fenêtre ; sans frapper, elle souleva le loquet et entra. Un feu brûlait dans l'âtre et répandait

une lueur chaude dans la petite pièce aux poutres vermoulues,
au sol de terre battue et aux murs lézardés, simplement blanchis à la chaux. C'était un bien curieux endroit, rempli d'une
foule d'objets hétéroclites. Près de la cheminée se trouvait
une grande boîte à outils; à côté, une petite étagère couverte
de vieux livres fatigués; et dans le coin, un tas de sacs de
graines, les uns pleins, les autres vides. Des courroies, des
reim, de vieilles bottes, des morceaux de harnais et un chapelet d'oignons pendaient aux poutres. Le lit était dans l'autre
coin, avec sa courtepointe ornée de lions d'un rouge fané et
le grand rideau bleu, pour l'instant repoussé contre le mur,
qui l'isolait du reste de la pièce. Sur le dessus de la cheminée
s'étalait un assortiment de cailloux et de petits sachets de
toile. Enfin une carte de l'Allemagne du Sud était fixée au
mur, et l'on pouvait y voir une ligne rouge indiquant les
itinéraires que l'Allemand avait parcourus à pied. Cette petite
chambre, pendant longtemps, avait été pour les fillettes leur
seul foyer. La maison où régnait tante Sannie était faite pour
dormir et manger, pas pour être heureux. Tante Sannie avait
beau leur dire qu'elles étaient trop grandes à présent pour
continuer à aller s'amuser là-bas, tous les matins et tous les
soirs c'est là qu'on les trouvait. Comment auraient-elles pu
renoncer à un lieu auquel restaient attachés tant de souvenirs
merveilleux?

Ces longues soirées d'hiver passées devant le feu, à faire
rôtir des pommes de terre sous la cendre et à se poser des
devinettes, tandis que le vieux leur décrivait le petit village
d'Allemagne où, cinquante ans plus tôt, un petit garçon, après
s'être amusé à lancer des boules de neige, avait rapporté chez
lui les bas de laine mouillés de la petite fille qui allait plus
tard devenir la mère de Waldo! Ne les voyaient-elles pas en
imagination, ces petites paysannes allemandes avec leurs
longues tresses blondes et leurs sabots de bois, et les enfants
que leurs douces mamans appelaient gentiment à l'heure du
déjeuner pour leur donner du lait chaud et des pommes de
terre dans de petites écuelles de bois?

Et que dire de ces soirs de clair de lune où l'on chahutait

joyeusement devant la porte avec le vieil Allemand – souvent
le plus gamin de la petite bande! – où l'on riait, riait jusqu'à
faire résonner le vieux toit métallique de la remise.

Mais les meilleurs moments, c'étaient peut-être encore les
grandes nuits tièdes et pleines d'étoiles où ils s'asseyaient tous
ensemble sur le seuil, se tenaient par la main et chantaient
des cantiques en allemand – et quelquefois le vieil Otto, quand
les voix claires montaient dans l'air silencieux, retirait brusquement sa main pour essuyer une larme à la dérobée. Ils
restaient là, assis interminablement à contempler le ciel et
parler des étoiles : leur chère Croix du Sud, Mars et son bel
éclat rouge, Orion et son baudrier, et les Pléiades que l'on
appelait aussi les Sept Sœurs Mystérieuses. Ils s'interro-
geaient. Depuis combien de temps étaient-elles là? Étaient-
elles habitées? Et le vieil Allemand racontait que là-bas se
trouvaient peut-être les âmes de ceux que nous avions aimés;
que dans ce petit point brillant qui scintillait là-haut vivait
peut-être la petite fille dont il avait un jour emporté les bas
de laine; alors les enfants regardaient ce petit point avec
tendresse et l'appelaient « l'étoile d'oncle Otto ». Puis on
s'interrogeait sur des sujets plus graves, on évoquait la fin
des temps, le jour et l'heure où les cieux s'enrouleraient
sur eux-mêmes comme un rouleau de parchemin, où les
étoiles tomberaient sur la terre comme les figues encore
vertes d'un figuier et où le temps disparaîtrait. «Quand le
Fils de l'Homme viendra dans Sa Gloire, entouré de tous
Ses anges.» Insensiblement on baissait la voix, on chucho-
tait tout bas; puis on se disait doucement bonsoir et les
fillettes rentraient à la maison sans dire un mot, en marchant lentement.

Quand Lyndall entra, ce soir-là, Waldo était déjà assis
devant le feu, son ardoise à la main, les yeux fixés sur la
marmite qui bouillottait; son père, assis à la table, était
plongé dans la lecture d'un journal vieux de trois semaines;
et l'étranger dormait profondément sur le lit, la bouche
ouverte, les membres étalés, comme un homme recru de
fatigue. La fillette posa les provisions sur la table, moucha

la chandelle et considéra longuement le personnage affalé sur
le lit.

— Oncle Otto, demanda-t-elle au bout d'un moment, en
posant sa petite main à plat sur le journal, forçant ainsi le
vieil Allemand à lever les yeux par-dessus ses lunettes, depuis
combien de temps a-t-il dit qu'il marchait, cet homme?

— Depuis ce matin, le pauvre! C'est un gentleman... pas
l'habitude de marcher à pied... perdu son cheval... le pauvre!
dit l'Allemand avec une moue compatissante, en regardant
par-dessus ses lunettes le coin de la chambre où l'étranger
dormait dans les plis de son double menton. Sa peau apparaissait ici et là par les trous de ses bottes.

— Et tu le crois, toi, oncle Otto?

— Si je le crois? Mais oui, bien sûr. Il m'a lui-même raconté
trois fois son histoire, en détail.

— S'il n'avait vraiment marché qu'une seule journée, dit
tranquillement la fillette, ses bottes n'auraient pas cette mine-
là. Et si...

— Et si...! lança l'Allemand en se redressant sur sa chaise,
fâché que l'on puisse mettre en doute une évidence aussi
indiscutable. Et si...! Mais c'est lui-même qui me l'a dit!
Regarde-le, ajouta-t-il d'une voix pathétique, regarde comme
il est épuisé... le pauvre! On a tout de même quelque chose
à lui donner, fit-il en désignant du pouce par-dessus son
épaule la marmite posée sur le feu. On n'est pas des grands
cuisiniers... pas comme les Français!... mais je pense que c'est
mangeable... mangeable, enfin, j'espère. Mieux que rien, en
tout cas, j'espère... et il hocha la tête avec un air jovial qui
témoignait de la haute opinion qu'il se faisait du contenu de
sa marmite et de la profonde satisfaction qu'il en tirait. Chut!
chut! mon petit poulet! fit-il comme Lyndall tapait de son
petit pied par terre. Chut! chut! mon petit poulet, tu vas le
réveiller.

Il déplaça la bougie de façon que sa tête fasse écran entre
la flamme et le dormeur; puis, lissant son journal de la main,
il remonta ses lunettes sur son nez pour poursuivre sa lecture.

Les yeux gris sombre de l'enfant se tournèrent vers la

silhouette étendue sur le lit, puis revinrent vers l'Allemand et se posèrent de nouveau sur l'étranger.

– Moi je crois que c'est un menteur. Bonne nuit, oncle Otto, dit-elle tranquillement en se dirigeant vers la porte.

Longtemps après qu'elle fut sortie, l'Allemand replia méthodiquement son journal et le mit dans sa poche.

L'étranger ne s'était pas réveillé pour partager sa soupe; quant à Waldo, il s'était endormi par terre. Le vieil homme alla prendre deux peaux de mouton blanches sur le tas de sacs et, les pliant ensemble, il les glissa doucement sous la tête du garçon qui avait roulé sur son ardoise.

– Pauvre petit agneau, pauvre petit agneau! dit-il en caressant tendrement sa toison bouclée, embroussaillée comme celle d'un jeune animal. Fatigué, lui aussi!

Il jeta un manteau sur les pieds de l'enfant et retira la marmite du feu. Et comme il ne lui restait plus un seul endroit où s'allonger, le vieil homme retourna s'asseoir sur sa chaise. Il ouvrit sa vieille Bible aux pages usées; et tandis qu'il lisait, montaient en lui toutes sortes de pensées et de visions heureuses.

« J'étais un étranger et vous m'avez accueilli », lisait-il.

Il se tourna encore une fois vers le lit où dormait l'étranger.

« J'étais un étranger... »

Le vieil homme le considéra avec tendresse. Il ne remarqua ni la chair bouffie ni l'expression méchante de cet homme; mais, caché sous les apparences trompeuses d'un corps mortel, il vit le visage de Celui qu'il avait évoqué si souvent dans ses rêves que sa réalité ne faisait pour lui plus de doute. « Jésus, mon bien-aimé Jésus, il nous est donc donné, à nous pauvres pécheurs, faibles et ignorants, de Te servir, de T'ouvrir notre porte! » prononça-t-il tout bas en se levant. Transporté de joie il se mit à arpenter la petite chambre. Tout en marchant, il chantonnait de temps à autre en allemand quelques versets d'un psaume, ou murmurait des bribes de prières. Son logis était comme illuminé. L'Allemand avait le sentiment que le Christ était là, tout près de lui, que d'un moment à l'autre la brume qui obscurcissait ses yeux terrestres allait se déchirer et qu'il reconnaîtrait Celui devant lequel les pèlerins d'Emmaüs, leurs yeux enfin dessillés, s'étaient écriés : « C'est le Seigneur! »

Tout au long de cette nuit, sans cesser un instant de marcher, le vieil homme leva cent fois les yeux vers le plafond de sa petite chambre et ses poutres noircies, mais ce n'était pas elles qu'il voyait. Une joie radieuse illuminait son visage buriné; et la nuit ne fut pas plus courte aux dormeurs emportés par leurs rêves qu'à cet homme dont les songes éveillés avaient ouvert le ciel.

Le temps passa si vite qu'il fut tout étonné de voir paraître par la petite fenêtre les premières lueurs grises de cette aube d'été. Il était quatre heures du matin. Il rassembla les braises qui couvaient encore sous la cendre, et son fils, se retournant sur ses peaux de mouton, demanda d'une voix endormie s'il était déjà l'heure de se lever.

Dors encore, dors encore! Je rallume le feu, dit le vieil homme.

Tu as veillé toute la nuit? demanda l'enfant.

— Oui. Mais le temps a passé vite. Très vite. Rendors-toi, mon petit poulet, il est encore très tôt.

Et il sortit chercher des galettes de bouse pour ranimer le feu.

Bonaparte Blenkins était assis au bord du lit. Depuis la veille, il s'était étonnamment ragaillardi, tenait maintenant la tête haute, parlait d'une voix forte et sonore et dévorait goulûment tout ce qu'on lui offrait. Près de lui se trouvait une écuelle de soupe dont il engloutissait par intervalles de grandes gorgées tout en observant le mouvement des mains du vieil Allemand, assis par terre, en train de réparer le siège d'une chaise.

Au bout d'un moment, il releva les yeux et regarda au dehors, où quelques jeunes autruches déambulaient nonchalamment dans le soleil de l'après-midi, puis considéra de nouveau la petite chambre blanchie à la chaux et, assise sur le seuil, Lyndall qui feuilletait un livre. Il leva le menton et fit le geste de vouloir attacher un col de chemise. Le col étant absent, il se contenta de lisser la petite frange bouclée qui lui ornait la nuque, et commença :

— Je vois que vous aimez l'histoire, mon ami, si j'en juge à tous ces livres qui jonchent votre logis. Je l'ai tout de suite deviné.

— Oui... euh... un peu... peut-être... répondit l'Allemand, plein d'humilité.

— Alors, si vous connaissez l'histoire, dit Bonaparte en se redressant d'un air altier, vous avez certainement entendu parler de mon célèbre, de mon illustre parent, le grand Napoléon Bonaparte ?

— Mais oui, bien sûr, répondit l'Allemand en levant les yeux.

— Eh bien, monsieur, quand je suis né par un beau jour d'avril, il y a cinquante-trois ans à cette même heure, la sage-femme — celle-là même qui avait présidé à la naissance du duc de Sutherland — me présenta à ma mère en disant : « Il n'y a qu'un seul nom qui puisse convenir à cet enfant. Il a le nez de son célèbre cousin. » C'est ainsi que l'on me nomma Bonaparte Blenkins. Bonaparte Blenkins. Oui, monsieur, une branche de ma famille, du côté de ma mère, se trouve apparentée à une branche de la sienne, du côté de sa mère.

L'Allemand laissa échapper une exclamation de surprise.

— Le lien de parenté, poursuivit Bonaparte, est un peu compliqué à saisir pour qui n'est point familiarisé avec la généalogie des grandes familles. Mais il est très proche.

— Est-ce possible! s'exclama l'Allemand, émerveillé tout autant qu'intrigué, en interrompant son travail. Napoléon serait irlandais!

— Oui. Par sa mère. Et c'est ainsi que nous sommes parents. Et le seul qui ait jamais réussi à en venir à bout, dit Bonaparte en s'étirant, c'est le duc de Wellington. Or, par une curieuse coïncidence, ajouta-t-il en penchant le buste en avant, ce dernier se trouve être également apparenté à ma famille. Son neveu, le neveu du duc de Wellington, a épousé l'une de mes cousines. Ah! quelle femme! Vous l'auriez vue dans les bals de la cour, en robe de satin doré, des pâquerettes dans les cheveux! On aurait fait cinquante lieues rien que pour elle! Je l'ai d'ailleurs souvent vue moi-même là-bas, oui monsieur!

L'Allemand entrecroisait ses lanières de cuir en méditant sur les étranges vicissitudes de l'existence, qui conduisaient le proche parent d'un duc et d'un empereur jusqu'à son humble logis.

Bonaparte paraissait absorbé dans ses glorieuses réminiscences.

— Ah! ce neveu du duc de Wellington! s'exclama-t-il brusquement. Nous en avons passé de bons moments ensemble. Il venait souvent me voir au Manoir Bonaparte. C'était une belle propriété que j'avais à l'époque : un parc, des serres,

des domestiques. Il n'avait qu'un défaut, ce neveu du duc de
Wellington, ajouta-t-il en remarquant que l'Allemand l'écoutait avec un extrême intérêt. C'était un poltron. Un poltron
de la plus belle espèce. Vous n'êtes jamais allé en Russie, je
suppose? demanda-t-il en dévisageant fixement l'Allemand de
ses petits yeux bigles.

— Non, jamais, répondit modestement le vieil homme. La
France, l'Angleterre, l'Allemagne, et une petite partie de ce
pays... ce sont là tous mes voyages.

— Ah! mon ami, moi j'ai parcouru le monde entier, et
je parle toutes les langues civilisées, à la seule exception
du hollandais et de l'allemand. J'ai d'ailleurs écrit un livre
sur mes voyages... les épisodes les plus remarquables, s'entend. Les éditeurs me l'ont volé : tous des gredins, les
éditeurs! Un jour donc, je voyageais en Russie avec le neveu
du duc de Wellington. Soudain, l'un de nos chevaux s'écroule,
raide mort. Nous étions seuls... froid terrible, quatre pieds
de neige, immense forêt, traîneau immobilisé... nuit tom-
bante... loups!

» — La belle vie! s'exclama le neveu du duc de Wellington.

» — La belle vie? Tu trouves? lui dis-je. Regarde donc!

» Et en effet, que voyait-on sous un buisson? Le museau
d'un gros ours! En un clin d'œil, le neveu du duc de Wellington fut en haut d'un arbre. Je gardai tout mon calme —
tel que vous me voyez ici —, je chargeai tranquillement mon
fusil et montai dans l'arbre à mon tour. Mais celui-ci n'avait
qu'une seule branche.

» — Bonap, me dit le neveu du duc de Wellington, mets-toi
devant moi. — D'accord, lui dis-je, mais sois prêt à tirer. Il
n'est pas seul.

» Il se cachait la tête derrière mon dos.

» — Combien sont-ils? demanda-t-il. — Quatre, dis-je.

» — Et maintenant, combien sont-ils? — Huit, dis-je. — Et
maintenant, combien sont-ils? — Dix, dis-je. — Dix! dix! s'écria-
t-il en lâchant son fusil. — Wallie, m'écriai-je, qu'as-tu fait?
Hélas! Maintenant nous sommes morts. — Mon vieux Bonap,
ce n'est pas ma faute, dit-il en gémissant. Ce sont mes

mains qui tremblent. — Wal, lui dis-je en me retournant et
en lui prenant les mains, mon cher compagnon, adieu. Je ne
crains pas la mort. Mes jambes sont si longues qu'elles
touchent presque terre. Le premier que je rate m'arrachera
les pieds. Si je tombe, tu prendras mon fusil. Tu as encore
des chances d'être sauvé. Ah! tu diras à Mary Ann, à ma
chère Mary Ann, que j'ai pensé à elle, que j'ai prié pour elle!
— Adieu, mon ami, me dit-il. — Dieu te bénisse! lui répondis-je.

» Les ours étaient maintenant assis en cercle autour de
l'arbre. Oui, un cercle parfait, dit Bonaparte d'un ton pénétré,
le regard intensément fixé sur l'Allemand. Je l'ai mesuré
après, on voyait encore l'empreinte de leurs queues sur la
neige. Un maître de dessin n'eût pas fait mieux. C'est cela
qui m'a sauvé. S'ils s'étaient précipités sur moi tous ensemble,
le pauvre Bonaparte ne serait pas ici aujourd'hui pour vous
raconter cette histoire. Or, monsieur, ils s'approchèrent *sys-
tématiquement* un par un. Les autres restaient assis et attendaient leur tour. Le premier se leva, je tirai. Le second se
leva, je tirai. Le troisième, je tirai. Enfin le dixième arriva.
C'était le plus grand, le chef en quelque sorte. Alors je dis
à mon cousin :

» — Wall, donne-moi la main. J'ai les doigts engourdis par
le froid et c'est ma dernière balle. Je risque fort de le rater.
Pendant qu'il me dévorera, descends vite, ramasse ton fusil.
Sauve ta vie, mon cher ami, et souviens-toi dans tes pensées
de celui qui a donné la sienne pour toi! »

» Entre-temps l'ours s'était approché. Déjà je sentais sa
grosse patte sur la jambe de mon pantalon. « Oh! Bonnie,
Bonnie! » s'écria le neveu du duc de Wellington.

» Mais j'épaulai, visai l'oreille, et l'ours tomba. Mort.

Bonaparte Blenkins attendit un moment pour voir l'effet
que produisait son histoire. Puis il sortit de sa poche un
mouchoir blanc passablement crasseux dont il se tamponna
le front et, plus ostensiblement, les yeux.

— Je suis toujours très affecté chaque fois que j'évoque cette
aventure, dit-il en remettant le mouchoir dans sa poche. Elle

me rappelle l'ingratitude, l'ignoble, l'infâme ingratitude de cet homme! Cet homme, qui sans moi aurait péri dans les immensités inexplorées de la Russie, cet homme, lorsque l'adversité s'abattit sur moi, m'abandonna lâchement.

L'Allemand releva la tête.

— Oui, reprit Bonaparte, j'avais de la fortune, j'avais des terres, et un jour je dis à ma femme : « L'Afrique est un pays qui a besoin de bras, d'argent, d'hommes intelligents et compétents, capables de le mettre en valeur. Partons-y. »

» J'achetai pour huit mille livres sterling de machines : des vanneuses, des charrues, des moissonneuses. Je les chargeai sur un cargo, et je pris le premier paquebot, avec femme et enfants. J'arrivai au Cap. Où donc était passé mon cargo? Perdu! Coulé! Le coffre où j'avais mis tout mon argent? Perdu! Je n'avais plus rien!

» Ma femme écrivit au neveu du duc de Wellington. Je ne le voulais pas, mais elle le fit à mon insu.

» Et que fit-il, cet homme à qui j'avais sauvé la vie? M'envoya-t-il trente mille livres sterling en disant : « Bonaparte, mon frère, prends ces quelques miettes »? Non. Il ne m'envoya rien du tout.

» Ma femme insistait : « Écris-lui. » Je lui répondis : « NON, Mary Ann. Tant que ces mains ont la force de travailler, NON. Tant que ce corps a la force de résister, NON. Il ne sera pas dit que Bonaparte Blenkins s'est abaissé à quémander. »

Le noble esprit d'indépendance de cet homme toucha profondément l'Allemand.

— Le sort a été dur pour vous... oui, bien dur, dit-il en secouant la tête.

Bonaparte avala une gorgée de soupe, se renversa en arrière contre les oreillers et poussa un profond soupir. Au bout d'un moment il se leva et dit :

— Je crois que je vais aller faire un petit tour dehors maintenant; humer la suavité de l'air et la fraîcheur du soir. Je suis encore tout moulu de courbatures. Un peu d'exercice me fera le plus grand bien.

Ce disant, il vissa avec le plus grand soin son couvre-chef sur son crâne dégarni et se dirigea vers la porte. Après son départ, l'Allemand, toujours penché sur son ouvrage, se remit à pousser des soupirs :

— Ah! Seigneur! C'est bien ça la vie! Ah!

Il faisait bien sûr allusion à l'ingratitude du monde.

— Dis-moi, oncle Otto, dit la fillette assise sur le pas de la porte, tu crois que c'est possible, toi, dix ours assis tous en rond sur leurs queues?

— Dix, je ne sais pas... Mais c'est bien connu que les ours attaquent les voyageurs. Cela arrive tous les jours. Ah! quel courage, cet homme! Quelle terrible aventure!

— Comment peut-on savoir qu'elle est vraie, son histoire, oncle Otto?

Ces mots déchaînèrent instantanément la colère de l'Allemand.

— Je ne supporte pas qu'on parle de cette façon, s'écria-t-il. Comment peut-on savoir qu'elle est vraie! Comment sait-on qu'une chose est vraie? C'est parce qu'on nous le *dit*. Si l'on commence à tout mettre en doute — des preuves, des preuves, des preuves! —, qu'est-ce qu'il nous restera à croire? Comment sait-on que c'est un ange qui a libéré Pierre de sa prison? Parce que Pierre nous l'a dit. Comment sait-on que Dieu a parlé à Moïse? Parce que Moïse l'a écrit. Ah! je ne supporte pas qu'on parle comme cela!

La fillette fronça les sourcils. Ses pensées firent sans doute plus de chemin que l'Allemand n'eût souhaité; la vieille génération ne se rend pas très bien compte que tout ce qu'elle dit, tout ce qu'elle fait, est comme un livre où la génération suivante forme sa réflexion. Ce n'est pas ce que l'on nous enseigne, c'est ce que nous voyons de nos propres yeux qui construit notre esprit, et c'est ce que l'enfant récolte ainsi qui nourrit plus tard l'adulte.

Quand l'Allemand releva les yeux quelques instants après, une expression d'intense satisfaction se lisait sur la petite bouche et dans les beaux yeux sombres de l'enfant.

— Qu'est-ce que tu vois donc, mon poulet? demanda-t-il.

La fillette ne répondit pas, mais un hurlement d'épouvante, porté par la brise du soir, arriva jusqu'à eux.

– Mon Dieu! Mon Dieu! Ah! Je suis mort!

Bonaparte Blenkins se précipita dans la pièce, la bouche grande ouverte et tremblant comme une feuille, suivi de près par une jeune autruche qui passa le cou dans l'ouverture de la porte, ouvrit le bec dans sa direction puis s'en alla.

– Fermez la porte! Fermez la porte! Si vous tenez à ma vie, fermez la porte! s'écria Bonaparte en s'effondrant sur une chaise, le visage blême, bleuâtre, les lèvres presque vertes. Ah! mon ami! dit-il en chevrotant, j'ai vu l'éternité en face! Ma vie ne tenait qu'à un fil! J'étais dans la vallée de l'ombre de la mort! poursuivit-il en agrippant l'Allemand par le bras.

– Seigneur! Seigneur! fit l'Allemand, qui entre-temps avait refermé le vantail inférieur de la porte et se tenait, plein de sollicitude, près de Bonaparte. Quelle peur vous avez eue! Je n'ai jamais vu une autruche aussi jeune s'attaquer à quelqu'un. Mais il arrive qu'elles aient leurs têtes. Un jour j'ai dû renvoyer un domestique parce qu'une autruche s'obstinait à l'attaquer. Ah! Seigneur! Seigneur!

– Je me retourne, dit Bonaparte, et je vois au-dessus de moi cette gueule béante, ce gouffre écarlate et cette patte monstrueuse prête à me frapper. Mes nerfs, ajouta-t-il, près de défaillir, mes nerfs ont toujours été fragiles... c'est trop pour eux... ils vont lâcher... ah!... ils lâchent! Vous n'auriez pas un peu de vin, mon ami, ou un peu de brandy?

Le vieil Allemand se précipita vers l'étagère et tira de derrière une rangée de livres un petit flacon dont il versa la moitié du contenu dans une tasse. Bonaparte la vida d'un coup.

– Cela va mieux? s'inquiéta l'Allemand, le regard débordant de compassion.

– Un peu. Un *tout petit peu* mieux.

L'Allemand sortit ramasser le tuyau de poêle cabossé qui était tombé devant la porte.

– Je suis désolé que vous ayez eu si peur. Ces oiseaux-là ont toujours l'air un peu méchant quand on ne les connaît pas, dit-il d'un air consolateur en posant le chapeau sur la table.

– Mon ami, dit Bonaparte en lui tendant la main, je vous pardonne. Ne vous tracassez pas pour moi. Quelles qu'en soient les conséquences, je vous pardonne. Je sais bien, et je le crois fermement, que c'est sans mauvaises intentions que vous m'avez laissé sortir. Donnez-moi la main. Je ne vous en veux pas. Pas le moins du monde !

– Vous êtes trop bon, dit l'Allemand en prenant la main qu'on lui tendait, avec l'intime conviction de recevoir le plus généreux des pardons pour l'énorme faute qu'il avait commise. Vous êtes trop bon.

– Je vous en prie, ce n'est rien, dit Bonaparte.

Il redressa la coiffe de son chapeau qui avait sérieusement souffert, reposa l'objet devant lui sur la table et, appuyé sur les coudes, la tête entre les mains, le contempla intensément.

– Ah ! mon vieil ami, dit-il en s'adressant à son couvre-chef, toi qui m'as servi si longtemps, qui m'as servi si loyalement, voici venir ton dernier jour. Jamais plus tu ne poseras ta noble forme sur la tête de ton maître. Jamais plus tu ne protégeras son front des brûlures de l'été ou des morsures de l'hiver. Ton maître désormais ira la tête nue. Adieu, adieu, vieux compagnon !

A la fin de cette tirade déchirante, l'Allemand se leva. Il se dirigea vers le coffre placé au pied du lit, d'où il tira un chapeau noir qui, de toute évidence, avait rarement été porté et toujours soigneusement conservé.

– Ce n'est peut-être pas exactement ce que vous avez coutume de porter, dit-il un peu gêné, en le posant à côté du tuyau de poêle défoncé, mais il pourrait vous rendre service... au moins vous protéger la tête...

– Mon ami, déclara Bonaparte, vous ne suivez pas mes conseils. Je ne veux pas que vous ayez mauvaise conscience à cause de moi. Je vous en prie, ne vous tracassez surtout pas. J'irai tête nue.

– Non non non ! s'écria énergiquement l'Allemand. Je ne me sers jamais de ce chapeau. Il reste enfermé dans ce coffre.

– En ce cas, mon ami, j'accepte. C'est un tel soulagement pour l'esprit que d'avoir l'occasion de se racheter quand on a blessé quelqu'un sans le vouloir. Je connais bien ce sentiment. Ce chapeau n'a peut-être pas la coupe raffinée du précédent, mais il me rendra service, oui, oui, certainement. Merci, poursuivit Bonaparte en l'essayant puis en le reposant sur la table. Maintenant je vais m'allonger un instant ; je suis brisé. J'ai grand-peur de ne plus avoir d'appétit pour le dîner.

– J'espère bien que si, j'espère bien que si, insista l'Allemand, l'air soucieux, en retournant s'asseoir et en reprenant son ouvrage, tandis que Bonaparte s'étendait sur le lit en rabattant sur ses pieds l'extrémité de la courtepointe.

– Ne pensez pas à votre départ, reprit l'Allemand après quelques instants. Vous pouvez rester encore plusieurs jours. Tante Sannie a donné son accord, et...

– Mon ami, répondit Bonaparte en fermant les yeux d'un air douloureux, vous êtes bien bon ; mais si demain n'était pas le jour du sabbat, je reprendrais ma route, tout faible et chancelant que je suis. Je dois chercher du travail. L'oisiveté, ne fût-ce qu'une journée, m'est pénible. « Travaillez, prenez de la peine », voilà le secret du vrai bonheur !

Il plia en deux l'oreiller sous sa tête et observa attentivement comment l'Allemand entrecroisait ses lanières de cuir.

Au bout d'un moment, Lyndall alla reposer sans bruit son livre sur l'étagère et s'en alla. L'Allemand à son tour se leva et entreprit de préparer les galettes quotidiennes en mêlant l'eau et la farine. Tout en pétrissant sa pâte, il expliqua :

– J'en fais toujours une double portion le samedi soir. Ainsi les mains et l'esprit restent libres pour le dimanche.

– Le saint jour du Seigneur ! dit Bonaparte.

Il y eut un silence. Bonaparte, sans bouger la tête, lorgnait du coin de l'œil vers la cheminée pour vérifier si le dîner était bien sur le feu.

– La parole du Seigneur doit vous manquer, dans ce pays perdu, reprit-il. Ah ! que j'aime Ta Demeure et le lieu où réside Ta Gloire !

– Oui, cela manque, certes. Mais nous faisons de notre

mieux. Nous nous réunissons et... et je prononce quelques mots, avec l'espoir que... peut-être... ils ne seront pas complètement perdus...

– Quelle étrange coïncidence! s'exclama Bonaparte. C'est exactement ce que je faisais moi-même. J'ai vécu quelque temps dans l'État Libre... une ferme isolée... un seul voisin... Tous les dimanches je rassemblais l'entourage et les amis, enfants et serviteurs, je leur disais : « Réjouissons-nous et prions le Seigneur », et je faisais un petit sermon. Ah ! L'époque bénie ! Combien j'aimerais qu'elle revienne un jour !

L'Allemand pétrissait sa pâte, pétrissait, pétrissait, pétrissait. Il voulait bien céder à l'étranger son lit, son chapeau, et même son brandy; mais lui céder son service du dimanche!

Après un long moment, il dit enfin :

– Je pourrais en parler à tante Sannie. Oui, je pourrais peut-être arranger cela; vous feriez le service à ma place, si...

– Mon ami, rétorqua Bonaparte, je serais au comble de la félicité, ce serait pour moi un bonheur incommensurable; mais dans l'état où je suis, avec cette vêture lamentable, cette garde-robe délabrée, c'est impensable, ce serait inconvenant d'officier ainsi en présence de Celui que le respect nous interdit même de nommer. Non, mon ami, je resterai ici; et tandis que vous serez tous rassemblés sous le regard du Seigneur, dans ma solitude je penserai à vous et je prierai pour vous. Non, non, je resterai ici!

Le tableau était vraiment trop touchant : cet homme, tout seul dans la petite chambre, qui prierait pour eux. L'Allemand essuya la farine de ses mains et se dirigea vers le coffre d'où il avait précédemment extrait le chapeau. Après quelques tâtonnements il sortit de ses profondeurs une veste, un pantalon et un gilet de drap noir, qu'il étala sur la table avec un sourire entendu. L'étoffe était neuve et brillante, c'était un costume qu'il portait deux fois l'an quand il allait en ville pour le *Nachtmaal*. Il déplia la veste, la tendit à bout de bras devant lui et la considéra avec une satisfaction évidente.

– Ce n'est peut-être pas tout à fait de la dernière mode, ça ne sort pas de chez les tailleurs chics de Londres... pas vrai-

ment... mais cela pourrait faire votre affaire. En cas de besoin...
Essayez-la! Essayez-la! dit-il, et dans ses yeux gris fatigués
brillaient des étincelles de fierté.

Bonaparte se leva et enfila la veste. Elle lui allait comme
un gant; le gilet se laisserait boutonner après un coup de
ciseaux dans le dos, et le pantalon tombait admirablement.
Les bottes éculées faisaient triste figure au-dessous. L'Allemand n'hésita pas. Il alla décrocher de la poutre où elles
étaient pendues une paire de bottes à revers qu'il épousseta
soigneusement et posa devant Bonaparte. Les yeux du vieil
homme débordaient littéralement de joie.

— Je ne les ai portées qu'une seule fois. Elles vous rendront
peut-être service... si vous les trouvez mettables...

Bonaparte les enfila et se redressa de toute sa taille; il
touchait presque les poutres de la tête. L'Allemand le regarda
avec une expression d'admiration profonde. C'était merveille
de voir comme les plumes transformaient l'oiseau.

SERVICE N° 1

Waldo posa ses lèvres sur les pages du livre et releva les yeux. Tout là-bas dans la plaine, le kopje apparaissait comme une petite tache brune; les moutons circulaient lentement d'un buisson à l'autre; l'air était encore frais et tout baignait dans le grand calme du dimanche matin.

Il rabaissa le regard sur son livre. Un petit insecte noir se promenait sur la page. Waldo le fit grimper au bout de son doigt. Appuyé sur un coude, il observa le frémissement de ses antennes et les mouvements bizarres de ses pattes. Il sourit.

— Toi non plus, murmura-t-il, tu ne mourras pas. Toi aussi, Il t'aime. Toi aussi, Il t'emportera dans ses bras, le jour où Il emportera le monde et fera régner partout le bonheur et la perfection.

Quand la petite bête eut disparu, il passa sa main sur les pages de sa Bible comme pour les caresser. Un jour, ces mêmes pages avaient versé sur lui une pluie de sang; elles avaient obscurci le soleil de son enfance; elles avaient fait surgir de terribles visions qui s'étaient accrochées à lui et avaient rempli ses nuits d'épouvante. D'affreuses pensées avaient dressé la tête comme des vipères, avaient dardé sur lui leurs langues fourchues en posant des questions grotesques, dérisoires, auxquelles, misérable créature qu'il était, il n'avait pu répondre :

« Pourquoi, dans Marc, les femmes ne voient-elles qu'*un seul ange*, alors qu'elles en voient *deux* dans Luc? Peut-on raconter une histoire de deux façons complètement différentes, et que chacune des deux versions soit vraie? Est-ce possible? Est-ce possible? *Ou encore :* Une même chose peut-elle être tantôt absolument vraie et tantôt absolument fausse? Comment Jahel, la femme d'Héber le Cinéen, a-t-elle pu " d'une main prendre un piquet et de sa droite un marteau d'ouvrier "? Et comment l'Esprit du Seigneur a-t-il pu chanter pour elle des chants d'allégresse, écrire ses louanges dans le Livre du Seigneur, sans que s'élève une seule voix pour dire que c'est un péché de mentir, que c'est immonde et vil de tuer dans son sommeil celui qui vous faisait confiance? Comment l'ami de Dieu a-t-il pu épouser sa propre sœur sans que Dieu le maudisse, et pourquoi l'homme qui ferait la même chose aujourd'hui irait-il en enfer, oui, en enfer? Il n'y avait donc rien d'absolument vrai, rien d'absolument faux? »

Ces mêmes pages avaient autrefois versé sur lui une pluie de sang, figé son cœur, volé la joie de son enfance; et maintenant il promenait ses doigts sur elles comme pour les caresser.

– Dieu mon Père sait ce qu'Il fait, mon Père sait ce qu'Il fait. Nous ne pouvons pas comprendre. Mais Lui, Il sait, dit-il; et après un instant il murmura en souriant : ce matin j'ai entendu Ta voix, lorsque j'avais encore les yeux fermés. Je T'ai senti tout près de moi, mon Père. Pourquoi m'aimes-Tu autant? (Son visage rayonnait.) Depuis quatre mois, mes vieilles interrogations ont disparu. Je sais que Tu es bon; je sais que Tu aimes toutes Tes créatures; je le sais, je le sais, je le sais! Je n'aurais pas pu supporter cela plus longtemps. (Il rit doucement.) Et pendant tout ce temps que je souffrais, Tu me regardais et Tu m'aimais, et je ne le savais pas. Maintenant je le sais, je le sens dans mon cœur, dit le garçon en riant tout bas. Je le sens!

Il riait. Et bientôt il se mit à chanter; tour à tour il chantait et il psalmodiait certains versets de psaumes, choisissant ceux qui exprimaient le mieux son allégresse, et il les répétait sans se lasser. Les moutons intrigués tournaient la tête et le dévisageaient de leurs yeux stupides.

Enfin il se calma, puis se tut. Et c'est alors, couché par

terre, fixant des yeux les buissons et le sable, qu'il eut une vision.

Il avait franchi le fleuve de la Mort et se trouvait sur l'autre rive, sur la terre du Seigneur. Il était seul, il marchait et ses pieds s'enfonçaient dans l'herbe épaisse, d'un vert éblouissant. Soudain, à l'autre bout de la prairie, il vit quelqu'un qui s'avançait vers lui. D'abord il le prit pour un ange; mais à mesure qu'il approchait, il comprit qui c'était. L'inconnu s'approchait, s'approchait, il entendit sa voix qui disait : « Viens », et il sut avec certitude que c'était Lui. Il courut, il Lui prit les pieds, oui, il les serra très fort entre ses mains! Il se coucha par terre à côté d'eux. Et quand il releva les yeux, le visage divin était penché sur lui, les yeux resplendissants le regardaient avec amour. Ils étaient là, seuls, tous les deux.

Il laissa éclater son rire et bondit sur ses pieds comme quelqu'un qu'on réveille en sursaut.

— Ô Dieu! s'écria-t-il. Je n'en peux plus d'attendre! Je n'en peux plus d'attendre! Je veux mourir. Je veux Le voir. Le toucher. Fais-moi mourir! (Il joignit les mains en tremblant.) Comment pourrai-je attendre si longtemps... tant d'années, tant d'années peut-être encore? Je veux mourir... Le voir enfin. Je veux bien n'importe quelle mort. Oh, laisse-moi venir à Toi!

Il inclina le front en pleurant, frémissant de la tête aux pieds. Au bout d'un long moment il releva la tête.

— Oui. J'attendrai, j'attendrai. Mais fais que ce ne soit pas trop long, ô Jésus, mon Roi. Je te désire, je te désire de tout mon cœur. Appelle-moi vite! Vite!

Il s'assit et resta immobile, perdu dans la contemplation de la plaine, les yeux noyés de larmes.

SERVICE N° 2

Dans le salon se trouvait déjà tante Sannie, assise dans son fauteuil. Elle avait à la main son gros livre de cantiques à fermoir de cuivre, un mouchoir blanc tout propre autour du cou, et ses pieds reposaient sur un tabouret de bois. Em et Lyndall étaient là, elles aussi, avec leurs chaussures neuves et leurs tabliers propres. Et la Hottentote, toute pimpante sous son kappje blanc amidonné, ainsi que son mari, qui se tenait debout de l'autre côté de la porte, sa toison laineuse soigneusement domptée, luisante de cosmétique, et qui ne quittait pas des yeux ses bottes de cuir neuves. Seuls manquaient les domestiques cafres, tante Sannie ayant décrété qu'ils descendaient du singe et n'avaient par conséquent pas besoin d'être sauvés. A part eux, donc, tout le monde était rassemblé pour le service du dimanche, et l'on n'attendait plus que l'officiant.

Cependant Bonaparte et l'Allemand approchaient, bras dessus bras dessous : Bonaparte resplendissait dans son costume de drap noir, sa chemise et son faux col immaculés; l'Allemand, dans son vieil habit poivre et sel, jetait furtivement des regards pleins d'admiration du côté de son compagnon.

Bonaparte ôta son chapeau sur le pas de la porte d'un geste plein de dignité, remonta son faux col et entra. Il se dirigea droit vers la table, au centre du salon, posa solennellement le couvre-chef à côté de l'énorme bible et inclina la tête en silence.

La Hollandaise lança un regard à la Hottentote, qui le lui renvoya.

S'il y avait une chose au monde qui inspirait à tante Sannie le plus profond respect, qui avait le don d'adoucir son humeur et de la rendre momentanément un peu plus tolérante, c'était bien un costume de beau drap neuf, d'un noir brillant. Il évoquait immédiatement pour elle le *predikant;* les notables assis au premier rang des stalles, le dimanche, leurs cheveux impeccablement pommadés, l'air digne et respectable dans leur petite redingote à queue de morue; le ciel enfin, où tout était également digne et respectable, où personne ne portait jamais de pantalons de coutil, et où le moindre petit ange était en habit noir. Elle regrettait d'avoir traité cet homme de voleur et de papiste – en espérant que l'Allemand n'avait pas traduit ces mots-là. Mais d'où avait-il donc sorti cet habit, lui qui était arrivé en haillons à sa porte? C'était sans aucun doute un homme parfaitement respectable, un gentleman. L'Allemand commença à lire un psaume. Bonaparte exhalait un gémissement à la fin de chaque phrase, et deux à la fin des versets.

La Hollandaise avait souvent entendu dire que certaines personnes gémissaient pendant les prières, comme pour y ajouter une touche d'émotion, un point d'orgue. Le vieux Jan Vanderlinde, le frère de sa mère, faisait ainsi après sa conversion, et il ne lui serait jamais venu à l'idée d'y voir le signe d'une grâce particulière; mais gémir pendant les psaumes! Elle était stupéfaite. Elle se demanda, honteuse, s'il se souvenait qu'elle lui avait brandi son poing à la figure. C'était incontestablement un homme de Dieu. L'assistance s'agenouilla pour prier. Mais il était hors de question, bien sûr, que la grosse Hollandaise, qui pesait ses deux cent cinquante livres, se mît à genoux. Elle resta donc assise dans son fauteuil et, derrière ses mains jointes, elle regarda le dos de l'étranger. Elle ne comprenait pas ce qu'il disait, mais son sérieux ne faisait pas de doute. Il secouait si fort le dossier de sa chaise devant lui qu'un petit tas de poussière se forma bientôt sur le sol de terre battue.

Quand l'assistance se releva, Bonaparte s'assit cérémonieusement sur sa chaise et ouvrit la Bible. Il se moucha, remonta son faux col, lissa les pages avec sa main, tapota son gilet agréablement rebondi, se remoucha, embrassa l'assemblée d'un regard solennel et commença :

« – Pour tous les menteurs, leur lot sera l'Étang flambant de feu et de soufre, qui est la seconde mort. »

Ayant lu ce passage de l'Écriture, Bonaparte marqua une pause et fit des yeux le tour de l'assemblée impressionnée.

– Mes chers amis, dit-il, mon intention n'est pas de vous retenir trop longuement. Déjà une grande partie de notre précieux temps nous a été bienheureusement ravie par nos prières d'action de grâce et nos chants de louange. Je me contenterai de quelques mots, je m'adresserai à vous brièvement, et puissent mes paroles être la barre de fer qui sépare l'os de la moelle et la moelle de l'os.

» En premier lieu : qu'est-ce qu'un menteur ?

La question était si directe et fut suivie d'un silence si profond que le Hottentot en cessa d'admirer ses bottes et ouvrit de grands yeux, bien qu'il n'eût pas compris un traître mot de ce qui était dit.

— Je répète, dit Bonaparte. Qu'est-ce qu'un menteur ?

L'effet était impressionnant ; l'assistance était subjuguée.

— L'un de vous a-t-il déjà vu un menteur, mes chers amis ? (Il marqua une pause encore plus longue.) J'espère que non. J'espère très sincèrement que non. Cependant, je vais vous dire, moi, ce que c'est qu'un menteur. J'en ai connu un autrefois. C'était un petit garçon, qui vivait au Cap, dans la rue du Marché. Un jour j'étais assis en visite chez sa mère, et nous nous entretenions de nos âmes.

» — Tiens, Sampson, dit sa mère à l'enfant, va donc t'acheter pour six pence de *meiboss* chez le Malais du coin.

» Quand il revint, elle lui demanda : « Combien t'en a-t-il donné ? »

» — Cinq, répondit-il.

» Il avait eu peur qu'en disant « six et demi », elle ne lui en réclame quelques-uns pour elle. Ainsi, mes chers amis, il *mentit*. Une moitié de meiboss lui resta coincée dans la gorge et il mourut étouffé. On l'enterra. Et savez-vous, mes chers amis, ce qu'il advint de l'âme de ce petit menteur ? Elle fut précipitée dans l'Étang de feu et de soufre. Et ceci nous amène au second point de mon sermon.

» Qu'est-ce qu'un étang de feu et de soufre ? Je vais vous le dire, mes amis, poursuivit Bonaparte, une note de condescendance dans la voix. L'imagination seule ne peut le concevoir ; mais avec l'aide du Seigneur, je vais vous le montrer.

» Je voyageais un jour en Italie ; j'arrivai dans une grande ville appelée Rome, près de laquelle se trouve une montagne qui vomit du feu. Cette montagne s'appelle l'Etna. Or, dans cette ville de Rome vivait un homme qui n'avait point la crainte de Dieu. Cet homme aimait une femme. Quand elle mourut, il monta jusqu'en haut de cette montagne et se jeta dans le grand trou qui s'ouvrait au sommet. Le lendemain j'y allai à mon tour. J'étais sans crainte; le Seigneur protège Ses serviteurs. « Et ils te soutiendront de leurs mains, afin que tu ne tombes point dans un volcan. » Quand j'arrivai là-haut il faisait nuit; mais, comme un homme qui ne craint que Dieu, je m'avançai bravement jusqu'à la bouche de l'abîme et y plongeai les yeux. Cette vision, mes amis, cette vision s'est imprimée à tout jamais dans ma mémoire. Je vis dans les profondeurs rougeoyantes un lac incandescent, un brasier de roche en fusion, une mer bouillonnante; des vagues énormes roulaient d'un bord à l'autre, et sur leurs crêtes flamboyantes flottait le blanc squelette du suicidé. La fournaise avait calciné sa chair; ses os dansaient comme un bouchon sur les vagues de feu. Une main du squelette se dressait vers le ciel, le doigt tendu; et l'autre désignait les profondeurs, comme pour dire : « C'est là que je vais, mais toi, Bonaparte, tu monteras là-haut. » Je regardais cela, pétrifié d'émerveillement. A l'instant même, la surface de ce lac effrayant se déchira; une fente s'ouvrit, se dilata, et le squelette du suicidé fut englouti. Il disparut à tout jamais de la vue des humains.

De nouveau Bonaparte marqua une pause, puis il reprit :

— Le lac incandescent se souleva, le flot monta, monta vers les bords du cratère, et arrivé en haut se déversa. Un rocher se trouvait près de moi; j'eus la présence d'esprit de m'y réfugier. Et je vis le torrent de feu vomi par la montagne dévaler tout autour de moi. Je passai cette nuit terrible debout sur mon rocher, seul au milieu des flots de lave ardente qui m'encerclaient, ainsi qu'un monument vivant, un témoignage de la tendre attention du Seigneur qui m'a sauvé la vie afin qu'en ce jour je puisse témoigner devant vous de sa bonté.

» Et maintenant, mes chers amis, voyons quelle leçon nous pouvons tirer de ce récit.

» En premier lieu : nous ne devons jamais nous suicider. Celui qui veut quitter ce monde est un sot, mes amis; un insensé, mes amis. Car il nous est donné d'y connaître des joies innombrables que le cœur de l'homme, mes amis, ne

sait point toujours reconnaître; nous y trouvons des vêtements, nous y trouvons des lits, mes amis; nous y trouvons
de l'excellente nourriture, mes amis. Notre corps est un bien
précieux et Dieu nous l'a donné afin que nous en prenions
soin, que nous l'aimions. Ah, mes amis, traitons-le comme
il le mérite! Ne lui faisons point de mal! Traitons-le avec le
respect et l'amour qu'il mérite, mes amis!

Tout le monde était très impressionné, et Bonaparte poursuivit :

— En second lieu : méfions-nous de l'amour. Si ce jeune
homme n'avait point aimé cette femme il ne se serait point
jeté dans le cratère de l'Etna. Les sages d'autrefois n'auraient
jamais fait pareille chose. Imaginez-vous Jérémie amoureux,
ou Ézéchiel, ou Osée, ou même certains autres prophètes
mineurs? Non. Alors pourquoi le serions-nous? En cet instant même des milliers de malheureux sont roulés dans les
vagues de feu, et ils pourraient vous dire : « C'est l'amour qui
nous a conduits là. » Ah! mes amis, c'est à notre âme qu'il
faut penser avant toute autre chose.

> *J'ai un devoir, il est sacré,*
> *Un Dieu qu'il faut glorifier;*
> *J'ai une âme immortelle à sauver,*
> *Au ciel je dois la préparer!*

» Ah, mes très chers amis, souvenez-vous du petit garçon
et de ses meiboss; souvenez-vous de ce jeune homme et de
cette femme; souvenez-vous de l'Étang de feu et de soufre;
souvenez-vous du squelette du suicidé ballotté sur les vagues
monstrueuses de l'Etna; souvenez-vous toujours de l'avertis-
sement qui frappe aujourd'hui vos oreilles; je vous le dis
comme je le dis à tous : prenez bien garde! Et que le Seigneur
fasse descendre sur vous sa bénédiction!

Sur ces mots, la bible se referma avec un claquement
terrible qui résonna longtemps. Tante Sannie desserra le
mouchoir blanc qu'elle portait autour du cou et s'essuya les
yeux; pour ne pas être en reste, sa servante renifla. Le sermon

les avait d'autant plus émues qu'elles n'avaient rien compris.
Mais il s'auréolait de ce charme indéfinissable dont l'esprit
pare inévitablement tout ce qui est obscur et incompréhensible. Quand le dernier cantique fut terminé, l'Allemand
conduisit l'officiant vers tante Sannie qui lui tendit gracieusement la main en lui proposant du café et une place sur le
canapé; puis, le laissant là, il sortit rapidement pour voir où
en était le petit plum-pudding qu'il avait laissé sur le feu.
Tante Sannie fit alors remarquer combien il faisait chaud.
En la voyant s'éventer avec le bas de son tablier, Bonaparte
devina le sens de ses propos. Il inclina la tête en signe d'ac-
quiescement. Puis il y eut un long silence. Tante Sannie dit
encore quelque chose. Bonaparte n'écoutait pas; il fixait des
yeux une petite miniature accrochée sur le mur opposé, qui
représentait tante Sannie telle qu'elle avait pu être, la veille
de sa Confirmation, quinze ans plus tôt, en robe de mousseline
verte. Il se leva brusquement, traversa la pièce et se planta
devant le petit tableau. Il s'abîma dans la contemplation de
cette image, et chacun pouvait voir à quel point il était bou-
leversé. Comme incapable de résister plus longtemps, il saisit
subitement le petit cadre, le décrocha et l'approcha de ses
yeux. Enfin, se tournant vers la Hollandaise, il dit d'une voix
altérée par l'émotion :

— Vous me pardonnerez, chère madame, cette démonstra-
tion de sentiments; mais ce... ce petit portrait me rappelle
de façon si troublante ma première femme, ma tendre épouse
bien-aimée, qui m'a quitté hélas! et qui est aujourd'hui parmi
les saints du paradis.

Tante Sannie ne comprenait pas le moindre mot; mais sa
Hottentote, assise à ses pieds, comme à son habitude, traduisit
tant bien que mal l'anglais de l'étranger.

— Ah! mon premier amour! poursuivit-il, en enveloppant
le portrait d'un regard attendri. Ah! doux visage bien-aimé!
Ah! mon ange adoré! C'est sans doute votre sœur, madame?
ajouta-t-il en regardant tante Sannie avec insistance.

La Hollandaise rougit, secoua la tête en signe de dénégation
et se désigna elle-même du doigt.

Le regard de Bonaparte se porta successivement du portrait à tante Sannie et de tante Sannie au portrait, avec la plus grande attention. Lentement son visage s'éclaira; il releva les yeux, cette fois il souriait; il regarda de nouveau la miniature, il était radieux.

– Ah! mais oui! Mais bien sûr! s'exclama-t-il en posant sur la grosse Hollandaise un regard empli de ravissement. Les yeux, la bouche, le nez, le menton, l'expression! Comment ne l'ai-je pas remarqué plus tôt?

– Reprenez du café, dit tante Sannie. Servez-vous de sucre.

Bonaparte alla raccrocher le portrait au mur avec des gestes pleins de tendresse, et comme il se retournait pour prendre la tasse qu'elle lui tendait, l'Allemand apparut à la porte, annonçant que le pudding était prêt et la viande sur la table.

– Voilà un homme qui craint Dieu, et qui a d'excellentes manières, fit remarquer la Hollandaise en le regardant sortir. Il n'est pas beau, mais n'est-ce pas le Seigneur qui l'a fait tel qu'il est? A-t-on le droit de se moquer de l'ouvrage du Seigneur? Mieux vaut être laid et bon que beau et méchant; à moins bien sûr de posséder les deux qualités à la fois, ce qui est encore mieux, ajouta-t-elle en contemplant d'un petit air satisfait son portrait sur le mur.

Dans le courant de l'après-midi, l'Allemand et Bonaparte étaient assis devant la porte de la cabane. Ils fumaient en silence – Bonaparte, un livre à la main, les yeux mi-clos, et l'Allemand tirant nerveusement sur sa pipe en levant par moments les yeux vers le grand ciel bleu et serein qui s'étendait au-dessus d'eux.

– Supposons, dit soudainement l'Allemand, supposons que... que vous me fassiez part de votre désir de trouver une situation.

Bonaparte ouvrit toute grande la bouche et laissa échapper de longues volutes de fumée.

– Et supposons, poursuivit l'Allemand... simple supposition, bien sûr... que quelqu'un... que quelqu'un vous propose, par exemple... de faire la classe à deux enfants, quelque part dans une ferme... deux petites filles peut-être, et vous offre pour ce travail quarante livres par an, cela vous intéresserait-il? Simple supposition, bien sûr.

— Mon cher ami, répondit Bonaparte, cela dépend essentiellement des conditions. Je n'en fais pas une question d'argent. J'ai laissé à ma femme une provision suffisante pour l'année à venir. Ma santé n'est pas excellente. Si je trouvais une place où je sois traité dignement, en gentleman que je suis, je l'accepterais, même pour un salaire modeste. Pour moi, répéta-t-il, ce n'est pas l'argent qui compte.

— Ma foi, fit l'Allemand après avoir tiré quelques bouffées de sa pipe, je crois que je vais aller faire une petite visite à tante Sonnie. Il n'est pas rare que j'aille la voir, vous savez... presque tous les dimanches après-midi... nous bavardons de choses et d'autres... Oh, rien... rien de bien particulier, vous savez.

Le vieil homme se leva et s'éloigna vers la maison avec un petit air mystérieux et suprêmement réjoui.

— Il ne se doute pas de ce que je vais faire, soliloquait l'Allemand. Il ne s'en doute pas le moins du monde. Je lui prépare une bonne surprise.

L'homme qu'il avait laissé devant sa porte regarda la silhouette s'éloigner avec dans l'œil une lueur que nous nous garderons de qualifier.

— Eh bien! qu'est-ce qui t'arrive? demanda Waldo en s'ar-
rêtant devant l'échelle avec un chargement de peaux de mouton qu'il portait sur son dos et s'apprêtait à monter au grenier.

Par la porte ouverte on pouvait voir la petite Em assise,
les jambes pendantes, sur un banc beaucoup trop haut pour
elle. La pièce, qui avait été auparavant le magasin à provisions, se trouvait maintenant séparée en deux par une rangée
de sacs de maïs : le fond servait de chambre à Bonaparte, le
devant de salle de classe.

— Lyndall l'a mis en colère, bégaya la fillette à travers ses
larmes, alors il m'a donné tout le chapitre quatorze de Jean
à apprendre par cœur. Chaque fois que Lyndall l'embête, il
dit qu'il va m'apprendre à me tenir.

— Qu'est-ce qu'elle a fait? demanda le garçon.

— Tu comprends, expliqua Em en tournant d'un air désespéré les pages de son livre, dès qu'il parle elle fait comme
si elle n'entendait pas et elle regarde dehors par la porte.
Aujourd'hui elle lui a demandé quels étaient les signes du
Zodiaque, et il a répondu qu'il était très surpris qu'elle lui
pose une question pareille, et que ce n'était pas convenable
pour une petite fille de parler de ces choses-là. Après elle
lui a demandé qui était Copernic, et il a répondu que c'était
un empereur romain qui avait fait brûler les chrétiens dans
un cochon en or, et qui avait été mangé tout vivant par
les vers. Je ne sais pas ce qui lui a pris, poursuivit Em

d'une voix larmoyante, elle a mis son livre sous son bras
et elle est sortie comme ça. Elle dit qu'elle ne retournera
plus jamais à l'école, et Lyndall fait toujours ce qu'elle dit.
Alors maintenant je dois rester là toute seule toute la journée, ajouta-t-elle, tandis que de grosses larmes roulaient
doucement sur ses joues.

– Tante Sannie va peut-être le renvoyer, dit le garçon pour
la consoler, en mâchonnant ses mots comme à son ordinaire.

– Oh! non, reprit Em en secouant la tête. Certainement
pas. Hier soir, pendant que la Hottentote lavait les pieds de
tante Sannie, il lui a déclaré qu'il aimait beaucoup les pieds
comme les siens, et qu'il trouvait les grosses femmes très
jolies. Alors elle m'a dit qu'à partir de maintenant il fallait
que je lui mette toujours de la vraie crème dans son café.
Non, il ne partira jamais, conclut-elle d'un ton éploré.

Le garçon déposa ses peaux de mouton par terre et farfouilla dans sa poche, d'où il sortit un petit morceau de papier
qui semblait contenir quelque chose. Il le lui tendit.

Tiens, je te le donne, dit-il en espérant que cela la conso-
lerait.

Em ouvrit le papier et découvrit un petit morceau de gomme
d'acacia; c'était une friandise très appréciée des enfants. Mais
les grosses larmes continuèrent à couler et l'arrosèrent lentement.

Waldo était désemparé. Il avait tant pleuré lui-même dans
sa courte existence que les larmes des autres le brûlaient
comme du feu.

– Si tu t'arrêtes de pleurer, dit-il en entrant dans la pièce,
l'air un peu emprunté, et en s'approchant de la table, je te
dirai quelque chose – un secret.

– Qu'est-ce que c'est? demanda Em, qui se sentit tout de
suite beaucoup mieux.

– Tu ne le répéteras à personne?

– Non.

Il se pencha vers elle et d'un ton solennel il lui dit :

– J'ai fabriqué une machine.

Em ouvrit de grands yeux.

— Oui, dit le garçon. Une machine pour tondre les moutons. Elle est presque finie. Il y a encore une petite chose qui manque, mais ça sera bientôt réglé. A force de réfléchir, réfléchir, réfléchir, à longueur de journée et à longueur de nuit, on finit toujours par trouver, ajouta-t-il d'un air mystérieux.

— Où elle est?

— Là! Je l'ai toujours sur moi, dit le garçon en portant la main à sa poitrine où l'on voyait bomber quelque chose. Ça, c'est la maquette. Quand je l'aurai terminée, on pourra la fabriquer en grand.

— Tu me la montres?

Le garçon secoua la tête.

— Non, pas avant qu'elle soit finie. Personne n'a le droit de la voir avant.

— C'est un très beau secret, dit Em.

Et le garçon ressortit de son pas nonchalant pour ramasser son chargement de peaux.

Ce soir-là, le père et le fils soupaient tranquillement dans leur cabane. De temps à autre, le père poussait un gros soupir — peut-être songeait-il qu'il y avait bien longtemps que Bonaparte n'était venu lui rendre visite. Quant à son fils, là où il se trouvait, les soupirs étaient inconnus. Au point que l'on pouvait se demander s'il ne valait pas mieux être le plus déshérité de tous les fous et, par la grâce de cette petite échelle qu'est l'imagination, accéder au pays des rêves, qu'être le plus sage des hommes et ne jamais voir autre chose que ce que voient les yeux, ne jamais sentir autre chose que ce que sentent les doigts. Le garçon mastiquait son pain bis et buvait son café; mais à la vérité il ne voyait rien d'autre que sa machine terminée — le dernier petit détail mis au point. Il la voyait déjà tourner, d'un beau mouvement lisse et régulier, et surtout il sentait, tout en mâchant son pain et en buvant son café, la présence merveilleuse de quelqu'un qui se penchait sur lui et qui l'aimait. Il n'eût pas été plus heureux s'il s'était trouvé à cet instant même dans l'une de ces demeures célestes où scintillent aux murs les perles et les améthystes du Roi de Gloire, plutôt que là, dans cette petite pièce, attablé devant son souper.

Leur silence fut interrompu par un coup frappé à la porte. La petite tête crêpue d'une jeune négresse apparut dans l'entrebâillement; tante Sannie demandait que l'Allemand vienne immédiatement. Enfonçant à deux mains son chapeau sur sa tête, celui-ci se précipita dehors. La cuisine était plongée dans le noir, mais tante Sannie se trouvait dans l'office attenant, entourée de ses servantes.

Une Cafre, qui venait de moudre du poivre entre deux pierres, était agenouillée par terre, la Hottentote tenait un bougeoir de cuivre, tante Sannie, les mains sur les hanches, se penchait près du garde-manger, et toutes trois paraissaient écouter attentivement.

— Que se passe-t-il? s'écria l'Allemand, stupéfait.

Derrière l'office se trouvait l'ancien magasin à provisions. Soudain, perçant la mince cloison de bois, un rugissement formidable éclata, un cri interminable, comme si une bête était enfermée là, et une succession de coups violents ébranla les planches.

L'Allemand empoigna le manche de la baratte et allait se précipiter dehors pour faire le tour de la maison quand tante Sannie lui posa la main sur le bras, d'un air tragique.

— C'est sa tête, dit la Hollandaise. C'est sa tête.

— Mais comment cela? demanda l'Allemand en les regardant toutes à tour de rôle, son manche de baratte à la main.

Un mugissement sourd les empêcha de répondre et la voix de Bonaparte retentit avec une force impressionnante.

— Mary Ann! Mon ange! Ma femme!

— C'est épouvantable! dit tante Sannie, comme les coups reprenaient de plus belle. Il a reçu une lettre; sa femme est morte. Il faut que vous alliez le réconforter et, ajouta-t-elle, je vais vous accompagner. Il ne serait pas convenable que j'y aille toute seule... moi qui n'ai que trente-trois ans, et lui qui n'est plus un homme marié désormais, fit-elle en rougissant et en tapotant son tablier.

Là-dessus la petite troupe s'ébranla et contourna le coin

de la maison. La Hottentote portait la bougie, tante Sannie et l'Allemand avançaient derrière elle et la jeune servante cafre fermait la marche.

– Ah, dit tante Sannie, je comprends maintenant que ce n'est pas par méchanceté qu'il a abandonné sa femme si longtemps. C'était vraiment par nécessité.

Quand ils furent arrivés devant la porte, elle fit signe à l'Allemand d'entrer le premier et lui emboîta le pas.

Bonaparte était étendu à plat ventre sur son lit de camp, derrière le mur de sacs, le visage enfoui dans l'oreiller, les jambes agitées de légers soubresauts. La Hollandaise s'assit sur une caisse au pied du lit. L'Allemand resta debout, les mains jointes, les yeux fixés sur lui.

– Nous devons tous mourir un jour, dit enfin tante Sannie. C'est la volonté du Seigneur.

En entendant sa voix, Bonaparte se retourna sur le dos.

– C'est très dur, reprit tante Sannie, j'en sais quelque chose, j'ai moi-même perdu deux maris.

Bonaparte leva les yeux en direction de l'Allemand.

– Ah! que dit-elle? J'ai tant besoin d'être réconforté!

L'Allemand lui répéta ce qu'avait dit tante Sannie.

– Ah! moi aussi! Deux femmes, deux épouses très chères que je ne reverrai plus jamais! s'écria Bonaparte en se rejetant brusquement en arrière.

Il hurlait si fort que les mygales qui avaient élu domicile entre les poutres et le toit, dérangées par ces vibrations inhabituelles, dardèrent leurs méchants petits yeux pour voir ce qui se passait en bas.

Tante Sannie poussa un soupir, la Hottentote poussa elle aussi un soupir, et la jeune Cafre qui passait la tête par la porte se plaqua la main sur la bouche en s'écriant : « Maououa! »

– Il faut placer sa confiance dans le Seigneur, dit tante Sannie. Il peut vous redonner plus qu'Il ne vous a pris.

– C'est bien ce que je fais! cria-t-il. Mais ça ne me rendra pas ma femme! Ah! ma femme!

Tante Sannie, très émue, se leva et s'approcha du lit.

– Demandez-lui s'il aimerait un peu de bouillie, il y en a qui mijote sur la cuisinière – une délicieuse bouillie de farine.

L'Allemand transmit la proposition, que le veuf repoussa d'un geste de la main.

– Non, non, rien ne pourrait franchir mes lèvres sans m'étouffer! Ah! ne me parlez pas de manger!

– Et si je mets un peu de brandy dans la bouillie? proposa tante Sannie d'un ton alléchant.

Le mot ne tomba pas dans l'oreille d'un sourd.

– Peut-être, peut-être... en me forçant... par pur devoir... peut-être arriverais-je à en absorber quelques gouttes, dit Bonaparte, la lèvre frémissante, en levant les yeux vers l'Allemand. Je dois m'en faire un devoir, n'est-ce pas?

Tante Sannie donna un ordre à sa servante.

– Je sais ce que c'est. Je me rappelle, quand mon premier mari est mort – il n'y avait pas moyen de me calmer, jusqu'à ce que j'aie mangé un pied de mouton, du miel et un petit gâteau. Oh! je sais! dit la Hollandaise.

Bonaparte s'assit sur son séant, les jambes étendues devant lui, les mains posées sur les genoux, laissant doucement couler ses larmes.

– Ah! c'était une si bonne épouse! Vous êtes tous très bons de chercher à me consoler – mais, voyez-vous, c'était ma femme... Et c'est pour celle qui est votre femme qu'on a envie de vivre! Pour celle qui est votre femme qu'on a envie de mourir! Pour celle qui est votre femme qu'on a... Ah! ce doux nom de femme, me sera-t-il jamais donné de le prononcer à nouveau?

Quand son émotion se fut quelque peu apaisée, les coins de sa bouche se relevèrent légèrement et, d'une voix encore languissante, il s'adressa à l'Allemand :

– Croyez-vous qu'elle m'a compris? Je vous en prie, répétez-lui tout ce que j'ai dit, qu'elle sache combien je la remercie.

A ce moment la servante reparut, tenant une grande écuelle pleine de bouillie fumante et une bouteille noire.

Tante Sannie versa une rasade de liquide dans l'écuelle, remua soigneusement le mélange et s'approcha du lit.

— Ah! non, je ne peux pas! Je ne peux pas! Je vais mourir! Je vais mourir! dit Bonaparte en se tenant les flancs.

— Allons, un tout petit peu, dit tante Sannie d'un ton encourageant. Une goutte.

— C'est trop épais, trop épais. Je vais étouffer!

Tante Sannie rajouta une rasade de liquide et tendit la cuillère. Bonaparte ouvrit la bouche toute grande comme un petit oiseau qui attend la becquée, et garda le bec ouvert tout le temps qu'elle puisait et repuisait dans l'écuelle.

— Voilà, ça va vous réchauffer le cœur, déclara tante Sannie pour qui les fonctions respectives du cœur et de l'estomac étaient des plus mal définies.

Quand il ne resta plus rien dans l'écuelle, Bonaparte regarda tante Sannie, les yeux doucement voilés de larmes; la violence de son chagrin s'était considérablement atténuée.

— Dites-lui que j'espère qu'il va bien dormir maintenant, dit la grosse Hollandaise, et que le Seigneur le consolera comme seul Il peut le faire.

— Dieu vous bénisse, ma chère amie, Dieu vous bénisse, répondit Bonaparte.

Une fois la porte refermée derrière l'Allemand, la Hottentote et la grosse Hollandaise, il se leva et alla passer de l'eau sur ses yeux pour enlever le savon dont il s'était frotté les paupières.

— Bonap, mon ami, dit-il en se donnant une claque sur la cuisse, tu es le plus malin singe que je connaisse. Si tu n'arrives pas à détrôner le vieux Radoteur, à envoyer valser son Déguenillé de fils, à prendre la Grosse par la taille et à lui passer la bague au doigt, tu ne t'appelles plus Bonaparte, mon garçon! Ça, mon vieux Bonap, tu es un fameux lascar!

Sur ces réjouissantes considérations, il retira son pantalon et se glissa joyeusement dans son lit.

— Puis-je entrer? J'espère que je ne vous dérange pas, mon vieil ami, dit Bonaparte, un soir, en passant le nez par la porte de la cabane où l'Allemand et son fils terminaient leur souper.

Cela faisait maintenant deux mois qu'il avait été promu maître d'école chez tante Sannie et son pouvoir n'avait cessé de croître de jour en jour. Il ne se rendait plus jamais à la cabane, mais passait ses soirées à boire du café auprès de tante Sannie — et de plus en plus près — ou se promenait d'un air important, les mains croisées sous les basques de l'habit noir qui avait appartenu à l'Allemand, sans voir personne, pas même le brave nègre qui lui souhaitait respectueusement le bonjour. Ce ne fut donc pas sans une certaine surprise que l'Allemand vit apparaître dans l'entrebâillement de sa porte le nez rubicond de Bonaparte.

— Entrez, entrez, dit-il, tout réjoui. Mon garçon, regarde s'il reste encore un peu de café. Ah! il n'y en a plus. Rallume le feu. Nous avons fini de souper, mais...

— Mon cher ami, déclara Bonaparte en retirant son chapeau, je ne suis point venu pour souper, ni pour quêter un humble réconfort matériel, mais pour m'entretenir fraternellement avec un esprit si proche du mien. La charge de mes occupations et le poids de mes soucis sont les seuls motifs qui me retiennent de venir partager de temps à autre les secrets de mon âme avec celui pour qui je nourris une profonde sympathie. Vous vous demandez peut-être quand je vous rendrai les deux livres sterling que...

– Mais non, mais non! Fais vite du feu, mon garçon, fais vite du feu. Nous allons préparer du café bien chaud. Il y en a pour une minute, insista l'Allemand en se frottant les mains, tout en cherchant des yeux ce qu'il pourrait bien faire pour mieux manifester tout le plaisir que lui causait cette visite inopinée.

Depuis trois semaines les humbles bonsoirs de l'Allemand ne recevaient pour toute réponse qu'un petit salut condescendant; le menton de Bonaparte se relevait chaque jour davantage; et sa silhouette ne s'était pas découpée devant la porte de la cabane depuis le jour où il était venu emprunter deux livres. L'Allemand se dirigea vers la tête de son lit et il décrocha un sac de toile bleue qui pendait là. Ces sacs bleus étaient une de ses manies. Il en avait plus de cinquante, dispersés un peu partout dans la pièce, qui contenaient tantôt des minéraux curieux, tantôt des graines conservées depuis plus de quinze ans, ou bien encore des clous rouillés ou des morceaux de vieux harnais. Mais il faisait le plus grand cas de cette étonnante collection.

– Nous avons là-dedans quelque chose qui n'est pas mal, je crois, dit l'Allemand avec un petit sourire entendu en plongeant sa main dans le sac, d'où il sortit une poignée d'amandes et de raisins secs. J'achète ça pour mes petits poulets. Ils grandissent, ils grandissent, mais on vient toujours trouver oncle Otto pour avoir une petite gâterie. Et ma foi, même quand on est devenu un grand garçon comme oncle Otto, on ne déteste pas une friandise de temps en temps! Ha! Ha!

Il gloussa, content de sa petite plaisanterie, tout en remplissant d'amandes une assiette.

– Tenez, voici un caillou... ou plus exactement deux cailloux... pour les casser. Ce n'est pas un instrument très moderne... le casse-noix d'Adam, quoi! Ha! Ha! Mais ça fonctionne très bien. Nous nous en contenterons. Cela ne nous empêchera pas d'en déguster quelques-unes.

Là-dessus l'Allemand s'assit d'un côté de la table et Bonaparte de l'autre; l'assiette était posée entre eux et chacun avait devant lui deux pierres plates.

— N'ayez pas peur, n'ayez pas peur, reprit l'Allemand. Je n'oublie pas le gamin. J'en casse pour lui pendant qu'il s'occupe du feu. Il y en a encore dans le sac. Ah! ça, par exemple, s'exclama-t-il soudain en cassant une grosse amande. Trois amandes dans la même coque! C'est la première fois que je vois cela. Il faut les garder précieusement.

Il les enveloppa gravement dans un papier et les glissa avec précaution dans la poche de son gilet.

— Précieux, très précieux! répéta-t-il en hochant la tête.

— Ah! mon ami, s'exclama Bonaparte, quelle joie de se retrouver en votre compagnie!

Les yeux de l'Allemand étincelaient de plaisir; Bonaparte lui saisit la main et la lui serra avec effusion. Puis ils s'absorbèrent dans leur occupation : craque, croque. Au bout d'un moment, Bonaparte, tout en enfournant une poignée de raisins secs, déclara :

— J'ai été très profondément peiné, mon cher ami, d'apprendre qu'il y avait eu ce soir un léger différend entre tante Sannie et vous.

— Oh! mais non, mais non, assura l'Allemand. Tout est arrangé. Il manquait quelques moutons. Mais je réparerai tout. Je lui donne mes douze moutons et je rembourserai les huit autres avec mon travail.

— C'est bien dur pour vous d'avoir à rembourser ces moutons, reprit Bonaparte. Vous n'y êtes pour rien.

— Que voulez-vous... dit l'Allemand. Voici ce qui s'est passé. Hier soir je compte les moutons dans le kraal; il en manque vingt. J'interroge le berger; il m'affirme qu'ils sont avec l'autre troupeau. Il avait l'air très sûr de lui, comment pouvais-je penser qu'il mentait? Cet après-midi, je compte l'autre troupeau, les moutons n'y étaient pas. Je reviens ici, le berger avait disparu. Comme les moutons. Mais je ne peux pas croire, je ne *veux* pas croire, qu'il les a volés, s'exclama-t-il en s'enflammant brusquement. Quelqu'un peut-être, mais pas lui. Je connais ce garçon. Cela fait trois ans que je le connais.

C'est un honnête garçon, qui a le souci de son âme. Quand je pense qu'elle voulait lancer la police à ses trousses! Je lui ai dit que je préférais lui rembourser moi-même ses moutons. Il s'est enfui tout simplement parce qu'il avait peur. Je connais son cœur. C'est grâce à mes bonnes paroles, ajouta-t-il avec une légère hésitation attendrissante, qu'il a entendu l'appel du Sauveur.

Bonaparte cassa encore quelques amandes, puis il demanda en bâillant, plutôt pour avoir l'air de relancer la conversation que poussé par une véritable curiosité pour cette affaire :

— Et qu'est devenue la femme du berger?

L'Allemand reprit feu instantanément.

— Ah! oui. Sa femme. Elle a un bébé qui n'a guère plus de six jours, et tante Sannie voulait la chasser dès ce soir. Ça, dit l'Allemand en se levant, c'est ce que j'appelle de la cruauté. De la cruauté diabolique. Et ça, mon âme ne le supporte pas. Celui qui ferait une chose pareille, je suis capable de lui planter mon couteau dans le corps! s'écria-t-il, et ses yeux gris lançaient des éclairs, cependant que sa barbe hirsute accentuait encore son expression de fureur meurtrière; puis, se calmant brusquement il ajouta : Mais tout est arrangé. Tante Sannie m'a donné sa parole que la femme resterait encore ici quelques jours. Demain je vais chez Oom Muller, pour voir si par hasard les moutons ne seraient pas chez lui. S'ils n'y sont pas, c'est qu'ils ont disparu. C'est tout. Je rembourserai.

— Tante Sannie est une femme singulière, déclara Bonaparte en prenant la blague à tabac que lui tendait l'Allemand.

— Singulière! Oh! oui, approuva l'Allemand. Mais son cœur est du bon côté. J'ai vécu de longues années auprès d'elle, et je dois dire que j'ai pour elle une véritable affection, qu'elle me rend bien. Je dois dire, ajouta-t-il avec un accent chaleureux, je dois dire qu'il n'y a pas une seule âme, dans cette ferme, pour laquelle je n'éprouve pas une particulière affection.

— Ah! mon ami, dit Bonaparte, quand la grâce de Dieu habite notre cœur, n'en est-il pas ainsi pour chacun d'entre

nous? N'éprouvons-nous pas un véritable amour pour le ver
de terre que nous écrasons, et au moment même où nous
l'écrasons? Faisons-nous une distinction entre les races, les
sexes, les couleurs de peau? Non!

L'amour, ce don de Dieu, cette merveille,
Emplit ma vie, mon âme, d'une ardeur sans pareille.

Bientôt il retomba dans des dispositions un peu moins
édifiantes et observa :

— La jeune indigène qui sert de femme de chambre à tante
Sannie me paraît une personne fort honnête; celui qui...

— Honnête! s'exclama l'Allemand. J'ai toute confiance en
elle. Elle a en elle quelque chose de pur, quelque chose de
noble. Elle pourrait en remontrer à bien des riches et des
puissants de ce monde qui marchent la tête haute.

Là-dessus l'Allemand se leva et alla chercher un tison pour
allumer la pipe de Bonaparte, et ils continuèrent à bavarder
encore quelques instants. A la fin, Bonaparte secoua sa pipe
pour en faire tomber les cendres.

— Il est temps que je prenne congé, cher ami, dit-il. Mais
avant de partir, ne pourrions-nous terminer cette sympa-
thique soirée, cet échange fraternel et amical par quelques
paroles de prière? Ah! quel précieux réconfort que de vivre
en si belle harmonie avec son frère! « Telle la rosée de l'Her-
mon; c'est là que le Seigneur envoie la bénédiction, la vie
éternelle à jamais. »

— Restez donc, nous allons boire un peu de café, dit l'Allemand.

— Non, merci, mon ami; j'ai des choses à faire ce soir qui
ne peuvent attendre, dit Bonaparte. Votre cher fils s'est
endormi, semble-t-il. C'est lui qui va conduire le chariot au
moulin demain! Un vrai petit homme!

— C'est un bon garçon.

Le garçon somnolait devant le feu, mais il ne dormait pas
complètement; ils s'agenouillèrent tous les trois pour prier.

Quand ils se relevèrent, Bonaparte tendit la main vers
Waldo et lui tapota les cheveux.

— Bonsoir, mon grand. Puisque tu vas au moulin demain,

on ne te reverra pas d'ici plusieurs jours. Alors bonsoir! Et
au revoir! Que le Seigneur te bénisse et guide ton chemin;
et que tu nous reviennes sain et sauf et nous retrouves *tous
ici!* dit-il en appuyant particulièrement sur ces deux derniers
mots. Et vous, mon cher ami, ajouta-t-il en se retournant
vers l'Allemand avec un redoublement d'effusion, je me souviendrai longtemps, longtemps, de cette soirée comme d'un
moment de profond réconfort en présence du Seigneur, une
heure bénie en compagnie d'un frère en Jésus-Christ. Puis-
sions-nous en connaître beaucoup d'autres! Que le Seigneur
vous bénisse, ajouta-t-il encore avec un regain de ferveur,
abondamment, abondamment!

Puis il ouvrit la porte et s'évanouit dans l'obscurité de la
nuit.

— Hé, hé, hé! s'esclaffa Bonaparte en trébuchant sur les
cailloux. Voilà bien la plus belle collection d'imbéciles que
Dieu le Père ait jamais fait marcher sur deux jambes, ou je
ne m'y connais pas! Hé, hé, hé! Quand les vers de terre
sortent, les merles mangent. Hé, hé, hé!

Il redressa le buste; même lorsqu'il était seul, il aimait se
donner des airs de majesté, c'était devenu chez lui une seconde
nature.

Il passa la tête par la porte de la cuisine. La jeune Hottentote qui servait d'interprète entre lui et tante Sannie n'était
plus là, et tante Sannie était partie se coucher.

— Ça ne fait rien, mon vieux Bonap, dit-il en contournant
le coin de la maison pour regagner sa chambre, tu peux
attendre demain. Hé, hé, hé!

Il était quatre heures de l'après-midi, le lendemain, quand le vieil Allemand retraversa la plaine sur son cheval après avoir cherché en vain ses moutons disparus. Il chevauchait lentement, car il était en selle depuis l'aube et la fatigue se faisait sentir. La bête, engourdie elle aussi par la chaleur, avançait d'un pas paresseux sur la route sablonneuse. De temps à autre une grosse araignée rouge débouchait du karroo d'un côté du chemin et traversait à toute allure; c'était la seule diversion dans toute cette monotonie. Tout à coup, l'Allemand remarqua derrière un buisson d'euphorbes une jeune Cafre qui semblait s'être installée là pour s'abriter des rayons déjà obliques du soleil. Il tira sur la bride pour faire tourner son cheval. Il n'était pas dans ses habitudes de passer près d'une créature humaine sans lui adresser quelques mots. En s'approchant, il reconnut la femme du berger en fuite. Elle portait son bébé sur le dos, retenu par une bande de tissu rouge assez malpropre; une autre bande à peine plus large était enroulée autour de ses reins, et pour le reste elle était nue. C'était un être souffreteux et morose, avec des lèvres affreusement protubérantes.

L'Allemand lui demanda ce qu'elle faisait là. Elle marmonna dans un hollandais rudimentaire qu'elle avait été renvoyée de la ferme. Avait-elle fait quelque chose de mal? Elle secoua tristement la tête. Lui avait-on donné des provisions? Elle grommela quelque chose qui voulait dire « non », en chassant de la main les mouches qui se posaient sur son bébé. L'Allemand dit à la femme de rester où elle était et, ramenant son cheval sur la route, il le lança au galop.

« Les monstres! Les cœurs de pierre! Ah! mon Dieu! Est-ce une façon d'agir? Est-ce cela, la charité? Ah oui! Ah oui! Ah oui! » criait-il en galopant. Mais bientôt sa colère se volatilisa, son cheval ralentit le pas, et, lorsque le vieil homme arriva devant sa porte, il somnolait en souriant.

Sautant de sa monture, il courut au grand coffre où il rangeait ses provisions. Il en sortit un peu de farine, quelques poignées de maïs, des galettes, qu'il serra dans trois mouchoirs bleus, puis glissa les mouchoirs dans un sac de grosse toile et passa la courroie à son épaule. Il jeta par la porte des regards circonspects. Il n'aurait pas voulu être surpris en flagrant délit de charité – il en aurait rougi jusqu'à la racine grise de ses cheveux. Mais personne n'était en vue et il repartit au galop. La Cafre était toujours là, immobile sous le buisson d'euphorbes – comme Agar, pensa-t-il, chassée par sa maîtresse dans le désert. Il lui demanda d'enlever son foulard de tête et y déposa le contenu de son sac. La femme referma le foulard sans rien dire.

– Vous devriez essayer d'aller jusqu'à la ferme la plus proche, lui conseilla l'Allemand.

Elle secoua la tête : elle préférait dormir dehors.

L'Allemand se dit que les Cafres étaient sans doute habitués à dormir à la belle étoile, mais le bébé était encore bien jeune et, après la chaleur torride du jour, la nuit serait bien froide. Pas un instant il ne songea, malgré toute sa sagacité, que la femme n'attendait que la nuit pour revenir se glisser en cachette dans les huttes de la ferme. Il retira sa vieille redingote poivre et sel et la lui tendit. Elle la prit sans un mot et la posa sur ses genoux. « Ils auront bien chaud pour dormir; allons, ce n'est pas si mal. Ha, ha! » commenta l'Allemand. Et il retourna vers la ferme, balançant la tête tout au long du chemin sur un rythme qui eût donné le vertige à n'importe qui d'autre.

– Je voudrais bien qu'il ne revienne pas ce soir! fit Em, les joues baignées de larmes.

– Ce sera exactement pareil demain, répliqua Lyndall.

Les deux fillettes étaient assises sur le seuil de la cabane, attendant le retour de l'Allemand. Lyndall tenait sa main devant ses yeux pour se protéger du soleil.

– Le voilà, dit-elle. Il siffle : « Ach Jerusalem du schöne » tellement fort que je l'entends d'ici.

– Il a sans doute retrouvé les moutons.

– Tu crois ça! dit Lyndall. Il sifflerait exactement de la même façon s'il savait qu'il allait mourir ce soir.

– On regarde le coucher de soleil, mes poulettes? dit l'Allemand en arrivant au petit galop. Ah! oui, ça c'est beau, n'est-ce pas? ajouta-t-il en mettant pied à terre et restant un moment immobile, une main sur la selle, à regarder le ciel où le soleil jetait de longs traits flamboyants que tamisaient de fins nuages dorés. Eh bien! Vous pleurez? s'étonna-t-il, comme les fillettes se précipitaient vers lui.

Avant qu'elles aient eu le temps de répondre, la voix de tante Sannie retentit.

– Fils de fils de fils de chien de nègre, arrive ici!

L'Allemand leva la tête. Il pensa que la Hollandaise était sortie prendre le frais dans la cour et interpellait un de ses domestiques. Le vieil homme chercha des yeux qui ce pouvait bien être.

– Alors, vieux bon à rien d'Allemand, rabâcheur de psaumes, es-tu sourd?

Tante Sannie était debout devant le perron de la cuisine; la Hottentote, avec son petit kappje blanc, était assise sur une marche et tout en haut, les mains croisées derrière le dos sous les basques de sa redingote, les yeux fixés sur le soleil couchant, se tenait Bonaparte Blenkins.

L'Allemand posa sa selle par terre.

– *Bish, bish, bish!* Que se passe-t-il? dit-il en avançant vers la maison. Bizarre! Très bizarre!

Les fillettes le suivirent; Em continuait à pleurer, Lyndall était toute pâle et ouvrait de grands yeux.

– Ah! j'ai un cœur de démon, c'est ça? Tu me planterais volontiers un couteau dans le corps, hein? cria la Hollandaise.

Et si je n'osais pas chasser cette négresse, c'est parce que j'avais peur de toi? Vieille guenille, va! Et il paraît que je t'aime? Il paraît que j'aurais bien voulu t'épouser, hein? *Hein?* HEIN? hurla-t-elle. Espèce de queue de chat! Patte de chien! Si je te trouve encore près de chez moi demain matin au petit jour, cracha-t-elle avec ce qu'il lui restait de souffle, mes Cafres te traîneront dans le désert. Et ils seront ravis de le faire pour une pincée de tabac, en remerciement de toutes les prières que tu leur as apprises.

— Je suis stupéfait, totalement stupéfait, dit l'Allemand qui se tenait devant elle, en portant la main à son front. Je... je ne comprends pas.

— Demande-lui, demande-lui! cria tante Sannie en désignant Bonaparte. Il sait ce que cela veut dire, lui. Tu pensais qu'il ne saurait pas me le répéter, mais j'ai très bien compris, très bien compris. Vieil imbécile que tu es! Je connais assez d'anglais pour comprendre. Si je te trouve encore ici quand l'étoile du matin apparaîtra, je te ferai traîner dehors par mes Cafres, et ils réduiront ta vieille carcasse en bouillie comme du *babootie-meat,* sale gueux! Tes hardes ne valent même pas qu'on se donne le mal de les jeter aux ordures. Mais je les garderai pour me rembourser mes moutons. Et tu ne toucheras pas une patte de ta vieille jument, tu vas me la laisser, toute pourrie qu'elle est, pour payer les moutons que tu m'as perdus, vieux mécréant!

La Hollandaise essuya de la paume de sa main la salive qui mouillait ses lèvres.

L'Allemand se tourna vers Bonaparte, toujours debout sur sa marche, perdu dans la contemplation des splendeurs du couchant.

— Ne m'adressez pas la parole, ne m'approchez pas, homme perdu, dit Bonaparte sans bouger les yeux ni baisser le menton. Il est un crime devant lequel la nature entière se révolte, un crime dont le nom même ne peut heurter l'oreille sans la blesser — ce crime, c'est l'ingratitude. Et ce crime, vous l'avez odieusement commis. Cette femme qui a été votre bienfaitrice, qui vous a logé dans sa ferme, qui vous a confié le soin de ses moutons, qui vous a permis d'entrer dans sa maison et d'y célébrer le Service Divin – honneur dont vous n'étiez certes pas digne –, est-ce ainsi que vous la remerciez ? C'est une honte, une honte, une honte !

– Mais tout cela est faux. Ce sont des mensonges, des mensonges. Laissez-moi m'expliquer, balbutia l'Allemand en regardant autour de lui, l'air totalement abasourdi. Est-ce que je rêve ? Ou êtes-vous fous ? Qu'est-ce que cela veut dire ?

– Va-t'en, chien ! cria la Hollandaise. Je serais riche aujourd'hui si tu n'avais pas été aussi paresseux. Perdre ton temps à prier avec les Cafres derrière le mur du kraal ! Va-t'en, sale chien de Cafre !

– Mais enfin qu'est-ce qui arrive ? Qu'est-ce qui a bien pu se passer depuis mon départ ? demanda l'Allemand en se tournant vers la Hottentote assise sur les marches.

Elle avait de l'amitié pour lui, elle – elle allait lui dire gentiment la vérité. Mais la femme lui répondit par un grand éclat de rire.

– Bats-le, ma'ame ! Bats-le !

N'était-ce pas prodigieusement amusant de voir ce Blanc, qui avait été le maître hier, rabaissé comme un chien ? Elle rit de toutes ses dents et lança dans sa bouche une douzaine de grains de maïs qu'elle se mit à mâchonner.

La colère et l'énervement s'effacèrent d'un coup du visage du vieil homme. Il se retourna et prit lentement le chemin de sa cabane, les épaules voûtées. C'était comme s'il marchait dans une obscurité complète. Sur le seuil de sa porte, qu'il connaissait pourtant si bien, il trébucha.

Em, qui sanglotait à fendre l'âme, s'apprêtait à le suivre, mais la grosse Hollandaise la retint, en déversant sur elle un tel torrent d'injures que la Hottentote en fut pliée de rire.

– Viens, Em, dit Lyndall en redressant fièrement sa petite tête, rentrons. Si c'est pour entendre des grossièretés, on n'a rien à faire ici.

Elle regarda la Hollandaise droit dans les yeux. Si elle n'avait pas saisi les paroles, tante Sannie comprit le regard. Elle courut après les gamines en boitillant comme un canard, et attrapa Em par le bras. Elle avait frappé Lyndall une fois, il y avait déjà plusieurs années, et n'avait plus jamais recommencé; alors elle s'en prenait à Em.

— Toi aussi tu veux me tenir tête, petit laideron, mocheté d'Anglaise! cria-t-elle en forçant d'une main la fillette à s'agenouiller et en lui maintenant la tête contre ses genoux, tandis que de son autre main elle lui administrait une solide paire de gifles.

Lyndall la regarda faire, puis elle posa ses petits doigts sur le gros bras. Tante Sannie avait plus de force qu'il n'en fallait pour envoyer, d'un seul geste, la fillette rouler sur les cailloux. Les doigts menus n'avaient pas grand pouvoir par eux-mêmes, bien qu'ils serrassent l'épais poignet de toute leur force — quand tante Sannie alla se coucher, les marques étaient encore visibles; mais dès qu'elle vit les yeux brillants, les lèvres blanches qui tremblaient, la Hollandaise poussa un juron de surprise et lâcha sa victime. La fillette glissa son bras sous celui d'Em et l'entraîna.

— Poussez-vous! dit-elle à Bonaparte qui bouchait la porte.

Et lui, Bonaparte l'invincible, en cette heure de triomphe, se poussa pour la laisser passer.

La Hottentote cessa de rire et un silence gêné tomba sur les trois personnages restés devant le seuil.

Une fois dans leur chambre, Em s'assit par terre et laissa libre cours à ses lamentations; Lyndall, elle, s'allongea sur son lit et resta immobile, pâle, un bras posé sur les yeux.

— Bouh, bouh! sanglotait Em. Et ils ne veulent même pas lui laisser sa jument grise! Et Waldo qui est parti au moulin! Bouh, bouh! Et ils vont peut-être aussi nous empêcher d'aller lui dire au revoir! Bouh, bouh, bouh!

— Tu ferais mieux de te taire, dit Lyndall sans faire un mouvement. Tu tiens vraiment à donner à Bonaparte le plaisir de savoir qu'il te rend malheureuse? On n'a rien à demander à personne. Bientôt ce sera l'heure du souper. Écoute, dès que tu entendras le bruit des couteaux et des fourchettes, on sortira et on ira le voir.

Em retint ses sanglots et écouta attentivement, agenouillée

contre la porte. Quelqu'un arriva tout à coup devant la fenêtre et ferma le volet.

– Qui a fait cela? demanda Lyndall en sursautant.

– La servante, j'imagine, dit Em. Elle est bien en avance ce soir!

Lyndall sauta au bas du lit et se précipita vers la porte. Elle secoua la poignée de toutes ses forces. La porte était fermée à clef de l'extérieur. La fillette grinça des dents.

– Qu'est-ce qu'il y a? demanda Em.

Maintenant la chambre était plongée dans une obscurité totale.

– Rien, répondit tranquillement Lyndall. Ils nous ont enfermées à clef, c'est tout.

Elle tourna les talons et remonta sur son lit. Mais un moment plus tard Em entendit bouger. Lyndall était grimpée sur la tablette de la fenêtre et promenait ses doigts sur les croisillons de bois qui encadraient les vitres. La fillette redescendit, dévissa l'une des pommes de fonte qui ornaient les montants de son lit, remonta sur la fenêtre et entreprit de casser méthodiquement tous les carreaux, en commençant par ceux du haut.

– Qu'est-ce que tu fais? s'inquiéta Em en entendant tomber les éclats de verre.

Sa compagne ne se donna même pas la peine de répondre, trop occupée qu'elle était à peser de tout son poids sur les petits croisillons qui cédaient en craquant, les uns après les autres. Puis elle poussa de toutes ses forces contre le volet. Elle avait cru que les chevilles de bois qui le maintenaient lâcheraient facilement; mais en percevant un cliquetis métallique, elle comprit que la barre de fer était mise. Elle resta un moment sans bouger. Puis elle redescendit, prit sur la table son petit canif et commença à attaquer avec la pointe de la lame le bois dur du volet.

– Qu'est-ce que tu fais maintenant? demanda Em qui s'était approchée et, dans son étonnement, oubliait de pleurer.

– J'essaie de faire un trou, répondit l'autre d'un ton bref.

– Tu crois que tu vas y arriver?

– Non. Mais j'essaie quand même.

Morte d'inquiétude, Em attendit. Pendant dix minutes Lyndall piocha le bois. Le trou faisait déjà presque un demi-pouce quand la lame vola en éclats.

– Qu'est-ce qui s'est passé? questionna Em, en se remettant à brailler de plus belle.

– Rien, dit Lyndall. Apporte-moi ma chemise de nuit, un morceau de papier et les allumettes.

Intriguée, Em chercha les objets à tâtons dans la chambre.

– Qu'est-ce que tu vas faire avec ça? murmura-t-elle.

– Brûler la fenêtre.

– Mais tu ne crois pas que la maison risque de brûler avec?

– Si.

– Et tu ne crois pas que ce serait une très grosse bêtise?

– Si. Très grosse. Mais je m'en fiche.

Elle froissa sa chemise de nuit dans un coin de la fenêtre et disposa par-dessus les débris de bois des croisillons. Il n'y avait qu'une seule allumette dans la boîte. Elle la frotta avec précaution contre le mur. Une flamme bleue jaillit, éclairant le petit visage dont les yeux étincelaient. Elle l'approcha tout doucement du papier. Celui-ci s'enflamma rapidement, brûla quelques secondes, puis la flamme vacilla et s'éteignit. Elle souffla sur les braises qui moururent une à une. Alors elle jeta le papier par terre, le piétina, puis elle retourna vers son lit et commença à se déshabiller.

Em se jeta sur la porte et la martela de ses poings.

– Tante Sannie! Tante Sannie! Ouvre! Ouvre! cria-t-elle. Oh! Lyndall! Qu'est-ce qu'on va faire?

Lyndall essuya une goutte de sang sur sa lèvre qu'elle venait de mordre.

– Moi je vais dormir, dit-elle. Si tu as envie de rester là à brailler jusqu'à demain matin, ne te prive pas. Cela te fera peut-être du bien. Moi, en tout cas, j'ai toujours remarqué que cela ne servait à rien.

Un long moment plus tard, alors que la petite Em était déjà retournée dans son lit et dormait presque, Lyndall se leva et s'approcha d'elle.

– Tiens, dit-elle en lui glissant dans la main un petit pot
de talc, frotte-toi les joues avec ça. Ça doit te brûler, cette
gifle qu'elle t'a donnée.

Puis elle retourna à tâtons dans son lit. Longtemps, longtemps après – Em, cette fois, dormait –, elle croisa les mains
sur sa petite poitrine et murmura :

– Quand je serai grande et que je serai forte, je haïrai tout
ce qui a du pouvoir, et j'aiderai tout ce qui est faible.

Et elle se mordit encore une fois la lèvre.

Ce soir-là, l'Allemand jeta un dernier regard au-dehors par
la porte de sa cabane. Puis il marcha de long en large dans
sa chambre en poussant des soupirs. A la fin il sortit un porte-
plume, du papier, et s'assit pour écrire. Avant de commencer,
il frotta longuement ses pauvres yeux fatigués.

« Mes petites Poulettes,

« Vous n'êtes pas venues dire adieu à votre vieil oncle Otto.
Peut-être n'avez-vous pas pu ? Enfin ! nous savons qu'il existe
un pays où nous serons tous réunis un jour avec les saints
du paradis, pour l'éternité.

« Je suis tout seul et je pense à vous. Oublierez-vous votre
vieil oncle ? Quand vous vous réveillerez demain matin, il
sera loin. Le vieux cheval est poussif, mais avec son bâton il
aura trois jambes pour marcher. Un jour il reviendra avec
de l'or et des diamants. Serez-vous encore là pour l'accueillir ?
On verra bien. Je vais à la rencontre de Waldo. Il reviendra
ici avec le chariot ; après, il me suivra. Pauvre garçon ! A la
grâce de Dieu ! Il existe un pays où règne la justice, mais il
n'est pas de ce monde.

« Mes chères petites, servez bien le Seigneur ; offrez-lui
votre cœur pendant que vous êtes encore jeunes. La vie est
courte.

« Je ne possède plus rien, sinon je vous dirais : Lyndall,
prends mes livres ; Em, prends mes pierres. Je ne peux plus
rien dire. Toutes ces choses sont à moi ; ce n'est pas juste,
Dieu en est témoin ! Mais je me tais. Qu'il en soit ainsi.
Pourtant j'ai de la peine, je dois l'avouer, de la peine.

« Ne pleurez pas trop votre pauvre vieux. Il s'en va chercher fortune ailleurs, et il reviendra peut-être un jour, son sac bien rempli.

« Je les aime, mes petites. Penseront-elles à moi ? Leur vieil oncle Otto, parti chercher fortune.

O.F. »

Ayant terminé cette missive un peu bizarre et maladroite, il la posa là où il savait que les enfants la trouveraient le lendemain matin et prépara son baluchon. Il ne lui était même pas venu à l'idée de se révolter contre la confiscation de ses biens ; il se soumettait comme un enfant, en pleurant. Cela faisait onze ans qu'il vivait ici... Combien c'était dur de partir ! Il étala sur son lit un grand mouchoir bleu et y posa l'un après l'autre les objets qu'il jugeait indispensables et importants : un petit sac de graines curieuses, qu'il avait toujours eu l'intention de planter un jour ; un vieux livre de cantiques en allemand, trois cailloux de forme bizarre auxquels il tenait particulièrement, une Bible, une chemise et deux mouchoirs ; il n'y avait pas de place pour autre chose. Il noua solidement le baluchon et le posa sur la chaise près du lit.

– Ce n'est pas grand-chose ; ils ne pourront pas dire que j'en ai trop emporté, dit-il en le regardant.

Il ajouta son vieux bâton noueux, le petit sac bleu dans lequel il mettait son tabac, et sa courte pipe ; puis il passa en revue ses vêtements. Il lui restait un pardessus mité et une veste en alpaga noir, usée aux coudes. Il opta pour le pardessus ; il était peut-être un peu chaud, mais il n'aurait qu'à le porter sur son bras et l'enfiler seulement quand il croiserait quelqu'un. Cela ferait plus correct que le vieil alpaga. Il plia le manteau sur le dossier de la chaise et glissa un dernier morceau de galette rassise sous le nœud de son baluchon. Tout était prêt. Il considéra son œuvre avec satisfaction. Le plaisir qu'il avait éprouvé à ces préparatifs lui avait presque fait oublier son chagrin. Soudain il tressaillit et une violente douleur crispa ses traits. Il rejeta son bras gauche en arrière et pressa sa main droite sur sa poitrine.

— Ah! ce pincement au cœur qui recommence, dit-il.

Il avait subitement pâli; mais bientôt les couleurs revinrent sur son visage et il entreprit de ranger sa chambre.

— Je laisserai tout en ordre. Ils ne pourront pas dire que je n'ai pas laissé les choses en ordre, répétait-il.

Il épousseta jusqu'aux petits sacs de graines qu'il aligna soigneusement sur la cheminée. Après cela il se déshabilla et se coucha. Il tira un petit livre de sous son oreiller. C'était un roman; mais pour le vieil Allemand il n'y avait pas de différence entre les histoires racontées dans un livre et la vie; il leur accordait autant d'importance qu'à ce qui lui arrivait personnellement, et il ne pouvait pas s'en aller sans savoir si le méchant Comte s'était enfin laissé fléchir et si le Baron épousait Émilina. Il chaussa donc ses lunettes et se mit à lire. De temps en temps, emporté par son émotion, il s'écriait : « Ah! c'est bien ce que je pensais!... C'était un fripon!... Je m'en doutais!... Je l'avais deviné depuis le début! » Il s'était écoulé plus d'une demi-heure quand il consulta la montre d'argent suspendue au-dessus de son lit.

« J'ai une longue marche à faire demain ; il faut être raisonnable, se dit-il en retirant ses lunettes qu'il rangea soigneusement entre les feuillets de son livre pour marquer sa page. Je serai content de le retrouver demain matin. Une bonne lecture pour marcher, ajouta-t-il en glissant le livre dans la poche de son pardessus. Une très bonne lecture. »

Il hocha la tête et s'allongea dans son lit. Il pensa un peu à ses ennuis, beaucoup aux deux fillettes qu'il quittait, au Comte, à Émilina, au Baron... et bientôt s'endormit; il dormit d'un sommeil aussi paisible qu'un tout petit enfant dont les soucis et les chagrins glissent sur l'âme innocente.

Un grand calme régnait dans la chambre. Les braises du foyer jetaient une lueur rougeâtre jusque sur les lions rouges de la courtepointe. Quand il fut onze heures à la montre, tout était silencieux. Puis il fut une heure du matin. Les cendres étaient toujours chaudes mais ne rougeoyaient plus, et la chambre était plongée dans le noir. La souris grise, qui avait fait son trou sous la boîte à outils, sortit et s'installa sur les sacs entassés dans le coin; enhardie par l'obscurité, elle grimpa sur la chaise près du lit, grignota un morceau de galette, donna un coup de dent dans la bougie, puis s'assit sur son arrière-train et écouta. Elle entendit la respiration régulière du vieil Allemand et les pas d'un chien affamé qui faisait une ultime expédition pour dénicher un os abandonné ou quelque vieux bout de peau; elle entendit la poule blanche pousser des gloussements affolés pendant qu'un chat sauvage s'enfuyait, un poussin dans la gueule, et elle entendit le poussin piailler. Puis la souris retourna dans son trou, sous la boîte à outils, et la chambre retrouva son silence. Il fut deux heures du matin. Dehors, le ciel s'était couvert. Le chat sauvage avait regagné sa tanière sur le kopje; le chien des Cafres avait trouvé un os et le rongeait tranquillement.

Un grand silence s'étendait sur la plaine. Seule, dans sa chambre, la Hollandaise se débattait dans son sommeil. Elle rêvait qu'une grande forme noire battait lentement des ailes au-dessus de sa maison, et elle gémissait en agitant ses gros bras. Pourtant, la nuit était paisible.

Mais au milieu de ce silence, la chambre de l'Allemand était plongée dans un autre silence, d'une qualité très singulière : même en tendant l'oreille, on n'aurait pas perçu la moindre respiration.

Pourtant il n'était pas parti, son vieux manteau était toujours pendu au dossier de la chaise – ce manteau qu'il devrait enfiler lorsqu'il rencontrerait quelqu'un sur son chemin. Son bâton et son baluchon étaient prêts. Et le vieil homme était là lui aussi, ses cheveux noirs mêlés de gris étalés sur l'oreiller. Son vieux visage souriait, tout seul, là, dans le noir, comme celui d'un enfant – ô combien paisible! On dit qu'il est une visite plus redoutée que tous les maux de l'existence, devant laquelle chacun fuit en tremblant; mais il peut arriver que cette visite soit moins terrible que bien d'autres. La Mort avait posé sa main sur le vieil homme avec une telle douceur qu'on eût pu croire qu'elle le connaissait bien et qu'elle avait

pour lui une immense tendresse. Et comment eût-elle pu être
dure avec ce vieil homme si bon, si simple, si candide?

Elle avait effacé de son front toutes les rides, à jamais fixé
son sourire et scellé ses paupières : que ses yeux ne puissent
plus jamais pleurer. Ainsi le court sommeil terrestre s'était-
il doucement fondu dans le long, long sommeil de l'éternité.

« Comment a-t-il pu rajeunir de la sorte en l'espace d'une
nuit? » se demandèrent ceux qui le découvrirent au matin.

Eh! oui, cher vieil ami; vous êtes de ceux que le temps ne
touche pas. Vous gardez en mourant la pureté et l'innocence
de l'enfance qui ne vous ont jamais quitté, malgré vos cheveux
gris.

Perché sur le tas de cendres, Bonaparte observait un point noir qui avançait du fond de la plaine. Les basques de son habit, derrière lui, battaient d'impatience.

Le chariot progressait lentement. Waldo était pelotonné à l'arrière, au milieu des sacs, serrant sur sa poitrine sa machine à tondre les moutons. Elle était terminée, maintenant. La veille, tandis qu'assis par terre il rêvassait en regardant l'eau tomber sur la roue du moulin, il avait subitement trouvé la solution qu'il cherchait depuis si longtemps.

Les yeux mi-clos, il marmonnait : « Demain, régler les engrenages... resserrer légèrement les vis... et leur montrer ce que j'ai fait ». Puis, après un silence : « Le montrer au monde entier... au monde entier... ce que j'ai fait... moi! ». Il serrait dans sa poche le petit assemblage de roues et de pignons, jusqu'à les entendre craquer. Un moment plus tard il reprit, en marmonnant un peu plus fort : « Cinquante livres sterling... et un chapeau noir pour mon père... une robe de soie bleu très pâle pour Lyndall; et puis une autre, mauve, de la couleur des campanules, et puis des souliers blancs. » Et il enchaîna : « Une caisse bourrée de livres, où je trouverai tout, tout, tout ce que je veux savoir. » Et il compta fiévreusement sur ses doigts : « Pourquoi les cristaux prennent de si jolies formes; pourquoi la foudre est attirée par le métal; pourquoi les nègres ont la peau noire; pourquoi les rayons du soleil sont chauds. Je lirai, lirai, lirai... » Il se sentit alors brusquement pénétré de ce qu'il appelait « la présence de

Dieu » – le sentiment d'être enveloppé tout entier par quelque chose de bon, de fort. Il sourit à travers ses paupières mi-closes. « Ah! Père! mon Père! Que c'est bon de sentir Ta présence comme un chaud rayon de soleil. Ni la Bible ni les livres ne peuvent vraiment dire ce que Tu es, ni tout ce que je sens. La parole des hommes brouille tout. Tandis que Toi... »

Ses marmonnements se perdirent dans un vague murmure; lorsqu'il ouvrit enfin les yeux, la plaine pelée qui s'étendait devant lui était le paysage familier de la ferme. Il y roulait déjà depuis une demi-heure. Il secoua le conducteur de l'attelage qui somnolait à l'avant du chariot dans la lumière du petit matin. Ils étaient à moins d'un demi-mille de la maison, et il avait l'impression d'être parti depuis un an. Il s'imaginait voir Lyndall, debout sur la murette de brique, qui le guettait; et son père, traversant la cour, qui s'arrêtait pour scruter l'horizon.

De la voix, il pressa les bœufs. Il avait rapporté quelque chose à chacun : un paquet de tabac pour son père, acheté à la boutique près du moulin; un dé à coudre pour Em; pour Lyndall, une très belle fleur qu'il avait déterrée avec toutes ses racines, à l'endroit où ils s'étaient arrêtés pour dételer; et un mouchoir pour tante Sannie. En approchant de la maison, il lança son fouet au Cafre et sauta à bas du chariot pour courir à son aise. Quand il passa près du monticule de cendres, Bonaparte l'arrêta.

– Bonjour, mon cher enfant. Où cours-tu si vite, avec tes belles joues rouges?

Le garçon leva les yeux; il était si content que même la vue de Bonaparte lui fit plaisir.

– A la cabane, dit-il, tout essoufflé.

– Tu n'y trouveras personne pour le moment – en tout cas pas ton vieux père, dit Bonaparte.

– Où est-il? demanda le garçon.

– Par là-bas, derrière les enclos, répondit Bonaparte avec un geste grandiloquent en direction des murs de pierre qui entouraient l'élevage d'autruches.

– Mais qu'est-ce qu'il fait là-bas? s'étonna le garçon.

Bonaparte lui tapota gentiment la joue.

— Par cette chaleur, on ne pouvait pas le garder plus long-temps. Il a fallu l'enterrer, mon garçon. Eh ! oui, on ne pouvait pas le garder plus longtemps. Hé, hé, hé ! s'esclaffa-t-il, tandis que le garçon filait en rasant le petit mur de pierre, comme s'il avait peur.

∼

Vers cinq heures de l'après-midi, Bonaparte, à genoux par terre dans la chambre de l'Allemand, s'affairait à vider son coffre.

Il avait été convenu entre lui et tante Sannie que désormais, puisque l'Allemand n'était plus là, il quitterait, lui, Bona-parte, ses fonctions de maître d'école pour devenir intendant de la ferme. Il avait déclaré qu'en récompense de ses louables activités pédagogiques, il consentirait volontiers à prendre possession des biens et de la chambre du disparu. L'arrangement ne plaisait qu'à moitié à tante Sannie. Celle-ci éprou-vait, en effet, infiniment plus de respect pour l'Allemand mort que pour l'Allemand vivant, et elle aurait de beaucoup préféré que ses biens reviennent paisiblement à son fils. Car elle croyait fermement à l'existence, tout là-haut, de petites fentes par où des yeux, et pas seulement des oreilles, ne se privaient pas d'observer tout ce qui se passait en bas. Et comme elle ne savait pas très bien jusqu'à quel point le monde des esprits pouvait empiéter sur notre monde raisonnable, elle s'abste-nait scrupuleusement de faire quoi que ce soit qui risque d'offenser ces observateurs invisibles. C'était d'ailleurs l'unique raison qui la retenait de maltraiter la fille et la nièce de l'Anglais défunt — et c'était aussi l'unique raison qui la pous-sait à préférer que le garçon garde les biens de son père. Mais il était difficile de refuser quelque chose à Bonaparte, quand il faisait si bon passer les soirées à boire des tasses de café en sa compagnie et à l'entendre déclarer dans son mauvais hollandais, qui s'améliorait d'ailleurs de jour en jour, combien il adorait les femmes bien en chair et quel excellent fermier il était.

Donc à cinq heures, cet après-midi-là, Bonaparte était à genoux par terre dans la chambre de l'Allemand.

– C'est quelque part ici, disait-il en sortant avec précaution les vieux vêtements du coffre puis, n'ayant rien trouvé, en les y remettant. C'est sûrement quelque part dans cette chambre; et si c'est dans cette chambre, Bonaparte le trouvera. Tu n'es pas resté ici tout ce temps-là sans amasser un petit magot, mon agneau. Tu n'étais tout de même pas aussi bête que tu en avais l'air. Oh non!

Il arpentait maintenant la chambre en tous sens, fourrait ses doigts partout où il pouvait, explorait les lézardes des murs d'où, affolées, des araignées s'échappaient; donnait des coups dans le vieux plâtre qui se fendait et tombait par morceaux; examinait le conduit de cheminée, d'où une pluie de suie lui dégringola sur le crâne. Il tâta l'intérieur de tous les petits sacs bleus, essaya même de soulever la pierre du foyer, et secoua un par un tous les vieux livres, tant et si bien qu'autour de lui le sol était jonché de feuilles.

Le jour commençait à baisser. Bonaparte, un doigt sur le nez, réfléchissait. A la fin il se dirigea vers la porte où étaient encore accrochés le pantalon et le gilet que l'Allemand portait avant de mourir. Il les avait déjà fouillés la veille, mais à la hâte, juste après l'enterrement. Il fallait y voir de plus près. En glissant la main dans la poche du gilet, il sentit un trou dans un coin, y enfonça deux doigts et, entre la doublure et l'étoffe, rencontra bientôt quelque chose. Il remonta l'objet à la surface : c'était un petit paquet carré, cousu dans de la grosse toile. Il l'examina, le palpa; il crissait comme s'il était rempli de billets de banque. Bonaparte le fourra vivement dans la poche de son propre gilet, jetant rapidement un coup d'œil par-dessus la demi-porte pour s'assurer que personne ne venait. Mais il n'y avait rien en vue que la grande lumière jaune du couchant, qui poudrait d'or les plantes du karroo et embrasait le tas de cendres où picoraient les poules. Il se retourna, s'assit sur la chaise la plus proche et, sortant son

couteau de sa poche, fendit la toile du paquet. Une avalanche
de papiers jaunis en tomba. Bonaparte les déplia un à un
soigneusement, les aplatissant sur son genou. Pour avoir été
si bien cachés, ils devaient contenir quelque chose de précieux, mais Bonaparte était incapable de déchiffrer les carac-
tères allemands. Lorsqu'il déplia le dernier, il y sentit un
objet dur.

— Tu as trouvé, mon vieux Bonap! tu as trouvé! s'écria-
t-il en se donnant une claque vigoureuse sur la cuisse.

Il rapprocha sa chaise de la porte pour y voir plus clair,
et ouvrit le papier avec précaution. Il n'y avait à l'intérieur
qu'une simple alliance en or.

— Toujours mieux que rien! fit Bonaparte en essayant de
la passer successivement à ses deux petits doigts, qui se révé-
lèrent l'un et l'autre beaucoup trop gros.

Il la retira, la posa sur la table devant lui et la contempla
de ses yeux bigles.

— Quand l'heure propice aura sonné, déclama-t-il, quand
le cœur battant je te conduirai, Sannie, empourprée par les
feux de l'Hymen à l'autel conjugal, ô ma joyeuse épousée, à
ton joli doigt d'amarante je passerai cet anneau.

> Ton corps adorable, ô ma douce
> A Bonaparte appartiendra;
> Et dans les écus de ta bourse
> Il plongera aussi les doigts.

Après avoir donné libre cours à ces débordements lyriques,
Bonaparte s'abîma dans de réjouissantes réflexions.

— Il plongera aussi les doigts, répéta-t-il d'un air méditatif.

A cet instant précis, comme le jura plus tard Bonaparte et
comme il devait le jurer jusqu'à la fin de ses jours, il sentit
très distinctement quelque chose lui frapper le dessus du
crâne, à petits coups répétés.

Il sursauta, regarda en l'air : aucun *reim*, aucune courroie
d'aucune sorte ne pendait des poutres à cet endroit-là. Et
personne ne se trouvait près de la porte. La nuit venait, et

il n'aimait pas beaucoup cela. Il replia précipitamment les papiers, tendit la main vers l'anneau – celui-ci avait disparu! Disparu, alors que personne n'était entré dans la pièce. Disparu, alors que rien ni personne n'avait franchi la porte! Disparu!

Une chose au moins était certaine : pour rien au monde il ne voulait dormir ici. Il fourra les papiers dans sa poche. Au même moment, il sentit trois petites tapes, frappées lentement, nettement, contre son crâne. Sa mâchoire tomba; ses articulations refusèrent tout mouvement; il était incapable de se lever; il n'osait plus bouger; sa langue elle-même restait inerte dans sa bouche.

– Prenez tout, prenez tout! gargouilla-t-il. Je... je ne veux rien. Prenez...

Là-dessus, quelque chose lui tira violemment les quelques mèches qui lui pendaient dans le cou, et il bondit avec un hurlement épouvantable. Paralysé ou non, s'il restait ici plus longtemps, le diable allait l'emporter *tout vivant!* Poussant des cris stridents, il détala à toutes jambes sans se retourner une seule fois.

~

Il faisait déjà noir et la rosée tombait, quand une petite silhouette s'approcha de l'entrée du dernier parc à autruches en poussant devant elle l'un de ces volatiles. Elle ouvrit la barrière, fit entrer l'oiseau, referma le loquet, et allait s'en retourner lorsqu'elle s'arrêta soudain devant le mur de pierre.

– C'est toi, Waldo? demanda Lyndall en entendant bouger.

Le garçon était assis sur la terre humide, le dos contre le mur. Il ne répondit pas.

– Viens, dit-elle en se penchant. Je t'ai cherché toute la journée.

Il marmonna quelque chose entre ses dents.

– Tu n'as rien mangé. Je t'ai apporté ton souper dans ta chambre. Allez Waldo, rentre avec moi.

Elle lui tendit la main et le garçon se releva lentement.

D'autorité elle lui prit le bras et glissa ses petits doigts entre les siens.

— Il faut oublier, murmura-t-elle. Moi, depuis, je n'arrête pas de marcher, de parler, de faire quelque chose. Ce n'est pas en y pensant qu'on fera revenir les morts. (Elle serra plus fort ses petits doigts.) Il vaut mieux oublier. Il est parti sans s'en apercevoir, reprit-elle au bout d'un instant. Ce qui est terrible, c'est de se *voir* mourir! dit-elle en frissonnant. C'est comme cela que je voudrais partir, moi aussi. Tu ne t'es pas demandé ce que je faisais avec cet oiseau? ajouta-t-elle vivement. C'est Hans, l'autruche qui ne peut pas sentir Bonaparte. Je l'ai lâchée cet après-midi; j'espérais qu'elle le chasserait, et même, avec un peu de chance, qu'elle le tuerait.

Le garçon ne manifesta aucune espèce d'intérêt.

— Elle ne l'a pas attrapé, mais elle a passé la tête par la porte de la cabane et lui a fait horriblement peur. Il était en train de voler tes affaires. Je crois qu'il ne va plus oser y toucher maintenant. Mais je regrette bien qu'elle ne l'ait pas piétiné.

Ils ne dirent plus un mot jusqu'à la cabane.

— J'ai posé une bougie avec ton souper sur la table. Il faut que tu manges, dit-elle d'un ton autoritaire. Je ne peux pas rester plus longtemps avec toi. Ils risqueraient de se douter de quelque chose, pour l'autruche.

Il lui saisit le bras et approcha sa bouche tout contre son oreille.

— Dieu n'existe pas! lâcha-t-il avec une sorte de rage. Il n'existe pas. Nulle part!

Elle tressaillit.

— *Nulle part!*

Il crachait les mots entre ses dents, et elle sentait son souffle chaud contre sa joue.

— Waldo, tu es fou, dit-elle en s'écartant instinctivement de lui.

Il lâcha son bras et se détourna lui aussi.

N'est-ce pas toujours ainsi que va la vie? Chacun mène ses

petits combats tout seul; vous les vôtres, moi les miens. Nul
ne peut aider l'autre ni espérer son aide.

Ce qui pour vous est bien réel, à moi me paraît fou. Quand
vous êtes au plus noir de l'angoisse, je vous regarde avec
étonnement. L'amitié est précieuse, c'est un bâton sur lequel
on s'appuie; mais le jour où l'on vient à s'appuyer trop fort,
il cède. C'est quand elles sont le plus en peine que les âmes
sont le plus seules.

Lyndall se tenait près de lui dans le noir, saisie de pitié
et d'étonnement. Lorsqu'il fit quelques pas vers la porte, elle
le suivit.

— Mange ton souper; cela te fera du bien, dit-elle simplement.

Elle frotta sa joue contre son épaule et partit en courant.

Dans le salon, la petite servante cafre aux cheveux laineux
lavait les pieds de tante Sannie dans une bassine tandis que
Bonaparte, assis sur la banquette, retirait ses souliers et ses
bas en attendant son tour. On avait allumé trois chandelles,
et chacun, y compris la Hottentote, se tenait le plus près
possible des autres — car la vertu du nombre est bien connue,
et il faut multiplier les lumières quand rôdent les fantômes.
Bonaparte était complètement remis des suites de sa frayeur,
et les innombrables doses de brandy qu'il avait fallu lui
administrer pour achever son rétablissement l'avaient mis
dans une humeur particulièrement plaisante et affable.

— Ce jeune Waldo, fit Bonaparte en se frictionnant les orteils,
a déguerpi sans se gêner ce matin, à peine le chariot arrivé.
Et il n'a pas levé le petit doigt de la journée. Je ne souffrirai
pas que cela se reproduise, maintenant que c'est moi qui
commande ici.

La Hottentote traduisit.

— Oh! c'est sans doute parce qu'il était triste de la mort
de son père, dit tante Sannie. C'est naturel. Moi j'ai pleuré
toute la matinée quand mon père est mort. Un mari, ça se
retrouve toujours, mais on ne retrouve jamais un père, ajouta-
t-elle en glissant un regard en coin vers Bonaparte.

Bonaparte exprima le souhait de donner immédiatement

des ordres à Waldo pour le travail du lendemain, en conséquence de quoi l'on envoya à sa recherche la petite Cafre aux cheveux laineux. Au bout d'un temps interminable le garçon parut dans l'encadrement de la porte.

L'aurait-on vêtu d'une redingote à queue de morue, lui aurait-on pommadé les cheveux jusqu'à les rendre aussi lisses que ceux des notables assis au temple au premier rang, qu'il serait encore resté chez ce garçon quelque chose de sauvage. A le voir là, avec cette défroque invraisemblable, cette tignasse inculte qui semblait avoir été roulée dans le sable, ces paupières gonflées, ces mèches sur le front, cet air sombre et buté, on eût dit un jeune taureau mal léché.

— Doux Seigneur! s'écria tante Sannie. A quoi tu ressembles! Approche un peu, mon garçon. Tu pourrais au moins venir me dire bonjour. Tu ne veux pas manger quelque chose?

Waldo répondit qu'il ne voulait rien et détourna le regard.

— Il paraît qu'on a vu un fantôme dans la chambre de ton père, dit tante Sannie. Si tu as peur, tu peux venir dormir dans la cuisine.

— Je veux dormir dans ma chambre, dit lentement le garçon.

— Bon, tu peux t'en aller, dit-elle. Mais sois prêt de bonne heure pour mener paître les moutons. Le berger...

— Oui, sois prêt de bonne heure, mon garçon, coupa Bonaparte avec un sourire. C'est moi qui commande à la ferme, à présent. Et j'espère que nous allons bien nous entendre, mon cher ami, oui, bien nous entendre — si tu fais correctement ton travail.

Waldo se retourna pour sortir et Bonaparte, regardant d'un air innocent la bougie, étendit son pied nu; le garçon, qui avançait sans rien voir, s'étala lourdement par terre.

— Mon Dieu! J'espère que tu ne t'es pas fait mal, mon garçon, s'écria Bonaparte. Oh! tu en verras de plus rudes que cela dans la vie, mon bonhomme, ajouta-t-il d'un air consolateur, pendant que Waldo se relevait.

La Hottentote rit si fort que toute la pièce en résonna; et tante Sannie s'esclaffa jusqu'à en avoir mal aux côtes.

Quand Waldo fut sorti, la jeune Cafre lava les pieds de Bonaparte.

— Oh! Seigneur! Doux Seigneur! Vous avez vu cette chute! Quand j'y repense! s'écria tante Sannie en riant de plus belle. J'ai toujours pensé qu'il était un peu dérangé, ce garçon. Mais ce soir, alors, ça vous crevait les yeux, ajouta-t-elle en essuyant sur ses joues des larmes de rire. Il a des yeux fous, comme s'il était possédé du diable. Il n'a jamais été comme les autres enfants. Il n'y a qu'à voir la façon dont il se promène pendant des heures en parlant tout seul. Quand il est assis à côté de vous, il remue les lèvres sans arrêt. Vous pouvez toujours lui parler, il ne vous entend pas. Des yeux de fou, je vous dis. Fou à lier!

Ce mot de « fou » ainsi répété finit par éveiller une idée dans le cerveau de Bonaparte. Il cessa tout à coup d'agiter ses orteils dans l'eau.

— Fou, fou? Oh! je connais bien ce genre de folie, moi, dit-il, et j'en connais aussi le remède. Une caresse, une toute petite caresse du bout de la cravache! Radical. Ça vous guérit tout de suite.

La Hottentote éclata de rire et traduisit.

— Plus question, dans cette ferme, de se promener le nez en l'air en parlant tout seul, poursuivit-il; plus question de garder les moutons un livre à la main. Ce n'est pas gros, le petit bout d'une cravache, mais ça fait des miracles, et je crois bien qu'il ne va pas tarder à en faire l'expérience, ce garçon-là.

Bonaparte se frotta les mains en jetant des regards satisfaits par-dessus son grand nez. Et tous les trois partirent d'un grand rire sardonique.

Waldo, lui, était recroquevillé par terre dans un coin de sa cabane, les genoux sous le menton, dans le noir.

Doss était assis sur son arrière-train au milieu des herbes du karroo, son oreille fauve rabattue sur un petit œil malicieux, prêt à chasser d'un coup d'éventail la mouche qui oserait se poser sur son museau. Tout autour de lui, dans le soleil matinal, les moutons paissaient; derrière, allongé sur le sol, son maître mettait la dernière main à sa machine et trouvait un grand réconfort à cette occupation. Cinquante ouvrages de philosophie, ou autant de cantates célestes composées tout exprès pour la consolation des affligés n'auraient pas produit sur lui ce matin-là autant d'effet que cette petite machine à tondre les moutons.

Après tant de combats pour tenter de voir l'invisible, tant de vertiges à vouloir mesurer l'infini, tant d'angoisse impuissante devant l'abîme du mystère, c'est un soulagement vivifiant que de se tourner vers un objet simple, tangible, palpable; vers quelque chose qui possède une odeur, une couleur, et que l'on peut tourner et retourner entre ses mains. Qu'il existe ou non un au-delà, que cela serve ou non à quelque chose d'invoquer une Toute-Puissance invisible, que cette Toute-Puissance existe ou non, quelle que soit la réalité de ce « moi » qui l'invoque et du monde qui l'entoure, quels que soient notre essence, notre finalité ou le sens de notre existence (et, chez certains esprits, la mort et le déchirement du deuil réveillent un désir violent de réfléchir à toutes ces choses), quelle que soit la nature de ce que les limites de l'intelligence humaine conduisent l'homme à inventer, une

chose est incontestable : un couteau peut tailler du bois, et
une roue dentée en entraîner une autre. C'est une absolue
certitude.

Waldo éprouvait une satisfaction immense à jouer avec sa
petite machine. Doss, lui, clignait des yeux et battait des
paupières, trouvant que la plaine était bien monotone; et
finalement, toujours bien droit sur son arrière-train, il s'endormit. Mais soudain il rouvrit les yeux tout grands : quelque
chose approchait, qui venait de la ferme. Il regarda attentivement en plissant les paupières et distingua la jument grise.
Doss se demandait depuis quelque temps où pouvait bien être
passé celui qui la montait habituellement. Et comme la jument
portait quelqu'un sur son dos, il en tira ses propres conclu-
sions et commença d'agiter vigoureusement la queue. Après
quelques instants d'euphorie, il dressa une oreille et laissa
pendre l'autre, sa queue cessa de s'agiter et le pli de sa gueule
exprima la plus franche désapprobation, pour ne pas dire le
plus profond mépris. Les coins de ses babines se relevèrent
d'un air menaçant.

La jument grise avançait sans bruit sur le sable mou, et
le garçon n'entendit rien jusqu'au moment où Bonaparte mit
pied à terre. Doss se dressa immédiatement et recula d'un
pas. L'allure de Bonaparte lui déplaisait souverainement. Il
faut reconnaître qu'il était bizarrement accoutré. Moitié ville,
moitié campagne : les basques de sa redingote de drap noir
étaient relevées par derrière à l'aide d'une épingle, pour les
empêcher de traîner sur la selle; avec cela il portait un
pantalon de coutil, des guêtres de cuir, et tenait à la main
une petite cravache en peau de rhinocéros.

Waldo leva les yeux en sursautant. S'il en avait eu le temps,
il aurait vite creusé un trou dans le sable avec ses mains
pour y enfouir son trésor. Ce n'était qu'un petit jouet de bois,
mais il l'aimait comme chacun aime fatalement tout ce qui
naît de lui, de sa chair comme de son esprit. Qu'un regard
de glace l'effleure, et notre aile de papillon perd à jamais
toutes ses couleurs.

— Qu'est-ce que tu as là, mon garçon? demanda Bonaparte, campé devant lui, en désignant du bout de sa cravache cet assemblage bizarre d'engrenages et de tiges articulées.

Le garçon marmonna quelques mots inaudibles en essayant maladroitement de le protéger avec sa main.

– Mais cela m'a l'air très ingénieux, cette petite machine, dit Bonaparte en s'asseyant sur une termitière et en se penchant en avant pour observer l'objet avec le plus grand intérêt. A quoi sert-elle ?

– A tondre les moutons.

– C'est une très jolie petite machine. Et comment fonctionne-t-elle ? Je n'ai jamais rien vu d'aussi ingénieux.

Aucun parent au monde n'a jamais soupçonné de mensonge la voix qui complimente son enfant – son premier-né. Quelqu'un aimait ce qui avait été conçu par lui, en lui. Il oublia tout le reste. Il lui montra comment fonctionnaient les ciseaux – il fallait les guider un peu, bien sûr –, où l'on devait placer le mouton et où tombait la laine. A mesure qu'il parlait, le rouge lui montait aux joues.

– Je vais te dire une chose, mon garçon, déclara Bonaparte d'un ton un peu trop appuyé quand les explications furent terminées, il faut que tu prennes un brevet. Ta fortune est faite. D'ici trois ans il n'y aura pas une seule ferme dans toute la colonie qui n'aura pas sa machine. Tu es un génie, mon garçon, il n'y a pas à dire !

– Si elle était plus grande, dit le garçon, les engrenages fonctionneraient mieux. Croyez-vous qu'on puisse trouver quelqu'un ici, dans la colonie, pour la fabriquer ?

– Certainement, dit Bonaparte en se levant. Sinon, je ferai tout ce que je peux pour t'aider. On l'enverra en Angleterre. On trouvera bien un moyen. Combien de temps as-tu mis pour fabriquer cela ?

– Neuf mois, répondit le garçon.

– Ah ! c'est vraiment une très jolie petite machine, répéta Bonaparte. Il faudrait être bien difficile pour ne pas s'y intéresser. Il y a juste un tout petit détail, un tout petit perfectionnement que j'aimerais y apporter.

Il posa le pied sur la machine et l'écrasa dans le sable. Le garçon leva de grands yeux.

— C'est beaucoup mieux comme cela, tu ne trouves pas? ricana Bonaparte. Et si on ne peut pas la faire fabriquer en Angleterre, nous l'enverrons en Amérique. Bye-bye! Salut, mon garçon! Tu es un grand génie, mon petit, un génie, ça ne fait aucun doute.

Il remonta sur la jument et s'éloigna. Le chien le regarda partir sans dissimuler sa satisfaction. Son maître, lui, était couché par terre, la tête enfouie dans ses bras, au milieu des petits rouages et des fragments de bois éparpillés dans le sable. Le chien lui sauta sur le dos et se mit à lui mordiller les cheveux, puis voyant qu'on ne faisait pas attention à lui, il s'en alla plus loin s'amuser avec un gros scarabée noir. L'insecte était très occupé à rouler devant lui une grosse boule d'excrément, qu'il avait passé toute la matinée à fabriquer. Doss écrasa sa boule et lui croqua les deux pattes de derrière, puis il lui arracha la tête. C'était par jeu, tout simplement; de toute façon, qui eût pu dire à quoi servait ce scarabée? Tout ce mal, tout ce mal qu'on se donne pour vivre — et puis plus rien.

— J'ai découvert quelque chose dans le grenier, dit la petite Em à Waldo, une semaine plus tard, tandis qu'il empilait d'un air apathique des galettes de bouse sur le mur du kraal. C'est une caisse de livres qui appartenaient à mon père. On croyait que tante Sannie les avait brûlés.

Le garçon reposa la galette de bouse qu'il tenait en l'air et regarda la fillette.

— Je crois qu'ils ne sont pas très intéressants, ajouta-t-elle. Ils ne racontent pas d'histoires. Mais si tu en as envie, tu peux prendre ceux que tu veux.

Là-dessus elle ramassa l'assiette sur laquelle elle lui avait apporté son petit déjeuner et repartit vers la maison.

Le garçon se remit au travail à toute vitesse. En une demi-heure les galettes de bouse que Bonaparte lui avait ordonné de préparer furent disposées en tas sur le mur. Puis il courut s'occuper des peaux que l'on avait mises à sécher au soleil et qu'il fallait saler. Et comme le saloir était vide, il monta le remplir au grenier.

Bonaparte Blenkins, dont la chambre donnait directement sur l'échelle, vit le garçon monter, et sortit sur le pas de sa porte pour guetter son retour avec l'intention de lui faire cirer ses bottes. Doss, constatant de son côté qu'il ne pouvait pas suivre son maître sur les barreaux arrondis, s'assit tranquillement au bas de l'échelle, résigné à attendre. Au bout d'un moment, il leva le museau d'un air interrogatif mais personne n'apparut. Bonaparte leva le nez lui aussi, et finit par appeler; mais personne ne répondit. Que pouvait bien faire ce garçon? Le grenier était pour Bonaparte un territoire complètement inconnu. Il s'était souvent demandé ce qu'il y avait là-haut. Mais s'il adorait découvrir ce que cachaient toutes les portes fermées à clef et ce que recelaient les coins les plus secrets, il avait aussi très peur de monter aux échelles. Il levait donc la tête en l'air et, les yeux dévorés de convoitise, s'interrogeait : le grenier servait essentiellement de débarras – qu'est-ce que le gamin avait bien pu trouver, qui le retenait si longtemps?

Si tante Sannie avait pu voir Waldo à cet instant, les quelques doutes qui subsistaient peut-être encore dans son esprit quant à la folie du garçon se seraient instantanément évanouis. Après avoir rempli son pot de sel, il s'était mis à la recherche de la caisse de livres perdue au milieu du bazar qui encombrait le grenier. Il la trouva enfin sous une pile de vieux sacs. C'était une caisse de bois brut dont une planche était déclouée sur le dessus. Il souleva la planche et vit une rangée de dos alignés. S'agenouillant, il promena d'abord ses doigts le long des arêtes raboteuses de la caisse, comme pour bien s'assurer de sa réalité. Puis il enfonça sa main entre les livres et en retira deux. Il les palpa, glissa ses doigts entre les feuilles qu'il froissa doucement, comme un amant caresse les cheveux de sa maîtresse. Il couvait son trésor du regard. Lui qui n'avait guère possédé qu'une douzaine de livres dans sa vie, voici qu'il en avait une mine à ses pieds! Au bout d'un moment il commença à lire les titres, à ouvrir les livres au hasard, à en lire quelques phrases; mais il était beaucoup trop excité pour comprendre le sens des mots. Il finit par tomber sur un livre à couverture brune, d'aspect sévère. Il en lut le titre, l'ouvrit en son milieu et commença à lire. Le chapitre parlait de la propriété : communisme, fouriérisme, saint-simonisme – il se trouvait que c'était un ouvrage d'économie politique. Il parcourut une page entière, la tourna pour lire la suivante, qu'il dévora sans bouger d'un pouce, comme il dévora la suivante, et encore la suivante, à genoux par terre, immobile, les lèvres entrouvertes.

Il ne comprenait peut-être pas parfaitement tout ce qu'il lisait. Ces idées étaient tellement neuves pour lui! Mais ce qui provoquait sa joie, son étonnement, c'était qu'il les reconnaissait : c'étaient les siennes. Elles ne lui étaient jamais venues à l'esprit auparavant, mais c'étaient bien les siennes.

Un grand rire silencieux vibrait en lui, le rire immense de la joie triomphante.

Ainsi les créatures pensantes ne chantaient donc pas toutes le même refrain − « Puisque c'est toi, Seigneur mon Dieu, qui as créé toutes choses au commencement des temps, qu'elles soient ainsi à jamais, hier, aujourd'hui et demain et pour l'éternité; ne nous en mêlons pas. Amen. » Il existait des hommes qui non seulement se laissaient interpeller par les kopjes et les cailloux − « Que sommes-nous? Comment sommes-nous venus ici? Étudiez-nous, comprenez-nous. » −, mais percevaient également dans ce qui lie les hommes entre eux, dans les vieilles coutumes, les traditions établies, de multiples questions qui demandaient réponse.

Le corps musclé du jeune garçon tremblait d'excitation. Il n'était donc pas le seul, le seul de son espèce! Il n'aurait pas vraiment su dire pourquoi il était si joyeux, pourquoi il sentait cette chaleur en lui. Il avait le visage en feu. Bonaparte pouvait toujours appeler, et Doss, les pattes sur le barreau de l'échelle, gémir tant qu'il voulait! Le garçon finit par glisser le livre contre sa poitrine et boutonna son paletot. Puis il ramassa son saloir et revint vers l'échelle. Bonaparte, les mains croisées sous les basques de sa redingote, la tête levée, l'apostropha dès qu'il le vit.

− Tu es resté bien longtemps là-haut, mon garçon, dit-il en le regardant descendre avec une rapidité qui contrastait étrangement avec sa nonchalance habituelle. Tu ne m'as sans doute pas entendu t'appeler?

Bonaparte faisait danser les basques de son habit tout en l'examinant. Oh! il avait l'œil, Bonaparte Blenkins. Il regarda le saloir. Il n'était pas si grand qu'il eût fallu trois quarts d'heure pour le remplir. Il regarda la tête. Elle était rouge. Tante Sannie n'achetait pas de vin : il n'avait donc pu boire.

Il avait les yeux grands ouverts et brillants : il n'avait pas
dormi. Il n'y avait personne d'autre au grenier : il n'avait
pas lutiné une fille. Bonaparte le dévisagea d'un air pensif.
Qu'est-ce qui pouvait bien expliquer cet extraordinaire changement, cette différence entre le garçon qui descendait maintenant et le garçon qui était monté tout à l'heure ? Il ne
voyait qu'une seule explication : tante Sannie n'avait-elle pas
là-haut une provision de *bultong*, ou de ses délicieuses sau-
cisses fumées ? Oui. Il devait y avoir de bonnes choses à
manger là-haut. Aha ! Mais oui, c'était cela !

Cette cascade de déductions en chaîne absorbèrent Bonaparte à tel point qu'il en oublia de faire cirer ses bottes.

Il suivit du regard le garçon qui s'éloignait d'un pas traînant, son pot de sel sous le bras ; puis, debout sur le seuil de
sa porte, levant les yeux vers l'azur immobile, il se posa tout
haut cette devinette :

– Quel rapport y a-t-il entre la peau du dos d'un jeune
garçon en paletot qui porte un saloir sous le bras et la mèche
d'une cravache ? Réponse : Aucun pour le moment, mais cela
ne saurait tarder.

Bonaparte fut tellement content de ce trait d'esprit qu'il
en gloussa de rire, puis rentra s'allonger sur son lit.

Cet après-midi-là on cuisait le pain à la ferme. On avait
allumé du feu dans le four de brique derrière la maison, et
tante Sannie avait laborieusement quitté le grand fauteuil
de bois où elle passait le plus clair de son existence à surveiller
de près l'opération. Non loin de là, penché sur le mur de la
porcherie où il venait de verser un plein seau de nourriture,
Waldo était plongé dans la contemplation des cochons. La
cour de la porcherie était occupée, dans sa partie basse, par
une mare de boue au bord de laquelle la truie, béatement
allongée, les yeux clos, se laissait téter par ses dix petits ; le
mâle pataugeait dans la boue jusqu'à mi-pattes et farfouillait
du groin dans une citrouille pourrie en tortillant sa queue
en tire-bouchon.

Waldo se demandait en rêvassant pourquoi ces bêtes étaient
si agréables à regarder. Prises séparément, elles n'avaient

rien de beau – mais vues toutes ensemble, si. Était-ce parce qu'il y avait entre elles une certaine harmonie? La vieille truie était faite pour les petits, et les petits pour la vieille truie comme le vieux verrat pour la citrouille pourrie et tout le monde pour la boue. On avait l'impression qu'il n'y avait rien à ajouter ni rien à retrancher. N'est-ce pas cela justement, pensait-il plus ou moins confusément, le secret de la beauté, qui fait que celui qui regarde... Il restait là à rêvasser, les yeux fixés sur les cochons, le corps de plus en plus penché par-dessus le mur de terre sèche.

Au même moment, Bonaparte Blenkins déambulait, apparemment sans but précis, aux alentours de la maison; mais il ne perdait pas de vue la porcherie, dont peu à peu ses pas le rapprochaient. Quand finalement il arriva près de Waldo, celui-ci ne paraissait guère plus éveillé qu'une souche.

Autrefois, à l'époque où Bonaparte traînait les rues avec les garnements de son âge, quelque part en Irlande, ses camarades l'avaient baptisé Croc-en-jambe – surnom qu'il devait à l'étonnante dextérité avec laquelle il pouvait, le plus naturellement du monde et d'un simple mouvement du pied, précipiter sa victime la tête la première sur le pavé. Les années avaient passé et Croc-en-jambe était devenu Bonaparte; mais il n'en avait pas perdu son talent pour autant. Il arriva près de la porcherie. Tous les souvenirs de sa jeunesse lui revinrent en foule, tandis qu'il glissait adroitement sa jambe entre le mur et Waldo, et envoyait celui-ci faire la pirouette.

Surpris par cette apparition inopinée, les petits cochons se réfugièrent d'un seul mouvement derrière leur mère qui vint le flairer. Tante Sannie battait des mains en riant, mais Bonaparte restait curieusement étranger à cette manifestation. Le regard perdu sur la ligne d'horizon, il paraissait rêver.

Cette brusque permutation dans l'espace de la tête et des pieds avait été fatale au livre que Waldo portait sur sa poitrine. Bonaparte le ramassa et l'examina, tandis que le garçon escaladait lentement le mur. Il serait bien reparti sans rien dire, mais il voulait son livre et, buté, attendait qu'on veuille bien le lui rendre.

– Ah! dit Bonaparte en relevant les yeux. J'espère que ton paletot n'a pas souffert; ce serait dommage, il est d'une telle élégance. J'imagine que c'est un héritage de ton grand-père paternel? Il a belle allure, à présent.

– Oh Seigneur! Oh Seigneur! s'esclaffait tante Sannie en se tenant les côtes. Il en fait une tête! On dirait qu'il a peur de la boue! Seigneur! C'est à mourir de rire! Bonaparte, vous êtes l'homme le plus drôle que je connaisse.

Cependant Bonaparte examinait avec la plus grande attention le volume qu'il avait ramassé par terre. Or, parmi les sujets qui, au temps de sa jeunesse, avaient un tant soit peu illuminé les ténèbres de son intelligence, l'économie politique brillait par son absence. Il n'avait donc pas une idée très nette de ce que pouvait être la nature de cet ouvrage; et comme le nom de son auteur, J.S. Mill, aurait très bien pu être, sauf preuve du contraire, celui d'un vénérable membre de la Société biblique de Grande-Bretagne et de l'Étranger, il ne s'en trouva guère plus avancé. Il n'était d'ailleurs pas tout à fait sûr que l'économie politique ne fût pas sans rapport avec l'art d'équiper à moindres frais l'armée et la marine en vêtements – ce qui, incontestablement, touchait à la fois à la politique et à l'économie.

Finalement Bonaparte arrêta sa position quant à la nature du livre et de son contenu en appliquant une règle simple et déjà largement répandue, mais qui, si elle devenait générale, ferait gagner à tout le monde un temps précieux et éviterait bien des efforts de réflexion – une règle d'une clarté miraculeuse, d'une utilisation universelle et d'une application illimitée, et qui plus est facile à retenir. On pourrait l'exprimer ainsi :

Quand il vous arrive de tomber sur un livre, une personne ou une idée qui vous sont totalement incompréhensibles, déclarez illico que ce livre, cette personne ou cette idée sont immoraux. Traînez-les dans la boue, couvrez-les d'opprobre, proclamez avec la plus grande énergie que toute personne qui s'en approche est un imbécile ou une fripouille ou les deux à la fois. Abstenez-vous surtout d'aller y voir de plus près. Faites tout ce qui est en votre pouvoir pour détruire ce livre, cette personne ou cette idée.

Se conformant à ce principe si remarquable par l'étendue de sa portée et la simplicité de son fonctionnement, Bonaparte s'approcha de tante Sannie en lui montrant le livre. Waldo fit un pas en avant, l'œil rivé sur lui comme un chien qui voit son petit ramassé par des mains suspectes.

— Ce livre, dit Bonaparte, n'est pas une lecture convenable pour un jeune esprit sans expérience.

Tante Sannie qui n'avait rien compris demanda :

— Quoi ?

— Ce livre, reprit Bonaparte, abattant son doigt d'un geste autoritaire sur la couverture, ce livre est *sleg, sleg, Davel, Davel!*

Devant la gravité de son expression, tante Sannie se rendit compte qu'il ne plaisantait pas. Les mots sleg et Davel lui firent comprendre que le livre était dangereux, et qu'il avait quelque rapport avec le prince des ténèbres, toujours prêt à tirer les ficelles du mal en ce bas monde.

— Où as-tu pris ce livre ? demanda-t-elle, en tournant vers Waldo ses petits yeux pétillants. Je veux bien avoir les jambes aussi maigres que celles d'un Anglais si ce n'est pas un des livres de ton père. Il avait l'âme plus noire que tous les Cafres d'Afrique réunis, celui-là, avec ses façons de se croire meilleur que les autres et de refuser les femmes sous prétexte qu'il ne pouvait pas oublier celle qu'il avait perdue! Comme si dix mortes pouvaient remplacer une bonne grosse bien en chair, qui a tous ses bras et toutes ses jambes! s'écria-t-elle avec un reniflement de mépris.

— Ce n'est pas un livre de mon père, répondit le garçon d'un ton rogue. Je l'ai trouvé dans votre grenier.

— Mon grenier! Alors il est à moi! Comment oses-tu? cria tante Sannie.

— Il était au père d'Em. C'est elle qui me l'a donné, marmonna-t-il en reprenant son air buté.

– Donne-moi ça. Comment s'appelle-t-il ? De quoi ça parle ? demanda-t-elle en posant son doigt sur le titre.

Bonaparte comprit ce qu'elle voulait dire.

– Économie politique, dit-il en détachant les mots.

– Seigneur Dieu du ciel ! s'écria tante Sannie. Rien que d'entendre ces mots on devine que c'est un livre impie ! On ose à peine les prononcer. Comme si nous n'avions pas déjà assez de malheurs dans cette ferme ! renchérit-elle d'un ton tragique. Mon meilleur bélier mérinos qui meurt d'on ne sait quoi, ma vache shorthorn qui perd ses deux veaux, et mes moutons ravagés par la gale et la sécheresse ! Est-ce que c'est le moment d'introduire ici des objets impies pour attirer sur nous la vengeance du Tout-Puissant ? Le pasteur m'avait bien dit, le jour de ma confirmation, de ne jamais lire d'autre livre que ma Bible et mon livre de cantiques, et que le Diable était dans tous les autres. Eh bien, je n'ai jamais lu un seul autre livre, ajouta-t-elle avec toute l'énergie de la vertu, et je n'en lirai jamais !

Waldo comprit que le sort de son livre était réglé, et tourna les talons sans mot dire.

Tu pourrais au moins m'écouter quand je te parle ! hurla tante Sannie. Tiens, remporte-moi ça, ton Econo-polimi-lomitique du diable ! cria-t-elle en lui lançant à toute volée le livre à la tête.

L'objet lui effleura le front et retomba par terre.

– Allez, déguerpis ! cria-t-elle. Tu vas encore te remettre à parler tout seul, je le sais bien. Quand on parle tout seul, on parle au Diable ! Eh bien, va donc lui parler, au Diable ! Va donc lui raconter tout ça ! Allez ! Va ! Déguerpis !

Mais le garçon s'éloigna du même pas, sans se presser le moins du monde, et disparut derrière la remise.

Nombreux sont ceux à qui l'on a jeté des livres à la figure avant cet après-midi-là, nombreux sont ceux à qui l'on en jettera encore, souvent avec des mains plus blanches et plus soignées que celles de la grosse Hollandaise – le résultat a-t-il été vraiment à la mesure du geste ? Car les objets pour lesquels nous avons souffert, nous les aimons avec une tendresse particulière, ils acquièrent pour nous une valeur que ne peuvent avoir les autres, ils en deviennent presque mythiques – à défaut de pouvoir les serrer dans nos bras, nous les gardons précieusement dans notre cœur, à tout jamais.

Bonaparte alla ramasser le livre qui gisait près de sa couverture, tandis que tante Sannie repoussait dans le four les branches de fagots qui dépassaient. Puis il s'approcha d'elle, tapota le livre du bout des doigts d'un air entendu et regarda le feu tout en hochant la tête. Tante Sannie comprit parfaitement : elle lui prit le livre des mains et le lança dans la bouche du four. Il tomba sur le tas de braises, fuma, s'embrasa, flamba et « l'Économie politique » disparut... effacée de la vie comme il advint en d'autres temps à combien d'hérétiques, faits de chair et de sang !

Bonaparte suivit l'opération avec un large sourire, et pour mieux voir il approcha la tête si près du four que les poils blancs de ses sourcils roussirent. Après quoi il s'inquiéta de savoir s'il y avait d'autres livres dans le grenier.

Sur la réponse affirmative de tante Sannie, il fit le geste de porter de pleines brassées de livres et de les jeter dans le feu. Mais tante Sannie était moins enthousiaste, cette fois. En mourant, l'Anglais avait laissé tous ses biens à sa fille. Bonaparte avait bonne mine, lui, à vouloir brûler tous les livres ! Or il s'était bel et bien fait tirer les cheveux par un esprit, et elle n'avait aucune envie qu'il lui arrive la même chose.

Elle secoua la tête en signe de refus. Bonaparte sur le coup en fut contrarié. Mais il lui vint une inspiration lumineuse. Il proposa que la clef du grenier soit placée sous sa garde et que personne ne puisse en faire usage sans son accord. Tante Sannie accéda volontiers à cette demande, et ils rentrèrent ensemble à la maison comme deux tourtereaux pour mettre à exécution leur projet.

Bonaparte Blenkins revenait vers la ferme, au pas lent de la jument grise. Il avait décidé de sortir, cet après-midi-là, tant pour prendre de l'exercice que pour cultiver son image de régisseur. Il effleurait, du bout de sa cravache, d'un air pensif, les oreilles de la jument.

— Non, Bonap, mon ami, ruminait-il, se parlant à lui-même, ne te déclare pas! Elle ne peut pas se marier avant quatre ans, à cause du testament de l'Anglais. Inutile de lui demander sa main tout de suite. Titille-la, papouille-la, chatouille-la, mais ne lui laisse surtout pas deviner tes intentions. Quand une femme, poursuivit-il, l'index très doctement posé sur sa narine, quand une femme est sûre de vous avoir, elle vous mène par le bout du nez; mais si elle n'est sûre de rien, c'est vous qui en faites ce que vous voulez. Et moi...

Il tira tout à coup sur les rênes et s'arrêta en ouvrant de grands yeux. Il était arrivé tout près de la maison et remarquait, devant la porcherie, à côté d'Em qui lui montrait les petits cochons, une silhouette féminine inconnue. C'était la première personne étrangère à la ferme que Bonaparte voyait depuis son arrivée, aussi l'examina-t-il avec un certain intérêt. C'était une grande et grosse fille de quinze ans, qui devait bien peser ses cent cinquante livres, avec des bajoues boursouflées et un nez en trompette. Elle ressemblait de façon frappante à tante Sannie, tant par la corpulence que par les traits, mais il manquait dans son regard bonasse et endormi les étincelles qui crépitaient dans les petits yeux de la Hollandaise. Elle était attifée d'une robe imprimée d'un vert vif, portait des anneaux de cuivre aux oreilles, un collier de verroterie autour du cou, et elle suçait le bout de son gros doigt en regardant les cochons.

– Qui est cette jeune personne? demanda Bonaparte un peu plus tard en buvant son café.

– Mais c'est ma nièce! expliqua tante Sannie, que traduisait la Hottentote. La fille unique de mon unique frère, Paul. Un beau parti pour celui qui la décrochera, ajouta-t-elle. Son père a deux mille livres sterling dans le coffre qui est sous son lit, plus une ferme, cinq mille moutons et Dieu sait combien de chèvres et de chevaux. En plein hiver ils ont encore dix vaches à traire, et les jeunes gens tournent autour d'elle comme des mouches autour d'un bol de lait. Elle prétend qu'elle veut se marier dans quatre mois, mais elle ne sait pas encore avec qui. J'étais pareille quand j'étais jeune : je passais mes soirées avec mes prétendants, quatre ou cinq fois dans la semaine. D'ailleurs je ne vais pas tarder à recommencer – ils vont tous rappliquer au galop dès qu'ils sauront que le délai pendant lequel l'Anglais m'avait fait promettre de ne pas me marier est arrivé à échéance.

Elle minaudait d'un petit air satisfait.

– Où allez-vous donc? s'étonna tante Sannie, quelques instants plus tard, en voyant Bonaparte se lever.

– Oh! Il faut que j'aille jusqu'aux kraals. Je serai revenu pour le dîner, fit Bonaparte.

Mais en passant devant sa chambre, il poussa prestement la porte – et l'instant d'après il était déjà devant son petit miroir, vêtu de sa plus belle chemise blanche à petits plis, en train de se raser. Il avait enfilé son meilleur pantalon et baigné d'huile sa petite frange au bas du crâne, qui refusait obstinément de paraître plus noire. Ce qui le chagrinait le plus, c'était son nez – vraiment trop rouge. Il frotta le pouce et l'index contre le mur et tapota sa peau avec un peu de blanc de chaux; cela ne fit qu'aggraver les choses, et il l'essuya aussitôt. Alors il contempla attentivement ses yeux. Évidemment, ils retombaient légèrement vers les tempes, ce qui

pouvait donner l'impression qu'ils louchaient; mais ils étaient
d'un très beau bleu. Il enfila sa redingote la plus neuve, prit
sa canne et s'en alla dîner, assez satisfait de lui dans l'ensemble.

— Tante Sannie, dit Trana à sa tante ce soir-là, lorsqu'elles
furent toutes les deux couchées dans le grand lit de bois
qu'elles partageaient, pourquoi est-ce que l'Anglais pousse
tant de soupirs quand il me regarde?

— Ah! dit tante Sannie qui dormait à moitié, en se réveillant en sursaut, c'est parce qu'il trouve que tu me ressembles.
Je vais te dire une chose, Trana : cet homme est follement
amoureux de moi. Je lui ai dit l'autre soir que je ne pouvais
pas me remarier avant qu'Em ait seize ans, sous peine de
perdre tous les moutons que son père m'a laissés. Alors il
m'a raconté l'histoire d'un homme qui a travaillé pendant
sept ans, et puis encore sept ans, avant de pouvoir obtenir
sa femme. C'était clair qu'il voulait parler de moi, remarqua-
t-elle d'un ton important. Mais il ne m'aura pas aussi facilement qu'il le croit; il faudra qu'il le demande plus d'une
fois.

— Ah! dit simplement Trana qui avait l'esprit un peu lent
et n'avait guère l'habitude de parler.

Mais au bout d'un moment elle reprit :

— Dis, tante Sannie, pourquoi est-ce que l'Anglais bouscule
toujours les gens quand il passe à côté d'eux?

— C'est parce que tu es toujours dans son chemin, répondit
tante Sannie.

— Tante Sannie, dit encore Trana quelques instants plus
tard, tu ne trouves pas qu'il est très laid?

— Pfft! répondit tante Sannie. C'est tout simplement parce
que nous n'avons pas l'habitude de voir des nez comme le
sien par ici. Il paraît que dans son pays tout le monde a le
nez fait comme cela, et que plus il est rouge, plus on est
important. Il est parent avec la reine Victoria, tu sais, poursuivait tante Sannie, tout à fait réveillée maintenant. Les
gouverneurs, les notables et tous ces gens-là ne l'impres-
sionnent pas du tout; il est bien au-dessus d'eux. Quand sa

tante, qui est hydropique, sera morte, il aura assez d'argent
pour acheter toutes les fermes du district!

– Ah! dit Trana.

Cela changeait tout, évidemment.

– Oui, reprit tante Sannie. Et il n'a pas plus de quarante
et un ans, bien qu'il en paraisse soixante. Hier soir, il m'a
raconté toute la vérité sur sa calvitie.

Et tante Sannie entreprit de narrer la tragique mésaventure
de Bonaparte. La belle jeune fille qu'il avait courtisée à dix-
huit ans. Le rival obstiné, jaloux de sa superbe chevelure
dorée, qui, par un subterfuge diabolique et perfide, lui avait
fait cadeau d'un pot d'onguent. La surprise de Bonaparte, le
lendemain matin, en découvrant, éparses sur son oreiller, ses
belles boucles d'or, et en voyant dans son miroir la surface
luisante et polie dont il devrait dorénavant se contenter. Les
quelques mèches qui restaient sur sa nuque avaient pris une
jolie couleur argentée, et la jeune demoiselle épousa son rival.

– Et, ajouta tante Sannie d'une voix solennelle, sans la
grâce de Dieu et la lecture des Psaumes, il se serait tué. Il
me l'a dit. Et il m'a confié qu'il n'hésiterait pas à se tuer si
jamais la femme qu'il voulait lui refusait sa main.

– *A le wereld*, dit Trana; et elles s'endormirent.

Bientôt tout le monde sombra dans un profond sommeil;
mais à la fenêtre de la cabane brillait encore une lumière.
C'était le feu devant lequel Waldo, assis à même le sol, mâchait
et remâchait ses pensées. Les heures passaient et il ne bougeait
pas. Il jetait simplement de temps en temps dans le foyer
quelques galettes de bouse séchée qui s'enflammaient d'un
coup avant de s'émietter en un grand lit de braises dont les
reflets faisaient briller ses yeux. Il restait là à ruminer, ruminer, ruminer. Brusquement il se releva, tandis que crépitaient
les flammes dans la cheminée, et se dirigea vers une poutre
d'où pendait une longe de cuir. Il la détacha, fit un nœud
coulant à l'une de ses extrémités et enroula le reste autour
de son bras.

– Ils sont à moi, à moi! J'en ai le droit, marmonna-t-il.
Puis, haussant le ton: et tant mieux si je me tue en tombant!

Il ouvrit la porte et sortit dans la nuit étoilée.

Il marchait, les yeux rivés au sol, tandis qu'au-dessus de lui s'étalait la splendeur glacée du firmament austral, où la moindre parcelle de ciel, pas plus grande que la main, fourmille de cent petits points blancs, cependant que la voie lactée déroule dans l'immensité sa ceinture d'argent cloutée de givre. Il passa près de la porte derrière laquelle Bonaparte rêvait de Trana et de sa fortune, et gravit les barreaux de l'échelle. De là il se hissa, non sans peine, sur le toit de la maison. C'était un vieux chaume pourri, avec un faîtage de plâtre blanc qui cédait sous les pieds. Mais il ne chercha pas à se faire plus léger : s'il tombait, ce serait tant mieux.

Quand il eut atteint le pignon, il s'agenouilla et entreprit de passer sa courroie autour des briques branlantes. Au-dessous de lui il devinait la petite fenêtre du grenier. Quoi de plus aisé que de se laisser glisser le long du mur, une extrémité de la longe fixée à la taille, d'ouvrir la fenêtre en passant le bras par un carreau cassé, d'entrer, de prendre une brassée de livres, et de remonter par le même chemin! On lui avait brûlé un livre, il en retrouverait vingt! Tout le monde se liguait contre lui? Il se dresserait contre eux tous. Personne ne voulait l'aider? Il s'aiderait lui-même.

Pour rafraîchir un peu ses joues brûlantes, il repoussa la masse de cheveux noirs, trempés de sueur, qui lui barrait le front, et regarda autour de lui. C'est alors qu'il découvrit la grandiose magnificence du ciel. Il s'agenouilla sans bruit et leva la tête. Un millier d'yeux le regardaient, brillants et impassibles. Il lut dans leur regard une ironie moqueuse.

— Eh bien? On se révolte, on s'énerve, on s'agite? Pauvre petit mortel!

Il se sentit honteux. Il s'assit sur le faîte du toit, croisa les bras et regarda en l'air.

— On se révolte, on s'énerve, on s'agite? Hein?

Une main fraîche se posa sur son front, sa fièvre se calma et lentement le monde s'estompa, s'effaça. Tante Sannie et le livre qu'elle avait brûlé, Bonaparte et la machine qu'il avait brisée, la caisse dans le grenier, lui-même assis là-haut, tout lui parut petit, sans importance! Même la tombe, là-bas. Ces étoiles, qui brillaient si tranquillement là-haut, elles en avaient vu, des milliers de petites vies comme la sienne, des milliers de petites vies qui avaient lutté avec autant d'acharnement que lui, brûlé avec autant de flamme, avant de s'éteindre – et elles, ces vieilles, très vieilles étoiles, elles brillaient pour l'éternité.

– On se révolte, on s'agite, pauvre petite âme? disaient-elles.

La longe glissa entre ses doigts, et il resta là, les bras croisés, la tête levée.

– Nous avons vu la terre quand elle venait de naître, disaient-elles. Nous avons vu de petits êtres apparaître à la surface, nous les avons vus se démener, prier, aimer, crier de toutes leurs forces – puis disparaître et retourner d'où ils venaient. Nous sommes aussi vieilles que l'Inconnu!

Le menton appuyé sur la paume de la main, il regardait le ciel. Et il resta là si longtemps que des étoiles se couchèrent tandis que d'autres se levaient.

A la fin il se mit debout et détacha la longe du pignon.

Quelle importance, dans le fond, tous ces livres? Son désir et son impatience s'étaient évanouis. Si on voulait l'empêcher de les lire, qu'on ne s'en prive pas. Cela lui était égal. C'était si peu de chose. A quoi bon résister, à quoi bon se battre, se débattre? Laissons-les faire.

Il enroula la longe de cuir autour de son bras et revint sur ses pas en suivant le faîtage.

Entre-temps, Bonaparte avait fini son rêve. Il se retournait dans son lit pour en faire un second lorsqu'il entendit des pas sur l'échelle. Son premier mouvement fut de ramener ses couvertures sur sa tête, ses jambes sous son menton et de pousser un cri. Puis il se rappela que la porte était fermée à clef, la fenêtre soigneusement verrouillée, et il sortit tout doucement la tête d'entre les couvertures en tendant l'oreille. Il n'avait rien à craindre, il était en sécurité; il se glissa doucement hors du lit, s'approcha de la porte sur la pointe des pieds et colla son œil au trou de la serrure. Comme il

ne voyait rien, il alla à la fenêtre et plaqua son visage au
carreau – pour autant que son nez le lui permettait. Il distingua nettement une silhouette. Le garçon ne cherchait pas
à étouffer ses pas, et le frottement de ses velschoen traînant
sur les pavés s'entendait parfaitement. Bonaparte attendit que
le bruit se fût évanoui derrière la remise; sentant alors que
ses jambes nues étaient en train d'attraper froid, il se hâta
de regagner son lit.

~

– Qu'y a-t-il dans le grenier? demanda Bonaparte, le lendemain soir, à la Hollandaise, en indiquant du doigt le plafond et en éclairant ses propos par quelques mots de hollan
dais qu'il connaissait, car la Hottentote était déjà rentrée
chez elle.
– Des peaux séchées, répondit tante Sannie, des bouteilles
vides, des boîtes vides, des sacs vides, et du savon.
– Vous n'y rangez pas de provisions... du sucre, par exemple?
demanda encore Bonaparte en indiquant successivement le
sucrier puis le plafond.
Tante Sannie fit signe que non.
– Seulement du sel, et des pêches séchées.
– Des pêches séchées? Ah! ah! fit Bonaparte, et il cria vers
la salle à manger où était Em : Ferme donc la porte, ma
chère petite, ferme-la bien fort.
Puis il se pencha par-dessus l'accoudoir du canapé, approcha son visage le plus près possible de celui de la Hollandaise
et fit le geste de manger. Il ajouta ensuite quelque chose qu'elle
ne comprit pas – alors il répéta :
– Waldo, Waldo, Waldo, en désignant le grenier et en
faisant de nouveau le geste de manger.
La Hollandaise commença vaguement à entrevoir ce qu'il
voulait lui dire. Pour se faire mieux comprendre encore,
Bonaparte agita les jambes en imitant quelqu'un qui monte
à une échelle, fit semblant d'ouvrir une porte, mastiqua vigou-

reusement quelque chose en disant : « Pêches, pêches, pêches »,
et mima la descente de l'échelle.

Tante Sannie fut tout à fait convaincue cette fois que Waldo
était allé manger ses pêches dans le grenier.

Pour expliquer le rôle qu'il avait joué dans cette affaire,
Bonaparte s'allongea sur le canapé, ferma les yeux et dit :
« Nuit, nuit, nuit! » Puis il se redressa brusquement, fit semblant d'écouter attentivement quelque chose au-dehors, imita
de nouveau avec ses pieds quelqu'un qui redescend par une
échelle, et fixa tante Sannie du regard. C'était parfaitement
clair et disait bien comment, réveillé en pleine nuit, il avait
découvert le voleur.

– C'est un bel idiot, s'il est allé manger mes pêches, dit
tante Sannie. Elles sont bourrées de vermine comme une
vieille peau de mouton et dures comme des cailloux.

Bonaparte, occupé à chercher quelque chose dans sa poche,
ne prêta pas attention à ce qu'elle venait de dire. Il sortit de
ses basques une petite cravache dont la mèche était soigneusement enroulée, et cligna de l'œil en regardant successivement le cuir de rhinocéros, tante Sannie, et la porte.

– On l'appelle? Waldo? Waldo? dit-il.

Tante Sannie hocha la tête, tout en laissant fuser de
petits éclats de rire. L'idée de battre le gamin lui paraissait
fabuleusement drôle, bien qu'elle fût persuadée que ses pêches
n'en valaient pas la peine. Quand la servante cafre arriva
avec le bain de pieds, elle l'envoya chercher Waldo. Bonaparte replia sa petite cravache et la remit dans sa poche.
Puis il se redressa et se prépara à jouer son rôle avec toute
la gravité qu'exigeait la situation. Quelques instants plus
tard, Waldo se présenta sur le pas de la porte et ôta son
chapeau.

– Entre, entre, mon garçon, dit Bonaparte, et ferme la porte
derrière toi.

Le garçon entra et vint se planter devant eux.

– Tu n'as pas besoin d'avoir peur, mon petit, dit tante
Sannie. Moi aussi j'ai été jeune autrefois. Si tu en as pris
quelques-unes, il n'y a pas grand mal.

Bonaparte sentit que cette réflexion ne cadrait pas très bien avec la nature de la cérémonie qu'il avait l'intention de mettre en scène. Il fronça les lèvres, leva la main et apostropha solennellement le garçon.

— Waldo, je suis consterné au-delà de toute expression d'avoir à te convoquer ici pour une raison aussi pénible ; mais le devoir m'y oblige et je ne puis m'y soustraire. Je ne prétends pas qu'une confession humble et sincère puisse nous dispenser totalement de la nécessité du châtiment qui sera, s'il le faut, appliqué dans toute sa rigueur ; mais la nature de ce châtiment pourrait être adoucie par des aveux loyaux et sans réserve. Waldo, réponds-moi comme tu répondrais à ton père, que dorénavant je remplace : as-tu, oui ou non, mangé des pêches dans le grenier ?

— Dis oui, mon petit, dis oui, et il ne te battra qu'un tout petit peu, dit la Hollandaise d'un ton indulgent, presque attendrie par le gamin.

Le garçon leva lentement les yeux, fixa sur elle un regard vide, et soudain tout son sang lui monta au visage. Il devint pourpre.

— Alors tu n'as rien à nous dire, mon garçon ? demanda Bonaparte en se penchant en avant avec un petit ricanement, oubliant soudain toute dignité. Eh bien moi, je vais te dire ce que je pense : quand il faut trois quarts d'heure à un garçon comme toi pour remplir un saloir, et quand, à trois heures du matin, ce même garçon s'en vient rôder devant la porte du même grenier, on peut à juste titre supposer qu'il y a là-dessous quelque chose de mal. Et il y a effectivement quelque chose de mal. Or là où est le mal, nous devons l'extirper, poursuivit Bonaparte en souriant de toutes ses dents sous le nez du garçon.

Mais il sentit à temps qu'il s'abaissait et qu'il risquait de perdre ainsi cette dignité hautaine qui, comme les épices dans le pudding, donnait toute sa saveur à cette petite tragédie. Aussi se redressa-t-il majestueusement.

— Waldo, reprit-il, avoue-moi sur-le-champ et en toute franchise que tu as mangé les pêches.

Le garçon, à présent, était très pâle. Il gardait les yeux obstinément baissés, les mains crispées devant lui.

— Eh bien, tu ne veux pas répondre ?

Waldo lança un bref regard par en dessous et baissa à nouveau les yeux.

— On dirait que tous les démons de l'enfer se sont donné rendez-vous chez lui, s'écria tante Sannie. Allons, dis que tu les as mangées. On sait ce que c'est, d'être jeune. J'étais plus âgée que toi que j'allais encore manger des bultong dans le grenier de ma mère, et je laissais fouetter les petits nègres à ma place. Dis que tu les as mangées !

Mais le garçon s'obstinait à se taire.

— Je pense que cela te fera du bien de tâter un peu du cachot, Waldo, dit Bonaparte. Tu pourras méditer sur l'énormité du péché que tu as commis contre notre Père du Ciel. Et réfléchir à la soumission que tu dois à tes aînés, qui ont plus de sagesse que toi et ont le devoir de veiller sur ton âme et de te corriger.

Sur ces mots, Bonaparte se leva et décrocha du mur la clef de la resserre où l'on rangeait les galettes de bouse.

— Avance, mon garçon, dit Bonaparte en indiquant la porte.

Et, lui emboîtant le pas, il fit une grimace en coin parfaitement éloquente, en agitant la mèche de sa cravache qui dépassait de sa poche.

Tante Sannie éprouvait bien un petit peu de pitié pour ce gamin, mais elle ne pouvait arrêter son fou rire. C'était tellement drôle, le fouet ! De toute façon cela lui ferait le plus grand bien. Quand les marques seraient cicatrisées, il n'y penserait même plus. Elle-même avait reçu le fouet plus d'une fois dans sa vie, et elle ne s'en portait pas plus mal.

Bonaparte prit la chandelle qui brûlait sur la table de la cuisine et fit avancer le garçon devant lui. Ils allèrent jusqu'à la resserre. C'était un petit bâtiment de pierre, assez bas et sans fenêtre, adossé à la remise. Les galettes de bouse étaient empilées d'un côté, de l'autre un gros moulin à café était fixé en haut d'un pieu, à trois pieds environ du sol. Bonaparte ouvrit le cadenas, et il poussa la porte de bois brut.

— Entre, mon garçon.

Waldo obéit sans rien dire. Qu'on le mette là ou ailleurs, au fond il s'en fichait. Qu'on l'enferme si on voulait, il n'y voyait aucun inconvénient.

Bonaparte le suivit à l'intérieur et referma soigneusement la porte.

Il posa sa chandelle sur le tas de bouses sèches, puis glissant la main sous ses basques, tira lentement de sa poche l'extrémité d'une cordelette qu'il garda cachée derrière lui.

— Je suis navré, profondément navré, Waldo, mon petit, que tu te sois conduit de cette façon. Tu me peines beaucoup.

Le garçon ne faisait pas un geste. Mais Bonaparte n'aimait pas son regard. S'il allait lui sauter à la figure ?

Il déroula tout doucement la cordelette à laquelle il avait fait un nœud coulant et se plaça derrière le pieu. D'un geste vif, il saisit les deux mains du garçon par-derrière et les fit passer dans la boucle. En un clin d'œil il fit deux tours de cordelette autour du pieu. Il ne craignait plus rien, désormais.

Le garçon se débattit quelques secondes, puis, comprenant que c'était inutile, resta tranquille.

— Les chevaux qui ruent, on leur entrave les jambes, ricana Bonaparte en lui passant le reste de la cordelette autour des genoux. Et maintenant, mon cher Waldo, ajouta-t-il en sortant la cravache de sa poche, je vais te donner le fouet.

Il se tut un instant. Et l'on n'entendit plus dans le silence que leurs deux respirations.

— « Châtie ton fils pendant qu'il en est temps », proclama Bonaparte. « Et que ton âme ne se laisse pas attendrir par ses cris. » Telles sont les paroles de Dieu. Je ferai pour toi ce que ferait un père, Waldo. Je crois qu'il serait préférable que tu aies le dos nu.

Il sortit son canif et fendit la chemise de Waldo depuis l'épaule jusqu'à la taille.

— Et maintenant, conclut Bonaparte, que le Seigneur bénisse et sanctifie, pour le plus grand bien de ton âme, ce que je vais te faire.

Le premier coup lui entailla la chair entre l'épaule et le

milieu du dos. Le deuxième le cingla exactement au même endroit. Un frisson parcourut le corps du jeune garçon.

– C'est bon, ça? hein? demanda Bonaparte en allongeant le cou pour regarder son visage.

Il chuintait légèrement, comme lorsqu'on parle à un tout petit enfant : *Ch'est bon, cha?*

Mais il ne rencontra qu'un regard sombre, éteint, qui paraissait ne pas le voir. Au bout du seizième coup, Bonaparte interrompit sa besogne pour essuyer une goutte de sang au bout de sa cravache.

– Tu as froid? Qu'est-ce qui te fait trembler? Tu voudrais peut-être remonter ta chemise? Mais je n'ai pas encore tout à fait terminé.

Quand ce fut fait, il essuya encore une fois la cravache avant de la remettre dans sa poche. Puis il trancha la cordelette d'un coup de canif et reprit la chandelle.

– Eh bien, on n'a toujours pas retrouvé sa langue? On ne sait plus pleurer? dit Bonaparte en lui tapotant gentiment la joue.

Le garçon le regarda – sans dureté, sans colère; mais dans ses yeux passaient des éclairs de terreur démente. Bonaparte se hâta de sortir, de refermer la porte, et de le laisser tout seul dans le noir. Ce regard lui avait fait froid dans le dos.

～

Le jour allait poindre. Waldo gisait, le visage contre terre, devant le tas de bouses séchées. Par un petit trou rond dans le haut de la porte, là où un nœud du bois avait sauté, filtrait une lumière grise.

Bientôt tout cela serait fini. Rien ne durait éternellement. Pas même la nuit. Comment n'y avait-il pas encore songé? Pendant cette longue, si longue nuit noire, il avait été courageux, il n'avait senti ni fatigue ni douleur, il avait sans arrêt couru, sauté sur place, tant il craignait de rester immobile, mais pas un seul instant il ne s'était imaginé que cela pourrait finir. Il avait même été si courageux qu'il n'avait rien senti lorsqu'il s'était cogné la tête de toutes ses forces contre le mur de pierre. Au lieu de l'assommer, cela l'avait fait rire! Oui, une nuit terrible. Lorsqu'il avait voulu joindre les mains et prier – « Ô Dieu, ô mon Dieu, Dieu de beauté, Dieu de tendresse, ne serait-ce qu'une seule fois, fais que je sente ta présence auprès de moi cette nuit! » – il n'avait plus rien éprouvé. Il avait prié à haute voix, très fort, et personne n'avait répondu; il avait écouté et n'avait entendu que le silence – comme les prêtres de Baal quand ils appelaient à tue-tête leur Dieu : « Ô Baal, écoute nous! Ô Baal, écoute-nous! » et que Baal s'en était allé à la chasse.

La nuit avait été terrible, interminable, sillonnée des pensées violentes qui allaient le marquer à jamais; de même que les années ne peuvent passer sans laisser leur empreinte, de même ces nuits où s'engouffrent d'un coup toutes les pensées, toutes les souffrances d'une vie demeurent gravées dans la mémoire. L'aube maintenant arrivait et il sentait enfin son immense fatigue. Il grelottait, et tenta de ramener sa chemise sur ses épaules : elles étaient raides, il ne pouvait plus les bouger. De toute la nuit il n'avait pas senti ses plaies. Il leva les yeux vers le rai de lumière blanche qui pénétrait par le trou de la porte et frissonna. Puis, reposant son visage contre le sol, il s'endormit.

Bonaparte arriva à la resserre quelques heures plus tard, un quignon de pain à la main. Il ouvrit la porte et jeta d'abord un coup d'œil; puis, rassuré, il entra et tâta le garçon du bout de sa botte. Celui-ci ne bougea pas, mais comme il respirait régulièrement, Bonaparte jeta le pain par terre. Waldo était vivant, c'était l'essentiel. Il se pencha et du bout de l'ongle gratta avec application la croûte d'une plaie, examinant son œuvre de la veille avec le plus grand intérêt. Il serait obligé de compter les moutons lui-même aujourd'hui; le garçon était littéralement réduit en charpie. Il referma la porte à clef et s'en alla.

– Oh! Lyndall, dit la petite Em cet après-midi-là en entrant dans la salle à manger, le visage baigné de larmes, j'ai supplié Bonaparte de le laisser sortir mais il n'a pas voulu!

– Plus tu le supplieras, moins il voudra.

Lyndall était occupée à tailler des tabliers sur la table.

– Et il va bientôt faire nuit! Je crois bien qu'ils veulent le tuer! continua la petite Em en sanglotant, puis, se rendant compte qu'elle n'avait aucune consolation à attendre de sa cousine, elle ressortit en balbutiant entre ses larmes : Je me demande comment tu peux tailler des tabliers pendant que Waldo est enfermé.

Pendant les dix minutes qui suivirent, Lyndall continua tranquillement son travail, puis elle replia son étoffe, la roula soigneusement et resta un instant immobile derrière la porte du salon, les mains serrées l'une contre l'autre. Alors, les joues rouges, elle ouvrit rapidement la porte, entra et se dirigea vers le clou où pendait la clef de la resserre. Bonaparte et tante Sannie étaient là.

– Qu'est-ce que tu veux? demandèrent-ils ensemble en la voyant.

– Cette clef, dit-elle en la prenant et en les regardant bien en face.

– Avez-vous l'intention de la lui donner? interrogea tante Sannie en hollandais.

– Vous n'allez tout de même pas la laisser faire! s'exclama Bonaparte en anglais.

– Qu'attendez-vous pour la lui reprendre? répliqua tante Sannie.

Tandis qu'ils conversaient ainsi, Lyndall marchait vers la resserre en se mordant les lèvres.

– Waldo, dit-elle en l'aidant à se lever et à passer le bras autour de sa taille pour qu'il s'appuie sur elle, nous ne serons pas toujours des enfants. Nous aussi nous aurons le pouvoir, un jour.

Elle posa ses petites lèvres douces sur l'épaule nue de Waldo. C'était toute la consolation que son âme de petite fille pouvait lui offrir.

Écoute un peu, dit tante Sannie à sa Hottentote. Cela fait quatre ans que je suis dans cette maison et je ne suis encore jamais montée au grenier. J'ai déjà vu des femmes plus grosses que moi monter à une échelle. J'ai envie d'aller voir ce qu'il y a là-haut et d'y mettre un peu d'ordre. Va me chercher la petite échelle, tu me la tiendras.

— Je connais quelqu'un qui serait bien fâché si vous tombiez, fit remarquer la Hottentote en lançant une œillade expressive du côté de la pipe de Bonaparte qui traînait sur la table.

— Tiens ta langue, effrontée, répliqua sa maîtresse en dissimulant à grand-peine un sourire de satisfaction, et va me chercher cette échelle.

A l'extrémité du salon se trouvait une trappe qui donnait accès au grenier, mais dont on ne se servait jamais. La Hottentote repoussa l'abattant, installa l'échelle dans l'ouverture et la grosse Hollandaise, non sans peine et sans risque, se hissa jusqu'au grenier. Après quoi la Hottentote retira l'échelle pour la rapporter à son mari qui en avait besoin pour des réparations qu'il faisait à la remise — mais la trappe resta ouverte.

Tante Sannie farfouilla un moment parmi les bouteilles vides et les vieilles peaux, et jeta un coup d'œil au sac de pêches qui étaient censées avoir fait les délices de Waldo. Puis elle s'assit à côté d'un baril de mouton salé posé près de la trappe, sortit son couteau de poche et entreprit de recouper les morceaux de viande qu'elle trouvait trop gros.

C'était toujours comme ça quand on laissait faire les domestiques, bougonnait-elle, mais une fois qu'elle serait mariée à son Bonaparte, elle n'aurait plus à se tracasser pour un mouton – quand la riche tante hydropique serait morte. Elle sourit en plongeant sa main dans la saumure.

Juste à ce moment, sa nièce entra dans le salon, suivie de près par Bonaparte, la tête légèrement inclinée de côté, qui arborait un sourire enjôleur. Si tante Sannie avait alors ouvert la bouche, la vie de Bonaparte Blenkins aurait suivi un cours bien différent – mais elle ne pipa mot et les deux autres ne remarquèrent pas la trappe grande ouverte au-dessus de leurs têtes.

– Assieds-toi là, ma chérie, dit Bonaparte en invitant Trana à prendre place dans le fauteuil de sa tante et en s'installant lui-même dans un autre fauteuil, face à elle. Tiens, mets tes pieds sur le tabouret. Ta tante est partie je ne sais où. Ah! J'attendais depuis longtemps cette occasion bénie!

Trana, qui ne comprenait pas un traître mot d'anglais, s'assit tout en se demandant quelle était encore cette coutume bizarre venue de l'étranger, qui autorisait un vieux monsieur à rapprocher son siège si près du vôtre que ses genoux en viennent à vous toucher. Cela faisait cinq jours qu'elle côtoyait ce Bonaparte, et il lui faisait peur. Et puis, elle détestait son nez.

– Avec quelle impatience je souhaitais cet instant! soupira Bonaparte. Mais la vieille tante qui te garde jetait toujours sur nous son ombre maléfique. Regarde-moi bien dans les yeux, Trana.

Bonaparte se doutait bien qu'elle ne comprenait pas le premier mot de ce qu'il disait; mais il savait aussi que c'est avec les yeux, l'intonation, les gestes, qu'on fait vibrer les cordes de l'amour, jamais avec des mots sensés. Il remarqua qu'elle changeait de couleur.

– Toute la nuit, poursuivit Bonaparte, je songe à toi. Je garde les yeux ouverts et je vois ton visage angélique. J'ouvre les bras pour te serrer contre moi — mais où es-tu? où es-tu? Tu n'es pas là! s'exclama-t-il, joignant le geste à la parole, tendant les bras, et puis les refermant sur sa poitrine.

— Oh! dit Trana, je ne comprends pas ce que vous dites. Je vous en prie, laissez-moi sortir.

— Oui, oui, s'exclama Bonaparte, en se laissant retomber contre le dossier du fauteuil au grand soulagement de Trana et en portant les deux mains à son cœur. Depuis que ton visage d'améthyste s'est imprimé en moi, que de souffrances j'ai connues, que de tourments! Ah! les affres muettes qui brûlent comme des charbons ardents cette poitrine bouillante et pure!

Et il se pencha de nouveau en avant.

« Seigneur! se dit Trana, comme je suis sotte! Ce vieux monsieur a mal à l'estomac, et comme ma tante n'est pas là, il est venu me demander quelque chose pour le calmer. »

Elle sourit gentiment à Bonaparte et, le poussant un peu pour passer, elle alla dans la chambre et revint aussitôt avec un flacon de sirop rouge vif.

— C'est très bon pour le *benaauwdheit;* c'est toujours ce que prend ma mère, dit-elle en lui tendant la bouteille.

Le visage qui s'encadrait dans l'ouverture de la trappe était écarlate. Accroupie, une épaule de mouton à la main, tante Sannie était là comme un chat sauvage qui s'apprête à bondir. Bonaparte se trouvait juste au-dessous d'elle. La grosse femme se releva et souleva des deux bras le baril de saumure.

— Ah! rose du désert, rossignol des terres vierges, toi qui, dans la nuit solitaire, reposes près de ton bien-aimé! s'écria Bonaparte en s'emparant de la main qui tenait le *vonlicsense.* Non, ne résiste point! Vole, pareille au faon blessé, vers les bras qui s'ouvrent pour t'enlacer, et...

Une cataracte de saumure glacée, une avalanche de côtelettes et de gigots, s'abattirent sur sa tête et mirent un point final à son discours. A demi aveuglé, Bonaparte leva la tête et, à travers les gouttes suspendues à ses cils, vit le visage cramoisi qui le fixait de là-haut. Poussant un hurlement de rage, il détala. Au moment où il franchissait la porte une épaule de mouton, bien lancée, frappa la redingote noire au creux des reins.

— Qu'on m'apporte l'échelle! Qu'on m'apporte l'échelle! Je veux courir après lui! criait la Hollandaise tandis que Bonaparte Blenkins filait à toutes jambes dans la nature.

~

Le soir de ce même jour, Waldo, à genoux sur le sol dans sa cabane, baignait la patte de son chien blessé par une épine. Depuis cinq jours son dos avait eu le temps de guérir et, à part une légère raideur des mouvements, on ne remarquait plus grand-chose.

Les enfants se consolent vite, dit-on : leurs peines guérissent sans laisser de trace apparente. De même lorsqu'un arbre est blessé dans sa jeunesse, l'écorce repousse et recouvre la plaie — mais plus tard, quand l'arbre a vieilli, si l'on soulève l'écorce et que l'on regarde attentivement, on voit bien que la cicatrice est toujours là. Tout ce qui est enterré n'est pas forcément mort.

Waldo faisait couler du lait tiède sur la petite patte enflée; Doss, couché par terre, les yeux luisants de larmes, ne bougeait pas. Soudain l'on frappa à la porte. Le chien redressa immédiatement la tête, le regard en alerte, et cligna des paupières pour balayer ses larmes.

— Entrez, dit Waldo sans interrompre son travail. Lentement, prudemment, la porte s'entrouvrit.

— Bonsoir, mon petit Waldo, dit Bonaparte Blenkins en passant seulement le bout de son nez. Comment vas-tu, ce soir?

Doss gronda en montrant les dents et voulut se mettre debout, mais sa patte lui arracha des gémissements.

— Je suis extrêmement fatigué, mon petit Waldo, dit Bonaparte d'une voix plaintive.

Doss montra encore une fois les dents. Son maître continuait ce qu'il était en train de faire, sans relever la tête. Il

y a des gens dont il vaut mieux ne pas regarder les mains.
Il dit enfin :

— Entrez.

Bonaparte, hésitant, fit quelques pas dans la chambre en
laissant la porte ouverte derrière lui. Il remarqua le souper
du garçon sur la table.

— Waldo, je n'ai rien mangé de la journée... Je meurs de
faim, osa-t-il.

— Mangez! dit Waldo au bout d'un moment, en se penchant
un peu plus encore sur son chien.

— Tu ne vas pas aller lui dire que je suis ici, n'est-ce pas
Waldo? demanda Bonaparte très inquiet. Tu as entendu
comment elle m'a traité, Waldo? De la pire façon! Tu verras
ce que c'est un jour, que de ne pas pouvoir faire un brin de
conversation à une dame sans recevoir sur la tête un déluge
de saumure et de viande salée! Waldo, regarde-moi. Ai-je la
tournure d'un gentleman?

Mais le garçon ne se donna même pas la peine de répondre
ou de lever les yeux, et Bonaparte se sentit de plus en plus
mal à l'aise.

— Tu n'iras pas lui dire que je suis ici, n'est-ce pas, Waldo?
poursuivit-il d'une voix geignarde. On ne sait jamais ce qu'elle
pourrait me faire. J'ai une totale confiance en toi, mon garçon.
J'ai toujours considéré que tu étais un enfant plein d'avenir,
Waldo, même si je ne te l'ai pas montré.

— Mangez, dit le garçon. Je ne dirai rien.

Bonaparte, qui savait reconnaître la sincérité dans la bouche
des autres, referma la porte et poussa la cheville avec soin.
Il s'assura que le rideau couvrait bien la fenêtre, puis il se
mit à table. Bientôt il mastiqua gaillardement la viande froide
et le pain. Waldo, agenouillé par terre, baignait la patte de
son chien, et son chien lui léchait affectueusement les mains.
Une seule fois il jeta un coup d'œil vers la table, et détourna
immédiatement le regard.

— Ah! oui, je ne suis pas beau à voir, Waldo, dit Bonaparte.
Je fais pitié, n'est-ce pas? Cette eau était si grasse que tout
le sable s'est collé sur moi; et mes cheveux, ajouta-t-il en

caressant d'un doigt attendri la petite frange qui lui ornait la nuque, mes cheveux sont tellement encroûtés qu'on dirait du bois; ça n'a plus rien de commun avec des cheveux, poursuivit-il sur le même ton plaintif. J'ai dû ramper derrière les murs de pierre pour qu'elle ne me voie pas, Waldo, et je n'avais rien d'autre à me mettre sur la tête qu'un mouchoir rouge, noué sous le menton; j'ai dû rester caché toute la journée dans un *sloot*, Waldo, sans rien manger. Et elle m'a fait rudement mal. Juste ici, ajouta-t-il en montrant ses reins.

Il avait proprement liquidé toute l'assiette quand Waldo se releva et se dirigea vers la porte.

– Oh! Waldo, mon cher petit, tu ne vas pas la chercher? s'inquiéta Bonaparte en se dressant.

– Je vais dormir dans le chariot, dit le garçon en ouvrant la porte.

– Oh! mais nous pouvons très bien dormir tous les deux dans ce lit; il y a toute la place. Reste, mon garçon, reste.

Waldo passa la porte.

– C'était une toute petite cravache, Waldo, dit Bonaparte en le suivant, l'air suppliant. Je ne pensais pas que cela te ferait si mal. C'était vraiment une toute, toute petite cravache. Je suis sûr que ce n'est pas toi qui as mangé les pêches. Tu ne vas pas aller la chercher, Waldo, dis?

Le garçon s'éloigna.

Bonaparte attendit que la silhouette eût disparu derrière la remise. Alors il se glissa dehors. Il tourna le coin de la cabane et se tapit contre le mur, guettant des bruits de pas. Nul doute que le garçon était parti avertir tante Sannie. Il claquait des dents en fouillant du regard l'obscurité qui l'entourait, ses entrailles se glaçaient à l'idée des serpents qui allaient le mordre, des êtres terrifiants qui allaient l'assaillir, et des morts qui allaient sortir de leur tombe s'il restait toute la nuit dehors. Mais il s'écoula une bonne heure sans qu'il entende un pas.

Alors Bonaparte retourna dans la cabane. Il bloqua soigneusement le loquet, poussa la table contre la porte, donna un coup de pied au chien qui gémissait doucement – sa pauvre patte! – et se mit au lit. Il laissa brûler la lumière pour tenir éloignés les fantômes, et s'endormit presque instantanément, épuisé qu'il était par cette triste journée.

Vers quatre heures du matin, Waldo, qui était allé se coucher entre les sièges du chariot, fut réveillé par quelque chose qui lui caressait la tête.

Il se dressa sur son séant et distingua Bonaparte dans l'ouverture de la bâche, une bougie à la main.

— Je vais me mettre en route, mon cher petit, avant que mes ennemis ne se réveillent; mais je ne voulais pas partir sans te faire mes adieux.

Waldo le regarda.

— Je me souviendrai toujours de toi avec affection, dit Bonaparte. A propos, ce vieux chapeau que tu as, si tu pouvais me le laisser en souvenir...

— Prenez-le, dit Waldo.

— Je me doutais de ta réponse, aussi l'avais-je pris avec moi, dit Bonaparte en le mettant sur sa tête. Que le Seigneur te bénisse, mon cher petit. Tu n'aurais pas quelques shillings, par hasard... quelques petites pièces dont tu ne te serves pas?

— Prenez les deux shillings qui se trouvent dans le vase ébréché.

— Que la bénédiction de Dieu descende sur toi, mon cher enfant, dit Bonaparte. Qu'Il te guide et te protège. Donne-moi la main.

Waldo croisa les bras sur sa poitrine en les serrant bien fort et se recoucha.

— Au revoir donc, et adieu! dit Bonaparte. Que la bénédiction de mon Dieu et du Dieu de mon père soit sur toi, aujourd'hui et à jamais.

Sur ces mots, la tête et le nez disparurent de l'ouverture et la lumière s'évanouit.

Quelques instants plus tard le garçon, du fond de son chariot, entendit des pas furtifs longer la remise et s'éloigner dans le chemin. Il les écouta diminuer, diminuer, diminuer, et, enfin, disparaître! Et depuis cette nuit-là l'on n'entendit plus jamais résonner les pas de Bonaparte Blenkins dans la vieille ferme.

DEUXIÈME PARTIE

C'était par jeu, tout simplement; de
toute façon, qui eût pu dire à quoi
servait ce scarabée? Tout ce mal,
tout ce mal qu'on se donne pour
vivre, et puis plus rien.

Waldo était allongé à plat ventre sur le sable. Trois années s'étaient écoulées depuis cette nuit dans la resserre, où il avait prié, appelé son Dieu à grands cris.

On dit que le temps, dans l'au-delà, ne se mesure ni en mois ni en années. Il en va de même ici-bas. La vie de l'âme a ses propres saisons, inconnues des calendriers, impossibles à calculer en mois et en années, et aussi nettement tranchées, pourtant, que celles qui nous sont distribuées tout au long de l'année par le mouvement régulier de la terre.

Ces étapes de notre vie ne sont pas perceptibles pour un œil extérieur. Mais si nous regardons en nous-même, si nous nous retournons pour observer l'étroit ruban de route sur lequel notre conscience projette sa lumière, nous constatons qu'il se compose de segments bien distincts, correspondant chacun à une phase de notre vie mentale.

De même que chaque individu est différent de son voisin, la vie intérieure de chacun a des saisons qui lui sont propres. Les existences les plus spirituelles sont tout entières vécues dans ce grand pays intérieur; mais les plus terre à terre n'en sont jamais totalement absentes. Chez certains d'entre nous, les étapes se déroulèrent peut-être de la manière suivante.

I

Le temps de la petite enfance où des pénombres de l'oubli se détachent des images d'une incroyable netteté, sans aucun

lien entre elles mais très brillamment colorées, et qui restent
à jamais gravées dans l'esprit. Tout le reste s'est estompé,
mais ces couleurs-là sont indélébiles.

Ce sera, par exemple, une chaude soirée d'été : nous sommes
assis par terre sur le pas de la porte, un goût de pain et de
lait à la bouche, et le ciel rouge se reflète dans notre écuelle.

Puis voici une nuit très noire : nous nous sommes réveillé
épouvanté, avec l'impression qu'une bête énorme est cachée
dans la chambre, et nous courons vers l'autre lit où nous
nous blottissons contre un grand corps qui nous rassure.

Et puis aussi le souvenir de notre fierté lorsque, juché sur
des épaules, les bras serrés autour d'une tête, nous allons voir
les petits cochons qui viennent de naître, de tout petits cochons
avec leur queue en tire-bouchon et leur groin minuscule –
où étaient-ils avant ?

La première orange, son toucher, son parfum – et notre
ravissement. Et le chagrin qui nous arrache une moue de
désespoir et des torrents de larmes, ce matin où nous nous
sommes précipité dehors pour cueillir les perles de la rosée,
mais n'avons saisi que de l'eau, qui nous mouille les doigts
en fondant ; et le désespoir absolu qui nous a envahi le jour
où nous nous sommes égaré derrière les kraals et ne retrou-
vions plus nulle part la maison.

Mais voici qu'une image se détache plus vivement que les
autres.

L'orage vient de passer. Le sol, à perte de vue, est recouvert
de grêle ; les nuages sont partis, le ciel est de nouveau d'un
bleu profond ; au loin un immense arc-en-ciel est posé sur la
campagne blanche. Debout contre la fenêtre, nous regardons,
et sur nous coule la fraîcheur délicieuse du vent ; mais une
nostalgie nous étreint tout à coup – un désir indéfinissable,
impossible à nommer. Nous sommes encore tellement petit,
notre tête parvient à peine à hauteur des premiers carreaux,
nous regardons la terre blanche, l'arc-en-ciel, le ciel bleu ; et
nous avons envie, envie de quelque chose... mais nous ne
savons pas de quoi. Et nous pleurons comme si l'on nous
avait brisé le cœur. Quelqu'un arrive alors, nous soulève dans

ses bras, mais nous sommes incapable d'expliquer ce qui nous fait si mal. Nous nous sauvons et nous partons jouer tout seul.

La première saison.

II

Les images, maintenant, deviennent moins décousues. L'univers matériel occupe toujours le devant de la scène, mais le monde spirituel et intellectuel commence à se manifester.

La nuit, quand nous avons trop peur du noir, nous prions en fermant les yeux. Nous appuyons nos doigts très fort sur nos paupières et nous voyons bouger des taches sombres; nous savons que ce sont les têtes et les ailes des anges envoyés pour nous protéger qui dansent autour de notre lit. Et cela nous rassure.

Le jour, nous apprenons à lire et nous sommes troublé parce que nous ne comprenons vraiment pas pourquoi f-i-l se dit « fil » et f-i-l-s « fils ». On nous dit que c'est ainsi parce que ce n'est pas autrement. Mais cela ne nous satisfait pas; nous détestons apprendre à lire, nous préférons construire de petites maisons avec des pierres. Celles-là, nous pouvons les construire comme nous voulons, et nous savons au moins pourquoi.

Nous connaissons aussi d'autres bonheurs, infiniment plus grands que celui de construire ces petites maisons.

Des frissons de plaisir nous parcourent lorsque nous découvrons parfois sur le sable rouge de petites fleurs blanches, cireuses, posées entre leurs deux feuilles vertes étalées bien à plat sur le sol. Nous osons à peine les cueillir, mais c'est plus fort que nous; et nous respirons leur parfum, nous les respirons, respirons, jusqu'à ce que notre plaisir frôle la douleur. Alors nous déchirons les feuilles, tout doucement, pour voir les longs fils de soie verte qui les traversent.

De l'autre côté du kopje poussent des arbustes aux feuilles velues, d'un vert très clair. Nous sommes si petit encore que leurs branches forment une voûte par-dessus notre tête. Nous venons nous asseoir auprès d'eux et nous les embrassons; nous avons l'impression qu'ils sont vivants et qu'ils nous aiment.

Un jour, alors que nous sommes près d'eux, nous regardons le ciel tout bleu, et puis nos petits genoux ronds, et brusquement une question surgit : Qui suis-je? Qu'est-ce que ce « je »? Nous essayons d'entrer en nous-même, et nous butons sur ce « nous-même » comme sur un obstacle. Effrayé, nous nous relevons, et nous courons de toutes nos forces jusqu'à la maison. Nous sommes incapable d'expliquer ce qui nous a fait si peur. Mais nous ne perdrons plus jamais ce sentiment du « moi ».

III

Commence une nouvelle saison. Nous avons sept ans maintenant. Nous savons lire – et nous lisons la Bible. L'histoire que nous préférons, c'est celle d'Élie dans sa grotte du Mont Horeb quand il entend la voix, la petite voix si douce.

Un jour – que jamais plus nous n'oublierons – nous montons sur le kopje pour lire, et nous découvrons le chapitre 5 de Matthieu, que nous dévorons tout entier. Nous avons trouvé là une mine d'or! La Bible sous le bras, nous nous précipitons à la maison. Ils ne savaient donc pas, les autres, que c'est mal de reprendre ce qu'on vous a volé, mal de faire des procès, mal de... Nous arrivons tout essoufflé; nous expliquons que nous avons découvert dans la Bible un chapitre qu'ils ne connaissaient pas; et nous leur racontons ce qu'il contient. Les grandes personnes pleines de sagesse nous répondent qu'elles le connaissaient parfaitement. Pour elles notre belle découverte n'est qu'une vieille lune; mais pour nous c'est tout neuf. Nous connaissons par cœur les Dix Commandements, ils ne nous étonnent plus; cette loi nouvelle, en revanche, nous enflamme. Nous décidons de faire des sacrifices. Nous donnons aux petits Cafres le chariot que nous venons de fabriquer. Nous ne protestons plus quand ils nous lancent du sable – ô quelle joie même nous éprouvons! Au petit

déjeuner, nous nous attribuons scrupuleusement la tasse ébré-
chée et choisissons les galettes les plus brûlées. Nous dépen-
sons toutes nos économies pour acheter trois pence de tabac
à la servante hottentote qui nous a toujours injurié. Nous
sommes d'une bonté extravagante. La nuit, la religion ne
nous lâche pas non plus : le tic-tac de la montre répète « Éternité, éternité! Enfer, enfer, enfer! », et le silence parle de
Dieu et du monde à venir.

Il arrive aussi quelquefois qu'un personnage mystérieux
qui se tient derrière notre épaule nous chuchote des questions
d'une incroyable perfidie. Plus tard nous apprendrons à le
connaître mieux, ce personnage. Pour le moment nous répé-
tons ses questions aux grandes personnes, et elles nous donnent
des réponses qui nous contentent plus ou moins – pour un
temps. Les grandes personnes savent beaucoup de choses, elles
nous expliquent que Dieu a créé l'enfer pour notre bien, et
que c'est par amour pour nous qu'Il y jette les hommes; et
que, de toute façon, s'Il l'a fait, c'est qu'Il devait le faire. Et
comme nous pensons qu'elles savent davantage de choses que
nous, nous les croyons – plus ou moins.

IV

Suit une autre saison. Elle se caractérise par l'importance
croissante que prennent ces questions. La voix parle de plus
en plus fort. Nous interrogeons toujours les adultes, qui nous
répondent; mais cette fois leurs réponses nous laissent insa-
tisfait.

Désormais, entre nous et le monde sensible si cher à notre
cœur, se glisse tout doucement, comme un nuage, le monde
de l'esprit. Nos fleurs? Elles ne sont plus qu'un vulgaire
combustible, destiné à brûler quand arrivera la fin du monde.
Les murs de la maison, les kraals de pierre sur lesquels le
soleil joue si joyeusement? Nous ne les voyons plus. A leur
place se dresse un grand trône tout blanc, et sur ce trône, Il
est assis, entouré d'une multitude innombrable – mille fois
dix mille et des milliers de mille, parmi le chant des harpes

séraphiques. Comme elles sont blanches, leurs robes lavées dans le sang de l'Agneau! La musique s'élève, et son indicible beauté déchire la voûte céleste. Et par moments, quand elle s'apaise, quand elle n'est plus qu'un doux murmure, nous entendons monter des profondeurs le gémissement des damnés. Nous frissonnons dans le soleil.

« Le tourment des damnés », dit Jeremy Taylor, dont notre père nous lit les sermons tous les soirs, « compte autant de souffrances que le corps humain possède d'articulations, de nerfs et de veines, puisque chacun est dévoré par ce feu pénétrant et réel dont notre feu terrestre n'est qu'une pâle image. Est-il commune mesure entre brûler cent ans et brûler sans répit aussi longtemps que Dieu est Dieu? »

Ce sermon nous revient à la mémoire. Quelqu'un s'approche et nous demande pourquoi nous restons là, assis tout seul, en plein soleil à ruminer d'un air maussade. Ah! les autres ne voient pas ce que nous voyons.

> *Un court instant, un bref espace*
> *Me sépare du paradis*
> *Ou m'enferme à jamais en enfer.*

Telles sont les paroles du psaume de Wesley que nous chantons soir après soir. Alors qu'importe le soleil sur les murs, qu'importent les hommes et les moutons!

« Les choses que nous voyons ne durent qu'un temps, celles que nous ne voyons pas sont éternelles. » Seules celles-là sont les vraies.

Nous portons constamment la Bible en nous. Ses pages sont notre nourriture. Nous l'apprenons par cœur. Et nous pleurons abondamment, car le Démon ne nous lâche pas : au soleil ou à l'ombre, tôt le matin ou tard le soir, au-dehors ou dans la maison, il est là qui nous suit. Il s'approche de nous comme une vraie personne, avec sa face cuivrée, sa tête légèrement inclinée de côté, ses sourcils froncés, et il pose des questions. Mieux vaudrait, croyez-moi, avoir trois maladies mortelles à ses trousses! Il ne se tait jamais, il vous harcèle sans pitié. Votre cœur saigne à grosses gouttes, il continue pourtant à vous interroger. Il s'approche tout doucement — nous sommes encore un tout petit enfant — et il nous dit : « Pourquoi Dieu, qui est si bon, a-t-il créé l'enfer ? Pourquoi a-t-il voulu, lui qui est si miséricordieux, que personne ne puisse être sauvé avant la mort de Jésus-Christ ? »

Et il s'en va, nous laissant éperdu de douleur. Un instant plus tard il revient.

— Est-ce que tu L'aimes ? (Il attend un moment.) Est-ce que tu L'aimes ? Si tu ne L'aimes pas, tu es perdu.

Nous répondons que nous essayons de L'aimer.

— Mais L'aimes-tu vraiment ?

Et il s'en va.

Notre propre méchanceté nous terrifie, mais cela lui est bien égal. Il poursuit ses questions — lui n'a peur de rien. Nous mourons d'envie de nous confier à quelqu'un, de lui faire partager notre peine. Mais nous ne savons pas encore que la coupe du désespoir est si étroite qu'une seule bouche peut y boire — et que ses bords s'adaptent exactement aux lèvres qui s'y posent et à elles seules.

Un jour pourtant nous essayons. Et nous sommes accueilli par des hochements de tête et des regards sévères. On nous dit que c'est mal, que c'est même très mal, que nous ne devrions jamais avoir de pareilles pensées. Dieu est bon, Dieu est très bon. Nous sommes méchant, très méchant. C'est tout le réconfort que l'on nous offre. Méchant ! Ô Seigneur ! Ne le savions-nous pas déjà ? N'est-ce pas justement le sentiment de notre abominable méchanceté qui dessèche notre petit cœur, qui le remplit de sable, qui fait de notre vie un dépôt d'immondices ?

Méchant ! Mais nous ne le savons que trop ! Nous ne sommes pas digne de vivre, pas digne de mourir, ni même de ramper sur cette terre que Dieu a créée, d'approcher ceux qui croient en Lui. Pour celui qui n'aime pas son créateur, il n'y a plus qu'un seul refuge, l'enfer — et justement c'est là que nous ne voulons pas aller. Voilà le réconfort que nous trouvons auprès de nos aînés.

Nous recommençons notre quête. De grands yeux cette fois nous regardent avec étonnement, et d'adorables lèvres nous disent :

— Si cela te rend si malheureux, tu n'as qu'à ne plus y penser. Oublie. Pense à autre chose.

Oublier! Nous lui tournons le dos, nous nous replions sur nous-même. Oublier! Penser à autre chose! Ô Dieu! Ils ne comprennent donc pas que le monde qu'ils voient n'est qu'une mince pellicule, à travers laquelle transparaît constamment devant nous le royaume effrayant du divin? Désormais nous éviterons les autres.

Une nuit, une nuit magnifique de clair de lune, nous sommes à genoux devant la fenêtre. Tout le monde dort, et nous sommes là, à genoux, en train de lire. C'est un chapitre des Prophètes, où il est écrit que le peuple élu de Dieu sera porté sur les épaules des Gentils. Cette fois le Démon va nous laisser tranquille – que pourrait-il y trouver à redire ? Mais bientôt il arrive.

— Est-il juste qu'il y ait un peuple élu? S'Il est le père de tous les hommes, ne doit-Il pas les aimer tous également?

Que pouvons-nous répondre – nous qui nous sentions si bien avant qu'il arrive ? Nous nous penchons sur notre bible et nos larmes font de grosses cloques sur le papier. Puis nous nous enfouissons la tête dans les mains et nous prions si fort, si fort, que nous sentons grincer nos dents. Oh, un mot, un seul mot de Lui pour nous guider! Le monde invisible qui nous entoure est si présent, et pourtant si muet. Dieu ne nous chuchote rien à l'oreille. Nous restons seul avec le Diable. Brusquement nous prenons notre bible, la tournons plusieurs fois entre nos mains et, un peu haletant, nous disons :

— Ce sera la voix de Dieu; ce sera comme si Dieu me parlait.

Un signe. Il nous faut à tout prix un signe de Celui qui se tait.

Nous ouvrons le livre, nous posons le doigt sur une page, au hasard, et nous nous penchons pour déchiffrer le message à la clarté de la lune. La réponse de Dieu! Nous tremblons.

« Puis, au bout de quatorze ans, je montai de nouveau à

Jérusalem avec Barnabé, ayant aussi Tite avec moi pour compagnon. »

Notre imagination se met en marche; nous triturons, tournons, tordons la phrase dans tous les sens pour tenter d'en extraire quelque allégorie. Les quatorze ans sont quatorze mois; nous sommes Paul et le démon est Barnabé; Tite est... Mais soudain nous nous arrêtons, pris de nausée : tout cela n'est que mensonge, hypocrisie, nous essayons de nous tromper nous-même. Qu'avons-nous à voir avec Paul? Avec Jérusalem? Qui sont Tite et Barnabé? Nous ne les connaissons pas. Sans réfléchir nous saisissons le livre, le brandissons au-dessus de notre tête et le lançons de toutes nos forces à l'autre bout de la chambre. Puis nous baissons le front et recommençons à pleurer. La jeunesse, l'ignorance : que de larmes terribles elles nous font verser! On croirait des gouttes de sang figées sous les paupières. Nous avons tant pleuré que nous sommes sans force, nous nous taisons, et soudain, au hasard d'un geste, nous heurtons le panneau de bois qui remplace un carreau cassé. Le panneau tombe. Et sur nos joues brûlantes et desséchées passe un courant d'air frais. Nous relevons la tête et de nos yeux gonflés nous regardons le monde immobile et splendide; la brise de la nuit souffle doucement sur nous, tendrement, telle l'haleine de Dieu. Une paix profonde nous envahit, une joie calme et sereine; nous laissons couler nos larmes, mais cette fois elles sont douces. Ô, la joie ineffable! Enfin, enfin nous l'avons trouvée! « La paix de Dieu », « Le sentiment d'être absous de nos fautes. » Tous les doutes s'effacent, la voix de Dieu est là, dans notre âme, et le Saint-Esprit nous habite! Nous Le sentons! Nous Le sentons! Oh! Jésus-Christ! C'est grâce à Toi, grâce à Toi, que nous connaissons ce bonheur! Les mains serrées sur la poitrine, nous levons vers le ciel un regard plein d'adoration. De douces vagues de béatitude nous traversent. « La paix de Dieu ». « Le sentiment d'être absous de nos fautes ». Quand les Méthodistes et les Revivalistes prononcent ces mots, les gens font une moue moqueuse et sourient du bout des lèvres, d'un air de dire : « Les hypocrites! »

Mais il y a dans le monde davantage d'imbéciles et bien moins d'hypocrites que ne croient les gens raisonnables. Les hypocrites sont aussi rares que des icebergs sous les tropiques, les imbéciles aussi communs que les boutons-d'or au bord d'un fossé : on ne peut faire deux pas sans les écraser, et l'on n'ose même pas se mirer soi-même dans l'eau de peur d'en rencontrer un de plus. Il n'est aucun cliché, si éculé soit-il, qui n'ait servi un jour de vêtement à un corps bien vivant; aucun qui ne reflète une expérience intensément vécue, dans la chair comme dans l'esprit.

Après des heures, des nuits d'angoisse, d'efforts désespérés pour apaiser la toute-puissance céleste, de tremblements violents et éperdus de tous les nerfs, de toutes les veines, il arrive un moment où la nature, épuisée, capitule, où le ressort trop longtemps tendu se détend. Et l'on retombe alors, vidé de sa substance. Une paix délicieuse et mortelle se glisse en nous.

« J'ai jeté un voile sur tes péchés, un voile épais sur tes offenses, et je les efface à jamais de ma mémoire. »

Transporté de béatitude, nous pleurons.

Bien rares sont ceux qui peuvent dire avoir vécu cette expérience. Beaucoup s'imaginent la connaître. D'autres mentent. Ce sentiment d'être en paix avec Dieu, d'être absous de ses fautes, est en réalité un état mental et physique bien précis. Seuls ceux qui l'ont éprouvé savent de quoi il s'agit.

Et nous, cette nuit-là, dans cette nuit de clair de lune, nous appuyons notre front contre la fenêtre, « Oh! Dieu! nous sommes heureux, heureux; nous sommes Ton enfant à jamais. Oh! merci mon Dieu! » et nous nous endormons enfin.

Le lendemain matin nous embrassons notre bible. Nous appartenons à Dieu à jamais. Nous partons travailler, la journée se passe bien, la nuit aussi. Le jour suivant, ce n'est déjà plus tout à fait aussi bien, et même plus du tout; dès la nuit, le Démon revient à la charge : « Où est ton Saint-Esprit? »

Nous ne savons pas quoi répondre.

La vie continue ainsi, mois après mois, été après hiver, nous lisons, nous prions, nous pleurons, et nous prions encore.

On nous dit que nous sommes en train de devenir idiot. Nous le savions. Déjà nous avons oublié la table de multiplication que nous avions apprise par cœur. Le monde matériel nous devient de plus en plus étranger. En vérité, nous n'aimons plus le monde, ni rien de ce qu'il contient. Notre désespoir nous poursuit jusque dans le sommeil. En pleine nuit nous nous réveillons assis dans notre lit, en larmes. Ou nous nous retrouvons dehors, tout habillé, au clair de lune, en train d'arpenter la cour en nous tordant les mains, sans comprendre comment nous sommes arrivé là. Deux années passent ainsi, selon le calcul des hommes.

V

Commence une nouvelle période.

Trois voies s'ouvraient à nous : la folie, la mort, le sommeil.

C'est cette dernière que nous avons choisie; ou plutôt, la Nature l'a choisie pour nous.

Tout ce qui vit a besoin de repos. Les bêtes, les oiseaux, même les fleurs ferment les yeux, et les ruisseaux s'endorment en hiver. Tout doit se reposer — pourquoi l'esprit n'en ferait il pas autant? Le Démon intérieur qui nous questionnait a donc fini par s'endormir et pendant ce sommeil il nous est venu un rêve magnifique. De tous les rêves racontés par les hommes, aucun ne saurait être plus beau que celui-là. Le voici :

Au sein de l'univers palpite un Cœur Immense. Il a engendré toutes les créatures et il les aime d'un amour infini. Il bat pour elles avec passion, car c'est lui qui leur a donné la vie. Pas de mort pour Ses chers insectes, pas d'enfer pour Ses chers humains, pas question de détruire jamais par le feu Son univers chéri — cet univers qu'Il a créé lui-même. Tout se terminera dans la beauté. Ne nous demandez pas comment nous faisons cadrer ce rêve avec la réalité : la grandeur d'un rêve, c'est justement de n'en pas tenir compte, et de se recréer une réalité à sa mesure. Notre rêve nous protège de la folie — c'est déjà bien.

Le détail le plus beau de ce rêve? Peut-être celui-ci : quand l'amour de ce Cœur Immense devint si grand qu'il ne pouvait le contenir, il prit lui-même la forme de la Rose Céleste, du Dieu fait homme, notre Dieu bien-aimé.

Jésus! Ô Jésus! comme nous T'aimons dans ce rêve! Tout ce que dit de Toi la Bible n'est rien, comparé à ce que nous voyons. Tes mains adorables tiennent fermement les nôtres, et Ta voix nous redit : « Je suis là, mon aimé, je suis tout près de toi; passe tes bras autour de moi, tiens-moi bien fort. »

Nous le voyons partout. Quand un petit agneau traîne à l'arrière du troupeau, nous le prenons dans nos bras, sa tête blottie contre la nôtre. N'est-ce pas Son petit agneau? Et c'est un peu comme si nous Le portions.

Quand nous trouvons au bord du chemin un Cafre ivre mort, couché de tout son long en plein soleil, nous ramenons son pagne sur sa tête et nous posons sur lui des rameaux d'euphorbe pour lui faire un peu d'ombre. C'est Son Cafre, il ne faut pas que le soleil lui fasse de mal.

Le soir, quand les nuages s'écartent comme s'ouvre une porte, et qu'apparaissent entre eux de grandes lueurs rouges, nous pleurons; car c'est ainsi qu'Il viendra dans Sa gloire, et ces mains qui brûlent de Le toucher Le connaîtront enfin, nous verrons les cheveux et les yeux si beaux de notre Dieu. « Portes, levez vos frontons, élevez-vous, portes éternelles, et qu'Il entre, le Roi de Gloire! »

Les fleurs violettes, ces jolies petites fleurs violettes, ne sont-elles pas Ses yeux qui nous regardent? Nous les couvrons de baisers, nous nous agenouillons dans la plaine et chantons notre joie. « Et les étendues sauvages et les solitudes se réjouiront, le désert fleurira comme une rose. »

Et si jamais, dans cette extase, au milieu de nos larmes de joie, notre pauvre Démon somnolent, demi-mort, relève la tête, nous lui rions au nez. Son heure est passée.

— Et si l'enfer existait malgré tout? murmure-t-il. Et si ton Dieu était un Dieu cruel? Et s'il n'y avait pas de Dieu? Si tu t'apercevais que tout cela n'est que de l'invention? Si...

Nous lui rions au nez. Demande-t-on à l'homme qui se chauffe au soleil de nous prouver que ce soleil existe? Il le sent – cela lui suffit. Et nous, nous sentons Dieu – cela nous suffit. Nous n'avons pas besoin de preuves. Nous Le sentons, nous Le sentons!

Nous ne croyons pas en notre Dieu parce que la Bible nous parle de Lui. Mais en revanche si nous croyons en elle, c'est parce que Lui nous en parle. Et Lui nous Le sentons, nous Le sentons – cela nous suffit! Dérouté, le Démon nous murmure encore :

– Et si un jour tu ne sentais plus rien?

Nous éclatons de rire pour le faire taire ;

– Cela n'arrivera jamais! Jamais!

Notre pauvre Démon retourne dans son trou, la queue entre les jambes, et se rendort. Comment résisterait-il à des affirmations si péremptoires, si souvent répétées? Seul le temps sépare la vérité du mensonge. Aussi poursuivons-nous notre rêve.

Un jour notre père nous emmène avec lui à la ville, et nous allons au temple. Les costumes de drap neuf et les robes de soie froufroutent sur les bancs, et par les hautes fenêtres le soleil éclaire joliment les fleurs artificielles sur les chapeaux des femmes. Nous nous sentons tout aussi mal à l'aise que dans ces magasins où les vendeurs font assaut d'élégance. Nous regrettons que notre père nous ait amené ici, nous étions tellement mieux dans le karroo! Puis le pasteur commence sa prédication. Il commente cette phrase : « Celui qui ne croit pas sera damné. »

La veille justement un athée – le greffier du tribunal – a été frappé en pleine rue par la foudre.

Le prédicateur ne nomme personne, mais il parle de « la main de Dieu qui s'est manifestée parmi nous ». Il explique comment l'âme, au moment où l'éclair blanc est tombé, s'est échappée, tremblante et nue, soudain privée du fil qui la retenait à la terre, pour se présenter devant le trône de Dieu; comment le Tout-Puissant, dont elle avait nié l'existence, a déversé sur elle son courroux; et comment, tremblante et terrifiée, elle s'est enfuie dans les ténèbres éternelles.

En entendant cela nous bondissons; tout notre sang nous remonte au visage. Il ment! il ment! il ment! Ce prédicateur ment! Il n'y aura donc personne pour le faire taire? Ils ne savent donc pas, tous ceux-là – on ne le leur a donc jamais dit? – que quand cette pauvre âme si noire fermait ses yeux sur cette terre, elle les ouvrait dans la grande lumière du ciel? Qu'il ne peut y avoir de courroux sur le visage de Dieu? Que si l'on pouvait se glisser jusque devant son trône, on verrait quelle paix infinie s'étend autour de lui, pareille à la fraîcheur immobile du jour dans le petit matin? Quand l'athée, plein d'étonnement et d'effroi, s'est prosterné devant ses pieds, Dieu s'est penché sur lui et lui a dit : « Mon enfant, me voici; moi, que tu as méconnu; moi, en qui tu n'as pas voulu croire; me voici. J'ai envoyé mon messager, le grand éclair blanc, te chercher. Tu me vois maintenant. »

Alors cette pauvre âme s'est tournée vers la lumière – ses faiblesses et ses peines disparues pour toujours.

Ils ne savent donc pas, on ne leur a donc pas dit qui est le Tout-Puissant?

« Pendant un temps je t'ai caché mon visage; mais dans ma bonté éternelle j'aurai pitié de toi, dit le Seigneur notre Sauveur. »

Nous marmonnons tout seul, et quelqu'un nous tire brusquement par la manche pour nous rappeler que nous sommes au temple. Mais nous sommes tellement absorbé dans nos réflexions que nous n'entendons rien.

Bientôt tout le monde s'incline pour prier. Six cents âmes s'élèvent toutes ensemble vers la Lumière Éternelle.

Derrière nous sont assises deux dames élégantes; l'une d'elles tend discrètement à l'autre son flacon de parfum, tandis qu'une mère tire sur la robe de sa petite fille. Une autre dame laisse tomber son mouchoir, un monsieur le ramasse, elle rougit. Les femmes de la chorale tournent sans bruit les pages de leur livre de chant, pour être prêtes dès la fin de la prière. On dirait qu'elles se préoccupent davantage de ce qu'elles

vont chanter que du Père Éternel. Oh! Est-ce qu'on ne Lui
rendrait pas mieux hommage tout seul dans le karroo et en
posant ses lèvres sur cette petite fleur violette qu'Il a créée?
Ce qu'on voit là, n'est-ce pas une comédie? Mais une petite
voix nous rappelle : « *Que fais-tu ici, Élie?* » Nous qui jugeons,
valons-nous vraiment mieux? Certainement pas. Est-ce vraiment une excuse que de dire : « Je ne suis qu'un enfant, et
on m'a forcé à venir? » Mais Dieu permet-il que quiconque
s'interpose entre Lui et l'esprit de Sa créature? Que faisons-
nous ici, où chaque mot prononcé est un mensonge contre
le Père Divin? Submergé d'horreur, nous nous retournons et
nous fuyons ce lieu. Sur le trottoir nous tapons du pied en
jurant, dans notre âme d'enfant, que plus jamais, jamais,
nous n'entrerons dans ces endroits où les gens viennent prier
et chanter. Mais plus tard on nous interroge. On exige de
savoir pourquoi nous sommes sorti du temple.

Que pouvons-nous répondre? Nous nous taisons. Mais on
nous presse, et nous essayons alors de nous expliquer. Nos
belles idées sont accueillies par des hochements de tête et des
regards sévères. Comment pouvons-nous penser qu'il est mal
d'aller prier dans la maison du Seigneur! Tout cela n'est
qu'une mauvaise excuse et nous sommes un petit misérable.
Quand donc songerons-nous sérieusement à notre âme et nous
réjouirons-nous de fréquenter le temple? Nous sommes vilain,
très vilain. Voilà ce qu'on nous dit. Nous nous sauvons et
nous allons pleurer tout seul dans notre coin. La vie sera
t-elle donc toujours ainsi? Que l'on doute ou que l'on croie,
que l'on haïsse ou que l'on aime, pour ceux qui nous sont
chers, serons-nous donc toujours méchant?

Nous n'avons pas encore compris que dans cette quête de
la vérité, le plus dur réside justement en cela : que notre
lutte ne pourra pas rester indéfiniment confinée dans nos
pensées, qu'il faudra qu'elle éclate au grand jour, dans des
actes; et qu'elle se dressera alors entre notre âme et ceux que
nous aimons. Sur la terre, tout se paie – et le prix de la vérité
est le plus cher qui soit. Nous serions prêt à la troquer contre
un peu d'amitié et d'amour. Les chemins de l'honneur sont

semés de ronces, mais sur ceux de la vérité, c'est notre propre cœur que nous foulons à chaque pas.

VI

Vient enfin une nouvelle saison : celle du réveil. Il est bref, dur, peu agréable, comme sont la plupart des réveils.

Le sommeil et les rêves ne durent jamais qu'à cette seule condition : que personne ne vienne éveiller le dormeur.

Or voici que la vie nous soulève entre le pouce et l'index, nous secoue violemment, à nous décrocher la tête des épaules, et nous repose brutalement sur le sol, endolori, meurtri, mais miraculeusement réveillé.

A l'époque où nous rêvions, nous avions coutume de dire : « L'injustice et le mal sont des illusions; la douleur est une apparence. Notre Dieu est la seule Réalité; c'est Lui qui a créé le monde, et Lui seul est amour. »

Mais voici que la vie nous saisit au collet et nous montre quelques petites choses que nous ne connaissions pas encore – des tombes toutes fraîches, autour desquelles vole le sable rouge; des yeux que nous aimions, dévorés par les vers; des scélérats gras comme des porcs; bref, l'effroyable chaos que l'on appelle la vie – et elle nous dit : « Que penses-tu de cela ? » Nous n'osons pas répondre : « Rien. » Toutes ces choses-là sont bien réelles, nous les sentons. Nous battons l'air autour de nous pour retrouver ce que nous connaissions avant. Dans la resserre, dans les ténèbres de la nuit, nous appelons de nos cris le Dieu merveilleux de nos rêves : « Oh! laisse-nous venir à Toi et poser notre tête sur Tes pieds. En cette heure où nous avons tant besoin de Toi, donne-nous la main. » Mais Il est parti, Il s'est retiré. C'est notre vieux Démon questionneur qui est là.

Il fallait bien que nous nous réveillions un jour. L'imagination ne peut pas indéfiniment prendre le pas sur la vérité, ni le désir supplanter éternellement la réalité. Il fallait bien se réveiller. Qu'importe si ce fut un peu brutal! Nous avons maintenant les yeux grands ouverts. Et c'est tant mieux.

VII

Une nouvelle vie commence : un temps nouveau, une existence glacée, comme si nous nous trouvions assis tout en haut
d'un iceberg et que nous ne voyions autour de nous que les
scintillements du gel. Notre vie passée nous fait l'effet d'un
long délire brûlant, peuplé d'hallucinations fantastiques. Celle-
ci sera glacée à souhait.

Plus de Dieu désormais. Nous en avions eu deux : le Dieu
ancien, transmis par nos ancêtres, et que nous détestions,
que nous n'avons jamais aimé; et le nouveau, que nous nous
étions fabriqué nous-même et que nous aimions plus que tout
– maintenant qu'il nous a quitté, nous comprenons de quoi
il était fait : c'était tout simplement l'image de notre idéal,
que nous avions coiffé d'une couronne et assis sur un trône.
Nous n'avons plus de Dieu, désormais.

« Fou, celui qui proclame du fond du cœur qu'il n'y a pas
de Dieu. » C'est bien possible. Presque tout ce qui se dit ou
s'écrit n'est-il pas l'œuvre de fous?

En tout cas une chose est certaine : fou est celui qui ose
prétendre que personne n'a jamais proclamé du fond du cœur :
« Il n'y a pas de Dieu ».

« Il n'y a pas de Dieu. » Combien de milliers de fois furent-
ils prononcés, ces mots-là, du fond d'un cœur profondément
déçu et dont la foi pourtant avait été sincère?

Nous ne pleurons pas, nous ne crions pas; nous nous
asseyons simplement devant le monde et nous le regardons
d'un œil froid. Nous ne sommes pas malheureux. Pourquoi
le serions-nous? Nous mangeons, nous buvons, nous dormons
parfaitement; mais un mort ne serait pas plus glacé que nous.

Et nous disons, lentement, sans un soupir : « Oui, nous le
comprenons à présent : il n'y a pas de Dieu. »

D'un ton encore un peu plus froid, nous poursuivons : « Il
n'y a pas de justice. Le bœuf meurt sous le joug, sous le fouet
de son maître; et il a beau tourner vers le soleil ses yeux
chargés d'angoisse, pour toute sa peine, il ne recevra pas le

moindre signe de reconnaissance. Le nègre est abattu froidement comme un chien, et celui qui l'abat n'a rien à redouter. Les innocents sont accusés et leurs accusateurs triomphent. Il suffit de gratter n'importe où la surface, et l'on voit sous la peau un être tendre, torturé par l'angoisse de son impuissance. »

Le cœur glacé comme celui d'un mort, nous ajoutons : « Il n'y a pas d'ordre dans le monde ; tout est mené par le hasard. »

Ce que notre âme a bu avec le lait de sa mère ne peut pas s'effacer en un jour. Dès nos premiers instants, on nous a enseigné que la forme de nos pensées, le dessin des nuages, l'épaisseur de la laine sur le dos des moutons, la durée des sécheresses et la croissance du blé ne dépendent pas d'un mécanisme immuable caché au cœur des choses, mais de la volonté changeante d'un être que nos prières peuvent incliner dans un sens ou dans l'autre. Dès l'aube de notre vie, nous avons appris à considérer la Nature comme un objet sans consistance, que l'on peut plier à sa guise selon que l'on agrée ou non à Dieu ; que l'on va ou non à l'église ; que l'on dit bien ou mal ses prières ; que l'on voyage ou non le dimanche. Comment pourrions-nous d'une minute à l'autre voir enfin la Nature telle qu'elle est : le vêtement mouvant d'une réalité immuable ? Quand l'âme se libère de l'étreinte de la superstition, les serres et les griffes qu'elle a brisées restent fichées en elle. Ce n'est pas en un jour que l'on peut extraire ces écharbes.

Ayant ainsi perdu le guide qui nous tenait la main, nous ouvrons sur la vie de grands yeux étonnés et glacés, et elle nous apparaît comme un invraisemblable chaos, comme un océan turbulent où les vagues se bousculent en tous sens. Et pas le moindre pouce de terre ferme où nous puissions poser le pied.

Que l'homme croie ou non en un Dieu qui lui ressemble, est de peu d'importance. Mais qu'il interroge la matière et l'esprit, et n'y perçoive aucune loi, aucune relation entre les causes et les effets, rien d'autre qu'un vaste et mystérieux jeu de hasard – c'est la pire expérience qui puisse lui arriver.

Mieux vaudrait pour lui qu'on lui tranche la gorge, s'il ne s'en charge pas lui-même.

Et cependant nous ne nous tranchons pas la gorge. Il faudrait pour cela éprouver au moins un désir, un sentiment quelconque, et nous n'éprouvons rien; nous sommes gelé. Nous n'avons ni envie de vivre ni envie de mourir. Un jour, nous voyons un serpent s'enrouler autour d'une Cafre. Nous l'attrapons, nous le faisons tourner en l'air et l'abattons de toutes nos forces sur le sol, le tuant net. Tout le monde nous regarde avec admiration. C'est risible. Qu'y a-t-il d'extraordinaire, à risquer quelque chose à quoi nous ne tenons pas?

A dire vrai, nous ne tenons à rien. Le monde n'est qu'un petit tas d'ordures dérisoire, et ce bout de chiffon bleu, là-haut, qui se prend pour le ciel, on pourrait le toucher sans peine avec la main.

La vie elle-même est comme un grand chaudron, le vieux Destin qui tourne la cuillère se moque bien de ce qui remonte à la surface ou se noie dans le fond : il regarde crever les bulles en riant. Nous aussi, nous nous en moquons. Laissons donc bouillonner le chaudron. Pourquoi nous tracasser? Mais il y a nos sensations physiques, qui sont réelles. La faim et la soif nous torturent, alors nous mangeons, nous buvons. L'inaction nous fait mal, et nous travaillons comme un galérien. De notre propre initiative nous entreprenons de construire un grand réservoir d'eau derrière les tombes. Dès l'aube grise, avant de sortir les moutons, nous nous mettons à l'œuvre. Dans la grosse chaleur du jour, pendant que les autruches dont nous avons le soin mangent autour de nous, nous nous y remettons. Les autres se demandent quel est cet enthousiasme qui nous prend. Ils ne se doutent pas que c'est notre vie même qui est en jeu. Nous choisissons les plus grosses pierres, et nous nous réjouissons quand nous titubons sous leur poids, quand un élancement violent nous perce la poitrine. Tout en mangeant notre dîner nous transportons des corbeilles de terre, comme si le Diable était sur nos talons. Les Cafres de la ferme racontent que la nuit une sorcière vient nous aider avec deux grands bœufs blancs. Jamais un mur ne peut monter si vite, disent-ils, sous les mains d'un seul homme.

La nuit, seul dans notre cabane, nous ne ruminons plus devant le feu. A quoi bon réfléchir? Tout est vide. Nous ressortons alors notre bonne vieille arithmétique; en quelques heures nous apprenons par cœur et pour toujours cette table de multiplication qui nous avait donné tant de tracas autrefois et que nous avions si vite oubliée. Nous éprouvons un étonnant plaisir à résoudre des problèmes de mathématiques. Il nous arrive d'interrompre notre travail de maçon pour écrire sur les pierres des chiffres et des opérations. Nous faisons des économies pour nous acheter une grammaire latine et un livre d'algèbre, et nous les traînons partout dans nos poches, nous les ouvrons avec délices, comme notre Bible autrefois. Nous avions cru que nous étions incurablement bête, incapable de rien apprendre et de rien retenir. Et tout à coup nous découvrons que tout est facile. Une nouvelle âme se serait-elle glissée dans ce vieux corps, pour que nos facultés intellectuelles aient changé à ce point? Nous nous émerveillons; nous n'avons pas encore compris que l'énergie que l'homme consacre à la prière et à l'extase, c'est autant de perdu pour l'étude. Il n'est pas une larme, pas une belle œuvre, pas un frémissement d'émotion, qu'il ne nous faille payer à l'autre bout de la chaîne, là où la nature fait ses comptes. Les forces ne sont pas inépuisables; quand un canal s'emplit, l'autre se vide.

Et maintenant nous nous tournons vers la Nature. Pendant toutes ces années nous avons vécu auprès d'elle sans la voir; cette fois nous ouvrons les yeux et nous la regardons.

Jusqu'ici les rochers nous apparaissaient comme une masse confuse, une grosse tache brune; nous nous penchons et la tache se dissout en une multitude de formes, de couleurs, de dessins très précis. Là, ce sont des amas de cristaux irisés qui se fondent les uns dans les autres; ici, des bandes grises et rouges, disposées avec une régularité parfaite. Là-bas, le rocher est couvert d'arborisations argentées, comme une fine dentelle de métal; et là, sur cette pierre plate où nous sommes

venu si souvent nous asseoir pour pleurer ou prier, nous
découvrons l'empreinte fossile d'un grand oiseau et le squelette parfait d'un poisson. Nous qui nous étions si souvent
demandé à quoi pouvaient bien ressembler les vestiges d'animaux disparus, nous étions tout ce temps-là assis dessus sans
le savoir. Nous étions tellement occupé à penser, à sentir,
que nous n'avions jamais regardé le monde.

La grande plaine n'avait jamais été pour nous qu'une morne
surface rouge. Mais voici que nous l'observons, et chaque
poignée de sable prend vie. Nous faisons connaissance avec
le peuple merveilleux des fourmis; nous assistons à leurs
batailles, leurs jeux et leurs travaux, nous les voyons construire
leurs immenses palais. Nous découvrons les tout petits insectes
qui logent dans les plantes. La fleur de « l'herbe amère » nous
était toujours apparue comme une simple boule jaune; nous
remarquons maintenant qu'elle se compose d'une centaine
de petites fleurs parfaites, chacune comme une petite ville où
logent de minuscules insectes noirs rayés de rouge qui s'agi-
tent, entrent et sortent sans cesse. Les campanules aussi sont
habitées. Chaque jour le karroo nous découvre une nouvelle
merveille qui dormait dans son coin. Sur le chemin du travail,
nous nous arrêtons un instant pour observer comment le
fourmilion prépare son piège et s'enterre dans le sable en
attendant que sa proie tombe au fond du trou. Un peu plus
loin avance un scarabée cornu; une araignée entrouvre sa
petite porte, jette un regard prudent au-dehors et la referme
prestement. Une mouche verte vient pondre sur une feuille
ses petits œufs argentés; nous les prenons, les emportons chez
nous et regardons l'enveloppe s'ouvrir, le petit ver tacheté en
sortir, se transformer en mouche verte et s'envoler. Mais cela
ne nous suffit plus, nous voulons voir aussi ce que la Nature
tient caché. Nous glissons une douzaine d'œufs sous la poule
blanche, et tous les jours en cassons un pour voir comment
la petite tache pâle grossit et se change en poussin. Ce n'est
pas par passion que nous faisons cela — mais il faut bien
occuper sa pensée à quelque chose, si l'on veut éviter de se
trancher la gorge. Nous semons des rangées de graines en

haut du mur du réservoir, et tous les jours nous en arrachons une pour voir comment elle se transforme. Dans un conte que nous avons lu jadis, une jeune fille enterrait une pierre merveilleuse dans le sol, et un palais doré s'élevait tout à coup devant elle. Nous faisons beaucoup mieux. Nous mettons dans la terre une petite graine brune, et il en sort quelque chose de vivant, qui monte, monte – pas plus que la jeune fille du conte nous ne savons pourquoi –, continue à monter jusqu'à dépasser notre tête, scintille de rosée dans le petit matin, se couvre de fleurs éclatantes, secoue par terre ses graines brunes où dort le fragile embryon d'une âme. Depuis l'apparition des deux petites feuilles vertes et de leur tendre racine blanche, jusqu'au moment où nous devons lever la tête pour la regarder, nous l'observons avec une extrême attention. Mais nous ne comprenons pas davantage la raison qui la pousse à monter vers le ciel.

Nous examinons l'intérieur des canards et des agneaux morts. Nous les emportons chez nous le soir, nous étalons par terre des journaux et restons là, jusqu'à minuit, penché sur eux. Avec un sentiment d'effroi proche de l'extase, nous ouvrons cette petite masse de chair qu'on appelle un cœur, et découvrons à l'intérieur de petites portes et de petits cordages. Nous les touchons avec nos doigts, puis nous posons le cœur un peu plus loin – mais nous ne pouvons pas nous empêcher de revenir de temps en temps le regarder et le toucher. Nous ne saurions pas dire pourquoi il nous fascine ainsi.

Un jars s'est noyé dans le réservoir. Nous le sortons de l'eau, nous l'ouvrons, là, sur le bord, à genoux par terre, et nous le regardons. Nous voyons les organes, chacun bien emballé dans une fine enveloppe; et au-dessous, les intestins, joliment disposés en spirale, chaque étage recouvert d'un réseau délicat de tout petits vaisseaux qui se détachent en rouge sur un fond bleuâtre. Chaque vaisseau se divise et se subdivise jusqu'à former comme un filet d'une finesse et d'une symétrie incomparables. Nous sommes frappé de cette beauté singulière. Mais surtout – et maintenant nous nous asseyons par terre –, nous faisons une curieuse constatation : c'est exactement la même forme, le même dessin que les rameaux de nos acacias en hiver; le même dessin aussi que cette dentelle argentée sur les rochers; le même tracé que suit le filet d'eau quand il s'échappe librement du réservoir; la même forme que les cornes du scarabée cornu. Qu'est-ce qui relie ces choses entre elles, pour qu'elles aient tant de traits communs? Est-ce le hasard? Ou ne serait-ce pas plutôt qu'elles sont les branches d'un même tronc, dont la sève circule en nous tous? Ce serait une explication. Pensif, nous hochons la tête au dessus des entrailles du jars.

Ce que nous appelons la vie... ne serait-ce pas comme un arbre immense qui plonge ses racines jusqu'au plus noir des profondeurs, et dresse ses rameaux jusqu'à des hauteurs infinies que nous ne pouvons voir, perdu que nous sommes dans le foisonnement des branches? Ce n'est pas un fouillis anarchique, mais un corps bien vivant : un *Tout*. Cette pensée nous procure une satisfaction intense, sans que nous comprenions pourquoi.

Nous hochons la tête au-dessus du jars; et soudain nous nous relevons, nous regardons le grand ciel bleu, jetons le jars et ses entrailles dans le réservoir. Et nous reprenons le travail.

Ainsi la terre, un beau jour, cesse d'être ce grand magma confus que nous avions cru voir. Nous entrons dans la vaste demeure de la vie et regardons autour de nous avec respect. Tout a un sens, tout mérite notre admiration, rien n'est indifférent, rien n'échappe à ce grand ensemble dont nous ne distinguons ni le commencement ni la fin. Et la vie qui palpite en nous participe de cette immense pulsation : c'est parce qu'elle nous dépasse, et non parce qu'elle est insignifiante, que nous ne la comprenons pas.

Ainsi il arrive un beau jour que le ciel, qui nous faisait alors l'effet d'un chiffon bleu tendu si bas sur notre tête que nous eussions pu le toucher du doigt, soudain s'élève et déploie au-dessus de nous sa voûte prodigieuse – et nous recommençons à vivre.

Waldo était allongé à plat ventre sur le sable rouge. Autour de lui déambulaient les jeunes autruches dont il avait la garde, picorant cailloux et brindilles avec la même ardeur que les morceaux de nourriture qu'il leur avait jetés. A sa droite se trouvaient les tombes; à sa gauche le réservoir; et dans sa main il tenait un grand morceau de bois, déjà presque entièrement sculpté, qu'il était occupé à tailler. Doss, couché devant lui, se chauffait paresseusement au soleil hivernal en surveillant de loin en loin, du coin de l'œil, l'extrémité du parc voisin. Les maigres acacias au-dessus d'eux ne leur faisaient pas beaucoup d'ombre, mais par cette belle journée de juin, le soleil était merveilleusement doux, et même au plus fort de l'après-midi, on n'éprouvait aucun besoin de s'abriter. Le garçon était tout entier absorbé par son travail, mais il sentait autour de lui, sans avoir à lever les yeux, la grande présence tranquille de la terre et, au-dessus, le bleu profond du ciel.

Em apparut bientôt au détour de l'enclos, tenant d'une main une assiette recouverte et de l'autre une cruche coiffée d'une tasse. C'était une petite femme de seize ans à présent, au visage précocement vieilli, et affligée d'un embonpoint un peu ridicule. Elle posa la cruche et l'assiette devant le chien et son jeune maître, et pantelante, se laissa tomber par terre à côté d'eux.

— Waldo, j'ai rencontré quelqu'un à cheval, en venant, et je suis sûre que c'est l'homme qu'on attend.

L'homme attendu était un Anglais à qui la Hollandaise venait de louer la moitié de la ferme.

— Mmm! fit Waldo.

— Il a l'air assez jeune, reprit Em en posant les mains sur ses côtes. Des cheveux bruns, une barbe bouclée très courte et des yeux bleu foncé d'une beauté! Oh! Waldo, si tu savais comme je me suis sentie gênée! Figure-toi que juste au moment où je me suis retournée, il s'est retourné lui aussi, et on s'est regardés en plein dans les yeux. Il est devenu tout rouge et moi encore plus. Je suis sûre que c'est lui.

— Sans doute, dit Waldo.

— Il faut que je m'en retourne, maintenant. Il a peut-être apporté du courrier. Et il y a peut-être une lettre de Lyndall. Elle va bientôt revenir, tu sais, elle ne peut pas rester indéfiniment à l'école. Et le nouveau fermier va être obligé d'habiter avec nous en attendant que sa maison soit construite. Il faut que j'aille préparer sa chambre. Au revoir!

Elle repartit en trottinant et Waldo se remit à sculpter son bâton. Doss, le museau aplati sur le sol tout contre l'assiette, se disait que quelqu'un avait préparé aujourd'hui de délicieux biscuits au lard. Ils étaient si absorbés tous deux que lorsqu'ils relevèrent le nez en entendant un bruit de sabots dans le sable, le cavalier était déjà tout près.

Ce n'était visiblement pas l'étranger dont Em avait parlé. Celui-ci était un homme plutôt petit, d'environ vingt-huit ans, au teint brun, de type français, légèrement corpulent, avec de grands yeux sombres et des moustaches en pointe. Son cheval, une bête nerveuse, était joliment harnaché. Une sacoche très élégante était attachée à sa selle. L'homme lui-même était fort bien mis et portait des gants — ce qui, dans les parages, ne se rencontrait pas souvent.

D'une voix singulièrement mélodieuse il demanda s'il pouvait se reposer là un moment. Waldo lui indiqua le chemin de la ferme, mais il repoussa cette proposition. Il se contenterait de s'asseoir sous les arbres et de faire boire son cheval. Il dessella la bête et Waldo la mena au réservoir. Quand il revint, l'étranger s'était installé sous un arbre, adossé à sa selle. Le garçon lui offrit des gâteaux, qu'il refusa, mais il but volontiers à la cruche, et Waldo se remit au travail à quelques pas de lui. Peu lui importait que des yeux étrangers voient ce qu'il fabriquait. Ce n'était pas comme sa machine à tondre les moutons. Avec les choses comme avec les êtres, la passion, l'amour fou, c'est une flambée qui brûle et puis s'éteint; cela n'arrive qu'une fois. Plus jamais on ne retrouve le même élan. Ce bâton, ce n'était qu'un objet qu'il avait taillé de ses mains, sculpté, travaillé, il y était attaché certes, il l'aimait bien – mais sans plus. Rien à voir avec sa machine.

L'étranger se renfonça dans le creux de sa selle et bâilla. Le temps inclinait au sommeil et il n'appréciait guère de voyager dans ces régions perdues. Il préférait la vie civilisée où, à toute heure du jour, on est sûr d'avoir sous la main son verre de vin, son fauteuil, son journal; et où le soir, on peut s'enfermer dans sa chambre avec ses livres et son brandy pour y goûter des joies tout aussi matérielles que spirituelles. Le monde disait de lui – ce monde omnipotent, omniscient, qu'aucune serrure n'arrête et qui a, comme les chats, une prédisposition particulière à voir la nuit mieux que le jour –, le monde disait qu'aux livres il préférait de beaucoup le brandy, et qu'aux livres et au brandy il préférait encore ce qu'il eût mieux valu qu'il aimât moins. Mais lui ne se souciait aucunement du monde – il lui riait au nez. La vie tout entière est un rêve, et si le vin, la philosophie et les femmes peuvent empêcher ce rêve de tourner au cauchemar, eh bien tant mieux! N'est-ce pas leur raison d'être? En tous les cas c'est tout ce qu'on leur demande. Sa vie et ses pensées avaient aussi une autre face; mais celle-là, le monde ne la voyait pas, et donc n'en parlait pas, puisque telle est aussi sa sagesse.

Entre ses paupières lourdes l'étranger contemplait la terre qui s'étendait au loin. Elle était belle, malgré tout, dans le soleil de juin. Il regardait les tombes, le pignon de la ferme qui dépassait par-dessus les enclos, le jeune paysan allongé à ses pieds, et il bâillait. Mais comme il avait partagé son thé, il se devait de lui dire quelques mots.

– C'est à ton père, cette ferme, je suppose? demanda-t-il
d'une voix quelque peu endormie.

– Non. Je ne suis qu'un domestique.

– Des Hollandais?

– Oui.

– Et ça te plaît, de vivre ici?

Le garçon hésita.

– Les jours comme aujourd'hui, oui.

– Pourquoi ceux-là?

Le garçon ne répondit pas tout de suite.

– Parce qu'ils sont beaux.

L'étranger l'observa. Dans les yeux sombres du petit paysan
qui regardait la terre devant lui brillaient des étincelles de
bonheur, puis son regard revint sur son ouvrage.

Comment ce rustaud, ce loqueteux, pouvait-il être si sensible aux joies subtiles de l'atmosphère? Lui bien sûr, avec
ses mains blanches et son raffinement, quoi de plus normal
qu'il entende la musique jouée par le miroitement du soleil
et la nudité de la plaine sur les cordes tendues de la nature?
Mais ce lourdaud? Comment ces oreilles grossières, dans ce
corps épais, pouvaient-elles percevoir ces murmures délicats?

Après quelques instants, il reprit :

– Puis-je voir ce que tu fais là?

Le garçon lui tendit son bâton. On ne pouvait vraiment
pas dire que c'était beau. Les personnages et les oiseaux avaient
quelque chose de grotesque, on sentait trop l'application,
l'effort voulu pour tenter d'imiter la nature. L'étranger
retourna plusieurs fois l'objet sur ses genoux.

– Où as-tu appris à faire cela?

– J'ai appris tout seul.

– Et ces zigzags, là, cela représente...

– Une montagne.

L'étranger regardait attentivement.

– Et qu'est-ce que cela signifie, pour toi?

Le garçon marmonna d'une voix presque inaudible :

– Des choses, quoi.

Son interlocuteur considéra cet être étrange à demi allongé

à ses pieds – un grand corps lourd et maladroit, presque un homme par la taille, mais encore un enfant par les traits du visage, la chevelure bouclée, juvénile – et il en ressentit comme une douleur. Cet être l'attirait et le heurtait tout à la fois. Il éprouvait pour lui un mélange de pitié et d'affection.

– Combien de temps as-tu mis pour faire cela ?

– Neuf mois.

L'étranger sortit son portefeuille de sa poche et en retira quelque chose. Après tout, il trouverait toujours le moyen d'attacher ce bâton à sa selle, et quand il serait suffisamment éloigné il pourrait le jeter dans le sable.

– Veux-tu accepter ceci, en échange de ta sculpture ?

Le garçon jeta un bref regard sur le billet de cinq livres et secoua la tête.

– Non. Je ne peux pas.

– Tu penses que cela vaut davantage ? demanda l'étranger avec un petit ricanement.

Le garçon indiqua du pouce l'une des tombes.

– Non. C'est pour lui.

– Et qui est-ce ? demanda l'étranger.

– Mon père.

Sans rien dire, l'homme remit le billet dans son portefeuille et rendit au garçon sa sculpture. Puis il rabattit son chapeau sur ses yeux et se disposa à dormir. Mais au bout d'un moment, le sommeil ne venant pas, il observa par-dessus l'épaule du garçon ce qu'il était en train de faire. Au dos de son morceau de bois, Waldo sculptait des lettres.

– Si c'est pour lui, dit l'étranger de sa voix chaude et mélodieuse, dont la douceur contrastait curieusement avec la mélancolie du regard – car la douceur, lorsqu'elle a disparu des yeux, subsiste toujours un peu dans la voix –, si c'est pour lui, pourquoi écris-tu cela ?

Le garçon tourna la tête mais ne répondit pas. Il avait déjà presque oublié la présence de cet homme.

– Tu crois, bien sûr, reprit l'étranger, qu'un jour ou l'autre ces tombes s'ouvriront, et que tous ces braves « oncles » hollandais se baladeront dans le sable rouge avec leurs femmes, debout sur leurs deux jambes de chair et d'os, tels qu'ils étaient avant de s'endormir. Alors pourquoi écris-tu : « Il dort là pour l'éternité » ? Tu crois pourtant qu'il se relèvera, n'est-ce pas ?

– Et vous ? demanda le garçon en dévisageant brièvement l'étranger.

Celui-ci, quelque peu interloqué, se mit à rire. C'était comme s'il avait tenu sous sa loupe un singulier petit têtard qui tout à coup levait la queue en l'air et posait des questions !

– Moi ?... non, répondit-il avec un petit rire gras. Je suis un homme qui ne croit en rien, n'attend rien, ne craint rien, ne ressent rien. Je suis en marge de l'humanité; et ce n'est certainement pas un exemple pour toi, qui vis tranquille dans ta cambrousse au milieu des autruches.

L'étranger fut surpris quand brusquement le jeune rustaud se rapprocha de lui. Et plus encore quand, un instant plus tard, il lui posa son bois sculpté sur les genoux.

– Je vais vous expliquer, marmonna-t-il. Oui, je vais vous expliquer ce que cela veut dire.

Et il posa son doigt sur le petit personnage grotesque qui figurait tout en bas – ah ! cet homme qui ne croyait en rien, n'attendait rien et ne ressentait rien, comme il l'aimait ! Puis sa main impatiente remonta peu à peu, tandis qu'il décrivait toutes ces formes fantastiques et ces montagnes, jusqu'à l'oiseau qui couronnait le tout et dont une plume se détachait de l'aile. A la fin il parlait d'une voix haletante, hachant ses mots, comme lorsque l'on fait des révélations importantes.

L'étranger, tout en l'écoutant, observait davantage son visage que les motifs du bois. De temps en temps l'éclat de ses dents blanches luisait sous sa moustache.

– Je crois que je comprends un peu, dit-il d'une voix pleine de bienveillance, quand le garçon eut terminé. On pourrait peut-être raconter ton histoire de cette façon, qu'en penses-tu ? (Il sourit.) Dans une vallée vivait un chasseur. (Il toucha de la main le petit personnage grotesque tout en bas.) Tous les jours il partait dans les bois pour chasser des oiseaux sauvages. Un jour qu'il se trouvait sur la rive d'un grand lac, il se cacha dans les roseaux pour guetter le passage des oiseaux. Une grande ombre passa soudain au-dessus de lui, et dans l'eau il vit un reflet. Il regarda le ciel : il n'y avait plus rien. Alors il éprouva le désir fou de revoir cette image juste aperçue dans l'eau, et tout le jour il resta là, aux aguets. La nuit tomba sans que l'oiseau revînt. Il retourna chez lui, son sac vide, l'humeur sombre. Ses compagnons voulurent savoir ce qui s'était passé, mais il se tut. Il alla s'asseoir tout seul dans un coin et rumina silencieusement. Quand son ami vint le trouver, il accepta enfin de se confier.

» — Aujourd'hui j'ai vu quelque chose, dit-il, que jamais de ma vie je n'avais vu : c'était un immense oiseau blanc, qui planait dans le bleu infini du ciel, ses ailes déployées brillaient comme de l'argent. Et maintenant, c'est comme si un grand feu brûlait dans ma poitrine. Je n'ai vu qu'un éclair, un miroitement, une image dans l'eau – mais je n'ai plus qu'un seul désir au cœur, retrouver cet oiseau.

» Son ami éclata de rire.

» — Ce n'était qu'un rayon de soleil qui jouait sur l'eau, dit-il, ou l'ombre de ta tête. Demain tu n'y penseras plus.

» Le lendemain et les jours qui suivirent, le chasseur partit seul. Il parcourut les bois et les forêts, fouilla le bord des lacs et les roseaux, sans trouver son oiseau. Tous les autres gibiers ne l'intéressaient plus, et il ne tua rien.

» — Qu'est-ce donc qui le tourmente ? disaient ses compagnons.

» — Il est devenu fou, dit l'un.

» — Non, dit un autre, c'est pire que cela. Il prétend voir des choses qu'aucun de nous n'a jamais vues, et il se prend lui-même pour un prodige.

» — Laissons-le, dirent-ils tous en chœur.

» Et le chasseur se retrouva tout seul.

» Un soir qu'il errait en pleurant dans la pénombre, le cœur endolori, un grand vieillard se dressa devant lui, dont la taille était bien supérieure à celle des fils des hommes.

» — Qui êtes-vous ? demanda le chasseur.

» — La Sagesse, répondit le vieillard. Mais certains, parmi

les humains, m'appellent le Savoir. J'ai grandi dans ces vallées, mais nul ne peut me voir s'il n'a beaucoup souffert.
Seuls les yeux lavés par les larmes peuvent me contempler;
et je ne parle aux hommes qu'à raison de leur peine.

» Alors le chasseur s'écria :

» – Oh! toi qui vis depuis si longtemps dans ces parages,
dis-moi quel est ce grand oiseau blanc que j'ai vu planer
dans l'azur? On voudrait me faire croire que c'est un rêve,
que c'était l'ombre de ma tête.

» Le vieux sourit.

» – Cet oiseau s'appelle Vérité. Celui qui l'a vu une seule
fois ne connaît plus de cesse qu'il ne l'ait retrouvé. Jusqu'à
sa mort, il le recherchera.

» Alors le chasseur s'écria :

» – Oh! dis-moi où je puis le trouver!

» Mais le vieillard lui répondit :

» – Tu n'as pas assez souffert encore – et s'en alla.

» Le chasseur alors tira de dedans sa poitrine la navette de
l'Imagination, y enroula le fil de ses Désirs et passa toute sa
nuit à tisser un filet.

» Au matin il posa sur le sol son filet d'or, l'étala soigneusement et jeta au milieu quelques graines de crédulité
que lui avait léguées son père et qu'il gardait précieusement
sur lui. C'étaient de petites boules blanches, pareilles à ces
vesses-de-loup d'où s'échappe une poussière brune quand on
marche dessus. Il s'assit à côté et attendit. Le premier qui
se prit au filet fut un oiseau d'un blanc de neige et aux
yeux de colombe, qui chantait un chant merveilleux : « Dieu
fait homme! Dieu fait homme! Dieu fait homme! » chan-
tait-il. Le second était noir et mystique, avec de beaux yeux
sombres qui plongeaient dans les profondeurs de votre âme,
et son chant ne disait qu'un seul mot: « Immortalité! »

» Le chasseur les saisit tous les deux en disant :

» – Ils appartiennent sans aucun doute à cette belle famille
de la Vérité.

» Puis il en vint un autre, vert et doré, qui chantait d'une

voix aiguë, tel un crieur sur le marché : « Récompense après
la Mort ! Récompense après la Mort ! »

» – Tu n'es pas aussi beau que les autres, dit le chasseur,
mais tu n'es pas vilain non plus.

» Et il l'emporta lui aussi.

» Il en vint d'autres encore, au plumage coloré, au chant
gracieux, tant qu'il resta des graines dans le filet. Le chasseur
construisit alors une cage de fer solide, de celles que l'on
appelle Nouvelle Croyance, et il y rassembla tous ses oiseaux.

» Les gens se précipitèrent pour les voir, ils chantaient et
dansaient devant la cage.

» Ah ! l'heureux chasseur ! s'exclamaient-ils. Ah ! le merveilleux homme ! Ah ! les ravissants oiseaux ! Ah ! les chants
délicieux !

» Personne ne demanda d'où venaient ces oiseaux, ni
comment ils avaient été capturés ; tout le monde venait chanter et danser devant eux. Et le chasseur était heureux et se
disait :

» La Vérité est sûrement parmi eux. Bientôt elle va muer
et revêtir son beau plumage, blanc comme neige.

» Le temps passait, les gens venaient toujours, ils chantaient
et dansaient, mais le cœur du chasseur se faisait lourd. Comme
autrefois, il partait se cacher loin des autres et il pleurait ;
le terrible désir lui brûlait de nouveau la poitrine. Un jour
qu'il pleurait ainsi à l'écart, la Sagesse passa par là. Il se
confia au vieillard et lui dit ce qu'il avait fait.

» La Sagesse eut un sourire triste.

» Nombreux sont ceux qui ont cherché à prendre la Vérité
dans ce filet, dit-il, mais nul n'y est jamais parvenu. Elle ne
se nourrit pas de graines de crédulité ; le filet des désirs ne
peut la retenir ; et l'air de ces vallées n'est pas celui qu'elle
aime respirer. Les oiseaux que tu as attrapés sont de l'espèce
du Mensonge. Ravissants, séduisants, mais des mensonges. La
Vérité ne fraie pas avec eux.

» Alors le chasseur s'écria, découragé :

» – Dois-je donc rester ici toute ma vie, me laisser dévorer
par ce feu qui me brûle ?

» Mais le vieillard reprit :

» — Puisque tu as beaucoup souffert et que tu as beaucoup pleuré, je vais te dire ce que je sais. Écoute-moi donc : celui qui veut se mettre en quête de la Vérité doit quitter ces vallées de la Superstition à tout jamais, et n'en point emporter avec lui la moindre bribe. Il gagnera par ses propres moyens le Pays de la Négation Totale et du Refus; il y séjournera, et il lui faudra résister aux tentations; lorsque, enfin, poindra la lumière, il se mettra en marche et la suivra jusqu'au pays du soleil implacable. Devant lui se dresseront alors les montagnes austères de la réalité. Il devra les franchir; c'est derrière elles que demeure la Vérité.

» — Et enfin il pourra la tenir! La prendre dans ses bras! s'exclama le chasseur.

» La Sagesse secoua la tête.

» — Non, il ne la verra jamais, ne la tiendra jamais. Le temps n'est pas encore venu.

» — Il n'y a donc aucun espoir? s'écria le chasseur.

» — Je te dirai ceci, dit la Sagesse : quelques hommes ont escaladé ces montagnes, ils ont franchi l'une après l'autre les gigantesques barres de roc, et là, errant dans ces hautes contrées, il leur est arrivé parfois de trouver sur le sol une plume d'argent, d'un blanc immaculé, que l'oiseau Vérité avait laissé tomber. Un jour viendra, conclut le vieillard en se levant et en tendant vers le ciel un doigt prophétique, un jour viendra où ces plumes d'argent ramassées par les hommes seront assez nombreuses pour qu'on en fasse un fil solide, et que l'on en tisse un filet, où l'on pourra enfin, peut-être, capturer l'oiseau Vérité. *Car seule la Vérité peut retenir la Vérité.*

» Le chasseur se leva.

» — Je partirai, dit-il.

» Mais la Sagesse le retint.

» — Écoute encore ce que je vais te dire : celui qui quitte ces vallées ne les reverra jamais plus. Quand même il verserait pendant sept jours et sept nuits des larmes de sang devant les bornes du pays, il lui sera interdit de les franchir. Sache que si tu pars, c'est pour toujours. Sur la route que tu choisis, n'attends aucune consolation. Celui qui part agit en toute liberté; c'est l'amour qui le pousse. L'effort sera sa seule récompense.

» – Je partirai, dit le chasseur. Mais dis-moi quel chemin je devrai prendre quand je serai sur ces montagnes.

» – Je suis fils du Savoir-des-Siècles, répondit le vieillard. Je ne puis parcourir que les chemins déjà tracés par la multitude des hommes. Trop peu de pieds ont foulé ces montagnes. Chacun y taille son chemin. Et chacun prend ses risques : là-bas ma voix ne lui parviendra plus. Je le suivrai peut-être, mais je ne puis le précéder.

» Et la Sagesse disparut.

» Le chasseur s'en revint chez lui. Il alla vers sa cage et de ses propres mains en brisa les barreaux, s'écorchant aux morceaux de fer déchiquetés. Il est quelquefois plus facile de construire que de détruire.

» Il prit tous ses beaux oiseaux un par un et leur rendit la liberté. Mais quand il arriva à l'oiseau noir, quand il tint dans ses mains son plumage de nuit et plongea son regard dans ses yeux merveilleux, l'oiseau lança son cri, de sa voix grave et douce : « Immortalité! »

» Aussitôt le chasseur s'écria :

» – Celui-ci je ne peux pas l'abandonner. Il n'est pas lourd, il ne mange rien. Je vais l'emporter avec moi, je le cacherai sur ma poitrine.

» Il le serra donc contre lui et le couvrit de son manteau. Mais l'oiseau se mit à peser, à peser – il lui écrasait la poitrine comme un morceau de plomb. Le chasseur ne pouvait plus avancer. Jamais il ne pourrait quitter les vallées avec lui! Il le prit dans sa main et le contempla longuement.

» – Oh! ma beauté, mon âme! s'écria-t-il. Faut-il donc que je t'abandonne?

» Plein de tristesse, il ouvrit les mains.

» – Va, dit-il. Dans le chant de l'oiseau Vérité se trouve peut-être une note qui rappellera le tien; mais je ne l'entendrai jamais.

» Il ouvrit donc les mains, et l'oiseau s'envola pour toujours.

» Alors il dévida de sa navette le fil de ses désirs et le jeta à terre. Mais il garda la navette vide et la serra sur sa poitrine, car si le fil venait de ces vallées, la navette de l'imagination provenait, elle, d'un pays inconnu. Il s'apprêtait à s'en aller quand des gens arrivèrent en poussant de grands cris.

» — Misérable! Insensé! Dément! hurlaient-ils. Quel toupet de casser cette cage et laisser s'envoler ces oiseaux!

» Le chasseur eut beau s'expliquer, ils ne l'entendaient pas.

» — La Vérité? Mais qu'est-ce que c'est? Ça se mange? Ça se boit? Quelqu'un l'a-t-il déjà vue? Tes oiseaux étaient vrais, eux; tout le monde pouvait les entendre chanter. Misérable! Vil serpent! Athée! Tu pourris l'air que tu respires.

» — Lapidons-le! crièrent les uns.

» — A quoi bon? dirent les autres. Ce n'est pas notre affaire. Laissons cet imbécile tranquille.

» Et ils s'en retournèrent. Mais les premiers ramassèrent des pierres, des mottes de terre, et se mirent à les lui lancer. Couvert de plaies, de contusions, le chasseur se traîna dans les bois. Autour de lui tombait le crépuscule.

Le garçon buvait les paroles de l'étranger; ses yeux, rivés sur lui, lançaient comme des éclairs : Oui! Oui! Oh! oui! L'étranger sourit. Certes, le temps donnait plutôt envie de paresser, mais la passion qu'il voyait brûler dans ce regard, plus avide et plus dévorant que celui d'une femme amoureuse, le payait largement de ses peines.

— Il marcha, il marcha, poursuivit l'étranger, et plus il avançait, plus l'ombre épaississait. Il était arrivé aux frontières du pays où règne la nuit éternelle. Il fit encore un pas et la lumière disparut. Il avança en tâtonnant, mais à peine touchait-il une branche que celle-ci se brisait, et sous ses pieds le sol était couvert de cendre. Il enfonçait à chaque pas et une poussière impalpable lui volait au visage. L'obscurité était complète. Il s'assit sur une pierre et enfouit son visage dans ses mains, en attendant que la lumière se lève sur le Pays de la Négation Totale et du Refus.

» Et dans son cœur aussi il faisait nuit.

» Alors, montant des marécages qui s'étendaient de part et d'autre, un brouillard glacé l'enveloppa. Une pluie fine et presque imperceptible pénétrait les ténèbres et de grosses gouttes s'accrochaient à ses cheveux, roulaient sur ses vêtements. Son cœur battait plus lentement, une torpeur envahissait ses membres. Soudain, levant les yeux, il aperçut deux petits feux follets qui dansaient dans le ciel. Il releva la tête pour mieux les regarder et vit qu'ils s'approchaient. Ils étaient si brillants, si brûlants, qu'on aurait presque cru voir des soleils. Ils s'arrêtèrent devant lui. Au centre du premier, dans un embrasement de lumière, souriait un visage de femme épanoui, encadré de longs cheveux blonds. Dans le second tourbillonnaient des cascades de rires, qui pétillaient comme des bulles de champagne. Les deux lumières dansaient, dansaient sans s'arrêter.

» — Qui êtes-vous, demanda le chasseur, vous qui venez me trouver dans ma solitude et dans ma nuit?

» — Nous sommes sœurs jumelles, on nous appelle Sensualité, s'écrièrent-elles. Nous sommes les enfants de la Nature Humaine et de l'Intempérance. Nous sommes aussi vieilles que les rivières et les collines, aussi vieilles que le premier homme; et nous ne mourrons jamais, dirent-elles en riant.

» — Ah! laisse-moi t'enlacer! dit la première. Mes bras sont doux et chauds. Tu as le cœur gelé, je le ferai battre à nouveau. Viens, viens à moi!

» — J'infuserai en toi ma vie brûlante, dit la seconde. Ton cerveau est tout engourdi et tes membres paralysés; je vais leur redonner une vigueur, une énergie nouvelle. Ah! laisse-moi t'infuser la vie!

» — Oh! suis-nous, criaient-elles, et viens vivre avec nous. Nous avons vu des cœurs plus vaillants que le tien qui languissaient dans ces ténèbres et attendaient en vain. Ils sont venus à nous et plus jamais ils ne nous ont quittées. Tout le reste est illusion, mais nous, nous sommes vraies, vraies! La Vérité n'est qu'un mirage, les vallées de la Superstition, une vaste comédie, la terre est de cendre et les arbres pourris. Mais nous... vois, touche-nous... nous sommes vivantes! Tu

n'en peux pas douter. Touche-nous, vois comme nous sommes
brûlantes! Oh! viens, suis-nous! Viens avec nous!

» Elles tournaient autour de sa tête, se rapprochaient, se
rapprochaient et sur son front les gouttes d'eau glacée fon-
daient. La lumière vive l'éblouissait, son sang figé se remettait
à circuler. Alors il dit :

» — Mais oui, pourquoi me laisserais-je mourir dans cette
obscurité terrible? Elles vont me réchauffer, me ranimer le
sang!

» Et il tendit les mains pour les saisir. A l'instant même
surgit devant ses yeux l'image de ce qu'il avait tant aimé, et
ses mains retombèrent.

» — Viens! Viens! appelaient-elles.

» Mais il se cacha le visage.

» — Vous éblouissez mon regard, cria-t-il, vous réchauffez
mon cœur, mais vous ne pouvez me donner ce que je désire
plus que tout. Je resterai ici. J'attendrai. Jusqu'à ma mort.
Partez!

» Il enfouit sa tête dans ses mains et refusa d'écouter davantage. Et quand il releva les yeux, il ne vit plus que deux
petites étoiles qui clignotaient au loin puis disparurent.

» Et la nuit, la nuit recommença de rouler ses ténèbres.

» Tous ceux qui quittent les vallées de la Superstition traversent ce pays obscur; les uns le font en quelques jours,
d'autres s'y attardent pendant des mois ou des années, certains y meurent.

Insensiblement le garçon s'était rapproché. L'étranger sentait sur ses mains le souffle chaud de sa respiration. Un
émerveillement presque mystique habitait son regard.

— Enfin une faible lueur trembla à l'horizon et le chasseur
se leva pour la suivre. Quand il l'eut rattrapée, il se retrouva
brusquement en plein soleil. Devant lui se dressaient les
immenses montagnes de la Réalité et des Faits Nus. Le soleil
jouait sur les pentes, mais les sommets disparaissaient dans
les nuages. Plusieurs sentiers partaient au pied. Le chasseur
laissa exploser sa joie. Choisissant le plus droit, il monta; les
rochers résonnaient de son chant. Tout cela n'était pas bien

difficile, la pente n'était pas si raide. Le vieux avait exagéré! En quelques jours, quelques semaines, au plus en quelques mois, il serait au sommet! Et ce n'est pas une plume qu'il ramasserait, mais toutes celles que les autres avaient déjà trouvées : il les prendrait, il en ferait un filet, il attraperait la Vérité, la tiendrait dans ses mains, la retiendrait de toutes ses forces, la serrerait contre lui!

» Il riait dans le soleil, il chantait à tue-tête. La victoire était proche. Mais après quelque temps le chemin fut plus raide. Il devait économiser son souffle à présent, et le chant mourut peu à peu sur ses lèvres. La roche nue se dressait de chaque côté de lui sans un lichen, sans une mousse, et dans le sol de laves s'ouvraient de grandes crevasses, au fond desquelles il devinait parfois l'éclat blanc d'un squelette. Le sentier devenait de moins en moins marqué; bientôt ce ne fut plus qu'une simple piste à peine visible, puis il disparut tout à fait. Le chasseur continua d'avancer, se frayant lui-même un chemin, mais il ne chantait plus. Il arriva enfin devant une falaise qui s'étendait, immense et lisse et ininterrompue à perte d'horizon. « Je dresserai un escalier contre ce roc, et une fois là-haut je serai presque au but », se dit-il bravement; et il se mit à l'œuvre. S'aidant de la navette de l'imagination, il déterra des pierres. La moitié était inutilisable. Puis tout le travail d'un mois s'effondra : celles qui formaient l'assise n'avaient pas été bien disposées. Mais le chasseur recommença, et tout ce temps il se disait : « Une fois là-haut, je serai presque au but quand j'aurai terminé cet ouvrage!

» Enfin il atteignit le haut de la falaise et regarda autour de lui. A ses pieds les vallées de la Superstition disparaissaient dans les volutes blanches de la brume, et au-dessus de lui toujours se dressaient les montagnes. D'en bas, elles n'avaient pas semblé si hautes; maintenant elles étaient démesurées, et entourées d'escarpements rocheux qui s'étageaient de la base au sommet comme les gradins d'un gigantesque amphithéâtre. Le soleil miroitait sur elles à l'infini. L'homme poussa un hurlement. Il se laissa tomber le visage contre terre.

Quand il se releva, il était blême. Il reprit cependant sa
marche. Il ne prononçait plus un mot. A pareille altitude
l'air est si raréfié que ceux qui viennent des vallées ont de
la peine à respirer. Chaque inspiration lui blessait les pou-
mons, et le sang lui perlait au bout des doigts. Arrivé devant
la première muraille il se mit au travail. Sa hauteur paraissait
interminable mais il se tut. Nuit et jour son outil résonna
contre le roc de fer dans lequel il taillait des marches. Les
années s'écoulèrent, il travaillait toujours – et toujours la
falaise montait jusqu'au ciel. Quelquefois il priait, demandant
simplement qu'un lichen ou une petite mousse vienne égayer
un peu le roc, lui tenir compagnie. En vain.

L'étranger tout en parlant observait le visage du garçon.
Il poursuivit.

– Les années passèrent. Il les comptait au nombre de
marches taillées : quelques-unes par année – pas plus de
quelques-unes. Il ne chantait jamais, ne disait jamais plus :
« Je ferai ci ou ça. » Il travaillait. Et quand venait le soir,
quand s'étendait le crépuscule, des êtres monstrueux le regardaient du fond des trous et des crevasses.

» – Laisse donc ton travail, viens nous parler, lui criaient-
ils.

» – Mon travail est sacré. Si j'arrêtais un seul instant, vous
ne me lâcheriez plus, répondait-il.

» Mais eux allongeaient le cou vers lui.

» – Regarde donc cette crevasse à tes pieds, reprenaient-ils.
Vois-tu ces os tout blancs ? Il était aussi fort et courageux que
toi. Il a escaladé ces rocs, et puis il a levé la tête. Il a compris
combien tout l'effort était vain. Il a compris qu'il ne tiendrait
jamais la Vérité entre ses mains, ne la verrait jamais, même
de loin. Il était épuisé, et il s'est couché là. Puis s'est endormi.
Pour toujours. Le sommeil, c'est la paix infinie. La solitude
s'estompe, les mains ne font plus mal, le cœur ne souffre
plus.

» Mais le chasseur riait entre ses dents.

» – Croyez-vous que j'aie arraché de mon cœur tout ce qui
m'était cher, traversé seul le pays des ténèbres, résisté à la

tentation, supporté de vivre éloigné de toute parole humaine, et fait tout ce travail pour me coucher au fond d'un trou et vous servir de nourriture, harpies que vous êtes?

» Il partait alors d'un grand rire, et les Bouches du Désespoir rentraient piteusement dans leur trou, car le rire d'un cœur fort et courageux leur porte un coup mortel.

» Presque aussitôt elles ressortaient le cou et dardaient de nouveau leurs yeux sur lui.

» — Sais-tu que tes cheveux sont blancs? disaient-elles. Que tes mains tremblent comme celles d'un bébé? As-tu vu que la pointe de ta navette est cassée et que tout le reste se fend? Si tu parviens en haut de cette falaise, tu n'iras pas plus loin. Ce sera la dernière.

» — *Je sais!* répondait-il, et il continuait son travail.

» Les vieilles mains parcheminées et amaigries taillaient la pierre de plus en plus mal, de plus en plus difficilement, car leurs doigts étaient raides et déformés. L'homme avait perdu toute sa force et sa beauté.

» Enfin, le vieux visage ridé, boucané, émergea au sommet du rocher. Devant lui les pics éternels dressaient leurs parois nues jusqu'aux nuages. Sa tâche était finie.

» Le vieux chasseur joignit ses mains usées et se coucha au bord de la falaise qu'il avait passé toute sa vie à gravir. Le temps du sommeil était venu. Tout en bas, les vallées disparaissaient sous d'épais rouleaux de brouillard. Un moment la couche blanche se déchira. Dans la trouée il distingua les arbres, les champs de son enfance. Il crut entendre, apportés par le vent, les cris de ses oiseaux, les chants et les danses des hommes. Il crut reconnaître la voix de ses vieux camarades; et il vit tout là-bas, très loin, dans un rayon de soleil, sa maison d'autrefois. Les larmes lui montèrent aux yeux.

» — Ah! ceux qui meurent là-bas ne meurent pas seuls, s'écria-t-il.

» Les nappes de brouillard se refermèrent, et l'homme détourna son regard.

» — J'ai cherché, dit-il. De longues années, j'ai peiné; et je ne l'ai pas trouvée. J'ai cherché sans répit et sans jamais me plaindre, et je ne l'ai pas vue. Maintenant ma force me quitte. Mais là où je me couche aujourd'hui, demain d'autres seront debout, pleins de jeunesse et d'énergie. Car ils auront gravi les marches que j'ai taillées; escaladé les escaliers que j'ai construits. Ils ne sauront jamais qui les a faits. Ils riront de mes maladresses; me maudiront quand une pierre se détachera. Mais ils monteront, grâce à l'ouvrage de mes mains, ils monteront. Grâce à mes marches, ils s'élèveront! Et ils la trouveront, un jour, grâce à moi. Car nul ne vit en vain, et nul ne meurt en vain.

» Les larmes débordèrent sous ses paupières fripées. Si, à cet instant-là, la Vérité s'était montrée sur les nuages, il ne l'aurait pas vue; les brumes de la mort voilaient déjà ses yeux.

» – Mon âme entend leur pas joyeux, murmura-t-il. Ils vont venir! Ils vont venir!

» Il porta à ses yeux sa vieille main ridée.

» Alors, flottant dans le ciel blanc, traversant lentement l'air immobile, quelque chose tomba, tomba, tomba tout doucement, et se posa sur la poitrine du mourant. Il le tâta avec ses doigts. C'était une plume. Et il mourut en l'étreignant.

Le garçon se cachait les yeux derrière sa main. De grosses larmes tombaient sur le morceau de bois sculpté. L'étranger aurait pu se moquer de lui. Il choisit de se taire.

– Comment savez-vous tout cela? murmura enfin le garçon. Ce n'était pas écrit sur ce bois. Comment l'avez-vous deviné?

– Assurément, dit l'étranger, toute cette histoire n'y est pas écrite, mais elle est suggérée. C'est cela, la fonction de l'art, quand il est authentique – et c'est vrai des œuvres modestes comme des plus grandes œuvres : elles disent bien plus que ce qu'elles disent, et nous entraînent bien au-delà d'elles-mêmes. Ce sont de petites portes qui s'ouvrent sur une immensité où nous pourrons trouver tout ce que nous cherchons. Ceux qui, croyant la rabaisser, disent d'une œuvre : « Les gens y voient bien plus de choses que son génial auteur n'en a mis », lui font sans le savoir le plus grand compliment. A partir d'un seul de ses doigts, on peut recomposer toute

l'histoire d'un homme; peut-être même pourrait-on recons-
truire tout son corps, depuis les pieds jusqu'à la tête. Mais
prenons la moitié d'une idole barbare, d'un objet abracada-
brant, nous n'aurons pas la moindre idée de ce qu'était l'autre
moitié. Jamais nous ne pourrons en tirer autre chose. Tandis
qu'un objet vrai est ce qu'il y a de plus universellement
intelligible. Il a mille sens et il en fait naître mille autres.

Il retourna entre ses mains la pièce de bois sculptée.

— Même si celui qui l'imprime dans la matière n'a que des
connaissances techniques imparfaites, il se trouvera toujours
un interprète qui déchiffrera le message. Car c'est l'âme, ce
sont les yeux brûlants de l'âme, qui percent à travers la fibre
la plus grossière. Celui qui reproduit dans toute sa vérité la
naissance et la mort d'une petite fleur — la façon dont elle
apparaît, aspire la sève, se reproduit, se fane et disparaît —,
celui-là trace le symbole de tout ce qu'est la vie. Tous les
traits authentiques de la nature ou de l'esprit se ressemblent.
Ta petite sculpture représente un état de l'âme véritable, et
c'est pourquoi on peut y déchiffrer cinquante histoires toutes
aussi vraies les unes que les autres. Ce n'est pas la vérité qui
lui manque, vois-tu, c'est la beauté, la beauté de la forme,
qui est l'autre moitié de l'art.

Il se pencha vers le garçon d'un geste presque amical.

— L'habileté peut s'acquérir avec le temps et beaucoup de
travail. L'amour et le désir du beau, on les porte en soi en
naissant. Ensuite on forge son outil. C'est un travail très dur.

— Toute ma vie je vous ai attendu, dit le garçon.

L'étranger déchira l'extrémité de son cigare, puis l'alluma.
Le garçon reprit la lourde pièce de bois posée sur les genoux
de l'homme et se rapprocha de lui un peu plus. Sans doute
y avait-il, dans cette façon de se traîner par terre comme un
chien, quelque chose de prodigieusement ridicule — mais on
pouvait aussi le regarder d'un œil bien différent. Après un
moment de silence, l'étranger souffla une bouffée de fumée
et dit :

— Veux-tu faire quelque chose pour moi?

Le garçon se leva aussitôt.

— Non, non, reste où tu es. Je ne te demande pas d'aller quelque part. Je veux seulement que tu me parles. Que tu me racontes tout ce que tu as fait dans ta vie.

Le garçon se laissa retomber par terre. Ah! si seulement il lui avait demandé d'aller arracher de ses mains des touffes d'épineux pour les donner à son cheval, ou d'aller jusqu'au fond de la plaine lui chercher des fossiles, ou bien de lui cueillir des fleurs là-bas sur les collines — il serait parti en courant, et serait revenu en un clin d'œil. Mais ça!

— Je n'ai jamais rien fait, dit-il.

— Parle-moi de ce rien. J'aime bien apprendre des autres ce qu'ils ont fait, quand je sais que je peux les croire. Cela m'intéresse toujours. Quelle est la première chose que tu as désirée par-dessus tout?

Le garçon attendit un moment, fouillant ses souvenirs, puis d'une voix hésitante il commença. Bientôt les mots sortirent tout seuls. Dès que l'on se met à creuser, le passé le plus minuscule est une mine inepuisable.

C'était une histoire confuse, embrouillée où les petites choses étaient amplifiées, les grandes rapetissées, et dont le sens profond restait caché. Car il faut avoir fait bien des pas dans la vie pour que l'œil, même le plus clairvoyant, perçoive le dessin du chemin. C'est seulement quand le « moi » dont nous racontons l'histoire s'est effacé, qu'il trouve sa véritable place parmi les éléments du monde, et peut enfin entrer dans la composition du tableau. Le passé proche et le présent sont encore trop confus — il faut les laisser s'éloigner, et alors le dessin nous saute aux yeux.

L'étranger allumait cigare après cigare et soufflait sa fumée en écoutant, les yeux mi-clos.

— Si vous voulez, je peux essayer de me rappeler encore des choses, dit le garçon.

Il s'exprimait avec cette gravité intense qui n'appartient qu'aux êtres jeunes. Il faut attendre d'avoir vingt ans pour pouvoir dire les choses les plus graves en riant! L'étranger opina, tandis que le garçon cherchait ce qu'il pourrait bien raconter. Il avait envie de tout dire à cet homme qu'il avait enfin rencontré : tout ce qu'il savait, tout ce qu'il sentait, ses pensées les plus douloureuses et les plus secrètes. Mais soudain l'étranger se tourna vers lui.

— Tu as bien de la chance de vivre ici, tu sais.

Waldo le regarda. Son merveilleux ami se moquait-il de lui? Vivre ici, sur ces terres maigres, entre ces collines basses, quand partout ailleurs se trouvent les merveilles du monde! De la chance de vivre ici!

L'étranger comprit son regard.

— Oui, reprit-il, ici, au milieu des buissons du karroo et du sable rouge. Tu te demandes pourquoi je te dis cela? Il y a toujours un moment difficile à passer, pour celui qui a été élevé dans la religion de ses pères, lorsque la vieille foi l'abandonne et qu'il n'a pas encore les pieds solidement ancrés dans la nouvelle. La voix du Sinaï ne tonne plus à ses oreilles, mais il ne perçoit pas encore la petite voix tranquille de la raison. Il a compris que la religion dont sa mère l'a nourri n'était qu'une imposture. Mais il est encore trop désorienté, il ne sait plus sur quoi régler ses pas — et cependant il faut qu'il marche, jour après jour.

L'étranger se pencha en avant et se mit à parler plus vite.

— On ne nous a jamais appris, ni par des discours ni par des actes, à distinguer la religion de la morale sur laquelle elle s'est habilement greffée, et d'où elle a tiré sa sève. Une fois que nous avons débarrassé le tronc de toutes les lianes qui l'étouffaient, et compris qu'elles étaient déjà mortes, nous nous imaginons que le bois est pourri lui aussi. Mais il est solide, il tient bon, et nous nous en apercevons quand nous venons cogner, tête baissée, contre lui. On nous avait appris que le bien et le mal étaient dictés par l'arbitraire d'un être tout-puissant. Il nous faut un certain temps pour comprendre que les inexorables Commandements sont gravés dans la nature même des choses. C'est à ce moment-là qu'est le danger.

Son regard sombre, un peu voilé, plongea dans les yeux du garçon.

— L'expérience finit toujours par nous apprendre que les

règles de vie les plus sages et les plus droites ont des sources
bien plus profondes que les lois dictées par les hommes ou
les dieux, plus profondes que l'essence même de la nature
humaine. Elle nous enseigne que tel qui verse le sang d'autrui,
quand bien même nul ne le punirait, quand bien même il
n'aurait à craindre ni enfer ni vengeance, sentira tomber sur
son âme chaque goutte du sang versé qui le rongera comme
un acide. Elle nous enseigne que tel qui s'approprie illéga-
lement un être aimé cueille une fleur dont chaque pétale est
un poison. Que tel qui cherche la vengeance a deux tranchants
à son épée : l'un pour son adversaire, et l'autre pour lui-
même. Que celui qui ne vit que pour soi est déjà mort avant
d'être enterré. Que celui qui nuit à autrui amasse des nuées
sur sa tête. Que celui qui pèche en secret a devant lui le juge
le plus impitoyable, celui dont les condamnations sont toujours sans appel : lui-même.

» Voici ce que l'expérience nous apprend ; la raison nous
expliquera pourquoi les choses sont ainsi. Mais avant d'en
arriver là, nous voyons le monde vaciller, et aucune voix n'est
là pour nous crier : « Prends ce chemin, avance ! » Tu as de
la chance d'être ici, mon garçon ! Quand l'incertitude te torture, tu peux toujours construire des murs de pierre, creuser
des trous dans la terre pour te soulager. D'autres avant toi
se sont trouvés là où tu es, ont connu les mêmes souffrances.
Et ont trouvé d'autres consolations, à leur façon.

» Mais lorsqu'un jour enfin ils ont vu le chemin qu'ils
auraient dû prendre, ils n'avaient plus la force de le suivre.
Des habitudes s'accrochaient à eux, dont seule la mort pouvait
les délivrer. Elles leur collaient à la peau comme le sacerdoce
colle au prêtre. Elles leur rongeaient l'esprit comme un ver,
dévorant toute leur énergie, leurs espoirs, leurs forces créa-
trices — tout ce qui hausse l'homme au-dessus de la bête —,
et ne leur laissaient plus que les regrets, les vains désirs, la
chute lente dans l'abîme.

» Oui, mon garçon, reprit-il — et cette fois le plus grave
des deux n'était manifestement plus celui qui écoutait —, tu
as de la chance d'être ici ! Restes-y. Et s'il t'arrive de prier,

que ce soit simplement pour dire, comme autrefois : « Ne nous soumets pas à la tentation. » Continue à vivre ici, tranquillement. Un jour viendra où tu seras ce que tant d'autres voudraient devenir et ne seront jamais.

L'étranger se leva, secoua la poussière de sa manche et, comme honteux de sa propre gravité, chercha des yeux son cheval.

— Je devrais être reparti depuis longtemps, dit-il. Je vais avoir une longue route à faire dans la nuit.

Waldo courut chercher la bête. Lorsqu'il revint, la menant par la bride, il ralentit le pas — plus tôt il arriverait, plus vite son cavalier repartirait.

L'étranger avait ouvert une sacoche de sa selle, où se trouvaient deux livres : un roman français à couverture jaune, et un vieux volume à reliure brune. Il sortit ce dernier et l'offrit au garçon.

— Cela t'aidera peut-être, proposa-t-il d'un ton léger. Quand je l'ai découvert, c'est devenu mon évangile. Oh! n'en attends pas trop. Mais tu y trouveras peut-être un axe autour duquel tu pourras accrocher tes idées, au lieu de les laisser errer dans tous les sens et s'entrechoquer dans ta tête. Notre génération ne peut se satisfaire de ce qui nourrissait nos pères. Il faut nous résigner à avoir faim!

Il sourit, d'un sourire un peu machinal, et referma sa sacoche. Waldo fourra le livre sous sa chemise et tandis qu'il sellait le cheval, l'étranger l'interrogea sur l'état des chemins et la distance jusqu'à la prochaine ferme.

Quand tout fut prêt, Waldo prit son morceau de bois sculpté et l'attacha solidement à la selle, en s'aidant du mouchoir de coton bleu qu'il avait dénoué de son cou. L'étranger le regarda faire sans un mot. Quand il eut terminé, le garçon lui tint l'étrier.

— Comment t'appelles-tu? demanda-t-il en retirant le gant de sa main droite, une fois en selle.

Le garçon le lui dit.

— Eh bien, j'espère que nous nous reverrons, un jour ou l'autre.

Il lui tendit la main, puis il remit son gant, toucha légèrement son cheval et s'éloigna au pas. Le garçon le suivit
longtemps des yeux, immobile.

Parvenu au milieu de la plaine, l'étranger se retourna.

– Pauvre diable, fit-il avec un sourire en se caressant la
moustache. Puis il s'assura que le petit mouchoir bleu était
toujours bien attaché. Pauvre diable!

Il sourit encore une fois, et poussa un soupir – un grand
soupir de lassitude.

Waldo resta là sans bouger, jusqu'à ce que le petit point
mouvant ait disparu de l'horizon. Alors il se baissa et embrassa
passionnément l'empreinte des sabots dans le sable. Puis il
rassembla ses autruches et, son livre sous le bras, retourna
vers la ferme en suivant le mur des enclos. Et jamais la
lumière du couchant ne lui parut plus belle que ce soir-là.

Gregory Rose, le nouveau fermier, était assis devant sa porte, bras et jambes croisés, et une profonde mélancolie paraissait peser sur son âme. Il habitait une petite construction de torchis, dressée en plein karroo, à deux milles de la ferme. L'extérieur était enduit de terre, d'un brun sombre, et deux petits carreaux encastrés dans le mur tenaient lieu de fenêtres. Derrière se trouvaient les kraals à moutons et à droite un grand réservoir ne contenant pour le moment que de la boue, cuite et recuite par le soleil. Le petit kopje, au loin, dissimulait la ferme, mais ne suffisait pas à distraire le regard de l'affligeante monotonie du paysage.

Devant la porte, donc, était assis Gregory Rose, en bras de chemise, sur un petit pliant, et par moments de gros soupirs s'échappaient de ses lèvres. Or, si peu réjouissant que fût le décor, il ne suffisait tout de même pas à expliquer cette attitude. Sans cesse ses yeux allaient du petit kopje au seau de lait posé près de la porte, puis revenaient au poney brun qui broutait les buissons desséchés à quelques pas de là — et les soupirs recommençaient.

Finalement il se leva et il rentra dans la maison. Ce n'était qu'une toute petite chambre, dont les murs blanchis à la chaux étaient abondamment couverts de gravures découpées dans l'*Illustrated London News*, avec une nette prédominance de visages féminins. Un lit de camp était poussé contre un des murs, celui d'en face était surmonté d'un râtelier pour le fusil et d'un petit miroir. Une table et une chaise enfin occupaient le centre de la pièce. Tout était d'une propreté méticuleuse, car Gregory, ainsi qu'il avait vu faire sa mère, gardait, soigneusement rangé dans un coin du tiroir de sa table, un petit chiffon à épousseter et tous les matins avant de sortir il disait sa prière, faisait son lit, époussetait la table, les pieds de la chaise, et même les gravures et le râtelier du fusil.

L'après-midi était torride. Il sortit de sous son oreiller le gousset confectionné par sa sœur Jemima, et consulta sa montre. Seulement quatre heures et demie! Étouffant un gémissement, il remit la montre à sa place et s'assit à la table. Quatre heures et demie! Puis il se releva. Il fallait qu'il écrive à sa sœur Jemima. C'était toujours ce qu'il faisait quand il se sentait malheureux. Elle était sa soupape de sécurité. Quand il était heureux, il l'oubliait. Mais il était content de la trouver dès que quelque chose n'allait pas.

Il alla chercher l'encre et le papier. Sur celui-ci figurait un blason assorti d'une devise, car depuis leur installation à la colonie, les Rose s'étaient découvert un prestigieux lignage. Le vieux Rose, qui n'était guère qu'un brave cultivateur anglais, ignorait tout de sa noble ascendance, mais sa femme et sa fille s'étaient chargées de l'établir – notamment cette dernière. Il existait des Rose en Angleterre qui possédaient un important domaine et des ancêtres qui remontaient à l'époque de Guillaume le Conquérant. C'est ainsi que la « Ferme des Rose » fut rebaptisée le « Manoir des Rose » en souvenir des propriétés ancestrales, et la noblesse des Rose ne fit plus aucun doute – du moins dans leur esprit.

Gregory sortit donc une feuille de papier blanc armoriée, mais, après réflexion, il décida qu'un papier rose serait plus en accord avec son état d'âme. Il commença :

Castel Solitude, lundi après-midi

Ma chère Jemima...
... Il releva les yeux et contempla le petit miroir qui lui faisait face. Le visage qui s'y reflétait était celui d'un tout

jeune homme, à la barbe et aux cheveux bruns légèrement bouclés. Les yeux, d'un bleu foncé, étaient empreints d'une tristesse qui l'émut. Il retrempa sa plume dans l'encre et écrivit :

« Quand je contemple le petit miroir pendu au mur, je me demande si ce visage méconnaissable et tourmenté... »

... Il s'arrêta et réfléchit. Se regarder ainsi dans un miroir pouvait paraître vaniteux, ou tout simplement peu viril. Non, cela n'allait pas. Il alla chercher une autre feuille rose et recommença tout :

Castel Solitude, lundi après-midi

Chère sœur,

Voilà six mois à peine que je t'ai quittée pour venir m'installer ici, et pourtant, si tu pouvais me voir, je sais déjà ce que tu me dirais, ce que mère me dirait : « Est-il possible que ce soit notre Greg – cet être aux yeux hagards ? »

Oui, Jemima, c'est votre Greg. Depuis mon arrivée ici, je ne suis plus le même. Plus particulièrement depuis hier. Tu sais quels tourments j'ai déjà endurés, Jemima. Comment on me malmenait à l'école, comment mes maîtres me punissaient injustement et me traitaient de cancre alors que, de leur propre aveu, j'avais une meilleure mémoire que tous mes camarades et pouvais répéter par cœur un livre entier, de la première page à la dernière. Tu te rappelles aussi la cruauté de notre père à mon égard, la façon dont il me traitait de poule mouillée, incapable qu'il était de comprendre ma délicatesse naturelle ; et comme il a fait de moi un paysan, quand tout me destinait au sacerdoce. Tout cela tu le sais, Jemima. Et tu sais que j'ai tout supporté – non pas en pleurnichant comme une femme, mais bravement, comme un homme : en silence.

Mais il y a certaines choses, une chose en particulier, que l'on voudrait de toute son âme pouvoir confier à une oreille fraternelle.

Ma chère sœur, t'est-il quelquefois arrivé d'avoir follement,

follement envie d'embrasser une bouche, et de ne pas pouvoir le faire; follement envie de prendre une main dans la tienne, et de ne pas pouvoir le faire? Jemima, je suis amoureux.

La vieille Hollandaise qui me loue ses terres a une fille adoptive, dont le nom commence par un E.

Elle est Anglaise. Je me demande comment son père a eu le courage d'épouser une Hollandaise. Je suis tellement ému d'avoir écrit cette initiale que j'ai de la peine à poursuivre – E. Le jour même de mon arrivée ici, je suis tombé amoureux d'elle. Depuis des semaines je ne peux plus ni boire ni manger; mon tabac n'a plus aucun goût. Je ne peux plus rester cinq minutes à la même place, et quelquefois j'ai l'impression de tomber fou.

Tous les soirs je vais à la ferme chercher mon lait. Hier, elle m'a offert du café. Ma cuillère est tombée par terre. Elle l'a ramassée, et quand elle me l'a tendue, nos doigts se sont touchés. Oh! Jemima, je ne sais pas si j'ai rêvé... mais un frisson brûlant m'a parcouru, et elle aussi, je l'ai senti! Je me suis dit : « Tout va bien. Elle est à moi. Elle m'aime! » Et juste à ce moment-là, Jemima, une sorte de grand rustaud est entré, un Allemand qui travaille à la ferme : un type grotesque, avec une tignasse bouclée qui lui descend jusqu'aux épaules. Rien qu'à le regarder on a le cœur qui se soulève. Un être inculte, grossier – on voit tout de suite qu'il n'a jamais mis les pieds dans un collège. Il était allé chercher des moutons à la ferme voisine. Quand elle l'a vu entrer, elle lui a dit : « Bonsoir, Waldo. Tu veux du café? » *et elle l'a embrassé!*

Toute la nuit, ces paroles m'ont trotté dans la tête : « Tu veux du café? Tu veux du café? » Quand j'arrivais à m'endormir quelques secondes, je rêvais qu'elle posait son doigt sur le mien; je me réveillais en sursaut, et c'était encore pour l'entendre dire : « Bonsoir, Waldo. Tu veux du café? »

Suis-je en train de devenir fou?

Je n'ai pas pu avaler une bouchée de la journée. J'ai décidé d'aller ce soir lui demander sa main. Si elle refuse, mon parti est pris : je me tue. Tout près d'ici se trouve un réservoir.

Les moutons ont déjà bu une grande partie de l'eau, mais ce qui reste suffira, si je m'attache une pierre au cou.

Il faut choisir entre la mort et la folie. Je n'en puis plus. Si cette lettre devait être la dernière que je t'envoie, pense à moi tendrement et pardonne-moi. Sans elle, la vie ne serait plus qu'un long désert, une errance éternelle. C'est mon âme sœur, l'unique amour de ma jeunesse et de ma vie, mon soleil, la fleur que Dieu a fait pousser sur mon chemin.

Il n'a jamais aimé, celui qui croit avoir aimé naguère.
Qui peut dire : « Autrefois j'ai aimé » ?
Aucun ange, plongeant ses yeux de feu en l'éther infini !

Ton frère désespéré, au seuil de la folie et de ce qui sera, selon toute vraisemblance, le dernier soir de sa vie.

Gregory Nazianzen Rose

P.S. Dis à maman de mettre de côté mes boutons de manchette en nacre. Ils sont restés dans le tiroir de la table de toilette. Il ne faudrait pas que les enfants s'amusent avec.

P.P.S. Je vais emporter cette lettre avec moi à la ferme. Si ma demande est acceptée, je cornerai un coin ; en cas contraire, tu sauras que le sort en est jeté et que c'en est fini de ton pauvre frère.

G.N.R.

Sa lettre terminée, Gregory la relut avec une certaine satisfaction, la glissa dans une enveloppe, y inscrivit l'adresse de sa sœur et demeura un long moment à contempler son encrier, l'esprit passablement soulagé.

Après la grosse chaleur de la journée, la soirée s'était beaucoup rafraîchie et le vent s'était levé. Monté sur son poney, Gregory, de loin, apercevait déjà devant l'entrée du kraal des vaches une petite silhouette enveloppée d'une cape rouge : Em, appuyée à la barrière, regardait le jet de lait mousseux gicler entre les doigts noirs du berger, tandis que les vaches attachées aux poteaux de traite tiraient impatiemment sur leur licol. Elle avait jeté sa cape sur ses cheveux et la tenait serrée sous son menton pour se protéger les oreilles; mais le vent l'agitait furieusement et lui renvoyait dans les yeux sa petite frange de cheveux blonds.

— Vous ne trouvez pas qu'il fait bien froid pour rester là? dit Gregory en arrivant tout doucement près d'elle.

— Oh! non, c'est tellement amusant à regarder! Je viens toujours ici à l'heure de la traite. Vous voyez la vache rouge, là-bas, celle qui a de petites cornes? Elle élève le veau de la blanche qui est morte. Elle l'aime exactement comme si c'était le sien! C'est adorable quand elle lui lèche ses petites oreilles. Tenez, regardez!

— Il y a de gros nuages noirs, dit Gregory. Il va sûrement pleuvoir ce soir.

— Oui, répondit Em en relevant le nez pour essayer de voir quelque chose à travers sa petite frange.

— Vous devez être gelée, fit Gregory en glissant sa main sous la cape, où il rencontra un petit poing tout chaud et très doux sur lequel ses doigts se refermèrent.

Il le serra bien fort.

— Oh! Em, je vous aime plus que tout au monde! Et vous, m'aimez-vous un peu?

— Oui, dit Em avec une légère hésitation tout en essayant doucement de dégager sa main.

— Plus que tout, plus que le monde entier, ma chérie? demanda-t-il en se penchant au point que les petites mèches blondes lui volèrent dans les yeux.

— Je ne sais pas, répondit Em d'un air grave. Je vous aime beaucoup, c'est vrai; mais j'aime aussi beaucoup ma cousine, qui est en pension en ce moment, et Waldo. Cela fait si longtemps que je les connais!

— Oh! Em, ne soyez pas si froide avec moi! s'écria Gregory en saisissant le petit bras posé sur la barrière.

Il le serra si fort qu'elle en fut un peu effrayée. Le vacher se trouvait maintenant à l'autre bout du kraal et les vaches

étaient trop occupées avec leurs veaux pour prêter attention
à la comédie des humains.

— Em, si vous me répondez ainsi je deviens fou! Il faut que
vous m'aimiez, que vous m'aimiez par-dessus tout! Je veux
que vous soyez à moi tout entière. Je vous aime depuis la
seconde où je vous ai vue, quand vous marchiez, une cruche
à la main, devant le mur des parcs. Vous êtes faite pour moi,
vous avez été créée pour moi! Je vous aimerai jusqu'à ma
mort! Oh! Em, ne soyez pas aussi indifférente, aussi cruelle!

Il lui serrait le bras si violemment que ses doigts laissèrent
échapper la cape qui s'envola et retomba par terre, tandis
que le vent malmenait plus furieusement que jamais les petites
mèches blondes.

— Je vous aime beaucoup, dit-elle, mais je ne sais pas du
tout si j'ai envie de vous épouser. Je vous aime davantage
que Waldo, mais je ne suis pas certaine de vous aimer plus
que Lyndall. Si vous voulez bien attendre une semaine, je
pourrai peut-être vous répondre.

Gregory ramassa sa cape et la lui drapa autour des épaules.

— Si seulement vous pouviez m'aimer comme je vous aime,
dit-il. Mais les femmes ne savent pas aimer comme les
hommes. J'attendrai jusqu'à samedi. Jusque-là je ne vous
verrai plus. Au revoir! Oh! Em, reprit-il en se retournant,
passant un bras autour d'elle et posant ses lèvres sur la petite
bouche étonnée, si vous ne devenez pas ma femme, je ne peux
plus vivre. Vous êtes le premier amour de ma vie et je n'en
aurai jamais d'autre! Jamais, jamais!

— Vous me faites peur, dit Em. Venez avec moi, je vais vous
remplir votre seau.

— Je ne veux pas de lait... Bonsoir! Vous ne me reverrez
plus avant samedi.

Ce soir-là, après que tout le monde se fut déjà couché, la
petite bonne femme blonde resta un grand moment toute
seule dans la cuisine. Elle était venue remplir la bouilloire
pour le café du lendemain matin, et elle demeurait plantée
devant le feu sans bouger. Les reflets rouges illuminaient son
petit visage vieillot, plus grave et plus pensif qu'à l'ordinaire.

– Plus que le monde entier. Plus que tout. Il m'aime plus
que tout!

Elle répétait ces mots tout haut, comme si en les pronon-
çant il devenait plus facile de les croire. Elle avait dispensé
déjà tant d'amour autour d'elle, pendant sa petite existence,
sans être jamais payée de retour! Et voici que quelqu'un lui
disait : « Je vous aime plus que le monde entier. » Quelqu'un
l'aimait davantage qu'elle ne l'aimait. Quelle richesse, tout
à coup! Elle se tenait les mains, les lâchait, les reprenait.
Elle se faisait l'impression d'un mendiant affamé qui se serait
endormi sur un trottoir humide et se réveillerait dans la salle
d'un palais, entouré de flambeaux et de serviteurs, attablé
devant un festin. Bien sûr, l'aventure du mendiant n'était
qu'un rêve, et tôt ou tard il s'éveillerait pour de bon : tandis
que pour elle, c'était vrai.

Gregory lui avait dit : « Je vous aimerai toute ma vie. »
Elle se répétait ces mots comme un refrain.

– Je l'enverrai chercher demain, conclut-elle, et lui dirai
que je l'aime aussi.

Em n'eut pas besoin de l'envoyer chercher. Rentré chez
lui, Gregory s'aperçut que sa lettre à Jemima était toujours
dans sa poche. Malgré le risque fort désagréable de passer
pour un être faible et sans volonté, il était bien forcé, s'il
voulait qu'elle parte, de se rendre à la ferme avant le lever
du jour.

– Si je la rencontre, se dit Gregory, je ne lui ferai qu'un
petit salut. Elle verra que je suis un homme, que je tiens ma
parole.

Quant à sa lettre, il en avait replié un coin, qu'il avait
ensuite rabattu, de sorte que l'on voyait nettement la marque
du pli : Jemima comprendrait que sa demande n'avait été
ni acceptée ni rejetée, et que l'affaire restait donc en suspens.
N'était-ce pas plus poétique de le dire ainsi qu'avec des
mots?

Gregory faillit bien arriver en retard car Waldo se mettait
déjà en route lorsqu'il se présenta devant la ferme, et Em se
tenait sur le seuil pour lui dire au revoir. Il remit sa lettre

à Waldo qui s'éloigna aussitôt, puis, après un petit salut très sec, s'apprêta à remonter sur son poney, sans hâte excessive. Il était encore très tôt, aucun domestique ne traînait dans les parages. Em s'approcha de lui et posa doucement sa petite main sur son bras.

— Je vous aime plus que tout, dit-elle.

Elle n'avait plus peur à présent, il pouvait l'embrasser autant qu'il le voudrait.

— Je regrette de ne pas être plus jolie, ajouta-t-elle en le regardant droit dans les yeux, tandis qu'il la serrait contre lui.

— Ma chérie, tu es plus belle pour moi que toutes les femmes de la terre, tu m'es plus chère que tout ce qui existe au monde. S'il le fallait, je te suivrais jusqu'en enfer! Si tu mourais, je laisserais mon corps ici et mon âme irait te rejoindre sous la terre. Tant que je te tiendrai entre mes bras, la vie ne pourra être plus parfaite. Je la traverserai comme on traverse un rayon de soleil.

Em levait les yeux pour le regarder, et elle le trouvait beau, d'une beauté impressionnante. Elle tendit la main et la lui posa gentiment sur le front.

— Tu es bien distante avec moi, ma petite Em, s'écria-t-il. Tu n'as donc rien à me dire?

Une ombre d'étonnement passa dans son regard.

— Je ferai tout ce que vous me demanderez, répondit-elle.

Que pouvait-elle dire d'autre? L'amour, pour elle, avait toujours été synonyme d'abnégation.

— En ce cas, mon trésor adoré, promets-moi de ne plus jamais embrasser ce garçon. Je ne supporte pas que tu puisses aimer quelqu'un d'autre que moi. Je te l'interdis! Si je devais perdre demain toute ma famille et mes amis, je me réjouirais encore de t'avoir, toi seule au monde! Mais ma chérie, mon tendre amour, pourquoi es-tu si distante avec moi? Promets-moi de ne plus aimer ce garçon. Si c'était toi qui me demandais quelque chose, je t'assure que je le ferais, fût-ce au péril de ma vie.

D'un air très grave, Em lui passa les mains autour du cou.

– Je ne l'embrasserai plus, dit-elle, et j'essaierai de n'aimer personne d'autre. Mais je ne sais pas si j'y arriverai.

– Oh! ma chérie, je ne pense qu'à toi, jour et nuit. Je ne pense à rien d'autre, mon amour, à rien d'autre, dit-il en l'enlaçant.

Em éprouvait de vagues remords. Ce matin elle avait trouvé moyen de penser à sa cousine, qui devait revenir dans six mois du pensionnat. Et elle avait pensé à rappeler à Waldo d'acheter des pastilles pour la toux, alors même qu'elle voyait arriver Gregory.

– Je ne sais pourquoi, dit-elle d'un ton humble en se blottissant contre lui, mais je n'arrive pas à vous aimer autant que vous m'aimez. C'est peut-être parce que je ne suis qu'une femme. Pourtant je vous assure que je vous aime autant que je peux.

Les servantes cafres commençaient à sortir de leurs huttes. Il l'embrassa encore une fois, sur les yeux, sur la bouche, sur les mains, et s'en alla.

Lorsqu'elle apprit ces fiançailles, tante Sannie fut ravie. Elle-même envisageait de se remarier avant la fin de l'année avec l'un de ses nombreux prétendants, et elle émit l'idée de célébrer les deux mariages le même jour.

Em s'affaira à la préparation de son trousseau et de sa toilette de mariée. Gregory venait tous les jours, si ce n'est toutes les heures, et les six mois qui précédèrent le retour de Lyndall passèrent, selon son expression, « comme une belle nuit d'été où l'on rêve de celle qu'on aime ».

Un soir qu'il était auprès d'elle, tournant la manivelle de sa machine à coudre tandis que les petites mains guidaient l'étoffe, ils discutèrent ensemble des transformations qu'ils feraient dans la ferme quand la Hollandaise serait partie et qu'ils seraient chez eux. Un nouveau kraal ici, une nouvelle chambre là. Ils bavardaient tranquillement. Tout à coup Gregory lâcha la manivelle et posa un baiser passionné sur la petite main potelée qui tenait le tissu.

– Que tu es belle, Em! s'exclama son amoureux. C'est plus fort que moi, je t'aime, je ne peux pas m'en empêcher.

Em sourit.

— Tante Sannie prétend que quand j'aurai son âge, plus personne ne fera attention à moi. Elle a raison. J'ai les mains courtes et larges comme des pattes de canard, presque pas de front et encore moins de nez. C'est impossible que je sois jolie.

Elle rit tout doucement, heureuse de cet aveuglement de Gregory.

— Demain, quand ma cousine sera là, ajouta-t-elle quelques instants plus tard, vous verrez ce que c'est qu'une belle femme, Gregory. Elle a l'air d'une reine : les épaules bien droites, la tête haute, comme s'il ne lui manquait plus qu'une couronne. Il faudra absolument que vous veniez la voir aussitôt. Je suis sûre que vous l'adorerez.

— Je viendrai la voir, naturellement, puisque c'est ta cousine. Mais comment peux-tu imaginer que je puisse trouver une autre femme plus belle que toi ?

Il fixa sur elle ses prunelles embrasées.

— Vous serez bien obligé de voir qu'elle est plus belle que moi, dit Em en glissant sa main droite dans la sienne. Mais je suis sûre que vous n'aimerez personne d'autre comme vous m'aimez.

Plus tard, lorsqu'ils se dirent bonsoir, elle lui fit signe encore une fois depuis le seuil, et comme les autres jours elle attendit pour rentrer que le bruit des sabots du poney eût disparu derrière le kopje.

Après quoi elle traversa la chambre où ronflait tante Sannie, puis la petite chambre toute drapée de housses blanches qui attendait le retour de sa cousine, et entra enfin dans la sienne.

Elle s'approcha de la commode pour y ranger l'ouvrage qu'elle avait terminé, puis ouvrit le tiroir du bas et s'assit par terre à côté. C'était là qu'elle rangeait son trousseau. Il y avait des piles de linge blanc, des tabliers, des courtepointes, et dans un coin, dans une petite boîte, un rameau de fleurs d'oranger acheté à un colporteur. Il y avait aussi une bague que Gregory lui avait offerte, un voile que la sœur de Gregory avait envoyé, et un petit rouleau de broderie apporté par Trana. C'était un travail si fin, si délicat, qu'il conviendrait certainement mieux à un petit être tendre et fragile qu'à la femme de Gregory. Elle le mettrait précieusement de côté. Elle le caressa doucement du bout d'un doigt en souriant, puis elle rougit et le cacha tout au fond du tiroir. Elle avait beau connaître par cœur tout ce que contenait cette commode, elle ne put s'empêcher de ressortir tout ce trousseau comme si elle le découvrait pour la première fois : elle déplia, replia chaque pièce sans la froisser, sans un faux pli — et elle demeura là, assise par terre, en contemplation.

Demain soir, quand Lyndall sera là, elle la fera venir dans sa chambre et lui montrera tout. La couronne de fleurs d'oranger, la bague, le voile blanc... Lyndall sera si contente de les voir! Si impatiente! Puis Em se mit à rêver, à imaginer l'avenir : Lyndall allait vivre avec eux jusqu'au jour où, à son tour, elle se marierait.

Quand Gregory, fatigué de sa journée, rentrerait le soir à la maison, il chercherait quelqu'un des yeux en disant : « Où est ma femme? Quelqu'un sait-il où est ma femme? Femme! du café! » et elle lui apporterait sa tasse.

A la fin, son petit visage prit un air grave, elle se releva sur ses genoux et étendit les mains sur son tiroir de linge.

Oh! mon Dieu! dit-elle. Que je suis heureuse! Qu'ai-je donc fait pour être si heureuse? Oh! merci!

Elle ressemblait vraiment à une princesse, oui, une princesse, et mille fois plus belle que la dame qui trônait encore sur le mur dans la chambre de tante Sannie, se disait Em. Elle se tenait légèrement renversée en arrière dans son petit fauteuil, en robe de chambre grise; ses cheveux dénoués et brossés descendaient jusqu'au sol. Assise en face d'elle, Em la regardait avec un mélange de respect et d'admiration.

Lyndall, fatiguée de son long voyage, s'était retirée de bonne heure dans sa chambre. Ses yeux couraient d'un objet à l'autre. Cela faisait un effet étrange de constater, après quatre ans d'absence, que la bougie posée sur la table de toilette projetait toujours la même ombre derrière le porte-serviettes, le même profil de vieille sorcière. Étrange, qu'une ombre dure plus longtemps qu'un être humain! Elle regardait tous ces vieux objets familiers; ils étaient là au rendez-vous, seule la petite fille d'autrefois avait disparu.

— Qu'est-ce qui t'intrigue? demanda Em.

— Tout et rien. Je ne me souvenais pas que les fenêtres étaient si basses. A ta place, quand tu seras ici chez toi, je rehausserais les murs. On étouffe dans cette chambre; ça manque d'air.

— Gregory a décidé de faire beaucoup de transformations, dit Em. Puis, se rapprochant de la robe de chambre grise, elle demanda timidement: Comment le trouves-tu, Lyndall? Il est beau, n'est-ce pas?

– Il a dû être un très beau bébé, répondit Lyndall, les yeux posés sur le rideau de percale blanche tiré devant la fenêtre.

Em resta un peu perplexe.

– Il y a des hommes, reprit Lyndall, dont il est impossible d'imaginer qu'ils aient pu être des enfants ; et d'autres qu'on ne peut pas regarder sans penser qu'ils devaient être adorables avec leur petit tablier froncé et leur ceinture de ruban rose.

Em ne répondit rien. Puis elle dit avec une note de fierté dans la voix :

– Quand tu le connaîtras, tu l'aimeras toi aussi. A côté de lui, tous les autres paraissent insignifiants et sans caractère. Nous avons le cœur si froid, nous les femmes, nous sommes incapables d'aimer sans penser à autre chose en même temps. Tandis que lui... personne n'est digne de son amour. Même pas moi. C'est un amour si grand, si pur...

– Tu n'as pas à te faire tant de scrupule, ma chère, dit Lyndall – pour ce qui est de ne pas être à la hauteur de son amour. L'amour d'un homme, c'est un feu d'olivier. Ça jaillit d'un seul coup, ça monte, ça crépite, ça gronde, ça lance des flammes dans tous les sens, on s'attend à être encerclée, dévorée – on reste là, debout comme un glaçon devant cette fournaise ardente, on se reproche d'être aussi froide, de ne pas manifester plus d'intérêt. Et le lendemain, quand on désire se réchauffer un peu les mains, on ne trouve plus qu'un tas de cendre ! D'un côté c'est la version froide et longue de l'amour, de l'autre, la version brève et brûlante. De toute façon, les hommes n'ont pas à se plaindre.

– Tu dis cela parce que tu ne connais pas les hommes, répliqua Em, adoptant instantanément le ton supérieur et omniscient qu'affectent, vis-à-vis de leurs sœurs qui n'ont pas cette chance, toutes les femmes mariées ou en passe de l'être, lorsqu'elles évoquent entre elles la nature masculine. Tu les connaîtras toi aussi un jour et tu changeras d'avis, poursuivit-elle avec la magnanimité condescendante que celles qui en savent long peuvent se permettre avec celles qui ignorent tout de la vie.

Les lèvres minces de Lyndall étaient agitées d'un frémissement qui dénotait un amusement extrême. Elle faisait tourner une grosse bague autour de son index – une chevalière qui eût été plus à sa place à une main d'homme, et dont la forme ne passait pas inaperçue : une croix de diamants enchâssés dans une monture d'or et surmontant les initiales « R.R. ».

– Oh! Lyndall! s'écria Em. Mais tu es peut-être fiancée toi aussi! C'est pourquoi tu souris. Mais oui! Bien sûr! Cette bague!

Lyndall lui retira brusquement sa main.

– Je ne suis pas si pressée de laisser un homme me mettre le pied sur la nuque. Et je n'ai pas une passion terrible pour les cris des bébés, lâcha-t-elle en fermant les yeux d'un air vaguement fatigué et en se renversant dans son fauteuil. S'il y en a qui aiment ça, tant mieux pour elles.

Em, déconfite, se sentit humiliée. Il n'était plus possible maintenant d'emmener Lyndall dans sa chambre et de lui montrer les piles de linge blanc, la couronne, le petit rouleau de broderie... Elle resta muette un moment, puis se mit à parler de Trana et des vieux serviteurs de la ferme mais bientôt, s'apercevant que sa compagne avait envie de dormir, elle se leva et lui dit bonsoir. Lyndall resta encore longtemps assise dans son fauteuil, les yeux fixés sur l'ombre à tête de sorcière, l'air immensément fatigué, comme si tout le poids du monde reposait sur ses frêles épaules.

Le lendemain matin, avant l'heure du petit déjeuner, Waldo qui s'en allait, un sac de maïs sur l'épaule, nourrir les jeunes autruches, entendit derrière lui un pas léger.

– Attends-moi, je t'accompagne, lança Lyndall, qui ajouta, en arrivant à sa hauteur : Si je n'étais pas allée te chercher hier, tu ne serais toujours pas venu me dire bonjour. Tu ne m'aimes donc plus, Waldo?

– Si – mais... tu as changé.

Il s'exprimait toujours comme autrefois, avec la même gaucherie, la même difficulté.

– Tu me préférais avec mon tablier de petite fille? demanda-t-elle brusquement.

Elle portait une simple robe de cotonnade, mais d'une coupe extrêmement élégante, avec une grande capeline blanche. Waldo n'avait jamais rien vu d'aussi superbe. Elle remarqua son regard.

– Oui, j'ai changé un peu ma façon de m'habiller; et aussi ma façon d'être – mais pas avec toi. Mets donc ton sac sur l'autre épaule pour que je voie ta figure. Tu parles si peu qu'on ne peut pas savoir ce qui se passe dans ta tête si on ne te regarde pas.

Waldo changea son sac d'épaule et ils avancèrent ainsi côte à côte.

– Tu as fait des progrès, dit-elle. Sais-tu que tu m'as manqué quelquefois? Pas très souvent, mais de temps en temps malgré tout.

Ils étaient arrivés à la barrière du premier parc. Waldo lança des poignées de maïs, puis ils reprirent leur marche dans la rosée.

– Tu as appris beaucoup de choses? demanda-t-il tranquillement, en se souvenant de ce qu'elle disait autrefois : « Quand je reviendrai, je saurai tout. »

Elle rit.

– Ah! Mes vieilles ambitions! Tu te rappelles? Oui, j'ai appris un certain nombre de choses – pas exactement ce que je voulais, et pas autant que j'espérais. Pour commencer, j'ai appris qu'un de mes ancêtres avait dû être un bien grand sot; car il est bien connu que l'on retrouve toujours en soi un peu du caractère de ses aïeux. Ensuite j'ai découvert qu'il n'y a pas de lieu plus pitoyable sous le soleil, pour une âme affamée qui cherche désespérément à picorer quelques miettes de savoir, qu'un pensionnat de jeunes filles. On appelle cela un « cours privé ». C'est tout dire! On vous y prive de tout, sauf de bêtise et d'insignifiance; et cela, on va même jusqu'à le cultiver. Ce sont des instruments merveilleusement adaptés pour fournir une réponse à ceux qui se demandent comment réduire une âme à sa plus petite expression. J'y ai vu des âmes si bien atrophiées qu'elles auraient pu tenir dans un dé à coudre – et elles s'y seraient

trouvées au large, très au large! Une femme qui passe des
années dans ces endroits-là en reste marquée pour la vie.
Elle peut juste espérer s'épanouir un peu en respirant enfin
l'air libre du dehors.

— Tu as été malheureuse? demanda-t-il avec un bref regard,
subitement inquiet.

— Moi? Non. Je ne sais pas ce que c'est que d'être heureuse
ou malheureuse. Et je le regrette. Mais je me serais enfuie
au bout de trois jours, je serais allée me louer dans n'importe
quelle ferme pour faire bouillir la cuve à lessive d'une grosse
Hollandaise, si j'avais dû vivre comme ce troupeau bêlant.
Imagines-tu ce que c'est, Waldo, que d'être enfermée à longueur de temps avec de vieilles radoteuses qui ne connaissent
rien de la vie, qui n'ont aucune idée du beau, qui n'ont pas
de caractère et qui prétendent vous former l'âme? Rien qu'à
respirer l'air qui les entoure, on suffoque. Mais je les ai forcées
à me donner une chambre particulière. Je les ai menacées
de partir, et comme elles savaient que personne ne me for-
cerait à rester, elles m'ont permis d'avoir une chambre à moi
toute seule, que je n'avais pas à partager avec ces malheureuses créatures qui se laissaient lentement liquéfier la cer-
velle. J'ai échappé aux leçons de musique, étant peu douée
pour cet art. Et quand le troupeau confectionnait des coussins
ou des fleurs ridicules, à faire hurler de rire toutes les roses
de la création, ou bien passait six semaines à fabriquer un
tabouret qu'une machine aurait fait en cinq minutes et beaucoup mieux, je montais dans ma chambre. Avec l'argent que
j'économisais ainsi, j'achetais des livres et des journaux, et
je veillais très tard le soir. J'ai lu et j'ai pris des notes. J'ai
même trouvé le temps d'écrire quelques pièces de théâtre, et
cela m'a fait découvrir comme il est difficile de ne pas donner
une tournure idiote à ses pensées quand on les pose noir sur
blanc sur du papier. Pendant les vacances je m'instruisais
bien davantage. J'ai fait des connaissances, j'ai voyagé un
peu, j'ai rencontré beaucoup de gens, j'ai observé d'autres
façons de vivre, bref tout ce qui ne s'apprend dans aucun
livre. Dans l'ensemble je ne suis pas mécontente de ces quatre

années. Je n'y ai pas appris ce que je comptais apprendre –
mais d'autres choses. Et toi, qu'as-tu fait?

– Rien.

– Ce n'est pas possible. Je découvrirai cela petit à petit.

Ils marchaient côte à côte dans les herbes couvertes de
rosée. Brusquement elle se tourna vers lui.

– Tu n'aimerais pas être une femme, Waldo?

– Non, répondit-il immédiatement.

Elle rit.

– Je m'en doutais. Même toi, tu en connais assez long sur
la vie pour savoir cela. Je n'ai jamais rencontré un seul homme
qui réponde oui. Tu vois cette bague? Elle est jolie, poursuivit-
elle en levant sa petite main dans le soleil pour faire étinceler
les diamants. Elle vaut bien cinquante livres. Je suis prête à
la donner au premier homme qui me dira qu'il voudrait être
une femme. Il se pourrait qu'on en trouve un à Robbin Island [1],
et encore ce n'est même pas sûr. C'est si charmant d'être une
femme! On se demande pourquoi les hommes rendent grâce
au ciel tous les jours de ne pas en être une.

Elle inclina son chapeau sur le côté pour se protéger les
yeux du soleil. Waldo la regardait avec une telle attention
qu'il trébuchait contre les grosses touffes d'épineux. Oui, c'était
bien sa petite Lyndall, celle qui portait autrefois des tabliers
à carreaux – il la reconnaissait à présent. Il se rapprocha
d'elle. Ils arrivèrent devant l'enclos suivant.

– Arrêtons-nous un moment pour les regarder, dit-elle en
voyant accourir vers eux, à grandes enjambées, une autruche
femelle, les ailes écartées comme des pans de velours, tandis
qu'à l'autre bout apparaissait, au-dessus des herbes, la tête
du mâle occupé à couver les œufs.

Lyndall croisa les bras sur la barre de la clôture, et Waldo,
lançant son sac vide sur le mur, s'accouda auprès d'elle.

– Elles me plaisent bien, ces autruches, dit-elle. Elles se
partagent les tâches, elles vivent sur un pied d'égalité. T'in-
téresses-tu à la condition des femmes, Waldo?

1. C'est là qu'étaient internés les fous de la région du Cap.

– Non.

– Je m'en doutais. Ça n'intéresse personne, sinon ceux qui
y voient une occasion de faire de l'esprit. Quant à toi, pour
que tu remarques une chose, il faut qu'elle soit au moins à
plusieurs millions de miles de distance, et de préférence noyée
de mystère. Si les femmes étaient les habitantes de Jupiter
et que tu aies entendu parler d'elles par hasard, tu te pen-
cherais sur leur sort avec une curiosité passionnée. Mais il
suffit qu'elles soient sous tes yeux pour que tu ne les voies
pas. Cela t'est égal de porter ces invraisemblables guenilles,
dit-elle en posant un doigt sur sa manche, mais tu te donneras
un mal fou pour que la petite feuille que tu vas sculpter sur
un vieux bout de bois soit belle. C'est dommage que tu ne
t'intéresses pas à la condition des femmes ; c'est un sujet dont
j'aurais aimé discuter avec toi. C'est le seul sujet qui me
passionne vraiment – si toutefois quelque chose me passionne,
ajouta-t-elle d'un petit air désinvolte, en recroisant ses jolis
bras. Mes parents ont dû m'oublier dehors un soir quand
j'étais petite, et le gel a tué quelque chose en moi, un bourgeon
qui ne s'est pas ouvert...

– Je n'ai pas une grande quantité d'idées dans la tête, dit-
il. C'est toujours les mêmes que je reprends et que je retourne.
Je n'avance pas. J'en suis fatigué.

– Comme une vieille poule qui reste sur ses œufs pendant
des mois et des mois sans que rien n'en sorte ? dit-elle vivement. Moi, il y a tellement de choses nouvelles qui se bousculent en moi que je suis obligée de les retenir pour qu'elles
ne s'étouffent pas les unes les autres. J'en ai quelquefois la
tête qui tourne. Mais il y a une pensée qui est toujours là,
qui ne me quitte jamais : j'envie celles qui naîtront plus tard,
quand enfin être femme ne sera plus – je l'espère – être
marquée du sceau de l'infamie.

Waldo la dévisagea. Il était bien difficile de savoir si elle
parlait sérieusement ou si elle plaisantait.

– Je sais que c'est idiot, ce que je dis. Le sage ne perd pas
son temps à tenter d'ébranler un mur d'acier à coups de pied,
poursuivit-elle. Pourtant c'est vrai, Waldo, nous sommes

maudites – du jour où notre mère nous met au monde, jusqu'à celui où l'on nous roule dans le linceul. Ne me regarde pas comme si je disais une sottise. Il y a toujours deux aspects aux choses : l'extérieur, qui est ridicule, et l'intérieur, qui est grave.

– Je ne ris pas, dit le garçon, d'un ton qui n'avait rien d'amusé. Mais de quelle malédiction parles-tu ?

Il crut que la réponse ne viendrait jamais, tant Lyndall fut longue à parler.

– C'est moins ce que l'on nous fait que ce que l'on fait de nous, qui nous blesse, dit-elle enfin. La pire offense que l'on puisse faire à un être, c'est de déformer sa nature. Quand nous venons au monde, nous sommes tous aussi malléables – avec plus ou moins de force physique, peut-être, mais pour tout le reste, c'est la table rase. Et c'est le monde qui décide de ce que nous serons, qui nous façonne selon l'usage auquel il nous destine. A vous, les hommes, il dit : *Travaillez!* Et à nous : *Soyez belles!* Il vous dit : Puisque vous êtes ce qui se rapproche le plus de Dieu, que vos bras sont forts, que votre savoir est grand et que vous êtes doués pour le travail, vous obtiendrez tout ce que vous pouvez souhaiter. Et il nous dit : A quoi vous serviraient la force, le savoir, le travail ? Vous parviendrez au même résultat que les hommes, mais par d'autres moyens. Et c'est ainsi que le monde crée les hommes et les femmes.

» Regarde mon joli petit menton, Waldo, avec sa fossette. Ce n'est qu'une partie infime de ma personne ; mais quand bien même je possèderais tout le savoir du monde, avec assez d'intelligence pour en tirer parti, quand bien même je serais un ange de douceur et de bonté, je n'irais jamais aussi loin dans la vie qu'avec ce petit menton. Grâce à lui, l'argent viendra à moi, les cœurs viendront à moi ; grâce à lui, j'obtiendrai le pouvoir et j'obtiendrai la gloire. A quoi me servirait le savoir ? Plus une femme a la tête vide, mieux elle s'élève. Un jour j'ai entendu un vieux monsieur affirmer qu'une cheville bien tournée était plus utile pour une femme qu'une tête bien remplie – et c'est la vérité. Dès l'âge le plus tendre,

quand nous commençons à peine à porter nos petites soc-
quettes et nos petites chaussures, on nous façonne dans ce
sens, dit-elle en étirant les lèvres comme si elle souriait. Nous
sommes gentiment assises devant la fenêtre, nous regardons
les garçons jouer dehors et nous voudrions aller les rejoindre.
Mais une main se pose tendrement sur notre tête : « Non, ma
petite chérie; tes joues seraient brûlées par le soleil et tu
salirais ta jolie robe blanche. » C'est dit avec tant d'affection,
ce ne peut être que pour notre bien. Mais nous ne le comprenons pas — et nous restons là, à genoux, la joue appuyée au
carreau. Puis nous allons enfiler des perles et nous faisons
un joli collier bleu pour mettre à notre cou, et nous nous
regardons dans la glace. Nous y voyons ce visage dont il ne
faut pas gâter le teint, cette robe blanche, et ces grands yeux
dans lesquels nous plongeons le regard. Le mal est fait. Il
sera parachevé quand nous serons devenues femmes, que nous
aurons cessé de regarder avec mélancolie ceux qui vivent plus
sainement que nous — quand nous serons contentes de notre
sort. Nous serons adaptées à notre univers comme les pieds
des Chinoises à leurs souliers, comme si Dieu les avait créés
l'un pour l'autre — bien qu'Il ignore tout des uns comme des
autres. Chez certaines d'entre nous, l'adaptation à la fonction
est admirablement réussie; toutes les capacités qu'on leur a
interdit de développer ont réussi à s'atrophier jusqu'à se
détacher. Mais chez d'autres — et celles-là ne sont pas moins
à plaindre –, elles se sont simplement étiolées sans disparaître. Les bandelettes les enserrent mais les membres ne s'y
sont jamais habitués; nous nous sentons toujours compri-
mées, nous cherchons désespérément à les arracher.

» Mais à quoi bon ? Un peu d'amertume, un peu de nostalgie
quand on est encore jeune, quelques efforts futiles pour trouver un travail, quelques tentatives audacieuses pour se faire
soi-même une place dans la vie et puis l'on rejoint le troupeau.
Celle qui refuse de marcher au pas sera piétinée. A tout
prendre, mieux vaut marcher.

» Tu ouvres de grands yeux, dit-elle en le regardant. Oh!
je devine ce que tu penses. Je sais tout de suite ce que pensent

les gens à qui je parle de cela. Pourquoi cette femme fait-elle tant d'histoires ? Elle n'est pas plus malheureuse que moi ! Mais prenons un exemple très simple. Nous sommes là tous les deux, devant cette barrière, aussi pauvres, aussi jeunes, aussi seuls l'un que l'autre. Entre nous deux, la différence n'est pas bien grande. Que va-t-il se passer si nous partons chacun de son côté, tout de suite, pour tenter notre chance ? Ce soir tu arriveras dans une ferme. Sans s'étonner que tu voyages à pied et que tu sois tout seul, le fermier t'offrira une pipe, une tasse de café et un lit. S'il n'y a chez lui ni réservoir d'eau à construire ni enfant à instruire, demain tu reprendras la route avec sa bénédiction. Tandis que moi si j'arrive ce soir dans la même ferme, on commencera par me poser toutes sortes de questions en me regardant bizarrement. La femme du Boer hochera la tête et m'enverra manger avec les Cafres et dormir avec les chiens. Ce ne sera que la première étape du voyage, presque rien, mais toutes les autres lui ressembleront jusqu'à la fin. Nous avons été égaux autrefois, sur les genoux de nos nourrices. Nous ne le serons plus que le jour où l'on nous attachera un mouchoir sous le menton pour le dernier voyage.

Waldo regardait avec stupéfaction le petit visage frémissant. Il découvrait soudain tout un monde de sentiments violents et passionnés qu'il n'avait jamais soupçonné.

– Remarque bien, reprit-elle, que nous avons toujours sur vous un avantage : nous pouvons, du jour au lendemain, vivre dans l'aisance et le bien-être, alors que vous devez attendre patiemment de les acquérir par le travail. Quelques larmes, quelques caresses, quelques abaissements, quelques manœuvres de séduction bien menées, et un homme finira toujours par nous demander de l'épouser. Si l'on est jeune et pas mal faite, le mariage n'est pas difficile à décrocher. Les hommes ne manquent pas. Mais la femme qui s'est vendue pour une bague au doigt et un nom n'a pas à faire la fière quand elle croise une fille de la rue. Elles gagnent toutes les deux leur pain de la même façon. Le mariage d'amour est la preuve la plus belle qui soit de l'union des âmes. Le mariage sans amour est le plus odieux des trafics, il souille l'humanité.

Elle fit glisser son doigt menu le long de la barre supérieure, détachant des dizaines de gouttes de rosée qui restaient suspendues.

— Et l'on nous dit que les hommes sont nos chevaliers servants! s'écria-t-elle. Quand nous réclamons le droit d'être médecins, avocats, juristes, bref autre chose que des esclaves mal payées, on nous répond : Non! Mais vous avez la chance d'avoir des chevaliers servants, estimez-vous heureuses! Que feriez-vous sans eux?

Sur le karroo résonna le petit rire argentin et sec que l'on n'avait pas entendu depuis longtemps. Lyndall serra les dents.

— L'autre jour, pendant le voyage, la diligence s'est arrêtée à un relais où nous devions changer notre voiture pour une plus petite. Nous étions dix, huit hommes et deux femmes. J'étais assise dans la salle quand les messieurs vinrent me chuchoter à l'oreille : « Il n'y aura pas de place pour tout le monde dans la nouvelle voiture, venez vite vous asseoir. » Nous nous sommes précipités, ils m'ont laissé le meilleur siège et ils m'ont mis des plaids sur les épaules parce qu'il pleuvotait un peu. Et voilà qu'arrive le dernier passager en courant — c'était une vieille femme, coiffée d'un bonnet extravagant et drapée dans un châle noir retenu par une broche d'un jaune éclatant.

» — Il n'y a plus de place, dirent les messieurs. Vous prendrez la voiture suivante, elle passe la semaine prochaine.

» Mais elle grimpa sur le marchepied et s'accrocha des deux mains à la portière.

» — Il faut que j'aille voir mon gendre qui est malade, cria-t-elle.

» — Ma brave dame, dit l'un de ces messieurs, je suis absolument navré pour votre gendre, mais il n'y a plus de place dans cette voiture.

» — Vous feriez mieux de redescendre, lui dit un autre, vous allez vous faire happer par la roue.

» Je me suis levée pour lui donner ma place.

» – Ah! mais non, mais non! s'écrièrent-ils. Vous n'allez pas faire cela.

» – Je préfère me mettre à genoux par terre, dit l'un d'eux; et il s'accroupit à mes pieds pour que la femme puisse monter.

» Sur les neuf personnes qui étaient dans cette voiture, une seule manifesta quelques égards pour cette pauvre vieille – et c'était une femme.

» Un jour viendra où moi aussi je serai vieille et laide, et je pourrai toujours chercher autour de moi une main chevaleresque, je n'en trouverai pas.

» Tant qu'elles en font leur miel, les abeilles s'empressent autour des fleurs, mais après elles passent à côté sans les voir. J'ignore si les fleurs leur savent gré de cet empressement; elles seraient bien bêtes, dans ce cas.

– Mais il y a des femmes, dit Waldo comme si les mots s'échappaient malgré lui de sa bouche, il y a des femmes qui ont de la force.

Elle leva vers lui ses beaux yeux.

– De la force! Crois-tu qu'il appartienne aux hommes de décider qui aura ou n'aura pas de force, dans la vie? C'est inné. On peut contrarier une fontaine et en faire un immonde marécage, on peut aussi la laisser librement couler et jouer son rôle de fontaine, mais on ne peut pas mettre en question son existence, *elle est là*. Et elle agit – en bien si elle reste au grand jour, en mal si on l'oblige à se cacher, mais elle agit. Si Goethe, enfant, avait été volé à ses parents et élevé par une bande de brigands au fin fond d'une forêt allemande, crois-tu que nous aurions eu *Faust*, *Iphigénie*? Mais il n'en aurait pas moins été Goethe – plus fort, plus intelligent que ses compagnons. Le soir, autour du feu, il aurait inventé des chants superbes et sauvages à la gloire du pillage et du meurtre, et les sombres visages des brigands en auraient frémi d'émotion. Et ces chants se seraient transmis de père en fils, galvanisant muscles et cœurs – pour faire le mal. Crois-tu que si Napoléon avait été une femme, il se serait satisfait d'offrir des tasses de thé à la ronde en commentant les petits potins? Il se serait élevé au-dessus des autres, mais certes pas comme le grand homme et le grand conquérant que le monde admire aujourd'hui malgré ses crimes. Son nom serait resté célèbre comme tant d'autres qui ont laissé une tache sur les pages de l'histoire – le nom de ces femmes fortes qui régnèrent dans l'ombre parce qu'elles n'avaient pas le droit d'exercer le pouvoir au grand jour, exploitant habilement les passions des hommes et se servant d'eux pour s'élever.

» De la force ! reprit-elle brusquement en frappant la barre de sa petite main. Bien sûr que nous en avons, de la force ! Et puisque nous ne pouvons pas l'employer à percer des tunnels, à guérir des malades, à faire des lois – ou tout simplement de l'argent – nous l'exerçons sur *vous*. Vous êtes notre terrain d'action, nos objets, nos marchandises. Nous vous achetons, nous vous vendons, nous vous bernons, nous vous roulons à cœur joie. Nous vous tenons la dragée haute, vous êtes une demi-douzaine à ramper à nos pieds pour obtenir une seule caresse de notre petite main. On dit qu'à la source de tout chagrin, de toute souffrance et de tout désespoir il y a une femme. Rien n'est plus juste. Vous ne voulez pas qu'on étudie le droit, les sciences, les arts – eh bien, c'est vous que nous étudions ! Nous connaissons par cœur vos moindres nerfs, vos moindres fibres. Nous vous faisons danser dans le creux de notre petite main, par demi-douzaines, fit-elle en étendant gracieusement le bras, comme si elle tenait sur sa paume de petits personnages en train de gambader. Et voilà – nous vous laissons tomber, enchaîna-t-elle en croisant tranquillement les bras. Jamais un homme ne dira un mot pour les femmes, qu'il n'en ait déjà dit deux pour les hommes et trois pour toute l'espèce humaine.

Elle regardait l'autruche picorer les derniers grains de maïs ; Waldo, lui, ne regardait qu'elle.

Quand elle parla de nouveau, ce fut d'un ton plus mesuré.

– Lorsque nous réclamons l'émancipation de la femme, on nous assène des arguments de poids. Mais toutes ces objections nous font l'effet de ces têtes de diable taillées dans des citrouilles à l'intérieur desquelles on a mis une bougie : c'est creux et ça ne mord pas. On nous dit que les femmes n'ont

pas envie de cet espace, de cette liberté que nous réclamons
pour elles, et qu'elles ne sauraient rien en faire!

» Si l'oiseau aime tellement sa cage, s'il aime tellement son
morceau de sucre et n'a aucune envie de s'échapper, pourquoi
faut-il fermer si solidement la porte? Pourquoi ne pas la
laisser entrouverte? Sans doute a-t-on compris que bon
nombre, qui redoutent de se briser les ailes aux barreaux,
n'hésiteraient pas à s'envoler si la cage restait ouverte.

Elle fronça les sourcils et se pencha par-dessus la barrière.

— On nous dit encore : « Si les femmes jouissaient de cette
liberté que vous réclamez, elles se retrouveraient dans des
situations pour lesquelles elles ne sont pas faites! » Quand
deux hommes montent à une échelle, a-t-on jamais vu le plus
faible arriver en haut avant l'autre? C'est à la réussite qu'on
juge l'aptitude. Le plus faible ne peut gagner que si on lui
accorde une longueur d'avance. La nature saura toujours pro-
portionner la tâche de l'homme à ses capacités, exactement
comme elle a su harmoniser avec bonheur toutes les couleurs
sur la poitrine de l'oiseau. Si nous ne sommes pas aptes à
travailler, vous ne risquez pas grand-chose à nous permettre
de le faire : le travail nous tombera des mains et vous n'aurez
plus qu'à le ramasser.

Peu à peu le rythme de sa voix s'accélérait, comme lorsqu'on parle de choses longuement méditées qui vous pèsent
sur le cœur.

Waldo ne la quittait pas des yeux.

— On nous dit que les femmes ont reçu en partage une
grande et noble tâche, et qu'elles l'accomplissent mal. C'est
vrai, elles l'accomplissent abominablement mal. C'est une
tâche qui nécessite une très vaste culture, et on ne leur en
donne aucune. Un juriste peut ne pas voir plus loin que ses
manuels de droit, ou un chimiste que les fenêtres de son
laboratoire, cela ne les empêchera pas de mener à bien leurs
travaux. Mais la femme qui veut faire son travail de femme
a besoin d'avoir une culture étendue, multiforme, elle doit
pouvoir embrasser du regard tout ce qui constitue la vie, ses
sommets, ses abîmes; elle doit connaître tous les aspects des

choses et des êtres, vibrer à l'unisson du monde, posséder la force que donne le savoir, la générosité que donne la force, car c'est nous qui portons le monde et qui le façonnons. Une âme d'enfant est quelque chose de merveilleusement fragile et tendre, qui garde à tout jamais la première impression qu'elle a reçue – et c'est toujours l'image de sa mère ou de quelque autre femme. On peut presque affirmer qu'il n'est pas de grand homme qui n'ait eu pour mère une grande femme. Les six premières années de notre vie nous marquent pour toujours, tout ce qui vient après n'est qu'un vernis superficiel. Et on vient nous dire qu'une femme qui sait s'habiller, faire la cuisine, en sait bien assez long!

» On nous confie la tâche la plus noble et la plus importante du monde, et nous l'exécutons très mal. Envoyez donc un terrassier dans l'atelier d'un peintre, mettez-lui un pinceau entre les mains et vous verrez le résultat! Et pourtant, heureusement que nous avons cela, ajouta-t-elle vivement. C'est l'unique fenêtre par laquelle nous puissions apercevoir ce qui se passe dans le monde du vrai travail. La femme la plus futile, qui ne songe qu'aux bals et aux toilettes, se trouve grandie lorsque ses enfants la regardent et l'interrogent. C'est notre seule école. Et cela, personne ne peut nous l'enlever.

Elle sourit légèrement et reprit :

– On nous reproche de nous plaindre de ce que le mariage est pour les femmes comme une profession. Et l'on nous dit que personne ne les oblige à y entrer, qu'elles sont libres de refuser si bon leur semble.

» Certes – comme un chat mis dans une bassine au beau milieu d'une mare est libre d'y crever. Personne ne l'oblige à se mouiller les pattes. Et un homme qui se noie peut toujours se raccrocher à un brin de paille si bon lui semble – la belle liberté! Que l'homme réfléchisse cinq minutes à ce qu'est la vie d'une vieille fille – et qu'ensuite il se taise. Est-il facile de porter à longueur de vie ce titre qui dénonce leur échec? De vivre, comme doivent le faire les neuf dixièmes des femmes célibataires, sous la férule d'une autre femme? Est-il facile d'entrevoir une vieillesse sans honneurs, sans la consolation d'avoir fait œuvre utile, sans amour ? Je me demande combien d'hommes accepteraient de sacrifier le meilleur de la vie au nom d'un idéal moral...

Elle laissa perler un petit rire clair qui n'avait rien de charmant.

— Et quand ils sont à court d'arguments, ils nous disent : « Eh bien, allez-y ! Mais quand vous aurez transformé les femmes à votre idée, et qu'elles auront transmis à leurs enfants cette nouvelle culture, ce sera votre fin. Car l'espèce s'éteindra, par excès d'esprit : les passions qui assurent la reproduction disparaîtront. » Les imbéciles ! s'exclama-t-elle en retroussant ses jolies lèvres. Voyez le Hottentot accroupi au bord de la route, qui ronge pour son dîner un vieil os ramassé par terre et qui boit à même le goulot une rasade d'alcool frelaté en grognant de plaisir ; et puis voyez l'enfant cultivé du dix-neuvième siècle, assis dans son fauteuil, qui savoure des vins fins et déguste en gourmet une cuisine raffinée. Il éprouve un plaisir dont notre Hottentot n'a pas la moindre idée. Mâchoires proéminentes, front fuyant, tout cela a disparu avec le développement du cerveau ; mais les appétits animaux sont restés affinés, épurés, mais combien plus intenses. Les imbéciles ! Quand l'homme se tenait à peine sur ses pattes de derrière et qu'il ignorait encore tout du pardon comme de la prière, est-ce qu'il ne mangeait pas déjà et ne se battait pas pour obtenir la possession d'une femme ? Quand les nouvelles acquisitions de l'humanité auront disparu à leur tour, le vieux fond sur lequel elles reposent ne sera-t-il pas toujours là ?

Elle se tut un instant, puis reprit d'un air un peu songeur, comme si elle se parlait à elle-même :

— On nous dit : qu'aurez-vous gagné, à supposer que l'espèce humaine ne se soit pas irrémédiablement éteinte ? Vous aurez introduit sur terre la justice et l'égalité, mais vous en aurez chassé l'amour. Quand les hommes et les femmes seront égaux, ils cesseront de s'aimer. Vos femmes cultivées et instruites cesseront d'être séduisantes — et séduites.

» Les gens ne voient donc rien, ne comprennent donc rien ? Ce sont les « tante Sannie » qui enterrent mari sur mari. Ce sont elles qui joignent les mains en disant d'une voix résignée : « Le Seigneur nous a donné, le Seigneur nous a repris, béni soit le nom du Seigneur » — et puis s'en cherchent un autre. Et c'est le grand penseur, le philosophe, qui erre, désemparé, lorsqu'il perd la femme qui travaillait et qui pensait pour lui — et la rejoint bientôt dans son dernier sommeil.

» Une grande âme attire et se laisse attirer avec infiniment plus de passion qu'une âme médiocre. Lorsque nous gagnons quelques pouces en intelligence, l'amour plonge ses racines un peu plus loin, ouvre ses bras un peu plus grand. C'est peut-être au fond pour cela, plus que pour tout le reste, que nous souhaitons ce changement.

Elle avait appuyé sa tête contre la pierre du mur et, d'un air triste et doux, elle suivait du regard l'autruche qui s'éloignait.

— Alors, dit-elle lentement, quand l'amour ne sera plus une denrée qui s'achète ou se vend, qu'il ne sera plus un moyen de gagner son pain, quand chaque femme aura sa vie comblée par un métier sérieux qui lui assure l'indépendance — alors l'amour viendra naturellement à elle. Ce sera une étrange et soudaine douceur au milieu de sa vie. Il arrivera sans qu'elle le cherche, comme un don. Et alors, enfin...

Waldo attendit un moment qu'elle achève sa phrase, mais elle semblait avoir complètement oublié sa présence.

— Lyndall, dit-il en posant une main sur elle, ce qui la fit sursauter, si tu crois que cet avenir-là sera plus beau, toi qui parles avec tant de facilité...

Elle l'interrompit.

— Parler ! Parler ! La difficulté, ce n'est pas de parler, c'est de se taire.

— Mais pourquoi n'essaies-tu pas de faire quelque chose pour amener ce changement ? dit-il avec une naïveté désarmante. Quand je t'entends parler, je crois tout ce que tu dis. Si tu parlais aux autres de la même façon, ils t'écouteraient.

— Je n'en suis pas si sûre, répliqua-t-elle en souriant.

Et son petit visage prit soudain un air fatigué, le même

qu'il avait eu la veille au soir tandis qu'elle observait une ombre au coin du mur. Ah! cette lassitude!

— Moi, Waldo, moi? demanda-t-elle. Je ne ferai jamais rien de bon, ni pour moi-même ni pour le monde, tant qu'on ne m'aura pas réveillée. Je suis emmaillotée, endormie, emmurée en moi-même. Tant qu'on ne m'aura pas libérée, je ne pourrai libérer personne.

Il la considéra d'un air surpris, mais elle regardait ailleurs.

— Voir de loin ce qui est beau, ce qui est bon, et ne pas avoir assez de force pour aller y vivre, reprit-elle, c'est être un peu comme Moïse sur le mont Nébo, qui voyait la terre promise à ses pieds et savait qu'il n'y entrerait pas. Mieux vaudrait ne rien voir. Allez, viens, dit-elle en levant les yeux et en rencontrant son regard totalement éberlué, viens, il est tard, il faut rentrer. Doss voudrait bien prendre son petit déjeuner lui aussi, ajouta-t-elle en se retournant pour appeler le chien qui s'obstinait à vouloir déterrer une taupe — un sport auquel il s'adonnait avec passion depuis l'âge de trois mois, sans le moindre succès.

Waldo jeta le sac sur son épaule et Lyndall marcha devant lui en silence, le chien sur les talons. Peut-être songeait-elle qu'il est bien étroit, le terrain sur lequel deux êtres, pourtant si proches par l'esprit, peuvent se parler et se comprendre; et qu'on atteint bien vite la limite au-delà de laquelle chacun se retrouve seul avec sa propre expérience et n'entend plus à ses côtés résonner de pas fraternel. Mais quel que fût le cours de ses pensées, il fut bientôt interrompu. Waldo, s'étant rapproché d'elle, sortit gauchement une petite boîte sculptée de son paletot.

— J'ai fait cela pour toi, dit-il.

— Elle me plaît beaucoup, répondit-elle en l'examinant attentivement.

Le travail était infiniment plus réussi que lorsqu'il avait sculpté son bâton. Les fleurs qui remplissaient toute la surface étaient traitées avec une grande finesse, et çà et là, au milieu d'elles, pointaient de petits cônes. Elle retourna l'objet sur toutes ses faces d'un air critique, cependant que Waldo restait amoureusement penché sur son œuvre.

— Il s'est passé quelque chose de bizarre, expliqua-t-il d'un ton grave, en posant le doigt sur un des petits cônes. Au début ils n'y étaient pas, et j'avais l'impression qu'il manquait quelque chose. J'ai essayé plusieurs solutions, et finalement quand j'ai ajouté cela, tout était parfait. Pourquoi? Ce ne sont pourtant pas des formes particulièrement belles.

— Elles rompent la monotonie des pétales, sans doute.

Il secoua la tête, comme si l'affaire était d'une importance extrême.

— Le ciel aussi est monotone quand il est bleu, dit-il, et cela ne l'empêche pas d'être beau. J'y ai souvent réfléchi; ce ne sont ni la monotonie ni la diversité qui font qu'une chose est belle. Alors, qu'est-ce que c'est? Le ciel, ton visage, cette boîte... ils ont tous quelque chose en commun, surtout le ciel et ton visage. Qu'est-ce que c'est donc?

Elle sourit.

— Toujours la même marotte! Pourquoi, pourquoi, pourquoi? Moi, je m'estime déjà heureuse d'être capable de distinguer le beau du laid et le réel de l'illusoire. Quant à savoir pourquoi les choses sont là et quelle est finalement leur raison d'être, cela ne me tracasse pas. Cette raison existe certainement, mais je ne me donnerai pas la peine de la chercher. Je pourrais m'user la voix toute une éternité, je ne la trouverais jamais. Et si je la trouvais, je n'en serais probablement pas plus avancée. Vous, les Allemands, vous avez la passion de creuser, de fouiller, de chercher. C'est plus fort que vous, il faut que vous traquiez le pourquoi des choses, comme ce chien traque les taupes. Il sait parfaitement qu'il ne les attrapera jamais, mais il ne peut pas s'empêcher de gratter la terre.

— Il y arrivera peut-être un jour.

— Un jour!... Il n'a jamais rien attrapé et il n'attrapera jamais rien. La vie est trop courte pour courir après des « peut-être ». Nous avons besoin de certitudes.

Elle glissa la boîte sous son bras et allait se remettre en

marche lorsque Gregory Rose, avec ses éperons étincelants, sa cravache à pommeau d'argent et une plume d'autruche à son chapeau, les dépassa au grand galop – non sans s'être galamment incliné. Ils attendirent que la poussière fût retombée.

– Si l'on cherche une vraie femme, en voilà une, dit Lyndall. Toutes celles qui ne sont pas douées pour le rôle qu'on les force à jouer pourraient lui céder leur place; il y serait à son aise. Comme il serait heureux de coudre des volants aux robes de ses petites filles! Comme il serait adorable dans un salon, comme il recevrait avec grâce les hommages des mâles! Tu ne trouves pas, Waldo?

– Je ne resterai pas ici quand il sera le maître, répondit Waldo, incapable d'établir un rapport entre Gregory Rose et toute forme de beauté.

– Je m'en doute. Les femmes qui commandent sont déjà assez tyranniques. Un homme-femme vous pilerait menu. Où iras-tu?

– N'importe où.

– Pour faire quoi?

– Voir le monde... voir tout.

– Tu seras déçu.

– Tu as été déçue, toi?

– Oui. Et tu le seras bien davantage. Moi, j'aime certaines des choses que le monde et les hommes peuvent apporter. Toi, non. Toi, avec un carré de terre sous les pieds, un coin de ciel bleu par-dessus et quelque chose d'inaccessible pour te faire rêver, tu es content, tu as de quoi t'occuper. Mais moi, j'ai besoin de voir des gens. Si odieux qu'ils puissent être, je les trouve plus intéressants que les fleurs, les arbres, les étoiles, n'importe quoi. Quelquefois, poursuivit-elle en secouant gracieusement la poussière de sa jupe tout en marchant, quand je ne suis pas trop accaparée par la recherche d'une nouvelle coiffure qui mettrait mon joli cou en valeur, ou quelque autre besogne du même ordre, quelquefois je m'amuse infiniment à découvrir des ressemblances entre les gens: à voir comment tante Sannie et

moi, par exemple, ou toi et Bonaparte, ou saint Siméon sur
sa colonne et l'empereur qui mangeait des langues de ros-
signols, nous sommes tous composés finalement des mêmes
éléments, combinés simplement dans des proportions différentes. Ce qui n'est que microscopique chez l'un est monstrueux chez l'autre. Tel organe, atrophié chez l'un, fonctionne parfaitement chez l'autre. Mais tout se retrouve chez
tous, et chaque âme est le modèle de toutes les autres.
Quand nous aurons attentivement disséqué, analysé le seul
être qu'il nous soit jamais donné de connaître vraiment –
nous-même –, il ne nous restera plus rien à découvrir de
la nature humaine. Ce matin, en m'apportant mon café
dans mon lit, la Cafre m'en a renversé quelques gouttes
sur le bras. Je n'étais pas contente, mais je n'ai rien dit.
Tante Sannie lui aurait lancé la soucoupe à la tête et aurait
juré pendant une heure – mais le sentiment d'agacement
aurait été le même. Si quelque savant psychologue examinait
au microscope cet énorme estomac vivant qu'était Bonaparte,
il y découvrirait très certainement, dans un coin, une vague
forme embryonnaire rappelant de loin un cœur, et des
bourgeons rudimentaires qui auraient pu donner une conscience. Tu permets que je te donne le bras, Waldo? Tu es
couvert de poussière de maïs! Non, non, ça ne fait rien,
ça partira tout seul. – Quelquefois aussi, et c'est encore plus
intéressant que de rechercher les ressemblances entre les
êtres, je m'amuse à établir des correspondances entre l'évo-
lution de tel individu et celle d'une nation; ou bien entre
l'histoire de telle nation et celle de l'humanité. C'est amusant de s'apercevoir tout à coup que l'un est exactement la
réplique de l'autre, en plus grand. Et c'est très surprenant
de découvrir dans le grand livre du monde, écrites en
majuscules, les mêmes petites sottises et les mêmes petites
vertus, les mêmes progrès et les mêmes reculs que l'on
trouve en soi-même. C'est extrêmement instructif, mais évidemment, étant une femme, je n'ai que peu de temps à
consacrer à ces futilités. Devoir professionnel avant tout!
Si l'on veut toujours paraître absolument adorable, il faut

beaucoup de temps et d'attention, même quand on est une jolie femme. Le vieux buggy existe-t-il toujours, Waldo?

– Oui. Mais les harnais sont cassés.

– J'aimerais bien que tu les remettes en état. Je voudrais que tu m'apprennes à conduire un attelage. Autant apprendre quelque chose d'utile pendant que je suis ici. Ce matin, j'ai demandé à la Hottentote de me montrer comment on fait les *sarsarties*. Et tante Sannie va m'apprendre à faire des *kappjes*. Je viendrai m'asseoir à côté de toi cet après-midi pendant que tu répareras les harnais.

– Merci.

– Non, ne me remercie pas. C'est simplement parce que cela me fait plaisir. Je ne trouve jamais personne à qui parler. Les femmes m'ennuient, et mes conversations avec les hommes se limitent à ceci : « Allez-vous au bal, ce soir? – Quel adorable petit chien vous avez! – Regardez ses mignonnes petites oreilles. – J'adore les pointers. » Et ils me trouvent charmante, fascinante même! Nous sommes avec les hommes comme la lune avec la terre, nous leur montrons toujours la même face, et ils s'imaginent qu'il n'y en a pas d'autre, puisqu'ils ne la voient pas. Mais elle est là, elle existe.

Ils étaient arrivés devant la maison.

– Préviens-moi quand tu te mettras au travail, dit-elle, et elle se dirigea vers la porte.

Waldo, immobile, la suivit des yeux, tandis que Doss, à ses côtés, une patte en l'air, paraissait être en proie à un douloureux débat intérieur. Devait-il rester avec son maître ou partir avec elle? Il regarda le personnage au grand chapeau de paille qui s'en allait vers la maison, puis leva le museau vers son maître. Enfin il reposa sa patte par terre et s'éloigna. Waldo les regarda franchir ensemble la porte et repartit tout seul, se consolant à l'idée que son chien, au moins, serait avec elle.

Le soleil venait de se coucher et Lyndall n'était pas encore
revenue de sa première leçon de conduite, quand la Hottentote
qui prenait le frais au coin de la maison aperçut sur la route
un curieux cavalier. Il avançait si lentement qu'elle eut tout
le loisir de l'observer. L'homme était en grand deuil, la haute
coiffe de son chapeau disparaissait entièrement sous un crêpe,
et seul l'éblouissant plastron de sa chemise tranchait sur son
accoutrement funèbre. Il était affaissé sur sa selle, le menton
reposant sur le premier bouton de son plastron, et le peu
d'énergie qu'il mettait à exciter sa monture reflétait bien ce
qu'indiquait déjà son attitude : une humble soumission à la
volonté du Ciel et à tout ce que celui-ci lui réservait. Il était
manifestement peu pressé d'arriver à destination, et plus il
approchait, plus il serrait la bride. L'ayant consciencieusement examiné, la Hottentote se précipita dans la maison.

— En voilà encore un, s'écria-t-elle. Un veuf. Je l'ai vu à
son chapeau.

— Seigneur! dit tante Sannie. C'est le septième en un mois.
Mais les hommes ont vite fait de savoir où se trouvent les
moutons, les jolies femmes et les gros comptes en banque,
ajouta-t-elle avec un clin d'œil éloquent. Comment est-il?

— Dix-neuf ans, mauvaise vue, cheveux blancs, petit nez
rond, répondit la servante.

— C'est lui! C'est lui! s'écria tante Sannie l'air triomphant.
C'est le Petit Piet Vander Walt, qui a perdu sa femme le mois
dernier. Deux fermes, douze mille moutons. Je ne l'ai jamais

vu mais ma belle-sœur m'a parlé de lui, et j'ai justement rêvé
de lui la nuit dernière.

Là-dessus, le sombre couvre-chef de Piet apparut dans l'encadrement de la porte. La Hollandaise redressa le buste et,
dans un silence très digne, lui désigna un siège du bout des
doigts avec solennité. Le jeune homme s'assit en fourrant ses
pieds le plus loin possible sous sa chaise, et lâcha d'une voix
mourante :

– Je suis le Petit Piet Vander Walt. Mon père est le Grand
Piet Vander Walt.

Tante Sannie émit gravement un « Oui ».

– Tante, fit le jeune homme en se levant quelque peu brusquement, puis-je desseller mon cheval ?

– Oui.

Il attrapa son couvre-chef et disparut précipitamment par
la porte ouverte.

– Je te l'avais dit ! Je m'en doutais ! s'écria tante Sannie.
Le bon Dieu ne nous envoie pas des rêves pour rien. Ne t'ai-
je pas justement raconté ce matin que j'avais rêvé d'une grosse
bête qui ressemblait à un mouton, avec des yeux rouges – et
que je la tuais ? Eh bien, la toison blanche du mouton, ce
sont ses cheveux. Les yeux rouges, sa mauvaise vue. Et sa
mort, le mariage. Prépare vite le souper : des tripes de mouton
et des galettes. Nous allons passer la veillée ensemble [1].

Pour le jeune Piet Vander Walt, ce souper fut une véritable
torture. Tous ces Anglais, avec leur langage inintelligible,
l'intimidaient atrocement. Et qui plus est, c'était la première
fois qu'il faisait la cour à une femme. Sa précédente épouse
s'était chargée elle-même de ce soin, et dix mois d'une austère
vie conjugale menée à la baguette n'avaient rien fait pour
égayer son caractère, ou fortifier sa volonté. Il mangeait peu,
et chaque fois qu'il portait un morceau à la bouche il regardait autour de lui d'un air gêné pour voir si les autres l'observaient. Il avait glissé trois bagues à son petit doigt pour

—————

1. La coutume, chez les Boers, voulait que les futurs fiancés veillent
toute la nuit ensemble, chastement assis l'un près de l'autre. (NdT)

être sûr de le garder bien en l'air en tenant sa tasse de café;
mais le petit doigt restait piteusement recroquevillé à côté de
ses frères. Il ne fut que médiocrement soulagé quand le dîner
fut terminé et qu'il dut reprendre sa place dans le salon en
compagnie de tante Sannie. Il s'assit, les jambes serrées, posa
son chapeau sur ses genoux et se mit à en triturer mélan-
coliquement le bord. Mais tante Sannie, que le souper avait
mise de fort bonne humeur, et dont le cœur soupirait déjà
après le jouvenceau, jugea qu'il lui était impossible de conser-
ver plus longtemps ce silence de bon ton.

— J'étais apparentée à votre défunte tante Selena, dit-elle.
Le fils du demi-frère de ma mère avait épousé la nièce du
neveu par alliance du frère de son père.

— Oui, ma tante, répondit le jeune homme. Je savais que
nous étions parents.

— C'est sa cousine, reprit tante Sannie, bien lancée cette
fois, qui a été opérée d'un cancer du sein par un médecin
qui n'était pas celui qu'on avait demandé, mais qui a fait
cela tout aussi bien.

— Oui, ma tante, dit le jeune homme.

— J'ai souvent entendu raconter cette histoire, poursuivit
tante Sannie. D'ailleurs c'était le fils de cet autre vieux médecin dont on raconte qu'il est mort le jour de Noël. Reste à
savoir si c'est bien vrai! Les gens disent tellement de mensonges. Pourquoi serait-il allé mourir justement le jour de
Noël plutôt qu'un autre?

— Mais oui, ma tante, pourquoi? approuva le jeune homme
d'un ton bêlant.

— Avez-vous quelquefois des rages de dents? demanda tante
Sannie.

— Non, ma tante.

— Il paraît justement que ce médecin — pas le fils du vieux
médecin qui est mort le jour de Noël, mais l'autre, celui
qui n'est pas venu quand on l'a demandé — leur a donné
un remède si efficace contre les rages de dents, qu'il suffisait
de déboucher le flacon dans une pièce où quelqu'un souffrait
des dents pour qu'il se sente immédiatement soulagé. Il n'y

a pas à dire, c'était un remède sérieux. D'ailleurs il avait
un goût abominable. Ah! c'était un bon médecin, celui-là!
Il vous en donnait toujours un flacon haut comme ça, dit
tante Sannie en levant la main au-dessus de la table pour
indiquer la taille. On pouvait en boire pendant un mois
entier, il en restait encore, et c'était bon pour toutes les
maladies : le croup, la rougeole, la jaunisse, l'hydropisie.
Aujourd'hui, on est obligé d'acheter un remède différent
pour chaque maladie. Les médecins ne sont plus aussi bons
qu'autrefois.

— C'est bien vrai, ma tante, acquiesça le jeune homme qui
cherchait à rassembler tout son courage pour étendre les
jambes en faisant sonner ses éperons — ce qu'il fit enfin.

Tante Sannie, qui avait déjà remarqué les éperons, n'y vit
que l'expression charmante d'une nature virile, et son cœur
redoubla de passion.

— Avez-vous eu des convulsions quand vous étiez bébé?
demanda-t-elle.

— Oui, répondit le jeune homme.

— Comme c'est curieux! s'exclama tante Sannie. Moi aussi.
C'est extraordinaire comme nous nous ressemblons!

— Ma tante, lança le jeune homme d'une façon un peu
intempestive, puis-je passer la veillée avec vous?

Tante Sannie baissa pudiquement la tête en fermant à demi
les paupières. Mais, s'apercevant que ces simagrées manquaient leur effet, le jeune homme s'absorbant furieusement
dans la contemplation de son chapeau, elle minauda un « oui »
et sortit chercher des bougies.

Dans la salle à manger, Em travaillait à la machine à
coudre et Gregory était assis près d'elle, ses grands yeux bleus
tournés vers la fenêtre où se penchait Lyndall, laquelle parlait
avec Waldo.

Tante Sannie sortit deux bougies du buffet et les brandit
en l'air d'un geste conquérant en jetant des clins d'yeux aux
quatre coins de la pièce.

— C'est lui qui les a demandées, dit-elle.

— C'est pour faire un emplâtre à son cheval? interrogea

Gregory, qui n'était pas encore très au courant des mœurs de la région.

— Comment cela? s'écria tante Sannie, indignée. C'est pour la veillée!

Et elle sortit triomphalement avec ses deux bougies.

Cependant, quand chacun se fut retiré dans sa chambre, que la grande bougie fut allumée et la cafetière remplie, qu'elle-même fut installée dans son fauteuil, son amoureux tout près d'elle sur sa chaise, et qu'enfin la veillée put commencer, elle trouvait déjà le temps long. Le jeune homme avait l'air transi et n'ouvrait pas la bouche.

— Vous ne voulez pas poser les pieds sur mon tabouret? demanda tante Sannie.

— Non, merci, ma tante, répondit le jeune homme, et le silence retomba.

A la fin tante Sannie, qui craignait de s'endormir sur place, se versa une grande tasse de café et en offrit une à son amoureux, ce qui eut pour effet de les ranimer tous les deux sensiblement.

— Combien de temps êtes-vous resté marié, mon cousin?

— Dix mois, ma tante.

— Et votre bébé, quel âge avait-il?

— Trois jours, quand il est mort.

— C'est bien dur d'avoir à redonner au Seigneur sa femme ou son mari, dit tante Sannie.

— Bien dur, dit le jeune homme. Mais c'est la volonté de Dieu.

— Oui, reprit tante Sannie en poussant un soupir.

— C'était une femme si parfaite, ma tante. Je l'ai vue casser un manche de baratte sur la tête d'une servante qui avait laissé tomber un peu de poussière sur une toile à fromage.

Tante Sannie éprouva un pincement de jalousie. Jamais elle n'avait cassé de manche de baratte sur la tête d'une servante.

— J'espère que votre femme a eu une sainte mort, dit-elle.

— Oh! oui, ma tante, une très belle mort. Elle a pu réciter un psaume et deux cantiques et demi avant de mourir.

– A-t-elle laissé ses dernières recommandations ? demanda tante Sannie.

– Non, répondit le jeune homme. Mais la nuit qui a précédé sa mort, j'étais couché au bout du lit et j'ai senti qu'elle me poussait avec son pied.

» – Piet, me dit-elle.

» – Annie, mon cœur, lui dis-je.

» – Je viens de voir mon petit bébé qui est mort hier, il était debout sur le coffre.

» – Et qu'est-ce qu'il t'a dit ? demandai-je.

» – Il m'a dit que si je mourais, tu devais épouser une grosse femme.

» – C'est ce que je ferai, lui répondis-je et je me rendormis.

» Peu après, elle me réveilla de nouveau.

» – Je viens de revoir mon bébé, et il m'a dit que tu devais épouser une femme de plus de trente ans qui a déjà eu deux maris.

» Après cela j'eus du mal à me rendormir ; mais à peine y avais-je réussi qu'elle me réveilla encore une fois.

» – J'ai encore vu le bébé, dit-elle. Il ne faut pas que tu épouses une femme qui ait un grain de beauté.

» Je lui dis que j'obéirais ; et le lendemain elle est morte.

C'est le Sauveur qui lui a envoyé cette vision, dit tante Sannie.

Le jeune homme opina d'un air lugubre. Il pensait à sa jeune belle-sœur, qui était mince, avait un grain de beauté, et dont sa femme avait toujours été jalouse – et il regretta bien que son bébé fût venu se percher sur ce coffre au lieu de rester bien sagement au ciel.

– J'imagine que c'est pour cela que vous êtes venu me voir, reprit tante Sannie.

– Oui, ma tante. Et papa m'a dit qu'il fallait que je me marie avant l'époque de la tonte. Quand il n'y a personne pour surveiller le ménage à ce moment-là, tout va de travers ; les servantes gaspillent des quantités de graisse.

– Quand voulez-vous vous marier ?

– Le mois prochain, ma tante, dit le jeune homme, d'une voix tristement résignée. Puis-je vous embrasser, ma tante?

– Fi donc! s'écria tante Sannie, avant de lui plaquer sur la joue un baiser sonore. Allons, rapprochez votre chaise, reprit-elle; et ils demeurèrent ainsi, coude contre coude, jusqu'à la fin de la nuit.

Le lendemain matin à l'aube, alors qu'elle traversait la chambre de la Hollandaise, Em la trouva occupée à ôter ses souliers pour se mettre au lit.

– Où est Piet Vander Walt?

– Il vient de partir, dit tante Sannie, et je l'épouse dans quatre semaines, jour pour jour. Je suis morte de sommeil, ajouta-t-elle. Cet imbécile n'a vraiment aucune conversation.

Sur quoi elle grimpa tout habillée sur son lit à colonnes et remonta la courtepointe sous son menton.

La veille du mariage de tante Sannie, Gregory Rose était assis en plein soleil sur le mur du kraal, derrière sa maisonnette de torchis. Et malgré la chaleur il restait là, les yeux fixés sur un petit buggy qui roulait à fond de train dans la plaine et se dirigeait vers la ferme. Lorsqu'il eut complètement disparu, il se décida enfin à bouger; il s'aperçut alors que les pierres étaient brûlantes et se laissa glisser au bas du mur pour retourner dans la maison. En passant il donna un coup de pied dans le seau posé sur le seuil et l'envoya rouler dans un coin de la pièce – cela lui fit du bien. Après quoi il alla s'asseoir sur le coffre et entreprit de découper des lettres dans une page de journal. Lorsqu'il s'aperçut que le sol était jonché de petits morceaux de papier, il les ramassa tous et commença à gribouiller sur son buvard. Il essaya diverses initiales devant le nom de Rose : G. Rose, E. Rose, L. Rose, L. Rose, L.L.L.L. Rose. Quand il eut couvert toute la feuille, il la considéra quelques instants d'un air morose, puis brusquement décida d'écrire une lettre.

Ma sœur chérie,

Il y a bien longtemps que je ne t'ai écrit, mais je n'ai plus un instant à moi. C'est la première fois que je passe la matinée

dans ma maison depuis je ne sais combien de temps. Em
m'attend à la ferme tous les matins; mais aujourd'hui je ne
me suis vraiment pas senti le courage d'y aller.

J'ai beaucoup de nouvelles à t'apprendre.

Tante Sannie, la Hollandaise qui a servi de belle-mère à
Em, va se marier demain. Elle est partie à la ville aujourd'hui
et la noce doit se faire dans la ferme de son frère. Em et
moi nous irons tous les deux à cheval, et sa cousine prendra
le buggy avec cette espèce d'Allemand. Je ne crois pas t'avoir
écrit depuis qu'elle est revenue du pensionnat. Elle ne te
plairait pas du tout, Jemima. C'est quelqu'un de terriblement
orgueilleux. Elle s'imagine que, parce qu'elle est jolie, personne n'est assez bien pour parler avec elle, et on croirait
qu'il n'y a qu'elle au monde qui soit allée à l'école.

Cette noce de demain va être un événement. Tous les Boers
du coin vont rappliquer et ils vont danser toute la nuit. Pour
moi, je crois que je ne danserai pas. Comme dit la cousine
d'Em, ces danses de paysans, c'est bien vulgaire. La dernière
fois que j'ai dansé, c'était vraiment pour faire plaisir à Em.
Je me demande d'ailleurs pourquoi elle aime tant ça. Elle
aurait voulu qu'on se marie le même jour que tante Sannie;
mais je lui ai dit que ce serait plus agréable pour elle d'attendre que l'époque de la tonte soit passée, afin que nous
puissions venir te faire une visite avant. J'imagine qu'elle va
être obligée de vivre avec nous (je parle de sa cousine), étant
donné qu'elle ne possède rien d'autre au monde que cinquante
malheureuses livres sterling. Mais elle ne me plaît *pas du
tout*, Jemima, et je suis sûr que tu ne l'aimerais pas non plus.
Elle a des manières tellement bizarres. Elle roule tout le
temps en cabriolet avec cette espèce d'Allemand inculte. Moi,
je trouve que ce n'est pas convenable qu'une femme sorte
ainsi avec un homme qui n'est même pas son fiancé. Qu'en
penses-tu? Avec moi bien sûr ce serait différent, puisque nous
sommes presque parents. Mais elle me traite d'une façon tout
à fait déplaisante, si l'on songe que je dois bientôt être son
cousin. L'autre soir j'avais apporté mon album, dans lequel
il y a des portraits de toi, et je l'avais posé près d'elle en lui

disant qu'elle pouvait le regarder; mais elle s'est contentée de me dire « Merci » et n'y a pas touché – autant dire : votre famille ne m'intéresse pas.

Elle attelle les chevaux les plus nerveux à son buggy et elle s'en va toute seule, avec un affreux petit roquet appartenant à cet Allemand, qu'elle fait asseoir à côté d'elle. Moi j'estime que cela ne se fait pas qu'une femme sorte seule. Si elle était ma sœur, je ne le permettrais pas. L'autre jour je me suis trouvé par hasard sur son chemin, je ne sais trop pourquoi elle venait dans ma direction, et cette sale bête – il s'appelle Doss – s'est mise à aboyer en me voyant – comme d'habitude – sur quoi les chevaux se sont cabrés et ont rué en défonçant la planche du garde-boue. Tu aurais vu le spectacle, Jemima! Elle a des mains si menues que je pourrais les tenir toutes les deux dans la mienne sans rien sentir – excepté leur douceur. Eh bien ces petites mains-là retenaient les chevaux avec une poigne de fer. Comme je voulais l'aider, elle m'a dit : « Merci, je peux me débrouiller toute seule. Avec les mors qu'ils ont, je leur brise la mâchoire d'un coup de poignet », et elle a filé en riant. Ce ne sont pas des manières très féminines.

Dis à père que mon bail de location des terres prend fin dans six mois, et que j'aurai épousé Em avant l'expiration. Mon couple d'autruches est en train de couver, mais je ne suis pas allé les voir depuis trois jours. Je ne sais pas ce qui m'arrive, je ne m'intéresse plus à rien. Je ne me sens pas très bien. Si c'est moi qui vais en ville samedi, j'irai consulter le docteur, mais c'est sans doute elle qui ira, encore une fois. Je ne sais pas pourquoi, Jemima, elle ne veut jamais me confier ses lettres à poster. Quand je les lui demande, elle me répond qu'elle n'en a pas, et le lendemain elle s'en va les poster elle-même. Garde cela pour toi, Jemima, mais *deux fois,* dans le courrier que je lui ai rapporté, j'ai reconnu sur l'enveloppe une écriture masculine, et je suis certain que c'était la même, j'ai remarqué tous les petits détails, jusqu'aux points sur les i. Au fond, cela m'est tout à fait égal, mais je suis bien obligé, à cause d'Em, de m'intéresser un peu à elle,

quelle que soit l'aversion qu'elle m'inspire. J'espère qu'elle
n'est pas en train de faire des bêtises. Je plains l'homme qui
l'épousera. Pour rien au monde je ne voudrais être à sa place.
Si j'avais une femme aussi orgueilleuse, je la dresserais, moi!
Un homme qui ne sait pas se faire obéir d'une femme, ce
n'est pas un homme. Avec Em – et tu sais l'affection que j'ai
pour elle –, quand je lui demande de mettre telle robe, elle
la met. Quand je lui dis de s'asseoir sur tel siège, elle s'y
assied. Quand je lui interdis de parler à certaine personne,
elle ne lui parle plus. Un homme qui laisse faire à sa femme
tout ce qui lui déplaît, c'est une femmelette.

Embrasse pour moi maman et les petits. Le *veld* a bonne
mine en ce moment, et les moutons sont en meilleur état
depuis que nous les avons lavés. Dis à père que le produit
qu'il m'a recommandé contre les parasites est très efficace.

Em me charge de te transmettre toute son affection. Elle
a entrepris de me confectionner des chemises de lainage;
mais elles ne me vont pas aussi bien que celles que me faisait
maman.

Ne tarde pas trop à écrire à

> Ton frère affectionné
> Gregory

P.S. Tout à l'heure, elle est passée tout à côté de moi avec
son buggy; j'étais assis sur le mur du kraal; elle ne m'a
même pas adressé un signe de tête.

> G.N.R.

— Je ne savais pas que tu aimais tant foncer à bride abattue, dit Gregory à sa fiancée.

Ils chevauchaient tranquillement au petit galop, le matin de la noce, se rendant à la ferme d'oncle Muller.

— Tu appelles cela foncer à bride abattue? demanda Em, stupéfaite.

— Parfaitement! C'est comme ça qu'on crève son cheval, et qu'on se crève soi-même par la même occasion, ajouta-t-il d'un ton aigre, puis il tourna la tête vers le buggy qui roulait derrière eux. D'habitude, Waldo conduit comme un fou. Pourquoi traîne-t-il de cette façon aujourd'hui? C'est à croire que leurs étalons sont boiteux!

— J'imagine que c'est pour ne pas recevoir notre poussière, dit Em. Regarde, dès que nous nous arrêtons, ils s'arrêtent.

Constatant qu'effectivement il en était ainsi, Gregory se remit en marche.

— C'est la faute de ton cheval, dit-il. Il soulève une telle poussière! C'est insupportable. J'en suis moi-même incommodé.

Cependant la voiture attelée avançait doucement.

— Prends les guides, dit Lyndall, et mets-les au pas. J'ai envie de me reposer aujourd'hui, ménageons-nous. Finie, la griserie, je suis trop fatiguée.

Elle se renforça dans son coin, et Waldo mena les chevaux lentement sur la route plate, dans la lumière grise de l'aube. Ils passèrent à côté du buisson d'euphorbes où, des années plus tôt, le vieil Allemand avait trouvé la femme du berger cafre. Mais leurs pensées étaient bien loin de lui, ce matin-là. C'étaient des pensées de jeunes gens courant vers l'avenir, se débattant dans le présent. Au bout d'un moment, il posa la main sur son bras.

— Qu'y a-t-il?

— Tu ne bougeais pas, j'ai cru que tu dormais, j'avais peur que tu ne tombes s'il y avait un cahot, dit-il.

— Non. Laisse-moi, ne me parle pas. Je ne dors pas.

Mais un moment plus tard, elle dit tout à coup :

— Ce doit être terrible de mettre au monde un être humain.

Waldo se retourna. Elle était recroquevillée dans son coin, son voile de mousseline bleue étroitement serré autour d'elle, fixant des yeux les sabots des chevaux. Comme il ne trouvait rien à répondre à cette reflexion qui le déconcertait, il se contenta de caresser ses bêtes du bout du fouet.

— Moi qui n'ai pourtant aucune conscience, poursuivit-elle, je n'aimerais pas mettre un être au monde. Chaque fois qu'il commettrait une faute, chaque fois qu'il éprouverait une peine, j'aurais le sentiment qu'une main de plomb s'abat sur moi : « C'est ton œuvre, c'est toi qui as créé cet être pour ton propre plaisir, *toi!* Vois ce que tu as fait! » Quand bien même mon enfant aurait quatre-vingts ans, je le sentirais encore comme une meule à mon cou, et il serait encore en droit d'exiger de moi le bonheur et de me reprocher ses peines. Être un père ou une mère, c'est un peu être Dieu : si son œuvre est ratée, tant pis pour Lui, qu'Il en supporte les conséquences. Le temps n'y fera rien. Jamais, au grand jamais, personne ne pourra dire à son enfant : « Qu'ai-je à voir avec toi? »

L'air songeur, Waldo dit :

— C'est merveilleux qu'une âme ait le pouvoir de créer une autre âme.

Ces mots ne la touchèrent pas davantage que le frappement des sabots sur la route; ses pensées suivaient leur chemin.

— Les gens prétendent que c'est Dieu qui envoie les bébés sur la terre. Encore un mensonge qui les arrange — et c'est le plus abject de tous. C'est sans doute ce qu'a dit mon père alors qu'il se savait en train de mourir de phtisie, et aussi ma mère quand elle savait qu'elle n'aurait pas les moyens de m'élever, et qu'ils m'ont faite, pour que j'aille mendier mon pain chez les autres comme un chien. Les gens ne disent jamais que c'est Dieu qui nous envoie les livres, les articles de journaux ou les machines qu'eux-mêmes ont fabriqués. Ils ne disent pas, en soupirant, que ce n'est pas de leur faute si c'est là. Alors pourquoi le disent-ils pour le reste? Les menteurs! « C'est Dieu qui nous envoie les bébés! »

Elle donna un coup de pied dans la planche du garde-boue.

— Quand ce sont les enfants qui le disent, ils sont sincères, eux. Ils touchent avec respect ce petit inconnu qui vient tout droit du ciel, ils inspectent la chambre du coin de l'œil en cherchant la plume blanche que l'ange aurait perdue en l'apportant. Sur leurs lèvres, cette phrase a un sens. Mais chez les autres, ce n'est qu'un ignoble mensonge. L'étonnant, poursuivit-elle en passant brusquement de la colère à une tranquille ironie, c'est que les gens mariés, quand bien même ils auraient déjà soixante enfants, continuent à prétendre que c'est le bon Dieu qui décidera du nombre. Mais pour ceux qui ne sont pas mariés, il n'est plus question du bon Dieu. S'il n'y a pas de contrat en bonne et due forme, qui donc vous envoie les bébés? Le Diable, peut-être! fit-elle en laissant échapper un petit rire argentin et moqueur. C'est tout de même curieux que certains êtres viennent du ciel et d'autres de l'enfer, et qu'en arrivant sur la terre ils se ressemblent tous!

Waldo la regarda d'un air intrigué. Il n'avait pas la clef de ses pensées, et ne distinguait pas le fil sur lequel elles étaient enfilées. Elle resserra son voile de mousseline autour d'elle.

— Cela doit être bien commode de croire au Diable, déclarat-elle. Dommage... Si j'étais sûre que cela serve à quelque chose, je serais capable de prier trois heures matin et soir, à genoux par terre en demandant : « Mon Dieu, faites que je croie en Satan. » Tout serait tellement plus facile. On pourrait se permettre d'être aussi égoïste et sensuel qu'il est possible.

Il y aurait toujours moyen de rejeter la faute sur un autre. Entre la volonté de Dieu et la tentation du Diable, on a le choix. Tandis que nous, malheureux incroyants, nous portons tout le fardeau de nos actes. Nous ne pouvons que dire : « C'est moi qui ai fait cela. Moi. Ce n'est ni Dieu ni Satan. C'est moi seul ! » Et cette pointe-là s'enfonce dans l'âme. Waldo, dit-elle calmement en changeant brusquement de ton, si tu savais comme je t'aime, toi.

Elle posa doucement sa joue sur son épaule.

– Quand je suis avec toi, j'oublie que je suis une femme et que tu es un homme ; nous ne sommes plus que deux êtres qui pensent. Quand je suis avec d'autres hommes, que je les aime ou non, je n'ai que des corps devant moi. Avec toi, il y a un esprit. Toi, je t'aime. Regarde, dit-elle tout à coup en se laissant retomber en arrière contre le dossier, cette jolie couleur rose tout en haut des collines ! Le soleil va bientôt se lever.

Waldo leva les yeux, embrassant du regard les collines dorées qui cerclaient l'horizon ; les chevaux, touchés par les premiers rayons, secouèrent la tête en mâchonnant leurs mors luisants, et de nouveau le cuivre des harnais étincela dans la lumière.

Il était huit heures lorsqu'ils arrivèrent en vue de la ferme : une maison de brique rouge, flanquée d'un kraal à droite et d'un petit verger à gauche. On remarquait déjà les signes d'une agitation inhabituelle. Une charrette, un chariot, deux selles posées par terre contre le mur : les premiers invités étaient arrivés, et ce n'était que le début d'une prodigieuse invasion. Le nombre d'invités qui surgissent de partout dans ces noces hollandaises impressionne d'autant plus que l'on a traversé pour venir les grandes plaines désertes du karroo.

A mesure que la matinée avance, des cavaliers débouchent de tous les horizons sur des montures aux robes variées, ajoutent leur selle à la longue rangée qui garnit déjà les murs, serrent des mains, avalent debout des tasses de café et, par petits groupes, regardent arriver les voitures attelées et les chariots à bœufs qui déversent leur cargaison de tantes

plantureuses et de fraîches jeunes filles, suivies d'une kyrielle
d'enfants de toutes tailles, vêtus de toutes les variétés possibles
de cotons imprimés et de velours, et accompagnés de nourrices hottentotes, de Cafres et de métisses dont la diversité
des couleurs de peau, du jaune pâle au noir d'ébène, met une
note bigarrée dans cette agitation. C'est une joyeuse boiscu-
lade, qui va croissant à mesure qu'approche l'heure du retour
des mariés. On ne s'agite pas moins dans la cuisine où les
préparatifs du festin vont bon train. Le café circule à la ronde
et soudain, au milieu de l'excitation générale et des salves de
carabines, un chariot fait son entrée, tiré par des chevaux, et
la noce met pied à terre. Les mariés suivis de leur cortège
se dirigent solennellement vers la chambre nuptiale où le lit
et le coffre, drapés de blanc, sont décorés de fleurs artificielles
et de flots de rubans; là ils s'asseyent en ligne sur des chaises.
Quelques instants plus tard, la demoiselle et le garçon d'honneur se lèvent et conduisent en grande cérémonie chacun des
invités devant les deux mariés que l'on embrasse en leur
souhaitant mille bonheurs. Puis commence le banquet, et ce
n'est guère qu'au coucher du soleil que l'on dessert la table
et que peuvent débuter enfin les réjouissances. On a sorti les
meubles du salon et la terre battue, frottée au sang de bœuf,
brille comme de l'acajou poli. La gent féminine se presse
dans les chambres pour faire toilette et reparaît vêtue de
mousseline blanche, gaiement harnachée de rubans de couleur et de bijoux de cuivre. Sitôt que les chandelles de suif
sont disposées sur tous les murs, le bal commence; deux
violoneux, installés dans un coin, attaquent la musique. Les
mariés ouvrent le bal et bientôt tout l'espace est rempli de
couples qui tournoient. La gaieté monte. Les mariés se mêlent
à la foule, et par moments s'élève la voix puissante d'un
danseur qui entonne les paroles des « Flots Bleus » ou de
« John Speriwig » tout en tirant sa cavalière : les jeunes gens
applaudissent à grand renfort de cris et quand arrivent onze
heures, l'excitation est à son comble. Il devient impossible
de faire tenir tranquille la nuée d'enfants qui grouillent dans
les chambres voisines et que des quignons de pain ou des

tranches de gâteaux ne suffisent plus à calmer. Un concert de cris et de pleurs finit bientôt par couvrir le crin-crin des violons. Les mères plantent alors leurs cavaliers pour aller distribuer claques et taloches à ces chères petites têtes ou à leurs bonnes, et forcer tout ce petit monde glapissant à se coucher, qui sur un coin de lit encore vacant, qui sous une table, ou derrière un grand coffre. Une demi-heure plus tard, des ronflements montent de tous les coins, et il devient dangereux de s'aventurer dans les chambres, car des mains et des têtes dépassent de partout. Entre-temps, dans le salon, les pieds infatigables des danseurs ont fini par briser la croûte lisse du sol et une fine poussière s'élève, nimbant de jaune la flamme des bougies et déclenchant de furieuses quintes de toux, si bien qu'au bout de quelque temps on ne distingue plus personne d'un côté à l'autre de la salle à peine si l'on devine le visage de son cavalier à travers un brouillard ambré.

A minuit, la mariée est conduite dans sa chambre et on la déshabille. On souffle les lumières, puis le garçon d'honneur amène le marié devant la porte et lui remet la clef. Une fois la porte refermée, la liesse reprend de plus belle. Jusqu'au matin nul ne songe à dormir, et nul d'ailleurs ne trouverait le plus petit recoin pour y faire le plus petit somme.

Lyndall, à ce stade des réjouissances, était assise dans l'embrasure d'une porte donnant sur une pièce adjacente, et regardait les danseurs émerger puis s'évanouir dans le nuage de poussière jaune. Gregory se trouvait lui aussi dans un coin de cette immense salle, l'air maussade. Sa petite fiancée lui posa la main sur le bras.

— Tu devrais inviter Lyndall à danser, lui dit-elle. Elle doit s'ennuyer, elle n'a pas bougé de toute la soirée.

— J'y suis déjà allé trois fois, lui répondit-il d'un ton sec. Je ne vais pas m'amuser à ramper devant elle comme un petit chien pour lui donner le plaisir de me lancer un coup de pied. Non, Em, je ne ferai cela ni pour toi ni pour personne.

— Ah, je ne savais pas que tu l'avais déjà invitée, Greg, reprit la petite fiancée d'une voix humble.

Et elle s'éloigna pour aller servir du café aux invités. Ce

qui n'empêcha pas Gregory, quelques instants plus tard, de s'apercevoir que ses pas l'avaient conduit malgré lui près de la porte où se trouvait Lyndall. Il resta planté là un bon moment avant d'oser lui demander si elle désirait une tasse de café. Elle déclina son offre. Il demeura encore au même endroit – après tout, il n'avait pas plus de raisons d'être ailleurs qu'ici, puis finit par entrer dans la chambre.

– Me permettez-vous de vous apporter un tabouret, Miss Lyndall, pour poser vos pieds?

– Je vous remercie.

En ayant trouvé un, il le lui glissa sous les pieds.

– Il y a un courant d'air qui vient de cette fenêtre. Voulez-vous que je trouve quelque chose pour boucher le carreau cassé?

– Non, j'ai envie d'avoir un peu d'air.

Gregory avait beau regarder autour de lui, il ne trouvait plus rien à proposer et finit par s'asseoir sur un coffre, de l'autre côté de la porte, légèrement en retrait. Lyndall, le menton sur la main, avait les yeux tournés vers la chambre, ces yeux d'un gris d'acier le jour, et qui dans l'ombre semblaient noirs. Au bout de quelque temps, il eut le sentiment qu'elle avait totalement oublié sa présence, et se risqua à observer son cou, ses mains fines, comme jamais encore il n'avait osé le faire, tant il craignait de rencontrer ses regards. Sa robe noire accentuait la distance qui la séparait des autres femmes tourbillonnant autour d'elle avec leurs mousselines blanches et leur bimbeloterie. Ses mains toutes menues étaient pâles et les diamants de sa bague lançaient des feux. D'où lui venait ce bijou? Il se pencha légèrement en avant pour essayer de déchiffrer les initiales, mais la lumière était trop faible. Lorsqu'il releva les yeux, le regard de Lyndall était posé sur lui. Et elle le regardait – non pas comme d'habitude, pensa immédiatement Gregory, non pas comme s'il était une souche ou un caillou qui se serait trouvé sur son chemin. Non, ce soir elle le regardait vraiment, d'un œil critique peut-être, sévère ou amical il n'aurait su le dire, mais c'était bien lui qu'elle

voyait, lui, Gregory Rose! Une joie indéfinissable l'envahit.
Il serra les poings de toutes ses forces pour trouver une
belle pensée à exprimer; mais toutes les phrases profondes
qu'il s'entendait lui dire lorsqu'il était tout seul dans sa
maisonnette de torchis s'étaient envolées. Il prononça enfin :

— Ces danses de paysans sont bien vulgaires.

A peine avait-il lâché ces mots qu'il s'avisa de leur banalité
et les regretta.

Mais avant que Lyndall eût pu répondre, Em passa la tête
par la porte.

— Viens vite, Gregory! dit-elle. Ça va être la danse du coussin et je n'ai aucune envie d'embrasser l'un de ces paysans.
Oh! viens!

Elle glissa sa main sous le bras de Gregory.

— Il y a tellement de poussière, Em. Comment peux-tu avoir
encore envie de danser? dit-il sans se lever.

— La poussière ne me gêne pas. Et cela me repose, de danser.

Mais il ne bougea pas.

— Je suis fourbu. Je crois que j'ai assez dansé pour aujour-
d'hui, dit-il.

Em retira sa main, et un jeune fermier qui passait l'entraîna.

— J'ai souvent imaginé que... commença Gregory — mais
Lyndall s'était déjà levée.

— Je suis fatiguée, dit-elle. Je me demande où est Waldo.
J'aimerais qu'il me ramène à la maison. Vous allez tous rester
jusqu'au matin, je suppose. Il est déjà trois heures.

Elle se fraya un chemin jusqu'à la porte du dehors, se
faufilant parmi les violoneux et les danseurs effondrés sur les
bancs. Sur les marches du perron se tenait un petit groupe
d'hommes et de jeunes gens qui fumaient et lorgnaient par
les fenêtres en échangeant des plaisanteries grivoises. Waldo
n'était sûrement pas avec eux. Elle s'éloigna alors vers l'endroit, à l'écart, où étaient remisés les chariots et les voitures.

— Waldo, appela-t-elle en essayant de voir à l'intérieur d'une
grande charrette, tu es là? Je suis encore tellement éblouie
par ces chandelles que je ne distingue plus rien.

Il était installé entre les deux banquettes. Elle grimpa et s'assit à l'avant, sur les planches inclinées.

— Je pensais bien que je te trouverais ici, dit-elle en ramenant le bas de sa jupe autour de ses épaules. J'aimerais que tu me reconduises à la maison dans un moment. Mais pas tout de suite.

Elle appuya sa tête contre le siège, près de la sienne, et ils écoutèrent ensemble, en silence, le nasillement saccadé des violons, le martèlement sourd et continu des danseurs et les gros rires vulgaires que le vent apportait par bouffées jusqu'à eux. Elle chercha sa main.

— J'aime bien entendre tous ces bruits de loin, dit-elle. Cette vie qui m'est si étrangère, j'aime la sentir vibrer autour de moi. J'aime comprendre, observer tout ce qui est différent de moi.

Elle poussa un long soupir.

— Quand j'étouffe sous la banalité de ma propre vie, je m'amuse à imaginer toutes sortes de scènes très dissemblables, et j'essaie de les voir toutes ensemble au même instant, en un éclair : un moine du Moyen Age par exemple, son chapelet à la ceinture, qui arpente l'herbe verte d'un verger et lève tout à coup les yeux vers les arbres chargés de fruits; de jeunes enfants qui jouent tout nus sur une plage ensoleillée de Malaisie; un philosophe hindou assis sous un banian, perdu dans ses méditations jusqu'à se perdre en Dieu; un cortège de Bacchantes, vêtues de robes blanches et couronnées de pampres, qui parcourent en dansant les rues de Rome; un martyr qui regarde le ciel, du fond de sa cellule, la nuit avant sa mort, et sent déjà pousser à ses épaules les ailes avec lesquelles il montera au ciel... (Elle promena rêveusement la main sur son visage). Un épicurien qui discourt dans les thermes, devant quelques disciples choisis, sur la nature du bonheur; un sorcier cafre qui cueille des herbes au clair de lune, tandis que montent des huttes, au flanc de la colline, les aboiements des chiens mêlés aux voix des femmes et des enfants; une mère qui donne à ses petits du lait avec du pain dans leurs écuelles de bois, en chantant la prière du soir. Je m'amuse à voir tout cela à la fois. Je le sens couler en moi comme si c'était mon sang. Comme si toutes ces vies m'appartenaient. Et je me sens plus grande, les murs étroits de ma petite prison éclatent.

Elle respira profondément.

— Et toi, as-tu fait des projets? demanda-t-elle quelques instants plus tard.

— Oui, répondit-il. (Ses phrases sortaient par à-coups, entre-coupées de silences.) Je prendrai la jument grise... je voyagerai pour commencer... je voudrais voir le monde... après, je cher cherai du travail.

Quel travail?

— Je ne sais pas.

Elle eut un petit geste d'impatience.

— Ce ne sont pas des projets, cela : voyager, voir le monde, chercher du travail! Si tu pars dans le monde sans but précis, sans objectif bien défini, avec des rêves — des rêves! — tu te feras toujours écraser, piétiner, berner. Au bout du compte, tu te retrouveras les mains vides, et où sera passée ta vie? Nulle part. Qu'est-ce que le génie finalement, sinon avoir conscience que l'on sait faire une chose mieux que le reste, et la faire. Waldo, dit-elle en resserrant sa main sur la sienne, j'aimerais pouvoir t'aider; pouvoir te faire comprendre que c'est à toi de décider de ce que tu veux être, de ce que tu veux faire. Peu importe ce que tu choisiras — fermier, homme d'affaires, artiste, n'importe quoi —, mais fixe-toi un but et consacres-y ta vie. Nous n'avons qu'une vie, Waldo. Et si l'on veut la réussir, il faut se concentrer sur un projet; il n'y a ni grande œuvre ni grand homme, sans cela. Goûte un peu à tout si tu veux, jette les yeux un peu sur tout, mais ne vis que pour une seule chose. Tout est possible à celui qui sait ce qu'il veut et se dirige droit vers son but. Je vais te donner un exemple, poursuivit-elle d'un ton plus laconique. Tant qu'on ne les concrétise pas dans des images, les mots restent du vent.

» Imagine une femme, jeune et sans amis, comme moi-même, c'est-à-dire la créature la plus fragile qui soit sur cette terre. Il faut pourtant qu'elle fasse son chemin dans la vie. Or, ce qu'elle aimerait faire lui est interdit, étant une femme. Elle va donc commencer par s'étudier elle-même attentivement, et étudier le monde autour d'elle, pour découvrir dans quelle direction s'orienter. Personne ne peut l'aider, elle ne peut compter que sur elle-même. Elle observe. Elle constate qu'elle possède une jolie voix, riche et nuancée, un beau, très beau visage, capable d'exprimer en un instant toute une gamme de sentiments sans se perdre en paroles, un don exceptionnel pour se glisser dans des personnages très différents d'elle-même et les faire vivre avec une justesse étonnante. Telles sont ses qualités. Comment va-t-elle les exploiter ? Pour devenir poète ou écrivain, l'esprit suffit, l'on n'a que faire d'un beau physique, d'un visage expressif. Pour être peintre, il faut avoir un œil pour les formes et pour les couleurs. Musicien, une oreille pour les sons et les rythmes. Et pour être une simple ouvrière, point n'est besoin de dons intellectuels. Il existe pourtant un art, dans lequel toutes ces facultés qu'elle possède peuvent être utilisées et sont indispensables : ce physique expressif, cette belle voix, cette imagination sensible, c'est tout ce qu'il faut à l'acteur, et rien de plus, pour recréer des personnages et les faire vivre. Elle a trouvé son but. Comment l'atteindre maintenant ? D'innombrables difficultés se dressent devant elle : il faudra traverser des océans, puis endurer la pauvreté, la solitude, le besoin. Il faudra attendre longtemps avant de voir la route s'ouvrir. Et si dans le passé elle a commis une faute, si elle s'est chargée d'un fardeau qu'elle devra porter jusqu'au bout, il faudra qu'elle avance courageusement, son fardeau sur les bras. Inutile de gémir et de se repentir : on aura tout le temps dans l'autre monde. La vie est trop courte. Mais nos erreurs nous permettent quelquefois d'y voir plus clair.

Elle se tut un moment, puis reprit :

— Si elle agit ainsi — si elle sait attendre avec patience, si elle ne se laisse pas abattre, si elle n'oublie jamais son but, si elle avance droit devant elle et sait plier les êtres et les choses à son usage — elle gagnera. Les êtres et les choses sont toujours malléables. Si l'on marche d'un pas décidé, ils s'écarteront du chemin comme des herbes pour vous laisser passer. J'en ai fait moi-même l'expérience, poursuivit-elle, et pourtant je n'étais pas bien grande. Il y a des années, j'avais décidé qu'un jour j'irais à l'école. C'était une chose qui paraissait totalement hors d'atteinte. Mais j'ai attendu, guetté les occasions, préparé ma garde-robe, écrit là-bas et retenu ma place. Quand tout a été prêt, j'ai pesé de toutes mes forces sur la grosse Hollandaise, et je l'ai obligée à céder. C'est un tout petit exemple, mais la vie est faite de ces petites victoires, comme le corps est fait de cellules. Ce qu'on peut réussir pour les petites choses, on peut le réussir pour les grandes. Et on le réussira, ajouta-t-elle doucement.

Waldo écoutait. Il n'avait pas le sentiment d'entendre une confession, de pénétrer dans les arcanes d'un cœur de femme — un cœur fier, fort, et impatient de vivre. Il ne saisissait dans ses paroles que des généralités s'appliquant à n'importe qui. Il leva vers le ciel piqueté d'étoiles un regard indolent.

— C'est vrai, dit-il. Mais quand on est couché, là, et qu'on tourne tout ça dans sa tête, on se dit que rien ne sert à rien. L'univers est si vaste, et l'homme est si petit...

Elle secoua vivement la tête.

— Il ne faut pas voir aussi loin; c'est de la folie, c'est une vraie maladie. On sait bien qu'aucune œuvre n'est éternelle. Moïse est mort, les Prophètes aussi, et les livres dont se nourrissaient nos grand-mères sont mangés par les vers. Le poète, le peintre, l'acteur dont nous parlions... ils ne sont pas sitôt applaudis que déjà plus personne ne se souvient de leur nom, ils restent comme des bornes au bord du chemin, mais le monde les a dépassés. Les hommes s'imaginent tous poser leur marque sur le monde pour l'éternité. Mais le temps efface tout, comme il a effacé des montagnes, des continents entiers. Et quand bien même, ajouta-t-elle en se soulevant sur son coude, quand bien même nous ferions quelque chose pour l'humanité et laisserions quelques traces de nos œuvres? L'humanité n'est qu'une fleur éphémère sur l'arbre du temps; d'autres se sont fanées avant elle et d'autres s'ouvriront après.

Où était l'homme à l'époque du dicynodon, quand tous ces monstres antédiluviens se vautraient dans la boue ? Où sera-t-il dans les millénaires à venir ? Nous sommes des étincelles, des ombres, des grains de pollen que le premier coup de vent emportera. Nous sommes déjà en route vers la mort. Toute la vie n'est qu'un rêve.

» Je la connais bien, cette pensée-là. Quand la fièvre de vivre nous saisit, quand le désir d'apprendre, de créer, d'être quelqu'un nous rend fous, elle peut nous apaiser, calmer notre fièvre, assagir notre pouls. Mais ce n'est pas un cordial, c'est un poison. A force de le consommer, il nous gèle le sang – nous voilà comme des morts. Il ne faut pas, Waldo : je veux que tu fasses de ta vie quelque chose de beau, quelque chose de réussi. Tu es plus courageux, plus fort que moi, tellement meilleur que moi – comme un archange du bon Dieu comparé à un pauvre pécheur. Il faut que ta vie serve à quelque chose.

– Oui, nous travaillerons, dit-il.

Elle se rapprocha de lui et resta ainsi sans bouger, les boucles noires de Waldo contre les bandeaux lisses de ses cheveux.

Doss, qui était couché contre son maître, escalada le banc pour venir se blottir sur les genoux de Lyndall. Elle ramena sur lui un pan de sa jupe, et tous trois restèrent immobiles un long moment.

– Waldo, dit-elle soudain, elles sont en train de se moquer de nous.

– Qui ? demanda-t-il en sursautant.

– Elles, dit-elle à mi-voix, les étoiles ! Tu ne vois donc pas ? Ce petit doigt moqueur qu'elles pointent sur nous depuis là-haut ! Nous sommes ici avec nos grands projets, notre courage, notre énergie ; nous oublions que quelque chose peut venir nous effleurer doucement dans le noir et nous rendre immobiles à tout jamais. Regarde-les qui se moquent de nous, Waldo.

Ils s'étaient redressés tous les deux, la tête levée vers le ciel.

– Est-ce que tu pries quelquefois ? demanda-t-il tout bas.

– Non.

– Moi non plus. Jamais. Mais quand je regarde là-haut, j'en aurais presque envie. Je vais te dire où je pourrais prier, ajouta-t-il d'une voix encore plus sourde. S'il y avait au bord du monde une immense falaise, et sur cette falaise un grand rocher s'avançant sur le vide, très loin, et si je me trouvais dessus, tout seul, entouré des étoiles... je n'aurais pas envie de dire un mot, mais je me sentirais comme en prière.

Ce fut la fin de leur conversation, et Doss, bien installé sur les genoux de Lyndall, s'endormit. Mais bientôt le vent commença à fraîchir.

– Oh, dit-elle avec un frisson en resserrant son vêtement autour de ses épaules, j'ai froid. Va atteler les chevaux et viens me chercher quand ce sera prêt.

Elle se laissa glisser au bas de la charrette et revint vers la maison. Doss, mécontent d'être réveillé, trottinait derrière elle sur ses petites pattes engourdies. Elle trouva Gregory devant la porte.

– Je vous ai cherchée partout. Voudriez-vous que je vous ramène?

– Waldo va me reconduire, répondit-elle sans s'arrêter, et Gregory eut l'impression qu'elle l'avait regardé comme d'habitude, sans le voir.

Mais avant d'arriver à la porte elle se retourna subitement, comme si une idée venait de lui traverser la tête.

Si vous voulez me reconduire, je veux bien.

Gregory s'en alla à la recherche d'Em, qu'il trouva dans l'office où elle s'occupait du café. Il lui posa brièvement la main sur l'épaule.

– Tu reviendras à cheval avec Waldo, je dois reconduire ta cousine.

– Mais je ne peux pas repartir tout de suite, Greg, j'ai promis à tante Annie Muller de m'occuper de tout pendant qu'elle irait se reposer un moment.

– Tu peux très bien rentrer plus tard. Je ne t'ai pas demandé de partir immédiatement. Moi j'en ai par-dessus la tête, dit Gregory en tournant brusquement les talons. Je ne vois pas pourquoi je passerais toute la nuit à veiller sous prétexte que ta belle-mère a eu envie de se marier!

— Oh, ne t'inquiète pas, Greg, tout ce que je...

Mais déjà il n'écoutait plus, et quelqu'un arrivait en tendant vers Em sa tasse vide.

Une heure plus tard, lorsque Waldo vint la chercher, elle était toujours occupée à servir le café.

— Les chevaux sont prêts, dit-il. Mais si tu as envie de faire une dernière danse, je peux attendre.

Elle secoua la tête, l'air fatigué.

— Non. J'ai bientôt fini. Je veux rentrer.

Peu après ils étaient sur la route sablonneuse où le buggy était passé une heure plus tôt. Leurs chevaux avançaient tête contre tête et balançaient le cou en somnolant dans la nuit claire, et l'on eût pu compter distinctement chacun de leurs pas sur le sable. Waldo somnolait lui aussi sur sa selle, la tête ballante. Seule Em ne dormait pas et regardait la route avec des yeux grands ouverts. Au bout d'un moment elle parla :

— Je me demande si les autres aussi se sentent vieux, vieux, le jour où ils ont dix-sept ans?

— Pas plus vieux qu'avant, marmonna Waldo d'une voix endormie en tirant sur sa bride.

Un instant plus tard elle reprit :

— J'aurais voulu rester toujours une petite fille. Quand on est petit, on est bon, on n'est pas égoïste, on donne facilement aux autres tout ce qu'on a. Mais quand on devient une grande personne, il y a des choses qu'on a envie de garder pour soi tout seul, on n'aime pas que les autres en profitent aussi.

— Oui, fit Waldo d'une voix pâteuse.

Et elle ne dit plus rien.

Quand ils arrivèrent à la ferme, tout était noir; Lyndall s'était déjà retirée dans sa chambre.

Waldo souleva Em de sa selle, et elle appuya un instant la tête sur son épaule en s'accrochant à lui.

— Tu es très fatiguée, dit-il en l'accompagnant jusqu'à la porte. Je vais entrer t'allumer une bougie.

– Non, merci, ce n'est pas la peine, répondit-elle. Bonne nuit, mon cher Waldo.

Une fois dans la maison, elle resta assise longtemps, seule dans le noir.

WALDO PART A LA DÉCOUVERTE DE LA VIE
EM RESTE ET LA DÉCOUVRE

Il était neuf heures du soir et Waldo préparait ses baluchons pour son départ du lendemain matin quand, relevant les yeux, il aperçut dans l'ouverture de la porte une tête blonde qui le regardait. Cela faisait des mois qu'Em n'était pas venue ici. Elle lui dit qu'elle avait préparé des sandwiches pour son voyage et resta un moment avec lui pour l'aider à remplir ses sacoches.

— Tu peux laisser tes vieilles affaires ici, dit-elle. Je fermerai la porte à clef et personne n'y touchera jusqu'à ton retour.

Jusqu'à son retour! Comme si l'oiseau allait revenir dans sa cage! Il la remercia néanmoins. Quand elle repartit, il resta sur le pas de la porte, la bougie à la main, jusqu'à ce qu'elle ait atteint la maison. Mais ce soir-là, Em n'était pas pressée de rentrer, et au lieu d'aller vers la porte de la cuisine, elle suivit lentement la murette de brique qui revenait vers l'entrée principale. Arrivée devant la fenêtre ouverte du petit salon, elle s'arrêta. Cette pièce, qu'on tenait toujours soigneusement fermée du temps de tante Sannie, était maintenant généreusement éclairée par une lampe à pétrole; des livres, des ouvrages de couture traînaient un peu partout et lui donnaient un air vivant et accueillant. Lyndall, assise près de la lampe, à la table du coin sur laquelle traînait, décacheté, tout son courrier du jour, était plongée dans sa lecture. A la table du centre, les bras croisés sur son journal grand ouvert, Gregory ne paraissait pas remarquer qu'il n'avait pas assez de lumière pour lire. Il regardait Lyndall. Par la fenêtre

ouverte la lumière tombait sur le petit visage qui les observait
sous son kappje blanc, mais personne ne tournait les yeux
de ce côté.

— Apportez-moi donc un verre d'eau, dit Lyndall au bout
d'un moment.

Gregory s'en alla chercher le verre. Quand il revint et le
posa près d'elle, elle fit à peine un petit signe de tête pour le
remercier. Il retourna s'asseoir et il se replongea dans sa
contemplation. Em, alors, s'écarta lentement de la fenêtre,
tandis que des insectes aux ailes mouchetées, raides comme
du papier, entraient en tourbillon, tournoyaient autour de la
lampe jusqu'à ce qu'ils s'y brûlent, et tombent morts, un à
un, à son pied.

Dix heures sonnèrent. Lyndall se leva, ramassa ses journaux et ses lettres et dit bonsoir à Gregory. Em arriva quelques
instants plus tard. Elle était restée assise tout ce temps sur
l'échelle du grenier, et maintenant elle renfonçait son kappje
tant qu'elle pouvait pour cacher son visage.

Quand elle entra, Gregory s'appliquait à réunir les morceaux déchirés d'une enveloppe.

— J'ai cru que tu n'allais jamais venir, dit-il en se retournant brusquement et en jetant les fragments de papier par
terre. Tu sais pourtant que j'ai tondu les moutons toute la
journée. Il est déjà dix heures.

— Excuse-moi. Je ne pensais pas que tu voulais rentrer si
tôt, dit-elle à mi-voix.

— Je n'entends pas ce que tu marmonnes. Tu ne peux pas
parler plus haut ? Bon, eh bien bonsoir, Em.

Il se pencha rapidement pour l'embrasser.

— Je voudrais te parler, Gregory.

— Alors dépêche-toi, dit-il d'un ton agacé. Je suis horriblement fatigué. Je n'ai pas bougé d'ici de toute la soirée, tu
aurais pu venir plus tôt si tu avais quelque chose à me dire.

— Je n'en ai pas pour longtemps, répliqua-t-elle, d'une voix
très assurée cette fois. Je crois, Gregory, que nous ferions
mieux de ne pas nous marier.

— Grands Dieux ! Em, pourquoi dis-tu cela ? Moi qui croyais

que tu m'aimais. C'est ce que tu as toujours prétendu. Quelle idée as-tu bien pu te mettre dans la tête?

— Je crois que nous ferions mieux, répéta-t-elle en serrant ses deux mains l'une sur l'autre comme si elle priait.

— Pourquoi cela, mieux? Que veux-tu dire? Même une femme ne fait pas des caprices sans raison! Je suis pourtant sûr de n'avoir rien fait qui ait pu t'offenser. Aujourd'hui même j'ai écrit à ma sœur pour la prier de venir le mois prochain à notre mariage, et ma lettre était si heureuse, si pleine d'affection. Voyons... que se passe-t-il?

Il posa négligemment le bras sur son épaule.

— Je crois que nous ferions mieux, répondit-elle d'une voix lente.

— Bon, bon, dit-il en se redressant, si tu ne veux pas me donner d'explication, très bien. Ce n'est pas dans mes habitudes de supplier les gens à genoux — et surtout pas une femme, tu dois le savoir! Si tu ne veux pas m'épouser, je ne peux pas t'y obliger, bien sûr.

Elle se tenait immobile devant lui.

— Vous les femmes, vous n'avez jamais de suite dans les idées. Et bien entendu vous connaissez vos sentiments mieux que personne. C'est tout de même bizarre... Tu es bien sûre de ta décision, Em?

— Oui.

— Eh bien tant pis. Je suis certain pour ma part de n'avoir rien à me reprocher. On ne peut pas passer son temps à jouer les tourtereaux. Mais si, comme tu le dis, tu n'éprouves plus les mêmes sentiments à mon égard, il vaut mieux assurément ne pas se marier. Il n'y a rien de plus sot que d'épouser quelqu'un que l'on n'aime pas. Tout ce que je souhaite, c'est ton bonheur. Je suis sûr que tu trouveras quelqu'un qui te rendra beaucoup plus heureuse que moi. Il est rare que l'on découvre du premier coup la personne que l'on aime. Tu es encore très jeune. C'est normal que tes sentiments changent.

Elle ne répondit rien.

— Cela paraît dur sur le moment, mais la Providence finit toujours par faire tourner les choses du bon côté, dit Gregory.

Tu permets que je t'embrasse, Em, au nom de notre vieille amitié?

Il se pencha.

– Tu peux me considérer comme un frère, à tout le moins comme un cousin. Tant que je resterai dans cette ferme, je serai toujours heureux de t'aider, Em.

Peu après le poney brun reprenait au petit galop le chemin de la maisonnette de torchis, et sur son dos son maître sifflotait l'air de *John Speriwig* et le *Thorn Kloof Schottische*.

~

Le soleil n'avait pas encore touché les bras tendus du figuier de Barbarie en haut du kopje, et les poules matinales avaient encore les pattes tout engourdies, que Waldo, devant la remise, sellait déjà la jument grise. De temps en temps, il relevait la tête et regardait ce vieux décor si familier; il avait ce matin un air tout différent. Jamais les coqs n'avaient excité à ce point son attention! Il écouta, comme d'une oreille neuve, un cocorico qui fusait, haut et clair, tout en haut du mur de la porcherie. Il salua avec une gentillesse inhabituelle la servante cafre qui sortait de sa hutte pour allumer le feu dans la cuisine. Il laissait tout ce petit monde à ses vieilles habitudes, et déjà il le regardait de très loin, de très haut, avec une sorte de pitié. Quand la grisaille de son passé ne serait plus qu'un rêve, eux seraient encore là, à lancer leurs cocoricos et allumer leurs feux.

Il pénétra dans la maison pour dire adieu à Em, puis alla vers la chambre de Lyndall qu'il voulait réveiller mais elle était déjà debout et se tenait dans l'embrasure de la porte.

– Ainsi tu es prêt, dit-elle.

Waldo sentit soudain tomber comme un poids sur son cœur. Sa joie et son excitation s'évanouirent. Lyndall était toute menue dans son peignoir gris, et tout en bas ses deux pieds nus étaient posés l'un près de l'autre sur le seuil.

– Je me demande quand nous nous reverrons, Waldo? Et que serons-nous devenus alors, toi et moi?

– M'écriras-tu? demanda-t-il.

– Oui. Et si jamais je ne t'écrivais pas, rappelle-toi toujours, où que tu sois, que je ne t'oublie pas.

– Je te laisse Doss, dit-il.

– Ne vas-tu pas t'ennuyer de lui?

– Non. Je veux que tu le prennes. Il t'aime mieux que moi.

– Merci.

Ils restèrent un instant sans rien dire.

– Au revoir! dit-elle en mettant sa petite main dans la sienne, et il tourna le dos; mais comme il arrivait devant la porte elle le rappela : Reviens, je veux t'embrasser.

Elle lui prit le visage dans ses deux mains et l'attira contre elle, l'embrassa sur le front, sur la bouche.

– Au revoir, mon Waldo!

Quand il se retourna, la petite silhouette était toujours debout sur le seuil de la porte.

– Bonjour!

Em, qui distribuait les rations des Cafres dans le magasin à provisions, leva les yeux et vit son ancien fiancé debout en contre-jour devant la porte. Depuis cette soirée où il était rentré chez lui en sifflotant sur son poney, il s'était efforcé de l'éviter. Elle aurait pu avoir envie de s'expliquer avec lui, et il n'était pas homme à supporter cela, lui, Gregory Rose. Si une femme l'envoyait promener, elle n'avait qu'à en supporter les conséquences et se tenir à sa décision. Mais quand il s'était aperçu qu'elle ne manifestait aucun désir de revenir sur le passé et l'évitait encore plus soigneusement que lui, Gregory s'était radouci.

« Permets-moi de continuer à t'appeler " Em " et d'être avec toi comme un frère jusqu'à mon départ », lui avait-il dit; et elle l'avait remercié avec tant d'humilité qu'il en avait été contrarié – il était bien difficile après cela de se poser en victime.

Il resta un long moment dans l'ouverture de la porte à fouetter l'air de sa cravache, en se balançant d'une jambe sur l'autre.

– Je crois que je vais faire un tour jusqu'aux parcs pour voir comment vont tes autruches. Maintenant que Waldo n'est plus là, il n'y a personne pour s'en occuper. Quel beau temps, ce matin ! – puis il ajouta brusquement : Je vais d'abord aller boire un verre d'eau à la maison – et s'éloigna d'un air un peu embarrassé.

Il aurait pu trouver de l'eau dans la cuisine, mais son regard n'effleura même pas les seaux posés à terre. L'alcarazas et les deux gobelets placés sur la table du salon ne l'intéressèrent pas davantage. Il fit rapidement des yeux le tour de la pièce, jeta un bref regard dans le petit salon, se retourna une dernière fois et sortit par la porte de devant — pour se retrouver un instant plus tard dans le magasin à provisions, sa soif intacte.

— Beau temps, ce matin, fit-il en cherchant à prendre une pose indifférente, et non sans grâce, contre la porte. Pas trop chaud, pas trop froid. Un temps bien agréable.

— Oui, répondit Em.

— Et ta cousine? fit Gregory d'un petit air détaché. J'imagine qu'elle est encore enfermée dans sa chambre à écrire son courrier!

— Non, dit Em.

— Alors elle est partie avec le buggy? Beau temps pour une promenade.

— Non.

— Elle est allée voir les autruches, sans doute?

— Non.

Après un petit silence, Em ajouta :

— Je l'ai vue passer près des kraals; elle allait vers le kopje.

Gregory croisa et décroisa plusieurs fois les jambes.

— Bon, eh bien je crois que je vais aller voir un peu ce qui se passe dans les parages, dit-il. Ensuite j'irai jusqu'aux parcs. Au revoir. A bientôt.

Em posa un instant les sacs vides qu'elle pliait et s'approcha de la fenêtre — cette même fenêtre par laquelle, plusieurs années auparavant, Bonaparte avait observé certaine silhouette traversant la cour de son pas nonchalant. Gregory se dirigea d'abord vers la porcherie et contempla les porcs quelques secondes. Puis il se retourna et s'absorba dans l'examen du mur de la resserre, comme s'il évaluait quelque réparation à faire. Après quoi il partit d'un pas rapide, dans le but manifeste de se rendre aux parcs à autruches. Mais il s'arrêta brusquement, hésita, et prit finalement la direction du kopje.

Alors Em retourna dans son coin et plia le reste des sacs.

Derrière le kopje, Gregory aperçut une petite queue blanche qui s'agitait au milieu des rochers, et une cascade de petits aboiements surexcités lui apprirent que Doss était là. L'animal adressait de bruyantes supplications à un lézard qui s'était réfugié entre deux pierres et n'avait aucunement l'intention pour le moment de revenir se chauffer au soleil.

La maîtresse de Doss était installée un peu plus haut, à l'abri d'un entablement de rocher, un volume de pièces de théâtre sur les genoux. Elle sursauta brusquement en entendant le pas de Gregory et releva la tête. Puis elle reprit sa lecture.

— J'espère que je ne vous dérange pas, dit Gregory en arrivant près d'elle. Sinon je m'en vais. Je voulais simplement...

— Non, non. Vous pouvez rester.

— Je vous ai vue sursauter.

— Oui, votre pas était plus assuré que d'habitude. J'ai cru que c'était quelqu'un d'autre.

— Qui d'autre viendrait ici ? demanda Gregory en s'asseyant sur une pierre à ses pieds.

— Vous imaginez-vous être le seul à trouver quelque intérêt à ce kopje ?

— Oh non, fit Gregory.

Il n'était pas disposé à discuter avec elle, ni sur ce point ni sur un autre. Mais il ne voyait pas pourquoi un vieux Boer s'amuserait à monter là-haut, et qui d'autre y avait-il dans les parages ?

Elle s'était replongée dans son livre.

— Miss Lyndall, demanda-t-il enfin, je ne comprends pas pourquoi vous ne me parlez jamais.

— Nous avons eu une longue conversation hier, répondit-elle sans lever les yeux.

— Oui, vous m'avez interrogé sur les moutons et les bovins. Ce n'est pas ce que j'appelle parler. Avec Waldo, par exemple, vous parliez, dit-il d'un ton mortifié. Je vous entendais bien, mais dès que j'entrais vous vous taisiez. Vous m'avez traité de cette façon depuis le premier jour. Comment pouviez-vous savoir en me voyant que je serais incapable de parler des choses que vous aimez? Je suis sûr de faire aussi bien que Waldo, acheva Gregory, le cœur plein d'amertume.

— Je ne vois pas à quelles choses vous faites allusion. Mais si vous voulez bien m'éclairer, je suis prête à en parler avec vous, dit-elle tout en lisant.

— Vous ne parliez pas de cette façon à Waldo, répliqua Gregory d'un ton plus peiné que jamais. Vous commenciez la conversation tout simplement.

— Eh bien voyons, dit-elle en refermant son livre et en croisant les mains. Avez-vous remarqué ce Cafre qui passe, là, au pied du kopje? Il n'a rien d'autre que son pagne autour des reins. C'est un individu splendide : six pieds de haut, des jambes magnifiques. Il va chercher sa ration de vivres dans son grand sac de cuir, et quand il rentrera chez lui il ne se privera pas de distribuer en plus quelques coups de pied à sa femme, avec ses jolies jambes. Il en a le droit, il l'a achetée; elle lui a coûté deux bœufs. Et ce chien maigre derrière lui, il ne lui donne probablement jamais rien d'autre qu'un vieil os dont il a déjà sucé la moelle; ce qui n'empêche pas cette bête de l'aimer, tout comme sa femme. Malgré sa peau noire et ses cheveux crépus, il a en lui l'autorité d'un maître. Regardez la façon dont il tient son bâton et redresse la tête!

— Ah! vous plaisantez sans doute? s'enquit Gregory dont le regard perplexe se posait alternativement sur elle et sur le berger cafre.

— Pas du tout. Je suis très sérieuse. Cet homme est l'être le plus intéressant et le plus intelligent qui s'offre à mes yeux en ce moment, à l'exception, peut-être, de Doss. Il m'inspire toutes sortes de pensées. Le choc de sa rencontre avec une race supérieure va-t-il réduire cette race à néant? Les générations du futur iront-elles voir ses ossements dans les musées — tout ce qui restera de ce chaînon qui comble un vide entre le chien et l'homme blanc? Les idées qui viennent à l'esprit en le voyant touchent aussi bien au plus lointain passé qu'au plus lointain avenir.

Gregory se demandait comment il devait prendre ces pro-

pos. S'appliquant à un Cafre, ils avaient tout l'air d'une bou-
tade. Mais comme ils étaient dits d'une voix posée, on pouvait
aussi bien les prendre au sérieux. Pour être sûr de ne pas se
tromper, il décida de ne rire qu'à moitié.

— C'est ce que j'ai souvent pensé moi-même. C'est étrange
comme nous partageons les mêmes idées. J'étais sûr qu'il
suffirait que nous parlions ensemble. Il y a certainement
d'autres sujets... l'amour, par exemple. Je serais curieux de
savoir si nous en pensons la même chose. Autrefois j'ai écrit
une dissertation sur l'amour. Mon professeur m'avait dit que
c'était mon meilleur devoir. Je me rappelle encore la première
phrase : « L'amour est quelque chose que l'on éprouve dans
son cœur. »

— Voilà une remarque très pertinente. Vous souvenez-vous
du reste ?

— Non, fit Gregory avec regret. J'ai oublié la suite. Mais
dites-moi ce que vous pensez, vous, de l'amour.

Un sourire mi-amusé mi-distrait erra sur les lèvres de
Lyndall.

— Je ne sais pas grand-chose de l'amour, dit-elle, et je
n'aime pas parler de ce que je ne comprends pas bien. Mais
j'ai entendu exprimer deux opinions. Les uns disent que c'est
une graine que le Diable a semée sur terre pour tourmenter
les hommes et les inciter à pécher. Les autres disent que
lorsque toutes les plantes du paradis terrestre ont été arra-
chées, il est resté un tout petit arbuste que les anges avaient
planté : ses graines se sont répandues sur la terre entière, et
c'est cela, l'amour. Je ne sais pas laquelle de ces deux histoires
est la vraie — peut-être sont-elles vraies toutes les deux. On
donne quelquefois le même nom à des espèces différentes. Il
existe un amour qui prend naissance dans la tête et descend
lentement jusqu'au cœur : celui-là dure jusqu'à la mort — il
donne beaucoup et demande peu. Et il existe un autre amour
qui détruit la raison : il est doux comme la vie, amer comme
la mort, et ne dure qu'une heure ; mais pour connaître cette
heure-là, on ne regrette pas d'avoir vécu. Je ne sais qui a
raison : les moines qui cherchent à le déraciner, ou les poètes

qui le cultivent et l'arrosent. C'est une fleur rouge sang comme
le péché mais autour d'elle flotte encore le parfum d'un dieu.

Gregory s'apprêtait à dire quelque chose, mais elle poursuivit sans l'avoir remarqué :

— Il y a autant de formes d'amour qu'il y a de fleurs :
l'immortelle, qui ne fane jamais, la véronique, qu'un souffle
de vent fait mourir, le lys pourpre des montagnes, qui exhale
en un jour sa senteur voluptueuse et gît le soir dans la poussière. Aucune fleur ne possède le charme de toutes les autres
— la pureté de la véronique, la constance de l'immortelle,
l'ardeur du lys —, mais qui sait s'il n'existe pas un amour
qui contienne à la fois l'amitié, la passion et l'adoration ?

» Un tel amour, poursuivit-elle de sa voix la plus suave,
produirait sur le cœur le plus égoïste, le plus dur, le plus
froid, l'effet d'un rayon de soleil sur la terre engourdie par
l'hiver. Quand les arbres sont nus, que le sol gelé résonne
sous les pas comme du fer, que l'eau est prise jusqu'au cœur
et que l'air coupe comme une lame à deux tranchants entre
les mains d'un étourdi, il suffit d'un rayon de soleil pour
qu'un désir violent secoue ces épaisseurs figées. Les arbres
sentent sa caresse, tous les bourgeons, tous les boutons se
gonflent et brûlent de s'ouvrir. Les graines brunes qui dormaient enfouies dans le sol sentent l'appel de ce feu, percent
la croûte glacée, et tendent vers lui avec amour leurs deux
mains vertes, frêles et tremblantes. Il effleure la surface de
l'eau, et jusque dans ses profondeurs elle le reconnaît, elle
vibre et se dégèle, et elle coule, emportant avec elle toutes
les créatures étranges, si douces, qu'elle tenait prisonnières;
elle coule en murmurant un chant d'amour pour lui. Chaque
plante fait de son mieux pour lui offrir au moins une petite
fleur parfumée. Et le monde qui était mort revit, le cœur figé
qui s'était refermé sur lui-même se remet à battre, pressé
par le désir irrésistible qu'a la vie d'éclater au-dehors. L'impossible s'est accompli. Voilà. Est-ce que cela vous satisfait ?
demanda-t-elle en regardant Gregory à ses pieds. Est-ce le
langage que vous aimez ?

— Oh oui, s'exclama Gregory. C'est exactement ce que je

pense moi-même. Nous avons les mêmes idées sur tout. C'est extraordinaire.

— Très extraordinaire, dit Lyndall en déterrant du bout du pied un petit caillou.

Ce n'était pas le moment de laisser retomber la conversation. Mais Gregory ne trouvait pas grand-chose, sinon réciter un poème. Il avait appris par cœur autrefois quantité de poèmes d'amour. Or les seuls vers qui lui revenaient maintenant à l'esprit étaient « La Bataille de Hohenlinden » et « Les Tambours s'étaient tus ». Ni l'un ni l'autre, malheureusement, ne paraissaient appropriés à la situation.

Il fut tiré de ce mauvais pas par Doss qui, perdu dans la contemplation de la fente du rocher, n'avait pas entendu venir le caillou détaché par Lyndall. Celui-ci lui heurta une de ses pattes de devant, et en arracha un lambeau de peau avec quelques poils blancs. Se tenant sur trois pattes, le chien leva la quatrième en l'air avec une mine profondément apitoyée. Puis il escalada la pente en clopinant, bien décidé à se faire plaindre.

— Vous avez blessé votre chien, dit Gregory.

— Ah? fit-elle d'une voix indifférente, et elle ouvrit son livre comme pour reprendre son intéressante lecture.

— C'est un sale petit roquet! poursuivit Gregory, se croyant encouragé à abonder dans ce sens. Hier il a cherché à mordre la queue de mon poney, et j'ai bien failli être désarçonné. Je me demande pourquoi son maître ne l'a pas emmené. Cela aurait mieux valu. Ici, il importune tout le monde.

Lyndall paraissait absorbée dans son livre. Il tenta néanmoins une nouvelle observation.

— Croyez-vous vraiment, Miss Lyndall, qu'il arrivera un jour à faire quelque chose dans la vie — je parle de cet Allemand —, qu'il gagnera suffisamment d'argent, par exemple, pour élever une famille? Moi j'en doute. A mon avis, il est un peu nigaud.

De sa main gauche, Lyndall étala gentiment sa jupe par terre pour que le chien vienne s'y coucher.

— Cela m'étonnerait beaucoup, en effet, qu'il devienne un

jour quelqu'un d'important dans la société, dit-elle. Je ne le vois pas du tout possédant des actions à la banque, ou présidant un conseil d'administration. Je ne le vois pas non plus en père de famille nombreuse. Ni ressemblant à ces notables qui portent chapeau noir et vont deux fois au temple le dimanche. Je serais bien étonnée s'il en arrivait là.

— Moi aussi. Je crois qu'il n'y a rien à attendre de lui, renchérit Gregory avec empressement.

— Et pourtant, poursuivit Lyndall, il y a quelques petites choses que je compte bien lui voir réussir. S'il inventait des ailes pour voler, par exemple, ou s'il sculptait une statue que l'on puisse contempler une demi-heure sans éprouver l'envie de regarder autre chose, je ne serais pas autrement surprise. Peut-être y parviendra-t-il, quand le bouillonnement qui l'habite se sera calmé, quand tous les sédiments se seront déposés au fond.

Gregory crut comprendre que ce qu'elle disait là n'était pas tout à fait un reproche.

— Ah oui? fit-il d'un ton maussade. Moi il m'a toujours fait l'effet d'être un idiot. Cette façon de se traîner avec des allures de somnambule en marmonnant comme un vieux sorcier cafre! Il abat du travail, certes, mais on dirait qu'il ne se rend même pas compte de ce qu'il fait. Vous n'avez pas idée de l'impression qu'il produit quand on le voit pour la première fois.

Lyndall, tout en lisant, caressait doucement la petite patte blessée, et Doss, pour lui montrer qu'il appréciait ce geste, lui léchait la main.

— Mais vous, Miss Lyndall, insista Gregory, que pensez-vous réellement de lui?

— Je pense, répondit Lyndall, qu'il est comme l'acacia qui pousse tout doucement, sans que personne s'en occupe, et, un beau jour, éclate brusquement en myriades de fleurs jaunes.

— Et moi, que pensez-vous de moi? demanda Gregory, plein d'espoir.

Lyndall releva les yeux de son livre.

— Vous, vous êtes comme un petit canard en fer-blanc qui

flotte sur une bassine d'eau et qui s'approche quand on lui
tend un morceau de pain planté sur une aiguille à tricoter.
Plus on le taquine avec l'aiguille, plus il s'approche.

— Oh, cette fois vous vous moquez de moi! protesta Gregory
vraiment très malheureux. Vous vous moquez de moi, n'est-
ce pas?

— Un peu. C'est toujours amusant de faire des comparaisons.

— Oui, bien sûr. Mais vous faites de jolies comparaisons
pour les autres et pas pour moi. Et Em, à quoi ressemble-
t-elle?

— A l'accompagnement d'un chant. Elle remplit les espaces
vides dans la vie des autres, et elle vient toujours en second
rang. Mais je pense qu'elle est comme beaucoup d'accompa-
gnements: elle vaut cent fois mieux que la mélodie qu'elle
accompagne.

— Elle ne vous arrive pas à la cheville! protesta Gregory
avec une véhémence qu'il ne put réprimer.

— Elle vaut infiniment mieux que moi, et il y a plus de
bonté dans son seul petit doigt que dans mon corps tout
entier. J'espère pour vous que vous n'aurez pas à en faire
l'expérience.

— Vous, vous êtes un ange, dit-il, tandis que tout son sang
affluait à son cerveau et à ses joues.

— C'est possible. Il y a toutes sortes d'anges.

— Vous êtes le seul être que j'aime! s'écria Gregory avec un
tremblement. Je croyais connaître l'amour, mais avant vous
je ne connaissais rien! Ne vous fâchez pas. Je sais que vous
ne m'aimerez jamais. Si je pouvais vivre toujours à vos côtés
pour vous servir, je serais parfaitement heureux. Je ne deman-
derais rien de plus! Je n'ai qu'un seul désir, c'est vous donner
tout ce que je possède, et me mettre à votre service.

Elle le considéra un moment.

— Qui vous dit que vous ne puissiez pas faire quelque chose
pour moi? prononça-t-elle lentement. Vous pourriez me rendre
service en me donnant votre nom.

Il sursauta et tourna vers elle son visage en feu.

— Vous êtes cruelle, vous vous moquez de moi.

— Non, Gregory. Ce que je vous propose est un marché; tout ce qu'il y a de plus prosaïque. Si vous êtes décidé à me donner votre nom d'ici trois semaines, j'accepte de vous épouser. Sinon... tant pis. Je ne vous demande rien d'autre que votre nom. La proposition est claire, n'est-ce pas?

Il leva les yeux. Était-ce du mépris, du dégoût ou de la pitié qui frémissaient dans ce regard, là-haut? Il était incapable de le dire; mais il se pencha sur le petit pied et y posa ses lèvres.

Elle sourit.

— Vous parlez sérieusement? murmura-t-il.

— Oui. Vous désirez me servir sans rien demander d'autre? Vous aurez ce que vous voulez, poursuivit-elle en tendant ses doigts à Doss. Vous voyez ce chien? Il me lèche la main parce que je l'aime. Et je le lui permets. Si je ne l'aimais pas, je ne le lui permettrais pas. Je vous crois quand vous me dites que vous m'aimez. Moi aussi, je serais capable d'aimer au point d'éprouver plus de joie à être sous le pied de celui que j'aime que dans le cœur d'un autre. Venez! Rentrons. Portez ce chien, ajouta-t-elle. Il ne vous mordra pas si c'est moi qui le mets dans vos bras. Voilà. Soutenez-lui la patte.

Ils descendirent du kopje. Une fois en bas, il murmura :

— Le chemin est bien caillouteux, voulez-vous prendre mon bras?

Elle y posa légèrement le bout des doigts.

— Je peux encore changer d'avis. Ce n'est pas du tout impossible. Entendez-moi bien! dit-elle en se tournant vers lui. Je retiens vos paroles : *Vous me donnerez tout et ne demanderez rien en retour*, votre seule récompense sera de savoir que vous me rendez service. Vous serez donc comblé. Vous allez me rendre un immense service. Je ne tiens pas à vous faire connaître dès maintenant les raisons que j'ai de vous épouser. Vous en découvrirez probablement d'ici peu quelques-unes.

— Je ne demande qu'à vous rendre service, dit-il.

Il sentait son sang refluer sous ses pieds à chaque pas, et le sol devant lui miroitait comme en plein été. Ils contour-

nèrent le kopje et passèrent près des huttes des Cafres. Une
vieille femme pilait du maïs devant sa porte. L'idée qu'elle
le voyait se promener en pareille compagnie lui fit cogner le
cœur si fort que la main posée sur son bras sentit ses veines
palpiter. Comme cette vieille devait l'envier!

Juste à ce moment-là, Em jeta de nouveau un regard par
la fenêtre et les vit approcher. Tout le temps qu'elle tria les
peaux, elle ne put empêcher ses larmes de couler.

Cette nuit-là, Lyndall avait déjà soufflé sa bougie et se tournait sur le côté pour s'endormir quand sa porte s'ouvrit.

— Je voulais te dire bonsoir, Lyndall, fit Em en s'approchant
du lit et en s'agenouillant par terre.

— Je croyais que tu dormais.

— Oui, je dormais. Mais j'ai fait un rêve si impressionnant,
confia Em en prenant les mains de sa cousine, que cela m'a
réveillée. Jamais je n'avais fait un rêve aussi net.

» Je me retrouvais petite fille et j'entrais dans une très
grande pièce. Sur un lit dans un coin se trouvait étendue une
petite forme blanche, les yeux fermés, le visage comme de la
cire. Je croyais que c'était une poupée et j'allais me précipiter
pour la prendre lorsque quelqu'un la désigna du doigt en me
disant : « Chut! c'est un petit bébé mort. » Alors je répondis :
« Ah! il faut que j'aille chercher Lyndall pour qu'elle le voie
aussi. »

» A cet instant les gens qui étaient là se penchèrent sur
moi et me chuchotèrent à l'oreille : « C'est le bébé de Lyndall. »

» Je leur dis : « Lyndall n'est pas encore une grande personne, ce n'est pas possible! Où est-elle? » Et je partais à ta
recherche, mais je ne te trouvais pas.

» Je rencontrais des gens vêtus de noir et je leur demandais
où tu étais. Ils regardaient leurs vêtements de deuil et
secouaient la tête sans rien dire. Et moi je ne te trouvais
nulle part. C'est alors que je me suis réveillée.

» Lyndall, reprit-elle en posant son visage contre les mains
qu'elle tenait dans les siennes, cela m'a rappelé l'époque où
nous étions petites filles toutes les deux et où nous jouions

ensemble. Je t'aimais plus que tout au monde. Ce n'est pas de leur faute si les gens t'aiment, c'est plus fort qu'eux. Et tu n'y es pour rien, tu ne fais rien pour les y encourager. Je le sais.

— Merci, ma chérie, dit Lyndall. C'est agréable d'être aimée, mais ce serait encore mieux d'être bonne.

Elles se souhaitèrent bonne nuit et Em regagna sa chambre. Lyndall tourna et retourna longtemps ses pensées dans le noir. Lorsque enfin fatiguée elle se pelotonna pour s'endormir, elle murmura :

— Il y a des gens qui en savent plus long dans leurs rêves que dans la vie.

Dans l'âtre abandonné de la cabane brillait un feu vif. Les flammes éclairaient les poutres noires, ranimaient le rouge fané des lions sur la vieille courtepointe, et répandaient dans la petite chambre une chaleur et une lumière que la brume et le froid de la nuit rendaient encore plus intenses.

Un étranger grand et mince était assis dans le fauteuil bancal, devant la cheminée. Ses yeux bleus, au regard aigu entre les paupières mi-closes, comme délicatement gravées au burin, contemplaient fixement le feu. Sa main blanche tortillait pensivement son épaisse moustache blonde. Tout à coup il sursauta, ses paupières alourdies se relevèrent. Il écouta, le visage tendu, puis se laissa retomber en arrière, inclina sa flasque d'argent sur son verre et reprit sa posture méditative.

Quelques instants plus tard, la porte s'ouvrit sans un bruit. C'était Lyndall, avec Doss. Elle était entrée tout doucement, mais il l'avait entendue et il se retourna.

— Je pensais que vous ne viendriez plus.

— J'attendais que tout le monde soit couché. Je n'ai pas pu venir plus tôt.

Elle retira le châle qui l'enveloppait. L'étranger se leva pour lui laisser le fauteuil, mais elle alla s'asseoir sur une pile de sacs vides, devant la fenêtre.

— J'ai du mal à comprendre pourquoi l'on me tient ainsi à l'écart, dit-il en reprenant son siège et en se rapprochant légèrement. Je ne m'attendais pas à être reçu de cette façon après avoir, sur votre invitation, parcouru cent milles à cheval.

– Je vous avais dit : « Venez si vous le désirez. »

– Justement, je le désirais. Mais la réception est bien froide.

– Je ne peux pas vous recevoir dans la maison. Je m'exposerais à des questions auxquelles je ne pourrais répondre sans mentir.

– Votre conscience se pare de délicatesses bien virginales, fit-il en faisant chanter sa voix grave.

– Je n'ai pas de conscience. J'ai déjà menti délibérément ce soir. J'ai déclaré que le voyageur qui était arrivé était un homme trop fruste pour être logé à la maison et qu'il valait mieux l'installer ici. Je déteste mentir. Je le fais si j'y suis contrainte, mais j'en souffre toujours.

– Au moins vous ne vous mentez pas à vous-même. Sur ce point, vous êtes franche.

Elle l'interrompit.

– Vous avez reçu mon billet ?

– Oui, et c'est pour cela que je suis venu. Votre réponse était absurde, je vous prie de la retirer. Qui est cet individu que vous prétendez vouloir épouser ?

– Un jeune fermier.

– Qui habite ici ?

– Oui. Il est parti aujourd'hui à la ville faire des achats pour notre mariage.

– Comment est-il ?

– C'est un imbécile.

– Et vous préférez l'épouser plutôt que moi ?

– Oui. Parce que vous êtes tout le contraire de lui.

– Voilà une raison originale pour refuser d'épouser quelqu'un, commenta-t-il en posant le coude sur la table et en la dévisageant d'un œil aigu.

– C'est une raison sage, dit-elle d'un ton bref. Si je l'épouse, je pourrai m'en débarrasser comme je voudrai. J'aurais pu passer douze mois près de lui sans qu'il ose me baiser la main. Si je lui permets de faire un pas, il fait un pas, jamais plus. Mais vous, êtes-vous prêt à me demander jusqu'où je vous permets d'aller ?

Son compagnon retroussa sa moustache d'un geste caressant et sourit. La question n'appelait pas de réponse.

— Pourquoi vous prêtez-vous à ce simulacre de mariage?

— Parce qu'il existe un domaine dans lequel j'ai encore une conscience. Je vous l'ai déjà dit.

— En ce cas, pourquoi ne pas m'épouser?

— Parce que, dès que vous me tiendrez, vous ne me lâcherez plus. Je ne retrouverai jamais ma liberté.

Elle poussa un long soupir muet.

— Qu'avez-vous fait de la bague que je vous ai donnée? demanda-t-il.

— Je la porte quelquefois. Puis la retire avec l'envie de la jeter au feu. Le lendemain je la remets à mon doigt et parfois je l'embrasse.

— Vous m'aimez donc tout de même un peu?

— Si vous n'aviez pas pour moi plus d'importance que tous les autres, croyez-vous que je...

Elle s'arrêta.

— Je vous aime quand je vous vois. Mais quand vous êtes loin de moi je vous hais.

— Je dois donc être curieusement invisible ce soir, dit-il. Peut-être que si vous cessiez de regarder fixement ce feu vous m'apercevriez.

Il déplaça légèrement son fauteuil de façon à s'interposer entre elle et le foyer. Elle releva les yeux.

— Si vraiment vous m'aimez, pourquoi ne voulez-vous pas m'épouser?

— Parce qu'au bout d'un an, quand j'aurais repris mes esprits, je trouverais que vos mains, votre voix ressemblent exactement à celles des autres. Aujourd'hui je ne m'en aperçois pas. Je n'ai plus ma raison. Vous avez éveillé chez moi quelque chose qui dormait; mais il y a en moi autre chose de plus haut, de plus grand, dont vous ne savez rien et que vous ne pouvez pas atteindre. Si je vous épousais, cette partie-là de ma personne risquerait un jour de s'affirmer et de s'épanouir, et je vous haïrais définitivement, comme il m'arrive aujourd'hui de le faire par moments.

– Vous me plaisez quand vous jouez avec la métaphysique et la logique, déclara-t-il en posant la joue sur sa main. Vous devriez pousser encore plus loin l'analyse et dire : « Je vous aime avec le ventricule droit de mon cœur, mais pas avec le gauche, et avec l'oreillette gauche, mais pas avec la droite; en conséquence de quoi mes sentiments à votre égard ne sont pas d'une nature particulièrement élevée ni très spirituelle. » Vous me plaisez quand vous vous mettez à philosopher.

Elle le considéra tranquillement : il essayait de retourner contre elle les armes qu'elle avait utilisées.

– Vous vous comportez stupidement, Lyndall, dit-il en changeant brusquement de ton. Très stupidement. Vous agissez comme une enfant. Cela m'étonne de votre part. C'est très bien d'avoir des idéaux et des théories, mais vous savez comme tout le monde qu'il faut se garder de les mêler à la vie pratique. Je vous aime. Je ne prétends pas mettre ce sentiment sur un plan plus élevé qu'il n'est. Je ne vous dirai pas que je vous aimerais tout autant si vous étiez laide et contrefaite, ni que je vous resterai attaché en dépit de tout, ou vous aimerai encore quand vous ne serez plus qu'un esprit désincarné. C'est du sentimentalisme d'adolescent. Lorsque l'on n'est plus une enfant – et malgré votre âge, vous ne l'êtes plus – on sait ce que signifie l'amour entre un homme et une femme. C'est cet amour-là que j'éprouve pour vous. Jamais je ne me serais cru capable de m'abaisser jusqu'à demander deux fois à une femme de m'épouser, et qui plus est à une femme sans fortune, sans condition, et qui...

– Eh bien, poursuivez. Ne vous gênez pas. Dites ce que vous alliez dire : « Qui s'est mise entièrement sous ma dépendance et a perdu le droit de se poser en égale devant moi. » Dites ce que vous pensez. Nous pouvons au moins nous dire la vérité l'un à l'autre.

Après un court silence elle ajouta :

– Je crois réellement que vous m'aimez, autant qu'il vous est possible d'aimer quelqu'un. Je crois aussi qu'en me proposant de vous épouser vous accomplissez l'acte le plus généreux de toute votre vie – passée, présente et future. Mais je

sais également que si j'avais sollicité moi-même cette générosité, on ne me l'aurait pas accordée. Il y a un mois, lorsque
j'ai reçu votre lettre où vous laissiez vaguement entendre que
vous désiriez m'épouser, si je vous avais immédiatement
répondu en vous suppliant de venir, vous auriez dit « Pauvre
petite! » et vous auriez déchiré ma lettre. Une semaine plus
tard vous auriez pris le bateau pour l'Europe en m'envoyant
un chèque de cent cinquante livres sterling, que j'aurais jeté
au feu, et je n'aurais plus jamais entendu parler de vous.

L'inconnu sourit.

— Mais, poursuivit-elle, il a suffi que je refuse votre proposition et vous écrive que d'ici trois semaines je serais mariée
à un autre pour que ce que vous appelez l'amour se réveille
brusquement. Votre amour d'homme adulte ressemble étrangement à l'amour des enfants pour les papillons. On poursuit
le bel insecte, et quand on le possède on le déchire. Si on lui
a arraché une aile et qu'il continue à voler, on ne l'en aime
que davantage, on cherche encore à l'attraper pour lui arracher l'autre; on est content quand il gît sans mouvement sur
le sol.

— Vous en savez long sur la vie, dit-il.

Son sourire sarcastique ne fit pas plus d'effet que s'il l'eût
adressé aux flammes du foyer.

— J'en ai appris suffisamment pour comprendre que si vous
m'aimez, c'est uniquement parce que vous ne tolérez pas
qu'on vous résiste, et que vous voulez me dominer. Si je vous
ai plu au début, c'est parce que je vous traitais avec la même
indifférence que les autres. Vous avez décidé de m'obtenir
parce que je vous semblais inaccessible. Le voilà, votre amour.

Il éprouvait une forte tentation de se pencher et de poser
ses lèvres sur la petite bouche qui le provoquait, mais il se
retint, et demanda calmement :

— Et vous, pourquoi m'aimiez-vous... ?

— Parce que vous êtes fort. Vous êtes le seul qui m'ait jamais
fait peur. Et puis — elle prit soudain un air rêveur — j'aime
faire des expériences, j'aime goûter à tout. Cela, vous ne
pouvez pas le comprendre.

Il sourit.

— Puisque vous ne voulez pas m'épouser, puis-je au moins vous demander quels sont ces projets auxquels vous faisiez allusion dans votre lettre? Vous me proposiez de venir les entendre de votre bouche. Me voici.

— J'ai dit : « Venez si vous le désirez. » Si vous acceptez, très bien. Sinon je me marie lundi.

— Eh bien?

Elle gardait toujours les yeux fixés sur le feu derrière lui.

— Je ne veux pas vous épouser, dit-elle lentement, parce que je ne veux pas d'entraves. Mais vous pouvez m'emmener et prendre soin de moi si vous le désirez, et quand nous aurons cessé de nous aimer nous nous dirons adieu. Je n'ai pas envie d'aller au Cap, ajouta-t-elle. Ni en Europe. Vous m'emmènerez au Transvaal. C'est à cent lieues du monde. Les gens que nous y rencontrerons, nous ne risquerons pas de les revoir ailleurs.

— Oh, ma chérie, dit-il en se penchant avec tendresse pour lui tendre la main, pourquoi refusez-vous de vous donner totalement à moi? Un jour vous m'abandonnerez pour un autre.

Elle secoua la tête sans le regarder.

— Non. La vie est trop longue. Mais je veux bien partir avec vous.

— Quand?

— Demain. J'ai déjà annoncé que je partirai avant l'aube faire une visite à la ferme voisine. Je pourrai toujours écrire depuis la ville pour leur dire la vérité. Je n'ai pas envie qu'ils m'importunent. Je veux quitter tout ce passé, et qu'ils perdent ma trace. Vous comprenez à quel point c'est nécessaire.

Il parut s'abîmer dans ses pensées, puis déclara :

— Je préfère vous avoir dans ces conditions-là que pas du tout. Si vous le voulez vraiment, j'accepte.

Sans bouger, il l'observa. Il déchiffra sur son visage cette lassitude qui la prenait si souvent depuis quelque temps lorsqu'elle se trouvait seule. Deux mois s'étaient à peine écoulés depuis qu'ils s'étaient quittés, mais le temps l'avait curieusement marquée. Ses yeux l'examinèrent attentivement, ils allaient de la tête brune et lisse jusqu'aux pieds croisés l'un sur l'autre. Ses traits s'étaient creusés, mais leur expression n'en avait pour lui que plus de charme. Car la douleur et le passage du temps, s'ils impriment une histoire sur chaque visage, traitent cependant chacun avec une étrange inégalité. Un visage simplement joli, et même très joli, sera défiguré irrémédiablement. Celui dont la beauté provient d'un équilibre harmonieux entre le chant de l'âme et la forme de l'instrument qui l'exprime, s'enrichira au contraire de tout ce qui, montant de l'âme, fait résonner douloureusement le corps. La jolie femme se fane avec les roses de ses joues, et sa jeunesse n'aura duré qu'une heure. La femme belle trouve sa plénitude quand tout son passé s'inscrit sur ses traits, et c'est quand son pouvoir de séduction paraît l'abandonner qu'il est le plus irrésistible.

Derrière leurs paupières mi-closes, les yeux perçants de l'homme restaient fixés sur elle. La petite silhouette, succombant à la fatigue, ses épaules affaissées, avait un bref instant perdu son port de reine. Ses grands yeux noirs considéraient le feu avec une douceur tranquille.

Et si lui-même sentit alors son regard s'attendrir, ce ne fut pas, cette fois-là, à cause de la force qu'il aimait en elle, de cette fière énergie qui l'émouvait quand elle lui résistait.

Il lui toucha la main.

— Pauvre petit! dit-il. Vous êtes encore si jeune.

Elle ne retira pas sa main, mais leva le regard vers lui.

— Vous êtes bien fatiguée.

— Oui.

Elle le regarda dans les yeux, avec la tristesse d'un petit enfant qui a épuisé tous ses jeux.

Il la souleva doucement et l'assit sur ses genoux.

— Pauvre petit! répéta-t-il.

Elle tourna la tête contre son épaule et enfouit son visage dans son cou. Il l'enlaça d'un bras puissant et la serra contre lui. Elle demeura ainsi un grand moment, puis il lui prit la tête et l'attira au creux de son bras. Il y posa un long baiser avant de la ramener doucement vers son épaule.

– Vous ne voulez rien me dire?

– Non.

– Avez-vous oublié notre nuit?

Il sentit qu'elle secouait la tête.

– Vous préférez vous taire pour le moment?

– Oui.

Ils demeurèrent ainsi, paisiblement, lui se contentant de temps à autre de porter doucement sa main jusqu'à ses lèvres.

Doss, qui s'était endormi dans un coin, se réveilla soudain et vint se planter devant eux sur ses petites pattes maigres. Il trépignait nerveusement, ses yeux fauves envahis d'inquiétude. Il n'était pas du tout certain qu'elle ne fût pas retenue là contre son gré, aussi éprouva-t-il un immense soulagement en la voyant se redresser et tendre la main vers son châle.

– Il faut que je rentre, dit-elle.

L'étranger la couvrit avec sollicitude.

– Tenez-le bien serré autour de votre tête, Lyndall. Il fait humide dehors. Voulez-vous que je vous accompagne jusqu'à la maison?

– Non. Couchez-vous. Je viendrai vous réveiller à trois heures du matin.

Elle leva le visage pour qu'il y dépose un baiser, et le garda levé pour qu'il en dépose un second. Puis il l'accompagna sur le seuil. Il avait déjà repris sa place devant le feu quand elle rouvrit la porte.

– Vous avez oublié quelque chose?

– Non.

Elle promena longuement les yeux tout autour de la pièce, et sortit sans dire un mot. Quand la porte se fut refermée, l'étranger se versa un verre et but d'un air méditatif, à petites gorgées, assis devant la table.

Dehors, la nuit était humide et brumeuse. La lune perçait à grand-peine l'air épais et l'on devinait seulement les contours sombres des bâtiments. Les murs suintaient, et de temps en temps une grosse goutte d'eau se formait au bord d'un toit

et tombait sur le sol. Mécontent d'avoir perdu la chaleur de
la cabane, Doss se précipita vers le perron de la cuisine, mais
sa maîtresse passa tranquillement près de lui et s'engagea
dans le chemin qui serpentait le long du mur des parcs.
Arrivée au dernier enclos, elle poursuivit sa marche parmi
les pierres et les broussailles jusqu'à la tombe de l'Allemand.
Elle n'aurait su dire elle-même pourquoi elle venait là. Elle
resta immobile, les yeux fixés au sol. Soudain elle se pencha
et elle posa la main sur la surface d'une pierre humide.

— Je ne reviendrai plus jamais te voir, dit-elle.

Elle s'agenouilla par terre et pressa son visage contre les
pierres.

— Oh! mon vieil ami, toi qui étais si bon, si tu savais
comme je suis lasse! dit-elle — car on confie volontiers aux
morts des secrets qu'on ne dirait pas aux vivants. Lasse!
Quand il y a tant de lumière, tant de chaleur, pourquoi
suis-je si seule, si dure, si froide? Je suis fatiguée d'être
moi. Ce moi, moi, moi, qui me dévore l'âme! Je ne supporte
plus cette vie! Je ne peux plus respirer, je ne peux plus
vivre! Rien ne pourra donc me libérer de moi-même? gémit-
elle en appuyant sa joue contre la stèle de bois. Je voudrais
tant aimer! Je voudrais tant que quelque chose de grand
et de pur me soulève et m'emporte! Oh! mon vieil ami, je
n'en puis plus! Je me sens si glacée, si dure, si dure... Qui
viendra m'aider?

Des gouttelettes s'accrochaient à son châle et roulaient
jusqu'au sol; mais elle restait là, le visage en larmes, immobile. Ainsi les vivants viennent-ils supplier les morts, comme
les créatures supplient leur Dieu. Mais de toutes ces larmes
il ne sort jamais rien. Lever les mains au ciel n'a jamais
apporté le salut à quiconque. La rédemption ne vient jamais
ni de Dieu ni des hommes, mais du plus profond de soi-
même : c'est un travail de l'âme, élaboré par la souffrance et
par le temps.

Sur le perron de la cuisine, Doss grelottait en se demandant
pourquoi sa maîtresse tardait tant. A force d'attendre dans
cette humidité, il s'était déjà endormi une fois, et il avait rêvé

que le vieil Otto lui donnait un morceau de pain en lui caressant gentiment la tête. Mais en se réveillant il claquait des dents. Il alla s'installer sur une autre marche, en espérant que peut-être elle serait moins humide. Enfin il reconnut le pas de sa maîtresse et ils entrèrent ensemble dans la maison. Elle alluma une bougie et pénétra dans l'ancienne chambre de la Hollandaise. Sous le portrait de la dame en rose, la clef de la garde-robe restait suspendue à un clou. Elle la prit et ouvrit la grande armoire. Elle sortit d'un petit tiroir cinquante livres sterling — tout ce qu'elle possédait au monde — puis elle referma la porte. Comme elle se retournait pour remettre la clef à sa place, elle hésita et son geste resta en suspens. Elle sourit à travers ses larmes.

— Cinquante livres contre un amant! Jolie compensation! dit-elle, et elle rouvrit l'armoire pour remettre les billets dans le tiroir, où Em les trouverait.

Dans sa chambre, elle tria les affaires qu'elle voulait emporter et brûla de vieilles lettres, puis elle alla regarder l'heure dans le salon. Elle avait encore deux heures devant elle. Elle s'assit devant sa coiffeuse et, appuyée sur ses deux coudes, elle se cacha le visage dans les mains. Le miroir reflétait la petite tête brune avec sa raie bien droite et les mains menues qui la soutenaient.

— Un jour j'aimerai quelqu'un de toute mon âme et je deviendrai meilleure, dit-elle tout haut.

Quelques instants plus tard elle leva le regard. De l'autre côté du miroir deux grands yeux noirs la regardaient. Elle y plongea ses propres yeux.

— Nous sommes seules au monde toi et moi, murmurat-elle. Personne ne nous soutient, personne ne nous comprend. Nous nous aiderons toutes les deux.

Les yeux lui renvoyaient son regard, et dans leurs profondeurs sereines se lisait une infinie confiance. Elle les retrouvait inchangés; aussi loin qu'elle fît remonter ses souvenirs, c'était les mêmes yeux qu'elle avait vus jadis dans un visage d'enfant au-dessus d'un tablier bleu.

— Nous ne serons jamais tout à fait seules, toi et moi. Nous resterons toujours ensemble, comme lorsque nous étions petites.

Ses beaux yeux pénétraient jusqu'au fond de son âme.

— Nous n'avons pas peur, nous nous entraiderons toutes les deux! fit-elle en posant sa main sur le miroir. Ah! mes chers yeux! Nous ne serons jamais tout à fait seules, jusqu'au jour où il faudra bien nous séparer... nous séparer!

Gregory Rose mettait de l'ordre dans le grenier. Dehors la pluie tombait. Après six mois de sécheresse, la plaine assoiffée se gorgeait d'eau. Tout ce qu'elle ne parvenait pas à absorber dévalait en ruisseaux vers le grand *sloot* qui écumait comme un fleuve en furie au milieu du karroo. Le fossé qui passait entre la maison et le kraal était lui-même transformé en torrent, et les servantes cafres qui avaient voulu le traverser, dans l'eau jusqu'aux genoux, avaient failli être emportées. Il pleuvait sans discontinuer depuis vingt-quatre heures et le déluge ne se calmait pas. Les poules, en pitoyable cortège, s'étaient réfugiées dans la remise et le jars solitaire, seul rescapé de son espèce après six mois de soif, déambulait en laissant sur la boue l'empreinte de ses pieds palmés qu'effaçait aussitôt une pluie rageuse. A onze heures du matin elle cinglait encore, sans se lasser, les murs et les toits de la ferme.

Gregory, tout à son occupation, n'y prêtait plus guère attention. Il avait simplement coincé un sac dans le carreau cassé pour empêcher l'eau d'entrer. Au milieu du crépitement régulier de la pluie montait par la trappe une voix claire qui chantait « Les flots bleus »...

> *Emporte-moi*
> *Emporte-moi*
> *Emporte-moi*
> *Sur les flots bleus.*

...cette chanson puérile et démodée, imprégnée de tant de douceur, et d'où s'exhale une indéfinissable mélancolie quand elle est répétée sans fin par la voix lente d'une femme assise à son ouvrage. Mais Gregory n'entendait pas plus la voix d'Em que les rires tapageurs des servantes cafres dans la cuisine. Depuis quelque temps il était devenu étrangement sourd et aveugle à tout ce qui l'entourait. Quand son bail était venu à expiration, Em lui avait dit : « C'est inutile de le renouveler, j'ai besoin de quelqu'un pour m'aider, reste. » Elle avait ajouté : « Tu n'as plus besoin de ta petite maison, viens habiter ici, ce sera plus facile pour t'occuper de mes autruches. »

Gregory ne l'avait même pas remerciée. Vivre ici ou ailleurs, payer ou non un bail, quelle importance ? Tout lui était devenu indifférent. Pourtant il était venu. Em regrettait quelquefois qu'il ne parlât plus comme avant de la force et de l'autorité masculines. Il était comme quelqu'un qui a reçu un coup en pleine figure. Elle pouvait faire tout ce qui lui plaisait, il ne critiquait rien, ne trouvait jamais rien à redire. Il avait oublié que c'est à l'homme de commander. Ce matin-là, sitôt le petit déjeuner avalé, il avait allumé sa pipe au feu de la cuisine et il s'était planté sur le pas de la porte, à regarder les torrents boueux dévaler le chemin jusqu'à ce que sa pipe finisse par s'éteindre. Em s'était dit qu'il fallait l'occuper à quelque chose et lui avait apporté un grand chiffon à poussière. Il avait quelquefois parlé de ranger le grenier, et c'était le jour ou jamais. Elle fit installer l'échelle sous la trappe du salon pour qu'il n'ait pas à sortir sous la pluie, et il monta dans le grenier, armé de son torchon et d'un balai. Une fois lancé, il travailla avec ardeur. Il épousseta même la charpente, essuya les vieux moules à bougie hors d'usage et les fourches tordues piquées depuis vingt ans dans le chaume, aligna soigneusement les bouteilles vides, empila toutes les peaux de moutons et tria les vieilleries qui s'accumulaient dans des caisses. A onze heures il avait pratiquement terminé. Il s'assit alors sur la caisse qui avait renfermé autrefois les livres de Waldo pour explorer le contenu d'une autre caisse

qu'il n'avait pas encore ouverte. Elle était clouée sommai-
rement, et il n'eut qu'à soulever une planche pour découvrir
tout un lot de vêtements féminins – des capotes et des tabliers
démodés, des robes au long corsage en pointe qui lui rap-
pelèrent celles que portait sa mère quand il était enfant. Il
les sortit, les secoua consciencieusement pour s'assurer qu'ils
n'étaient pas mités, puis se rassit et les replia un à un. Ces
vêtements avaient appartenu à la mère d'Em et étaient restés
là depuis sa mort sans que personne y touche. Ce devait être
une très grande femme, car lorsque Gregory se mit debout
pour secouer une robe, il constata que l'encolure lui arrivait
juste au cou tandis que la jupe frôlait le sol. Il étala un bonnet
sur ses genoux, et machinalement se mit à rouler les rubans.
Mais bientôt ses doigts s'immobilisèrent, son menton s'inclina sur sa poitrine et ses yeux éplorés contemplèrent fixement le bonnet sans le voir. La voix d'Em au bas de l'échelle
le fit tout à coup sursauter et il lança précipitamment le
bonnet derrière lui.

Elle venait simplement le prévenir que son bol de soupe
était prêt. Dès qu'il l'entendit s'éloigner, il alla ramasser le
bonnet et ressortit la robe ainsi qu'un grand kappje de couleur
brune fait pour s'abriter du soleil – il se souvenait d'avoir
vu un jour une sœur de charité vêtue exactement de cette
façon. Les pensées se pressaient dans sa tête. Il dénicha derrière une poutre un vieux bout de miroir et posa le kappje
sur sa tête. Sa barbe faisait quelque peu ridicule là-dessous.
Il la cacha avec sa main – c'était mieux. Les yeux bleus qui
le regardaient étaient pleins de douceur et de modestie, comme
il sied à des yeux cachés sous un kappje. Il prit alors la robe
brune et, jetant un coup d'œil furtif alentour, la passa par-
dessus sa tête. Il venait d'enfiler les manches et s'apprêtait à
agrafer le dos quand la pluie, redoublant de fureur, tambou-
rina si violemment à la fenêtre qu'il se débarrassa en hâte
du vêtement. Mais il n'y avait personne. Il remit néanmoins
les affaires dans la caisse, la recouvrit soigneusement et des-
cendit l'échelle.

Em, toujours occupée à son ouvrage, fixait une aiguille

neuve à la machine à coudre. Gregory avala sa soupe et revint
s'asseoir devant elle, une lueur mystérieuse, tragique, dans
le regard.

— J'irai en ville demain, lança-t-il.

— Je me demande si ce sera possible, fit Em penchée sur
son aiguille. Je crains bien que la pluie ne s'arrête pas de
sitôt.

— J'irai tout de même, reprit Gregory.

Em releva la tête.

— Mais les sloots sont de vraies rivières. Tu ne pourras pas
passer. Le courrier peut attendre.

— Je n'y vais pas pour le courrier, rétorqua Gregory d'une
voix pathétique.

Em attendit une explication, qui ne vint pas.

— Quand reviendras-tu ?

— Je ne reviendrai pas.

— Tu vas voir des amis ?

Gregory se tut, puis saisit Em par le poignet.

— Écoute-moi, Em, fit-il entre ses dents. Je n'en peux plus.
Il faut que j'aille la rejoindre.

Depuis le jour où, en entrant dans la maison, il avait
compris que Lyndall était partie, jamais plus il n'avait reparlé
d'elle. Mais Em savait qui était celle dont il ne prononçait
pas le nom.

Quand il lui eut lâché la main, elle dit :

— Mais tu ne sais pas où elle est.

— Si. La dernière fois que j'ai eu de ses nouvelles, elle était
à Bloemfontein. Je vais aller là-bas, et je finirai bien par
découvrir où elle s'est enfuie ensuite, et ensuite, et ensuite !
Je la retrouverai.

Em tourna brusquement sa manivelle, et l'aiguille, mal
fixée, se cassa net.

— Gregory, elle ne veut plus nous voir. Elle nous l'a dit
assez clairement dans sa lettre.

A mesure qu'elle parlait, le rouge lui montait aux joues.

— Tu vas te torturer, Gregory, c'est tout. Crois-tu qu'elle
ait envie de t'avoir auprès d'elle ?

Il aurait pu répondre à cela, mais c'était son secret et il ne voulait pas le partager. Il laissa simplement tomber :

— Je pars.

— Pour longtemps, Gregory ?

— Je ne sais pas ; il est possible que je ne revienne jamais. Tu feras ce que tu veux de mes affaires. Je ne peux plus rester ici !

Il se leva.

— Les gens vous disent tous d'oublier. Oublier ! s'écria-t-il en arpentant la pièce. Les sots ! Les insensés ! Diraient-ils la même chose à un homme qui se meurt de soif ? Oublier ! Alors, pourquoi nous dire cela ? Il est faux de prétendre que le temps atténue la douleur. Plus il passe, plus il passe, et plus elle vous dévore le cœur !

» Depuis des mois, cria-t-il exaspéré, je vis ici tranquillement, jour après jour, comme si je m'intéressais à ce que je mange, à ce que je bois, à ce que je fais ! Mais rien ne m'intéresse ! Je ne le supporte plus ! C'est fini. Oublier ! On peut oublier le monde entier, peut-être, mais on ne peut jamais s'oublier soi-même. Et quand un être compte pour soi davantage que soi-même, comment pourrait-on l'oublier ?

» Si je lis, il suffit que je tombe sur un mot qu'elle aimait prononcer, et tout me revient à la mémoire ! Si je compte mes moutons, je revois tout à coup son visage devant moi et je laisse passer les bêtes sans m'en apercevoir. Si je te regarde, je la retrouve dans ton sourire, ce petit quelque chose au coin des lèvres. Comment puis-je l'oublier quand, où que je me tourne, elle est là sans jamais y être ! Je ne peux plus, je ne *veux* plus vivre sans sa présence.

» Je sais ce que tu penses, poursuivit-il en se tournant vers Em. Tu crois que je suis fou. Que je veux aller voir si par hasard elle voudrait bien de moi ! Non, je ne suis pas si sot. J'aurais dû comprendre plus tôt qu'elle ne pourrait jamais me supporter. Qui suis-je, et que suis-je, pour l'intéresser ? C'était normal qu'elle me rejette, et normal qu'elle m'ignore. Quiconque me dira le contraire est un menteur ! Je ne lui parlerai pas, ajouta-t-il. Je veux seulement la voir. Vivre un peu là où elle aura vécu elle-même.

Gregory Rose était parti depuis sept mois maintenant. Em était seule, assise devant le feu sur une peau de mouton blanc.

Le vent hurlait dans la nuit d'août, fouettait les cheminées, sifflait dans toutes les fentes, se ruait sur les portes et les murs et poussait des mugissements lugubres en s'engouffrant entre les pierres du kopje. C'était un déchaînement sauvage. Le figuier de Barbarie qui dressait tout là-haut ses bras raides sentait peser sur lui toute la force du vent, et ses raquettes s'entrechoquaient si violemment que des morceaux entiers s'en détachaient. Les Cafres, dans leurs huttes de paille, se chuchotaient tout bas qu'avant l'aube il ne resterait plus une poignée de chaume sur les toits; et la charpente de la remise grinçait et gémissait en essayant de résister à l'assaut des rafales.

Em n'était pas encore couchée. Comment dormir par une nuit pareille? Elle avait allumé du feu dans la salle à manger et, assise par terre, retournait les galettes qu'elle avait mises à cuire sur la braise. Ce serait autant de moins à faire le lendemain matin. Elle avait soufflé la bougie, car le vent qui passait sous la fenêtre faisait couler le suif et vaciller la flamme, et elle chantonnait en surveillant ses galettes. La cheminée était large, et tandis qu'elles cuisaient sur leur lit de braise à une extrémité de l'âtre, à l'autre bout montaient des flammes claires qui jetaient des lueurs dorées sur les blonds cheveux d'Em, sur sa robe noire avec sa collerette de crêpe, et sur les boucles blanches de la peau de mouton qui lui servait de siège.

Rafales et hurlements redoublèrent de violence, tandis qu'Em chantonnait doucement et n'entendait que les paroles de sa chanson, comme un léger murmure qui l'apaisait. C'était une vieille ballade que sa mère, autrefois, chantait souvent :

> *Au bord du fleuve où dansent les roseaux,*
> *Le saule chante ses couplets,*
> *Dans le petit matin sur le miroir des eaux,*
> *Une fleur blanche contemple son reflet.*

Elle croisa les mains et chanta d'une voix rêveuse la strophe suivante :

> *Au bord du fleuve où tremblent les roseaux,*
> *Un frisson de lune s'est posé,*
> *Dans le miroir ensommeillé des eaux,*
> *Deux pétales blancs se sont noyés,*
> *Noyés, noyés, noyés !*

Elle prolongea la dernière phrase du refrain, la laissa doucement mourir sur ses lèvres, puis la reprit encore une fois. Sans qu'elle en eût conscience, les mots étaient en harmonie avec les sentiments et les images qui peuplaient sa solitude ce soir-là. Elle retourna ses galettes, cependant que le vent précipitait par terre toute une rangée de briques du pignon, et ébranlait les murs.

Tout à coup elle s'arrêta et elle tendit l'oreille; on aurait dit que quelque chose cognait contre la porte de derrière. Sans doute était-ce le vent qui se déchaînait de plus belle. Elle reprit son travail. Mais le bruit recommença. Elle se leva, alluma sa bougie à la flamme du foyer et alla voir. Simplement par acquit de conscience, se dit-elle, bien convaincue que par un temps pareil personne n'irait traîner dehors.

Elle entrouvrit la porte en tenant la bougie derrière elle pour la soustraire aux griffes du vent. La haute silhouette d'un homme apparut, et avant qu'elle eût pu prononcer un mot celui-ci se rua à l'intérieur et appuya de toutes ses forces sur la porte pour la refermer.

— Waldo! s'exclama-t-elle stupéfaite.

Il y avait plus d'un an et demi qu'il était parti.

— Tu ne t'attendais pas à me voir! dit-il en se retournant. Je serais allé dormir dans la remise pour ne pas te déranger, mais j'ai vu briller de la lumière à travers le volet.

— Viens près du feu. C'est une nuit épouvantable, il ne fait pas bon être dehors — ni homme ni bête! Mais tu as peut être des affaires à rentrer?

— Tout mon bagage est là, dit-il en montrant le petit balluchon qu'il tenait à la main.

— Et ton cheval?

— Il est mort.

Il s'assit sur le banc devant le feu.

— Les galettes sont presque cuites, remarqua-t-elle. Je vais te chercher à manger. Où as-tu été, tout ce temps?

— Ici et là, répondit-il d'une voix exténuée. Ici et là. Mais tout à coup l'envie m'a pris de revenir ici. Em, demanda-t-il en posant la main sur son bras comme elle passait devant lui, as-tu eu des nouvelles de Lyndall récemment?

— Oui, fit Em en se détournant brusquement.

— Où est-elle? J'ai reçu une lettre d'elle un jour, il y a maintenant presque un an... au moment où elle est partie d'ici. Où est-elle?

— Au Transvaal. Je vais te préparer à dîner. Nous aurons tout le temps de parler ensuite.

— Peux-tu me donner son adresse exacte? Je veux lui écrire.

Mais Em était déjà passée dans la pièce à côté.

Quand elle eut posé le dîner sur la table, elle se mit à genoux devant le feu et retourna ses galettes en bavardant de tout et de rien, intarissablement. Elle était contente de le revoir... tante Sannie allait bientôt venir pour lui présenter son bébé... il faudrait qu'il reste à la ferme à présent pour l'aider. Waldo de son côté n'était pas mécontent de pouvoir manger en silence sans avoir à poser de questions.

— Gregory revient la semaine prochaine, poursuivit-elle. Cela fera demain cent trois jours qu'il est parti. J'ai reçu une lettre de lui hier.

— Où était-il parti?

Mais Em se pencha en avant pour retirer du feu une galette.

— Quel vent! C'est à peine si on s'entend parler, fit-elle. Tiens, prends cette galette toute chaude. Personne ne les réussit comme moi. Mais tu n'as rien mangé!

— Je suis un peu fatigué. Ce vent est enragé.

Croisant les bras, il appuya sa tête contre la cheminée pendant qu'elle ôtait son couvert. Sur la tablette se trouvaient un encrier et quelques feuilles de papier. Il les prit, puis il replia un coin de la nappe.

— Je vais écrire quelques lignes en attendant que tu viennes t'asseoir et que nous puissions parler.

Tout en secouant la nappe, Em le regardait, penché avec application sur son papier. Il avait bien changé. Son visage s'était aminci, il avait les joues presque creuses, malgré le noir buisson de barbe qui les couvrait.

Elle s'assit sur sa peau de mouton tout près de lui, et tâta le petit balluchon posé sur le banc. Il était si petit, si léger, que cela lui fit mal. Sans doute contenait-il, en tout et pour tout, une chemise et un livre. Une bande de mousseline maladroitement taillée était entortillée autour de son vieux chapeau noir, et son coude portait une grande pièce cousue au fil jaune de façon telle qu'on en avait le cœur serré. Seuls ses cheveux étaient restés les mêmes et tombaient en ondulations soyeuses jusqu'à ses épaules. Demain elle couperait les effilochures de son col et poserait un ruban neuf à son chapeau. Elle n'osait pas l'interrompre, tout en se demandant comment il pouvait se mettre à écrire avec autant de zèle après une marche si éprouvante. Sa fatigue avait disparu, sa plume courait sans s'arrêter sur le papier, ses yeux brillaient. Em porta la main à son corsage où se trouvait la lettre arrivée la veille. Bientôt elle oublia Waldo, tout comme lui l'avait oubliée; chacun était perdu dans son propre univers. Lui, écrivait à Lyndall. Il voulait lui raconter tout ce qu'il avait vu, tout ce qu'il avait fait, même si tout cela n'en valait pas la peine. C'était comme s'il la retrouvait en retrouvant la maison d'autrefois, il lui parlait comme si elle était là.

« ...j'arrivai donc dans la ville suivante, mais mon cheval était trop fourbu pour poursuivre la route, alors je cherchai du travail. Un commerçant m'engagea comme commis. Il me fit signer l'engagement de demeurer six mois à son service et m'offrit comme logement un petit réduit inoccupé, derrière le magasin. J'avais encore trois livres en poche, et quand on débarque de la campagne cela paraît une grosse somme.

» Après trois jours dans cette boutique, j'avais déjà envie de repartir. Le métier de vendeur est le plus dégradant qui soit. Mieux vaut casser des cailloux : au moins, on a le ciel au-dessus de sa tête, et si l'on plie l'échine, ce n'est que devant des pierres. J'ai demandé à mon patron de me laisser partir, je lui ai proposé les deux livres qui me restaient et le sac de maïs que j'avais acheté avec le reste, mais il a refusé.

» Plus tard j'ai découvert qu'il me payait moitié moins que les autres — voilà pourquoi! Lorsque je regardais les autres commis, j'avais peur de finir par leur ressembler. A longueur de journée ce n'étaient que courbettes et sourires à toutes les femmes qui entraient. Mais derrière ces sourires, c'était à leur argent qu'ils en voulaient. Ils s'affairaient, couraient chercher des robes et des rubans pour les tenter; on aurait dit des vers de terre enduits de graisse. Une seule créature, dans cette boutique, était digne de respect : c'était un Cafre, qui était manutentionnaire. Son travail consistait à charger et à décharger les marchandises; il ne souriait que lorsqu'il en avait envie et ne mentait jamais.

» Les commis m'avaient surnommé « Vieux Salutiste ». Il y avait pourtant quelqu'un que j'aimais beaucoup; il était commis, lui aussi, dans un autre grand magasin. Il passait souvent devant notre porte. Je le trouvais différent des autres. Il avait le teint frais et coloré comme un enfant. Quand il entrait, j'éprouvais de la sympathie pour lui. Un jour je remarquai un livre qui dépassait de sa poche, et me sentis encore plus attiré vers lui. Je lui demandai s'il aimait lire et il me répondit : oui, quand il n'y a rien d'autre à faire. Le lendemain il vint vers moi et me demanda si je ne m'ennuyais pas tout seul – il ne me voyait jamais sortir avec les autres. Il viendrait me voir ce soir, dit-il.

» J'étais heureux, j'allai acheter de la viande et de la farine, car nous nous contentions de maïs, la jument grise et moi. C'est ce qu'il y a de plus économique : quand c'est bien cuit, on en mange peu. Je confectionnai des galettes, et pliai mon paletot sur la caisse pour en faire un siège moins dur. Enfin il arriva.

» – C'est bizarre chez toi, dit-il.

» Il est vrai que je n'avais pas d'autre meuble que des caisses d'emballage, et cela faisait plutôt vide. Pendant que je disposais le dîner sur une caisse, il passa mes livres en revue. Il lisait les titres tout haut : *Physiologie élémentaire, Principes de base de la géométrie.*

» – Fichtre ! dit-il. J'ai un tas de vieux bouquins assommants dans ce genre-là, des prix que j'ai récoltés à l'école du dimanche. Je m'en sers pour allumer ma pipe, ils sont tout juste bons à ça.

» Puis il me demanda si j'avais lu *La Créole aux yeux noirs.*

» – Ça c'est le genre qui me plaît, dit-il. Quand il y a un type qui attrape une jeune négresse par le bras et oblige l'autre à décamper ! Voilà ce que j'aime.

» Je ne sais plus ce qu'il me dit ensuite. Tout ce dont je me souviens, c'est que j'avais l'impression de faire un cauchemar et que j'aurais voulu être à cent lieues de là.

» Après avoir mangé, il ne s'attarda guère. Il devait retrouver des jeunes filles à la sortie d'une réunion de prière, pour les raccompagner chez elles. Il me demanda pourquoi je ne me promenais jamais avec des filles le dimanche après-midi. Lui avait des quantités de bonnes amies et devait justement aller rendre visite à l'une d'elles le mercredi suivant, dans une ferme. Il me demanda si je pouvais lui prêter ma jument. Je lui dis qu'elle était très vieille. Il répondit que cela n'avait

aucune importance et qu'il viendrait la prendre le lendemain.

» Sitôt qu'il fut parti, ma petite chambre retrouva son
aspect habituel. Je l'aimais bien telle qu'elle était, j'étais
heureux de m'y réfugier le soir, et il me semblait qu'elle me
reprochait d'y avoir fait entrer cet homme. Le lendemain il
emmena ma jument grise. Le jeudi il ne revint pas, et le
vendredi je trouvai la selle et la bride posées devant ma porte.

» L'après-midi il passa la tête par la porte du magasin et
me lança : « Tu as trouvé ta selle, Farber ? Ta vieille carne a
cassé sa pipe à six milles d'ici. Je t'apporterai quelques shillings demain, ce n'est même pas ce que valait sa peau. Salut ! »

» Je sautai par-dessus le comptoir et le saisis à la gorge.
Mon père qui avait toujours été si attentionné pour elle, qui
la ménageait toujours dans les côtes... et ce type-là l'avait
assassinée ! Je lui demandai à quel endroit il l'avait tuée, et
le secouai jusqu'à ce qu'il m'échappe des mains. Il se planta
devant la porte, un sourire narquois sur les lèvres.

» — Il n'en fallait vraiment pas beaucoup pour le tuer, ce
paquet d'os. Quand on pense que son maître dort dans une
caisse d'emballage, et qu'il est obligé d'attendre que son invité
ait vidé son assiette pour manger à son tour ! Tu la nourrissais
sans doute avec des sacs en papier ? Au cas où tu t'imaginerais
que je l'ai fauchée, ajouta-t-il, tu n'as qu'à aller constater la
chose par toi-même. Tu la trouveras au bord de la route, là
où les *aas-vogel* sont en train de festoyer.

» Je le pris au collet, le soulevai de terre et le jetai dans
la rue avec une telle force qu'il se retrouva au milieu de la
chaussée. J'entendis le comptable dire à l'un des commis qu'il
fallait toujours se méfier de ces gens qui ne desserrent pas
les dents. Mais après cela, ils ne m'ont plus jamais appelé
« Vieux Salutiste ».

» Je te raconte toutes ces petites histoires, car je n'ai pas
grand-chose d'autre à raconter. Il ne m'est rien arrivé d'extraordinaire, mais je suis sûr que cela t'intéressera. Chaque fois
je me disais : je lui raconterai cela. C'était toujours à toi que
je pensais. Après cette aventure, j'ai eu la visite aussi d'un

vieil homme. Je l'avais souvent rencontré dans la rue, il avait un habit noir très crasseux et un chapeau orné d'un crêpe, et comme il était borgne il n'était pas difficile à reconnaître. Un jour il arriva chez moi avec une liste de souscription pour collecter des dons en faveur d'un ministre du culte. Quand je lui dis que je n'avais rien à donner, il me fixa avec son œil.

» – Jeune homme, me dit-il, comment se fait-il que je ne vous voie jamais dans la demeure du Seigneur ?

» Je crus qu'il me voulait du bien, aussi m'excusai-je en lui expliquant que je n'allais jamais au temple.

» – Jeune homme, me dit-il, je suis fort affligé d'entendre des paroles impies dans la bouche d'un être si jeune – et déjà engagé si loin dans la voie de la perdition. Si vous oubliez Dieu, jeune homme, Dieu lui aussi vous oubliera. Il y a encore un siège pour vous dans la travée de droite, vers la porte du fond. Pensez à votre âme éternelle. Où ira-t-elle si vous vous égarez dans les plaisirs et les frivolités de ce bas-monde ?

» Il ne consentit à partir que lorsque je lui eus donné une demi-couronne. Plus tard j'appris que c'était lui qui percevait la location des bancs, et qu'il touchait un pourcentage sur ses collectes. Je n'ai pas fait d'autres connaissances.

» Quand mon contrat arriva à sa fin, je me louai chez un transporteur, comme conducteur.

» Le matin du départ, quand je m'assis à l'avant du chariot et commandai aux bœufs, et que je vis autour de moi les collines, le ciel qui descendait jusqu'à la terre, l'herbe du karroo et rien d'autre, je me sentis comme grisé. Je riais, mon cœur battait si fort que j'en avais mal. Je fermais les yeux pour le plaisir de les rouvrir et de ne plus voir d'étagères autour de moi. Il doit y avoir une certaine beauté dans le commerce, puisqu'il y a de la beauté partout, mais pour moi il n'est rien de plus hideux. Si je n'avais eu qu'un chariot à mener, ç'aurait été la plus belle vie du monde. Mon patron m'avait dit qu'il en conduirait un, moi l'autre, et qu'il louerait quelqu'un pour conduire le troisième. Mais dès le premier jour j'en conduisis deux à la fois pour lui rendre service, après quoi il me confia les trois. Chaque fois que nous passions près d'une auberge, il s'arrêtait pour boire et lorsque ensuite il rattrapait les chariots il ne tenait plus sur son cheval. Avec le Hottentot, nous l'aidions à monter près de nous. Nous voyagions toute la nuit, et dételions les bêtes cinq ou six heures dans la journée, au plus fort de la chaleur, pour prendre du repos. J'avais prévu de m'allonger sous le chariot avec un livre et de lire tous les jours une heure ou deux avant de m'endormir, et c'est ce que je fis pendant deux ou trois jours. Mais bientôt je fus si écrasé de fatigue que je dormis comme les autres et remballai mes livres. Quand on a trois chariots à surveiller la nuit, on a du mal à tenir debout. Les premiers temps j'étais heureux comme un roi en marchant dans la nuit près des chariots. Jamais les étoiles n'avaient été si belles. Et quand, par les nuits noires, nous traversions le bush, des feux follets dansaient de part et d'autre de la route. Même les nuits obscures et humides prenaient une beauté insoupçonnée. Mais cela ne dura guère, et bientôt je ne vis plus rien d'autre que la route et les bœufs. Je guettais avec impatience les moments où la route serait assez droite pour que je puisse m'asseoir à l'avant du chariot et faire un somme. Quand nous nous arrêtions pour dételer, je remarquais parfois des fleurs rares, des plantes grimpantes retombant en festons sur les arbres, des graines et des insectes que je n'avais jamais vus chez nous. Mais après quelque temps je ne les regardais même plus, tant j'étais fatigué. Je mangeais, puis je m'affalais sous le chariot, face contre terre, jusqu'à ce que le Hottentot vienne me réveiller pour atteler les bœufs, et nous repartions, pour rouler encore toute la nuit, et nous roulions, et nous roulions. J'avais quelquefois l'impression, en marchant à côté de mes bœufs, que je les dirigeais machinalement tout en dormant debout. Je ne pensais plus à rien, j'étais comme une bête. Mon corps était solide, j'étais dur à la tâche, mais ma tête était morte. Ce sont des choses qu'il faut avoir vécu, Lyndall, pour les comprendre. A la longue, le travail fait de vous un corps sans âme. Maintenant, quand je vois ces hommes ravagés qui débarquent d'Europe, ces manœuvres au regard bestial, aux joues hâves – je n'ai jamais rien vu de tel chez aucun Cafre –, je sais ce qui les a mis dans cet état. Et s'il ne me reste qu'un pouce de tabac, je le partage avec eux. C'est le travail, le travail machinal, répétitif, qu'ils font peut-être depuis plusieurs générations, qui les a transformés en bêtes de somme. A force d'abrutir le corps, on tue l'âme. Ce n'est pas que le travail soit mauvais en soi. A la ferme, je travaillais du lever au coucher du soleil, mais j'avais le temps de penser, le temps de goûter les choses. Il y a des façons d'abêtir un homme au travail qui ne laissent en lui plus rien d'humain. Qui peuvent même en faire un démon. Je le sais, car je l'ai éprouvé moi-même. Tu ne te doutes pas à quel point j'avais changé. Personne à part moi ne peut en avoir la moindre idée. Mais jamais je ne me suis senti malheureux. Tant que je réussissais à empêcher mes bœufs de s'embourber et à trouver un bon coin pour dormir, je n'en demandais pas davantage. Au bout de huit mois de ce travail, la saison des pluies arriva. Dix-huit heures sur vingt-quatre nous roulions en terrain détrempé. Parfois la boue montait jusqu'aux essieux et il fallait creuser pour dégager les roues. Nous ne faisions pas beaucoup de chemin en un jour. Mon patron criait après moi plus que jamais, mais après il me tendait toujours son flacon de brandy. Aux premiers temps de mon travail, c'était déjà ce qu'il faisait, mais j'avais toujours refusé. A présent je prenais le flacon et je buvais sans réfléchir, comme mes bœufs devant un seau d'eau. A la fin, chaque fois que nous passions devant une auberge, je m'achetais du brandy, moi aussi.

» Un dimanche, nous avions dételé près d'une rivière en crue en attendant qu'elle redescende. Une pluie fine tombait sans répit, et je m'allongeai dans la boue sous le chariot. Il n'y avait plus un endroit sec, et toutes les bouses étaient mouillées, de sorte qu'il n'était pas question de faire du feu pour manger quelque chose. Mon petit flacon de brandy était plein : je bus et m'endormis. Quand je me réveillai, la pluie tombait toujours et je recommençai à boire. J'avais froid, j'étais engourdi, mon patron, couché près de moi, me tendit

son flacon lorsque le mien fut vide. Je bus encore. Puis je
me relevai, avec l'idée d'aller voir où en était la rivière. Tout
ce dont je me souviens, c'est que je marchais vers la route
et qu'elle ne cessait de s'éloigner. Lorsque j'ouvris les yeux,
j'étais couché contre un buisson près de la berge. C'était
l'après-midi, les nuages avaient disparu, le ciel était d'un bleu
profond. Le Hottentot faisait griller des côtelettes sur le feu.
Il me regarda, un grand sourire fendu jusqu'aux oreilles.
« Maître un peu gai, dit-il, vouloir se coucher sur la route.
Si quelque chose arrive, maître écrasé. Moi porté maître ici. »
Il me lança encore un grand sourire. C'était comme s'il me
disait : « Nous ne valons pas mieux l'un que l'autre. Moi aussi
j'ai roulé plus d'une fois sur la route, je sais ce que c'est. »
Je détournai la tête et vis alors la terre, si verte, si fraîche,
si bleue, purifiée par la pluie... et moi, qu'étais-je ? un roulier
ivre, que son bouvier venait de ramasser dans la boue et de
traîner sur le bord de la route pour qu'il cuve son alcool. Je
me revoyais autrefois, et je te revoyais, toi. Je t'imaginais
lisant cet entrefilet dans un journal : « Un roulier allemand,
du nom de Waldo Farber, s'est tué en tombant de son chariot,
écrasé par la roue. Il est mort sur le coup. L'homme était en
état d'ivresse au moment de l'accident. » Tous les mois on
trouve ce genre de nouvelle dans les journaux. Je m'assis, je
sortis le flacon de brandy de ma poche et le lançai de toutes
mes forces dans l'eau noire. Le Hottentot courut pour essayer
de l'attraper, mais il avait coulé au fond. Je ne touchai plus
jamais à l'alcool. Mais vois-tu, Lyndall, le péché est bien plus
terrible pour celui qui le voit commettre que pour celui qui
le commet. Lorsque nous regardons un criminel ou un ivrogne,
nous sommes horrifiés, nous nous sentons très loin de lui.
Mais lui se sent peu différent de nous. Nous nous demandons
avec étonnement quelle est cette créature – mais c'est nous,
c'est nous-mêmes ! Nous sommes faits du même bois, ce sont
les hasards de la vie qui nous façonnent différemment.

» Je ne sais vraiment pas pourquoi j'ai continué à travailler
avec un tel acharnement pour ce patron. J'étais comme les
bœufs qui viennent se mettre d'eux-mêmes tous les jours sous

le joug sans savoir ce qu'ils font. Sans doute serais-je encore à son service s'il ne s'était passé ceci. Un jour nous eûmes à transporter un chargement vers les Mines de Diamant. Les bœufs, déjà très amaigris, étaient restés toute la journée sous le joug sans manger tandis qu'on chargeait les chariots. A la sortie de la ville se trouvait une grande côte. Dès le bas de la côte, le premier chariot s'embourba. J'essayai tout d'abord d'encourager les bœufs, mais bientôt je compris qu'un seul attelage était insuffisant. Je m'apprêtais à dételer la paire de bœufs du second chariot pour les ajouter en flèche au premier quand mon patron, qui se prélassait sur le chargement, bondit sur moi.

» – Ils vont me le tirer, ce chariot! Qu'ils en crèvent s'ils veulent mais ils vont me le tirer tout seuls! hurla-t-il.

» Il n'était pas saoul cette fois-ci – seulement de mauvaise humeur parce qu'il avait trop bu la veille. Il m'injuria, m'ordonna de prendre le fouet et de l'aider. Je finis par lui dire que c'était inutile, que les pauvres bêtes n'y arriveraient jamais. Il jura de plus belle et appela les autres conducteurs avec leurs fouets. Ils cinglèrent les bêtes. Il y avait un grand bœuf noir, si maigre que son échine semblait lui transpercer la peau.

» – C'est toi, Démon, qui ne veux pas tirer, hein? criait le roulier. Eh bien tu vas voir!

» C'était bien plutôt lui qui avait l'air d'un démon. Il commanda aux autres de cesser de le fouetter, et tenant le bœuf par une corne, ramassa un galet et lui en martela le mufle jusqu'au sang. Puis ils recommencèrent à fouetter et à invectiver les bêtes qui s'arc-boutaient désespérément. Le chariot ne bougeait pas d'un pouce.

» – Ah c'est comme ça! tu ne veux pas tirer? Je vais t'aider, moi!

» Il sortit son canif et le planta jusqu'à la garde, à trois reprises dans la patte de l'animal qui tremblait. Il remit le couteau dans sa poche et les autres reprirent leurs fouets. Des frissons parcouraient les flancs des bêtes et leur mufle écumait. Dans un suprême effort elles firent avancer le chariot

de quelques pieds, puis elles s'arc-boutèrent pour l'empêcher
de glisser en arrière. Des filets de sang et de bave coulaient
des naseaux du bœuf noir. Fou d'angoisse, il tournait la tête
et me regardait fixement de ses grands yeux muets. Dans sa
douleur et son épuisement il m'implorait, mais les autres
reprirent leur fouet. La bête poussa un meuglement puissant.
On aurait cru qu'elle appelait à son secours son Créateur —
si tant est qu'il en existe un. Un flot de sang vermeil jaillit
de ses naseaux. Elle s'écroula, et le chariot partit à reculons.
Le roulier se précipita.

» – Alors, Démon, on se couche, maintenant? Je m'en vais
te guérir, moi!

» La pauvre bête agonisait. Il ouvrit son canif et se pencha
sur elle. Je ne sais plus ce que je fis alors. Je sais seulement
que je me retrouvai à genoux sur lui, dans les cailloux. Les
conducteurs nous séparèrent. Je le laissai debout au milieu
de la route, brossant le sable de ses vêtements, et m'en retournai vers la ville. Toutes mes affaires étaient restées dans ce
maudit chariot et je n'avais que deux shillings en poche. Mais
cela m'était égal. Le lendemain je trouvai du travail chez un
grossiste. Je devais emballer et déballer des marchandises,
transporter des caisses, et comme je n'étais employé que de
six heures du matin à six heures du soir, il me restait beaucoup de temps pour moi. Je louai une petite chambre et
m'abonnai à une bibliothèque. J'étais heureux comme un roi,
Lyndall! La semaine de Noël, je profitai de mon congé pour
aller voir la mer. Afin d'éviter la grosse chaleur je marchai
toute la nuit, et peu après le lever du soleil j'arrivai au sommet
d'une haute colline. Devant moi s'étendait une longue barre
montagneuse, régulière et bleutée. Je marchai dans sa direction, tout en continuant de rêver à cette mer que j'avais tant
envie de voir. Je finis par me demander ce que pouvait bien
être cette étrange falaise bleue. Et soudain je compris que
c'était elle – la mer! Si je n'avais pas été aussi fatigué, Lyndall,
j'aurais immédiatement rebroussé chemin. Crois-tu que toutes
les choses dont nous rêvons – l'Europe, ses églises, ses tableaux,
ses habitants – nous décevront autant lorsque nous les ver-

rons? J'en rêvais depuis si longtemps, de cette mer! Quand
j'étais petit et que je gardais les moutons derrière le kopje,
je m'imaginais voir des vagues briller dans le soleil jusqu'à
l'extrémité de l'horizon. Ma mer! Le rêve est-il donc toujours
plus beau que la réalité?

» J'arrivai sur la plage cet après-midi-là, et je vis toute
cette eau qui allait et venait sans fin sur le sable, je vis l'écume
blanche des brisants. C'était joli certes, mais je me dis que
je repartirais le lendemain. Ce n'était pas cela, ma mer.

» Après avoir passé toute la nuit près d'elle sous la lumière
de la lune, je me mis à l'aimer un peu. Le lendemain je
l'aimais davantage. Et au moment de la quitter je l'adorais.
C'était si différent du ciel et des étoiles! Eux nous parlent de
ce qui n'a ni commencement ni fin. La mer, elle, est toute
proche de nous. De toutes les choses que je connais, c'est elle
qui ressemble le plus à l'homme – ce n'est ni le ciel ni la
terre. Elle est toujours en mouvement, quelque chose dans
ses profondeurs l'agite sans cesse. Jamais elle ne se repose.
Toujours elle cherche, cherche, cherche. Elle se jette en avant,
et n'ayant rien trouvé elle se retire lentement en gémissant.
Elle pose perpétuellement la même question sans jamais trouver de réponse. Tout le jour, toute la nuit, je l'entends. Les
brisants crient ce que moi-même je pense. Quand personne
ne me regarde je leur parle, je les accompagne en chantant.
Je me couche sur le sable et les observe à travers mes paupières. Le ciel est peut-être plus beau, mais il est trop inaccessible là-haut. Il faut savoir aussi baisser les yeux, regarder
à ses pieds. C'est pourquoi j'aime la mer. Après cinq jours
je retournai à Grahamstown.

» J'avais trouvé des livres passionnants, et le soir je lisais
dans ma petite chambre – mais je me sentais seul. Quand on
vit entouré de monde, les livres ne font pas le même effet.
Je ne saurais pas dire pourquoi, mais je les trouvais morts.
A la ferme, je les aurais sentis comme des êtres vivants. Mais
ici j'éprouvais le besoin d'avoir plutôt quelqu'un auprès de
moi. Dans la foule je me sentais seul, il me manquait un
compagnon de chair et de sang. Un jour, alors que j'étais

encore à la ferme, j'avais rencontré un étranger; il s'était
assis par terre dans l'herbe du karroo et m'avait parlé. Je ne
lui avais pas demandé son nom; mais dans tous mes voyages
je ne cessai de le chercher — dans les auberges, dans les rues,
dans les voitures de voyageurs qui filaient sur les routes, par
les fenêtres des maisons, je le cherchais sans jamais le trouver.
Nulle part je ne reconnaissais sa voix. Un jour je me rendis
au Jardin botanique. C'était une demi-journée fériée, et l'orchestre y donnait un concert. Je m'arrêtai tout en haut de
la grande allée pour regarder la foule. Des dames et des
enfants superbement vêtus se promenaient parmi les fleurs.
Enfin l'orchestre commença à jouer. Jamais je n'avais entendu
pareille musique. Au début le rythme était lent, régulier,
comme lorsqu'on vaque tranquillement à ses affaires sans
penser à grand-chose. Puis il s'accéléra, marqua une pause,
hésita, resta suspendu un instant, et éclata. Ah! Lyndall, on
a raison de dire que le paradis est une musique éternelle.
Elle vous soulève, elle vous transporte, loin, très loin, là où
tous vos désirs sont comblés. L'espace s'ouvre devant vous,
libre, vaste, sans bornes. J'écoutais, je ne voyais plus rien de
ce qui m'entourait. J'étais debout, la tête appuyée contre un
arbre. Quand la musique s'arrêta, j'aperçus près de moi, sur
un banc, de ravissantes femmes, et avec elles se trouvait
l'étranger que j'avais rencontré un jour dans le karroo. Ces
dames étaient très élégantes. Elles parlaient et riaient à mi-
voix — elles n'avaient sûrement pas écouté la musique. J'entendais tout ce qu'elles disaient, je sentais même le parfum
de la rose que l'une d'elles portait à son corsage. J'eus peur
que l'étranger me voie, et je me glissai derrière l'arbre. Mais
bientôt ils se levèrent pour se promener ensemble dans la
grande allée. Ils bavardaient sans s'occuper de la musique.
Lui portait sur son bras l'écharpe de la plus jolie des dames.
Je n'entendais plus rien, je cherchais seulement à saisir le
son de sa voix chaque fois qu'il passait près de moi. Quelques
instants plus tôt, alors que j'étais pris par la musique, je
n'avais pas conscience d'être mal habillé. Maintenant, j'avais
honte de moi. Je ne m'étais jamais rendu compte à quel point

j'étais vulgaire et grossier, avec mes habits de travail. Le jour
où nous avions si longuement parlé, lui et moi, assis par
terre sous les acacias, j'avais eu l'impression que rien ne nous
séparait. Je savais à présent que nous n'avions rien de
commun. Mais son visage me séduisait encore. Je n'ai jamais
connu de plus beau regard, sauf le tien.

» Ils finirent par se diriger vers la sortie. Je les suivis. Il
aida les dames à monter dans leur phaéton qui les attendait
à la grille et resta encore un instant à parler avec elles, un
talon sur le marchepied. Il avait une badine à la main, et
un lévrier d'Italie l'accompagnait. Au moment où la voiture
s'ébranlait, l'une des dames laissa échapper son fouet.

» — Ramasse-moi ça, me dit-elle; et quand je le lui tendis,
elle me jeta une pièce de six pence.

» J'aurais pu retourner dans le jardin, mais la musique ne
m'intéressait plus. Tout ce que je voulais, c'était être bien
habillé, raffiné, élégant. J'avais conscience de mes mains cal-
leuses, de mon allure grossière. Je n'ai plus jamais essayé de
le revoir.

» Je restai encore quatre mois à cet endroit, mais j'avais
perdu le bonheur. J'étais désemparé. Tous ces gens qui vivaient
autour de moi m'étouffaient, ils me faisaient sentir encore
plus douloureusement ce qui me manquait. Je n'arrivais pas
à oublier leur présence, et même quand j'étais tout seul, je
souffrais. Je n'aimais plus les livres, j'avais envie de compagnie. Quand je rentrais chez moi par les rues ombragées,
j'entendais de la musique sortir des maisons, je voyais des
visages entre les rideaux, et la tristesse me serrait le cœur.
Ce n'était pas les autres que je voulais, mais quelqu'un qui
aurait été à moi, à moi seul. Je n'en pouvais plus. Je voulais
une vie plus belle.

» Une seule fois je connus quelque chose qui ressemble au
bonheur. Une bonne d'enfant était venue au magasin, avec
la petite fille de l'un des employés. Tandis qu'elle allait porter
un message à celui-ci dans les bureaux, la fillette, restée avec
moi, m'observait en silence. Puis elle se rapprocha et me
regarda dans les yeux.

» — Ils sont beaux, tes cheveux, dit-elle. J'aime bien les belles boucles. Les jolies boucles.

» Elle passa ses petites mains sur mes cheveux. Quand je tendis le bras vers elle, elle se laissa faire et je l'assis sur mes genoux. Elle posa ses lèvres douces sur mon visage. Nous étions heureux tous les deux, jusqu'au moment où sa bonne revint et la fit descendre en vitesse, en criant qu'elle devrait avoir honte de s'asseoir ainsi sur les genoux d'un individu qu'elle ne connaissait pas. Mais cela lui était bien égal, à ma petite amie. Elle riait en me regardant, tandis que sa bonne l'entraînait.

» Si le monde était uniquement peuplé d'enfants, je crois que je pourrais l'aimer. Mais les hommes et les femmes ont une étrange façon de m'attirer, puis de me repousser, qui me met au supplice. Je ne suis pas fait pour vivre en société. Un jour peut-être, quand je serai plus vieux, je serai capable de vivre avec les autres et de les regarder comme je regarde les rochers ou les plantes, sans me laisser troubler, sans me sentir dépossédé de moi-même. Mais le moment n'est pas encore venu. J'étais donc malheureux, comme rongé par la fièvre. Je ne tenais plus en place, je ne pouvais plus ni lire ni penser. Alors je suis revenu ici. Je savais que tu n'y serais pas, mais je pensais que je m'y sentirais plus près de toi. Car c'est toi qui me manques — toi dont les autres me font sentir l'absence et qu'ils ne peuvent remplacer. »

Il avait rempli toutes les feuilles qui étaient devant lui, il n'en restait plus qu'une sur la cheminée. Em s'était endormie et reposait tranquillement sur la peau de mouton devant le feu. Dehors la tempête faisait rage encore, mais par à-coups, comme si elle commençait à se lasser. Il prit la dernière feuille et, les joues enfiévrées, penché sur son papier, se remit à écrire.

« Ce voyage de retour a été un enchantement. J'ai fait la route à pied. Avant-hier soir, au coucher du soleil, comme j'avais soif et que je désirais me reposer, j'ai quitté le chemin pour chercher un point d'eau. Je suis descendu dans une gorge étroite au fond de laquelle poussait une rangée d'arbres. Quand je suis arrivé au fond, le soleil avait disparu. Tout était immobile – pas une feuille ne bougeait. J'espérais bien trouver de l'eau dans le lit du torrent. Je sautai, et ne trouvai qu'un sable fin, très blanc. De chaque côté les berges se dressaient comme un mur. Tout au fond, un mince filet d'eau filtrait du roc, d'une hauteur vertigineuse, et tombait goutte à goutte sur une pierre plate. Chaque goutte tintait comme une clochette d'argent. Un arbre de la rive se détachait sur le ciel blanc. Tous les autres étaient immobiles, mais celui-là tremblait, frissonnait, sans un souffle de vent. Tout se taisait, seul son feuillage palpitait, palpitait. Je restais debout sur le sable, incapable de m'en aller. Quand la nuit fut tombée et que les étoiles apparurent, je remontai. J'étais heureux. Peut-être as-tu du mal à le comprendre? Comment t'expliquer à quel point je me sens proche de tout ce que l'on ne voit pas mais que l'on sent? Ce soir une tempête terrible s'est levée. J'ai marché des heures dans la plaine, par une obscurité totale. J'aimais ce vent, il me donnait le sentiment que je luttais pour venir te rejoindre. Je savais bien que tu ne serais pas ici, mais au moins on me parlerait de toi. Quand j'étais sur mon chariot de roulier et que parfois je somnolais, il m'arrivait de me réveiller en sursaut, croyant sentir tes mains posées sur moi. Et quand j'étais dans ma chambre, la nuit, souvent je soufflais la bougie pour mieux voir ton visage dans le noir. Tantôt c'était ton visage de petite fille, celle qui venait avec son tablier bleu me retrouver derrière le kopje lorsque je gardais les moutons, et qui s'asseyait près de moi; tantôt c'était ton visage d'adulte. J'aime les deux. Je ne ferai jamais rien dans la vie, je suis trop maladroit. Mais toi tu réussiras quelque chose, et ton œuvre sera aussi la mienne. Quelquefois j'éprouve une joie soudaine en pensant que tu es quelque part dans le monde, que tu vis et que tu travailles. Tu es la seule personne qui compte pour moi. Rien d'autre n'a d'importance. Quand j'aurai terminé ceci, j'irai revoir la porte de ta chambre... »

Il écrivait toujours; et le vent, qui avait épuisé sa colère, courait en gémissant autour de la maison, comme un enfant fatigué d'avoir trop crié.

Em s'éveilla et se dressa sur son séant en se frottant les yeux, écoutant les derniers sanglots de la tempête effleurer les pignons et s'éloigner en caressant les longs enclos de pierre.

— Comme c'est calme tout à coup, dit-elle en poussant un soupir à la fois de fatigue et de soulagement, pour elle-même et pour le vent.

Waldo ne lui répondit pas. Il était tout entier absorbé dans sa lettre.

Alors elle se leva et vint poser sa main doucement sur son épaule.

— Tu as beaucoup de lettres à écrire? demanda-t-elle.

— Non, une seule. A Lyndall.

Elle se détourna et demeura un long moment le regard perdu dans le feu. Si l'on doit donner à quelqu'un un fruit empoisonné, en retarder l'instant ne le rendra pas moins amer.

— Mon Waldo, dit-elle en posant ses deux mains sur la sienne, il ne faut plus écrire.

Il renvoya d'un coup de tête ses cheveux en arrière et l'interrogea du regard.

— Ce n'est plus la peine, dit-elle.

— Pourquoi?

Elle posa la main sur les feuillets noircis.

— Waldo, dit-elle, Lyndall est morte.

Une charrette avançait lentement dans la plaine. Sur la banquette arrière se trouvait Gregory, les bras croisés, le chapeau sur les yeux. A l'avant un jeune Cafre tenait les guides, et Doss, assis à ses pieds, relevait de temps à autre le museau pour regarder le paysage par-dessus la planche du garde-boue; puis il tournait la tête vers les deux autres et leur adressait un clin d'œil appuyé pour bien leur signifier qu'il savait parfaitement où il était. Personne n'entendit la charrette arriver. Waldo travaillait à son établi de menuisier dans la remise et il ne s'aperçut de rien jusqu'au moment où, regardant par hasard à ses pieds, il vit Doss, tout tremblant sur ses pattes et le museau froncé, qui exprimait sa joie de le revoir par une série de petits jappements étranglés.

Em, après s'être usé les yeux à scruter la plaine, était repartie au fond de la maison, et c'est en relevant soudain la tête qu'elle découvrit Gregory avec son chapeau de paille et ses yeux bleus, debout devant l'entrée. Il la salua tranquillement et suspendit son couvre-chef derrière la porte à sa place habituelle. Rien, ni dans ses manières ni dans son apparence, n'aurait pu laisser supposer qu'il n'était pas parti tout simplement la veille pour chercher le courrier en ville. Seule sa barbe avait disparu, et son visage s'était aminci. Il retira ses guêtres de cuir, déclara que l'après-midi était torride et les routes poussiéreuses, puis réclama du thé. Ils parlèrent de la laine, du bétail, des moutons, et Em lui apporta la pile de lettres arrivées pendant son absence, mais de la

chose qui leur tenait tous deux à cœur ils ne dirent mot.
Après quoi il sortit pour aller faire le tour des kraals et Em
lui servit au souper des galettes chaudes et du café. Ils discutèrent des domestiques puis mangèrent en silence. Elle ne
posa pas de questions. Quand ils eurent terminé, Gregory s'en
alla dans le salon et s'étendit sur le canapé, dans le noir.

– Tu ne veux pas de lumière? s'enquit Em en risquant un
coup d'œil.

– Non, répondit-il – mais un instant plus tard il l'appela :
Viens t'asseoir, je voudrais te parler.

Elle revint et s'assit près de lui sur un petit tabouret.

– Veux-tu entendre mon histoire?

Elle murmura :

– Oui, si cela ne te fait pas trop mal.

– Je ne vois pas de différence, fit-il. Que je parle ou que je
me taise, c'est la même chose.

Cependant il resta silencieux un long moment. Dans la
lumière qui entrait par la porte ouverte elle le voyait, étendu
là de tout son long, un bras en travers du visage. A la fin
il parla. Qui sait si ce ne fut pas tout de même un soulagement?

C'était grâce à un agent d'affaires qu'il avait retrouvé leur
trace à Bloemfontein, dans l'État Libre d'Orange. C'est donc
là qu'il s'était rendu tout d'abord. Il était descendu dans
l'hôtel même où Lyndall et son compagnon avaient séjourné.
On lui avait montré la chambre où ils avaient dormi. Le
métis qui les avait conduits jusqu'à la ville suivante lui indiqua dans quelle maison ils avaient pris pension, et Gregory
reprit la route. On lui apprit là-bas qu'ils avaient échangé
leur voiture contre un spider tiré par quatre chevaux gris.
Son cœur bondit de joie. Il serait désormais facile de les
suivre à la piste. Et il prit aussitôt la direction du nord.

Dans les fermes où il s'arrêtait, les « oncles » et les « tantes »
se souvenaient fort bien du spider et de ses quatre chevaux.
Dans l'une, la fermière Boer lui raconta que le grand Anglais
aux yeux bleus avait acheté du lait et demandé où se trouvait
la ferme la plus proche. Dans cette dernière, l'Anglais avait

acheté un gros bouquet de fleurs et donné une demi-couronne à la fillette qui les avait cueillies. Et ce n'étaient pas là des histoires : la mère obligea son enfant à sortir la pièce de sa boîte pour en témoigner. A la ferme suivante, ils avaient dormi. On lui raconta même que le grand bouledogue, qui n'aimait pourtant pas les étrangers, était entré le soir dans la maison et avait posé sa tête sur les genoux de la dame. Ainsi, partout où il passait, il apprenait quelque chose sur eux et suivait leur chemin pas à pas.

Dans une ferme désolée, un Boer fut tout heureux de lui raconter une bonne histoire. La dame avait, paraît-il, déclaré que le chariot aperçu devant la porte lui plaisait. Sans demander son prix, l'Anglais avait offert cent cinquante livres pour cette vieillerie, et il avait payé seize livres des bœufs qui en valaient dix. Le Hollandais gloussait de rire, car l'argent de l'« Angliche » était bel et bien dans son coffre, sous son lit. Gregory riait lui aussi dans le secret de son âme : il ne risquait plus de les perdre, maintenant, vu l'allure à laquelle ils étaient condamnés à rouler avec ce chariot encombrant. Et pourtant ce soir-là, dans la petite auberge en bordure de la route où il fit étape, personne ne put lui apprendre la moindre chose sur les voyageurs.

L'aubergiste, un vieil ours abruti par l'alcool hollandais, fumait la pipe sur un banc, devant sa porte. Gregory s'assit près de lui et commença de le questionner. Mais l'autre se contentait de tirer sur sa pipe. Non, il n'avait aucun souvenir de ces étrangers. Comment pouvait-il se rappeler tous les gens qui étaient passés chez lui depuis des mois ? Et il tirait sur sa pipe. Gregory, fatigué, essaya de lui rafraîchir la mémoire – lui expliquant que la dame qu'il cherchait était très belle, avec une petite bouche et de tout petits pieds. L'homme, toujours aussi muet, tirait toujours sur sa pipe. Que lui importaient les petites bouches et les petits pieds ? Mais sa fille se pencha à la fenêtre. C'était une espèce de souillon qui aimait bien s'accouder là quand passaient des voyageurs afin d'entendre les conversations des hommes. A part cela elle avait bon cœur. Une main tout à coup passa par la fenêtre et une paire de pantoufles de velours toucha l'épaule de Gregory – de toutes petites pantoufles brodées de fleurettes noires. Il les lui prit des mains. Une seule femme avait pu les porter. Il en était certain.

– C'est une dame qui les a laissées là l'été dernier, dit la jeune fille. Ça serait peut-être celle que vous cherchez. Jamais vu d'aussi petits pieds.

Gregory se leva pour l'interroger.

Il était possible qu'ils soient arrivés avec un chariot et un spider, mais elle ne pouvait rien affirmer. En tout cas, le monsieur était un bel homme, grand, élégant, les yeux bleus, qui portait toujours des gants pour sortir. Un officier anglais sans doute. Sûrement pas un Afrikander.

Gregory l'arrêta.

La dame ? Ma foi elle était assez jolie, oui, dit la jeune fille. Très froide, l'air triste, silencieuse. Ils étaient peut-être restés cinq jours. Ils dormaient dans l'aile, là-bas, de l'autre côté du perron. Ils se querellaient quelquefois, semblait-il – toujours de la faute de la dame. Elle remarquait tout ce qui se passait quand elle venait faire le service. Un jour le monsieur avait caressé les cheveux de la dame, et elle s'était brusquement reculée comme si ses doigts étaient empoisonnés. Quand il venait s'asseoir à côté d'elle, elle s'en allait à l'autre bout de la pièce. Ou bien elle sortait se promener toute seule. Une femme bien froide pour un mari aussi charmant, trouvait-elle. De toute évidence elle le plaignait beaucoup, ce bel homme. Ils étaient repartis très tôt, un matin. Dans quel équipage et dans quelle direction, elle était incapable de le dire.

Gregory alla s'enquérir auprès des domestiques mais n'apprit rien de plus. Le lendemain matin il sella son cheval et partit. Dans les fermes qu'il rencontrait en chemin, les bons vieux « oncles » et les « tantes » lui offraient du café, tandis que de petits enfants pieds nus, cachés derrière le four à pain ou quelque pan de mur, observaient l'étranger. Mais personne n'avait vu ce qu'il cherchait. Il errait au hasard pour retrouver l'extrémité du fil perdu ; mais le spider et le chariot, la

dame toute menue et le monsieur très élégant demeuraient
introuvables. Dans les villes, ce fut encore pire.

Une fois pourtant l'espoir revint. Alors qu'il se tenait sur
le perron de l'hôtel où il allait passer la nuit, dans un petit
village quelconque, il vit passer un homme bien mis qui avait
l'air aimable et fort sérieux. Il fut aisé d'entamer la conversation avec lui sur le sujet du temps, puis... N'aurait-il pas
remarqué un jour, par hasard, devant cet hôtel, un monsieur
et une dame comme ceci comme cela, avec un spider et un
chariot? L'aimable monsieur hocha la tête. Comment était
la dame? questionna-t-il.

Gregory lui en fit un portrait. Des cheveux de soie, une
petite bouche – lèvre inférieure charnue et rose, lèvre supérieure rose aussi mais très mince et ourlée; quatre petites
taches blanches sur l'ongle de l'index droit, et les sourcils
finement arqués.

Le monsieur parut réfléchir, comme s'il cherchait dans sa
mémoire.

– C'est cela – et des joues pareilles à un bouton de rose,
des mains semblables à des lys et le sourire d'un ange.

– C'est elle! c'est elle! s'écria Gregory.

Ce ne pouvait être personne d'autre. Et par où était-elle
partie? Le monsieur caressa sa barbe d'un air pensif. Il allait
essayer de se le rappeler. Et ses oreilles, n'étaient-elles pas...?
Là-dessus il fut pris d'un si violent accès de toux qu'il se
précipita à l'intérieur de l'hôtel. L'employé famélique et le
barman crasseux qui se tenaient dans l'encadrement de la
porte éclatèrent de rire. Grégory se demanda pourquoi ils se
moquaient de ce brave homme, puis entendit le rire de
l'homme fuser dans le bar de l'hôtel où il s'était réfugié. Il
fallait à tout prix le retrouver pour tenter d'en apprendre
davantage. Hélas, pauvre Gregory, il s'aperçut bientôt qu'il
n'y avait rien à découvrir.

A force de tourner en rond, d'aller et venir, d'une ferme
à l'autre, de sillonner le pays en tous sens comme une toile
d'araignée à partir de l'auberge crasseuse où s'était rompu le
fil, Gregory finissait par perdre tout courage. L'idée que le

chariot avait pu partir d'un côté et le spider de l'autre ne
l'effleurait même pas. A la longue il comprit qu'il était inutile
de s'attarder dans cette région, et il poussa plus loin.

Un jour, à l'entrée d'une petite ville, son cheval, totalement
fourbu, refusa de faire un pas de plus. Il décida donc de
s'arrêter là pour le laisser se reposer. L'hôtel était charmant,
propre et gai comme la figure de sa patronne : une petite
femme vive, toujours en mouvement, qui parlait à tout le
monde – à ses clients quand elle était au bar, à ses servantes
dans la cuisine, aux passants qu'elle apostrophait par les
fenêtres – le plus souvent à tort et à travers, comme toutes
les femmes d'un naturel joyeux dotées par la nature d'une
grande bouche et d'un petit nez.

Cet hôtel avait un petit salon réservé aux étrangers qui
désiraient être tranquilles. Gregory vint y prendre son petit
déjeuner, tandis que l'hôtelière époussetait la pièce en
commentant les trouvailles fabuleuses de la Mine de Diamants, l'incompétence des femmes de chambre et la conduite
scandaleuse du pasteur hollandais vis-à-vis de la population
anglaise. Gregory mangeait sans l'entendre. Il avait posé sa
question, reçu sa réponse, elle pouvait maintenant raconter
ce qu'elle voulait.

Tout à coup une porte s'ouvrit à l'autre bout de la pièce
et une femme du Mozambique, un foulard rouge noué autour
de la tête, fit son apparition. Elle portait un plateau sur lequel
se trouvaient un toast réduit en miettes, une tasse de café à
demi pleine et un œuf à la coque décapité, encore intact. Elle
referma tout doucement la porte en lançant un « Bonjour »,
et son visage d'ébène s'éclaira d'un sourire satisfait.

L'hôtelière l'apostropha aussitôt :

– Vous n'allez pas la quitter, tout de même, Ayah ? C'est
ce que m'ont prétendu les femmes de chambre. Mais je suis
sûre que vous ne feriez jamais une chose pareille.

La Mozambicaine déploya un large sourire.

– Mari à moi dire rentrer maison.

– Mais elle n'a personne d'autre, et ne veut personne d'autre,
dit l'hôtelière. Voyons ! Je n'ai pas le temps de passer mes

journées dans une chambre de malade, même si j'étais payée pour le faire!

Pour toute réponse la Mozambicaine exhiba ses dents blanches d'un air jovial et sortit. L'hôtelière la suivit.

Content d'être enfin seul, Gregory observa du regard un rayon de soleil qui filtrait à travers les fuchsias de la fenêtre et venait balayer les panneaux de la porte. La Mozambicaine l'avait mal refermée, et au bout d'un moment elle bougea légèrement de l'intérieur. Elle s'entrouvrit un peu, puis ne bougea plus, puis s'entrouvrit encore, et par la fente apparut un petit museau, suivi d'une oreille fauve rabattue sur un œil. La tête tout entière s'avança, se pencha de côté d'un air perplexe, fronça le museau en direction de Gregory pour marquer son mécontentement, puis s'éclipsa. Par la porte entrebâillée arrivait une faible odeur vinaigrée, et la chambre semblait plongée dans le silence et dans l'obscurité.

Peu après l'hôtelière reparut.

— Elle a encore laissé cette porte ouverte, fit-elle, et elle la referma en se donnant des airs d'importance. Un nègre sera toujours un nègre. Ils n'ont pas la tête vissée comme nous sur les épaules, ces gens-là. Pas malade, j'espère? demanda-t-elle soudain en regardant Gregory.

— Non, non répondit Gregory.

L'hôtelière empila la vaisselle du petit déjeuner.

— Qui est dans cette chambre? s'enquit Gregory.

Ravie d'avoir une innocente petite histoire à raconter et une oreille pour l'écouter, elle tira le meilleur parti possible de cette affaire insignifiante, tout en débarrassant la table. Six mois plus tôt une dame était arrivée chez elle en chariot, accompagnée en tout et pour tout d'un métis qui servait de cocher. Huit jours plus tard elle donnait le jour à un bébé. Si Gregory voulait se lever et regarder par la fenêtre, il verrait un eucalyptus dans le cimetière; juste à côté se trouvait une petite tombe. C'était là qu'était enterré le bébé. Une petite chose minuscule, qui n'avait pas vécu plus de deux heures. Et la mère avait bien failli prendre le même chemin. Elle commençait à se remettre quand un beau jour elle s'était

levée, s'était habillée sans rien dire et était sortie. Il tombait
une pluie fine. Un peu plus tard une personne l'avait vue
assise par terre sous l'eucalyptus, son châle et son chapeau
tout dégouttants de pluie. On était allé la chercher, mais
elle avait déclaré qu'elle ne rentrerait que lorsqu'elle en
aurait envie. Finalement elle n'était rentrée que pour se
mettre au lit et elle ne l'avait plus quitté. Elle ne se relèverait
plus, avait dit le docteur.

Elle était d'une patience, cette pauvre petite! Quand on
allait la voir et qu'on lui demandait comment elle se sentait,
elle répondait toujours « Beaucoup mieux », ou « Presque
bien! », et elle restait tranquille dans sa chambre, le volet
fermé, sans jamais déranger personne. La Mozambicaine s'occupait d'elle. Elle ne supportait pas que quelqu'un d'autre la
touche, ne souffrait pas que quelqu'un d'autre voie seulement
ses pieds découverts. Elle avait des manières bizarres, la pau-
vrette, mais enfin elle payait bien. Et voilà que la Mozambicaine allait partir, et qu'elle allait devoir s'habituer à quelqu'un d'autre.

L'hôtelière jacassa encore un moment, puis sortit avec le
plateau du petit déjeuner. Quand elle eut disparu Gregory se
prit la tête entre les mains, mais il ne fut pas long à réfléchir.

Avant le déjeuner il enfourcha son cheval et sortit de la
ville. Non loin de là se trouvait un replat où stationnaient
habituellement les chariots de transport. Le roulier hollandais avec lequel il fit affaire se demanda pour quelle raison
cet étranger était si impatient de se débarrasser de sa monture. Volée sans doute – mais à un prix si dérisoire, autant
en profiter. Ainsi le cheval changea-t-il de maître, et Gregory
s'en alla-t-il à pied, ses sacoches sur le bras. Dès qu'il fut
hors de vue des chariots, il quitta la route et marcha à travers
le veld, où les hautes herbes fleuries ondulaient tout autour
de lui. Vers le milieu de la plaine il trouva une ravine creusée
par les eaux à la saison des pluies. Pour le moment le lit
était à sec. Il sauta sur le sable rouge du fond. C'était un
coin tranquille, personne ne viendrait le déranger ici. Après
avoir examiné l'endroit, il s'assit contre la berge, à l'ombre

d'un surplomb, et il s'éventa le visage avec son chapeau, car l'après-midi était chaude et il avait marché très vite. Les fourmis couraient à ses pieds, dans la poussière, et devant lui la muraille rouge était tout entière tapissée d'un enchevêtrement de racines et de fibres mises à nu par les pluies. Tout en haut s'étendait le bleu limpide du ciel d'Afrique. Auprès de lui se trouvaient ses sacoches, remplies de vêtements féminins. Gregory leva vers le ciel des yeux doucement implorants.

– Suis-je bien Gregory Nazianzen Rose?

C'était tellement singulier de se trouver ici, dans ce sloot, au fond d'une plaine perdue, tout au nord du pays! – Aussi singulier que les formes extravagantes d'un grand nuage d'été. Épuisé, il finit par s'endormir, la tête appuyée au talus. Quand il se réveilla, l'ombre avait envahi le sloot et le soleil touchait déjà le bord de la plaine. Il était temps d'agir. Il tira de sa poche intérieure un petit miroir à deux sous qu'il suspendit à une racine. Puis il enfila la robe démodée, avec son grand col festonné. Il sortit alors son rasoir. Touffe après touffe, les boucles de poils doux tombèrent dans le sable, où les fourmis s'en emparèrent pour tapisser leur nid. Quelques instants plus tard, le miroir reflétait un visage encadré de volants plissés, au teint pâle comme celui d'une femme, avec une petite bouche, une lèvre supérieure très mince et un menton fuyant.

Peu après, une grande femme traversait le veld. En passant près d'une fourmilière éventrée elle se mit à genoux et enterra les sacoches qui contenaient ses vêtements masculins, puis elle reboucha la cavité avec des mottes de terre afin qu'il n'y paraisse rien. Tel un criminel qui cache son forfait, le personnage eut un sursaut et regarda autour de lui. Mais il n'y avait personne, si ce n'est un *meerkat* qui l'observait devant son trou, tranquillement assis sur son arrière-train. L'idée que cette bête pût le voir lui fut désagréable, mais quand il se leva, elle replongea dans son terrier. Il se remit en route sans se hâter, laissant au crépuscule le temps de gagner les rues avant lui. La première maison qu'il rencontra était la forge. Deux gamins musardaient dans l'ouverture béante de la porte. Comme il montait la rue, pressant le pas dans la demi-obscurité, il les entendit derrière lui s'esclaffer. Il se retourna, vivement inquiet, et il aurait volontiers pris la fuite s'il n'avait eu les jambes empêtrées par ses jupes. Mais ce qui les faisait rire, ce n'était pas ce personnage grotesque – c'était tout simplement une étincelle qui avait atterri sur la tête de l'un des gamins.

La porte de l'hôtel était ouverte en grand et la lumière débordait sur la rue. Il frappa au marteau. L'hôtelière apparut et jeta un coup d'œil au-dehors pour voir avec quel véhicule était arrivée la voyageuse. Mais Gregory avait toutes les audaces, maintenant qu'il se savait si près de la chambre au volet fermé. Il raconta qu'il était arrivé avec les chariots de transport stationnés en dehors de la ville. Il avait marché depuis là-bas et désirait une chambre pour la nuit.

Il mentait froidement, avec aplomb. Si l'ange qui tient le registre de nos actions s'était trouvé dans la pièce d'à côté, la plume déjà trempée dans l'encrier, il eût menti cinquante fois autant. Que lui importait? Il ne pensait qu'à celle qui disait tous les jours : « Je vais mieux. »

L'hôtelière lui servit son souper dans le petit salon où il s'était trouvé le matin même. Après avoir posé le repas sur la table, elle s'assit dans le rocking-chair avec son tricot, comme à son habitude, espérant glaner des nouvelles qu'elle pourrait ensuite colporter à ses clients du bar. Rien, dans ce visage pâle caché sous un curieux bonnet à volants, ne lui rappelait le voyageur du matin. La nouvelle venue bavardait volontiers. Elle était garde-malade, disait-elle; elle était arrivée au Transvaal, ayant entendu dire que cette profession y était très recherchée. Mais elle n'avait pas encore trouvé d'emploi. L'hôtelière pouvait-elle lui dire si elle aurait des chances dans cette ville?

Celle-ci posa son tricot sur ses genoux et claqua ses mains potelées l'une contre l'autre.

A croire que c'était la Providence!... La main de Dieu comme si on la voyait sortir du ciel à l'instant même! Elle avait justement chez elle une dame qui avait besoin d'une garde-malade immédiatement et n'en trouvait pas une à sa convenance. Et voilà que... Ma foi, s'il n'y avait pas là de quoi convertir tous les libres penseurs et tous les athées du Transvaal, que leur fallait-il donc!

Elle entreprit ensuite de lui détailler la situation.

— Je suis certaine que vous lui conviendrez, conclut-elle. Vous êtes la personne idéale. Elle a de quoi vous payer largement. Elle ne manque de rien. J'ai même reçu l'autre jour une lettre contenant un chèque de cinquante livres, d'une personne qui me demandait de dépenser l'argent pour elle sans qu'elle le sache. Elle doit dormir en ce moment, mais je vais vous emmener la voir.

L'hôtelière ouvrit la porte de la chambre et Gregory y pénétra à sa suite. Sur une table près du lit, brûlait une veilleuse. Le grand lit à colonnes était garni de rideaux blancs, et l'édredon couvert d'un superbe satin cramoisi. Mais Gregory restait dans l'ouverture de la porte, la tête baissée, et ne voyait rien d'autre.

— Approchez! Je vais remonter un peu la lampe, que vous puissiez la voir. N'est-ce pas qu'elle est mignonne? dit l'hôtelière.

Au bout du lit, la petite tête de Doss dépassait d'un creux de l'édredon avec ses yeux brillants qui l'observaient.

— Regardez ses lèvres qui tremblent, dit l'hôtelière. Elle souffre.

Gregory releva la tête et regarda ce qui gisait sur l'oreiller — un petit visage pâle, transparent comme celui d'un ange, une serviette autour du front et de fins cheveux courts répandus en désordre.

— Il a fallu les lui couper, dit la femme en les caressant du doigt. On dirait de la soie, comme des cheveux de poupée.

Le cœur de Gregory saigna.

— Elle ne se relèvera plus, selon le docteur, reprit l'hôtelière.

Une exclamation s'échappa des lèvres de Gregory. Aussitôt les yeux si beaux s'ouvrirent tout grands et fouillèrent la pénombre de la chambre.

— Qui est ici? Qui a parlé?

Gregory s'était rejeté derrière la courtine, mais l'hôtelière écarta le rideau et le força à s'avancer.

— C'est cette personne, madame. Elle est garde-malade. Elle serait disposée à s'occuper de vous, si vous pouviez tomber d'accord.

Lyndall se souleva sur un coude et posa sur lui un regard bref, interrogateur.

— Ne vous ai-je pas déjà vue? demanda-t-elle.

— Non.

Elle se laissa retomber sans force.

— Peut-être désirez-vous arranger les choses entre vous, dit l'hôtelière. Tenez, voici une chaise, je reviens dans un moment.

Il s'assit, la tête baissée, respirant à peine. Elle ne disait plus rien, les yeux mi-clos, comme si déjà elle l'avait oublié.

— Voudriez-vous baisser un peu la lampe? dit-elle enfin. Je ne supporte pas la lumière.

Dans l'ombre, Gregory retrouva son audace et parla. Il pratiquait la profession de garde-malade par idéal, expliqua-t-il. Il ne demandait pas d'argent. Si... Elle l'arrêta.

— Je n'accepte aucun service que je ne paie. Je vous donnerai la même chose qu'à ma dernière garde-malade. Si cela ne vous plaît pas, je ne vous retiens pas.

Gregory marmonna humblement qu'il acceptait.

Comme elle voulait se retourner dans son lit, il l'aida à se soulever. Ah! ce petit corps émacié, dont il sentait sous ses doigts toute la fragilité. Ses mains étaient comme sanctifiées de l'avoir touché.

— Merci! Vous vous y prenez vraiment bien. Les autres me font toujours mal quand ils me touchent, dit-elle. Merci! et elle répéta encore avec humilité, quelques instants plus tard : Merci. Les autres me font tellement mal.

Gregory tremblait lorsqu'il se rassit. Son cher petit agneau, comment pouvait-on lui faire mal?

Quatre jours plus tard le docteur déclarait, parlant de Gregory : « Jamais je n'ai rencontré une garde-malade qui ait autant d'expérience. »

Gregory l'entendit depuis le couloir, et rit silencieusement. Qu'avait-il besoin d'expérience! L'amour nous apprend en une heure ce que l'expérience nous enseigne en mille ans. Le Cafre, qui dès l'enfance s'exerce à distinguer les bruits les plus lointains, ne m'entendra jamais marcher sur l'herbe dans la nuit mieux que ma bien-aimée quand elle m'attend à sa fenêtre.

Les premiers temps, Gregory avait l'âme déchirée devant ce petit corps qui s'allégeait de jour en jour, cette bouche qui acceptait de moins en moins de nourriture. Mais il s'y habitua et son bonheur dès lors l'occupa tout entier. Car la passion n'a qu'un seul cri : « Oh! te toucher, ma Bien-aimée! »

Dans la chambre silencieuse, Lyndall reposait sur le lit, son chien couché à ses pieds, et Gregory veillait, assis dans la pénombre.

Elle dormait peu, et tout au long de ces journées interminables elle regardait le pinceau de soleil qui filtrait à travers un nœud du volet, ou les grosses pattes de lion sur lesquelles reposait l'armoire. Quelles pensées y avait-il derrière ce regard? Gregory aurait bien aimé le savoir, mais n'osait pas le demander.

Parfois Doss, roulé en boule à ses pieds, rêvait qu'il était avec elle dans le buggy, et qu'ils filaient à travers le veld, fouettés par le vent, derrière les chevaux noirs couverts d'écume. Il sursautait et se mettait à aboyer. Se réveillant alors, il venait lécher la main de sa maîtresse sans remords excessif, puis retournait doucement se glisser à sa place.

Elle ne se plaignait jamais, et Gregory s'imaginait qu'elle ne souffrait pas; mais il arrivait parfois, quand la lampe était plus près d'elle, qu'il distinguât de légères crispations sur ses lèvres ou son front.

Il dormait sur un canapé derrière la porte de la chambre.

Une nuit il crut entendre un bruit à l'intérieur et ouvrit doucement la porte. C'était Lyndall qui pleurait tout haut, comme si brusquement elle était seule au monde avec sa souffrance. La lumière éclairait l'édredon rouge et les deux

petites mains qu'elle nouait sur son front. De ses yeux grands
ouverts qui fixaient le plafond roulaient lentement de grosses
larmes.

— Je n'en puis plus, je n'en puis plus, disait-elle d'une voix
sourde. Oh! Dieu! Dieu! N'ai-je pas tout supporté en silence?
enduré ce martyre depuis des mois, des mois? Mais cette fois
je n'en puis plus! Oh! Dieu!

A genoux dans l'entrebâillement de la porte, Gregory écoutait.

— Je ne vous demande ni la sagesse, ni l'amour, ni le savoir,
ni un métier, ni rien de ce que j'ai si longtemps désiré,
suppliait-elle. Je veux seulement pendant quelques instants
ne plus souffrir! Rien qu'une petite heure! Après je suis prête
à recommencer.

Elle se redressa et se mordit la main, cette main que
Gregory aimait.

Il s'éloigna sur la pointe des pieds et sortit sur le perron.
Il contempla longuement le calme des étoiles. Quand il revint,
elle était allongée comme avant, le regard posé tranquillement
sur les pattes de lion. Il s'approcha du lit.

— Vous souffrez beaucoup cette nuit? demanda-t-il.

— Non, pas beaucoup.

— Puis-je faire quelque chose pour vous?

— Non, rien.

Pourtant elle avança les lèvres en désignant du bout des
doigts le chien qui dormait à ses pieds, et Gregory le souleva
pour le poser près d'elle. Puis elle lui demanda de dégrafer
le haut de sa chemise de nuit pour qu'il puisse mettre son
petit museau noir entre ses seins. Elle referma les bras sur
lui, et Gregory les laissa tous les deux.

Le lendemain, quand on lui demanda comment elle se
sentait, elle répondit : « Mieux ».

— Il faudrait tout de même l'avertir, dit l'hôtelière. On ne
peut pas laisser son âme s'en aller dans l'éternité sans qu'elle
le sache, d'autant que je me demande si cet enfant était bien
régulier. Vous devriez aller lui parler, docteur.

Et le petit docteur, harcelé, finit par y aller. Quand il

ressortit de la chambre il brandit son poing sous le nez de l'hôtelière.

— La prochaine fois, vous ferez vos commissions vous-même, dit-il, et il claqua la porte en sacrant, après avoir brandi encore une fois le poing.

Quand Gregory retourna dans la chambre, il la trouva pelotonnée contre le mur. Il n'osa pas la déranger. Enfin, au bout d'un long moment, elle se retourna.

— Apportez-moi à manger, dit-elle. Je veux deux œufs, des toasts et de la viande — deux grands toasts, je vous prie.

Interloqué, Gregory lui apporta un plateau avec tout ce qu'elle avait demandé.

— Aidez-moi à m'asseoir, dit-elle, et posez cela près de moi. Je vais tout manger.

Elle commença à tout redisposer et à rapprocher d'elle les assiettes, avec des gestes las. Elle coupa ses toasts en longues lanières, décapita ses œufs, prit pour elle-même une minuscule bouchée de pain et donna à son chien les morceaux de viande, qu'elle lui enfourna dans la gueule.

— Il n'est pas encore midi? interrogea-t-elle. Je ne déjeune pas si tôt d'habitude. Enlevez-moi ce plateau s'il vous plaît, *doucement*... non, laissez-le ici... sur la table. Je mangerai quand la pendule sonnera midi.

Elle s'étendit, toute tremblante. Quelques instants plus tard, elle dit encore :

— Apportez-moi mes vêtements.

Il la regarda avec de grands yeux.

— Oui, j'ai l'intention de m'habiller demain. Je le ferais bien aujourd'hui, mais il est un peu tard. Posez-les sur la chaise. Mes cols sont dans ce petit coffret, et mes souliers derrière la porte.

Elle suivit attentivement ses mouvements tandis qu'il rassemblait une à une ses affaires et les disposait sur la chaise, selon ses directives.

— Rapprochez-la, je ne la vois pas.

Et elle resta, la joue posée sur la main, à regarder ses vêtements.

– Ouvrez-moi le volet en grand, dit-elle encore. Je voudrais lire.

Sous la voix douce perçait soudain le vieux ton d'autrefois. Il obéit. Il ouvrit le volet, et la cala contre ses oreillers.

– Apportez-moi mes livres, ordonna-t-elle en agitant impatiemment les doigts. Le gros livre, les revues, les pièces de théâtre, donnez-moi tout.

Il les déposa autour d'elle sur le lit. Elle les attira contre elle avidement; ses yeux brillaient, mais son visage restait pâle comme un lys.

– Donnez-moi le grand volume qui est dans le tiroir. Non, ce n'est pas la peine de m'aider, je peux le tenir toute seule.

Gregory retourna dans son coin, et pendant quelque temps l'on n'entendit plus rien que le froissement des pages qu'elle tournait.

– Voulez-vous prendre ce livre, demanda-t-elle d'un ton où perçait la colère, et le jeter par la fenêtre? Il est d'une incroyable bêtise. Je pensais que c'était un ouvrage important. Mais ce n'est qu'un chapelet de mots qui ne veulent rien dire. Voilà – très bien! fit-elle en le voyant lancer le livre dans la rue. Je devais être très sotte autrefois pour en penser du bien.

Elle revint à sa lecture et, fronçant les sourcils, posa résolument ses deux coudes sur le grand volume. C'était Shakespeare – cette fois au moins les mots auraient un sens.

– J'aimerais que vous preniez un mouchoir et me le serriez bien fort autour du front, j'ai très mal.

A peine était-il retourné s'asseoir qu'il vit tomber de sous les mains qui abritaient ses yeux de grosses larmes qui glissèrent sur la page.

– Je n'ai plus l'habitude de la lumière, cela m'étourdit un peu, dit-elle. Voulez-vous sortir fermer le volet?

Quand il revint, elle était toute recroquevillée contre ses oreillers.

Il ne l'entendait pas pleurer, mais voyait tressaillir ses épaules. Il fit le noir dans la chambre.

Ce soir-là, comme Gregory allait s'étendre sur son canapé,

elle lui demanda de la réveiller de bonne heure le lendemain. Elle voulait s'habiller avant le petit déjeuner. Mais, le matin venu, elle déclara qu'il faisait un peu froid et passa la journée à regarder de son lit ses vêtements posés sur la chaise. Elle envoya pourtant chercher ses bœufs, mis à paître dans la campagne. Elle avait décidé qu'ils se mettraient en route dès lundi, en direction de la Colonie [1].

L'après-midi, elle voulut qu'on ouvre toute grande la fenêtre et qu'on tire son lit devant l'embrasure.

Le ciel était d'un gris de plomb, de gros nuages de pluie demeuraient suspendus, immobiles, au ras des toits. La petite rue déserte était silencieuse. De temps à autre un coup de vent soulevait un tourbillon de feuilles mortes, les faisait tournoyer un instant sous les arbres, puis elles retombaient dans le ruisseau, et le silence revenait. Elle regardait. Un peu plus tard la cloche de l'église sonna le glas, et un long cortège remonta la rue. C'était un vieillard que l'on conduisait à sa dernière demeure. Elle suivit des yeux la foule jusqu'à ce qu'elle disparût derrière les arbres, à l'entrée du cimetière.

— Qui est-ce? demanda-t-elle.

— Un très vieil homme, répondit-il. Il paraît qu'il avait quatre-vingt-quatorze ans. Mais j'ignore son nom.

Elle resta rêveuse, le regard fixe.

— C'est pour cela que la cloche tintait si joyeusement, dit-elle. Quand les vieux meurent, c'est dans l'ordre des choses, ils ont fait leur temps. Quand ce sont les jeunes qui meurent, les cloches pleurent des larmes de sang.

— Mais les vieux aussi aiment la vie, répliqua-t-il, tout heureux de l'entendre enfin dire quelque chose.

Elle se souleva sur un coude.

— Bien sûr qu'ils aiment la vie, qu'ils ne veulent pas mourir, mais qu'importe? Ils ont fait leur temps. Ils savaient que la vie humaine n'excède pas soixante-dix ans. Ils n'avaient qu'à organiser leur vie en conséquence. Mais les jeunes, poursuivit-elle, les jeunes, fauchés avant d'avoir rien vu, rien

1. La colonie du Cap. *(NdT)*

connu, rien découvert encore – pour eux les cloches pleurent
du sang. J'ai bien entendu à leur voix que c'était un vieillard.
Quand c'est un vieux qui meurt, écoutez les cloches! Elles
rient : « C'est bien! C'est bien! » Elles ne peuvent pas dire la
même chose pour les jeunes.

Elle retomba en arrière, épuisée. La lueur qui brûlait
dans ses yeux s'éteignit et elle se replongea dans la contemplation muette de la rue. Les gens sortirent par petits groupes
du cimetière, s'éparpillèrent et disparurent dans les maisons; puis ce fut de nouveau le silence et la nuit tomba
peu à peu sur la rue. Un peu plus tard, comme la chambre
était presque dans l'ombre et qu'ils ne distinguaient plus
leurs visages, elle dit : « Il va pleuvoir cette nuit »; et elle
roula sa tête sur l'oreiller. « C'est terrible quand la pluie
tombe sur vous. »

Il se demanda quel était le sens de cette phrase. Puis ils
restèrent silencieux, tandis que l'obscurité envahissait la
chambre. Elle recommença de s'agiter.

– Tout à l'heure vous prendrez ma cape – ma cape grise
toute neuve, derrière la porte – et vous l'emporterez dehors.
Vous verrez une petite tombe au pied du grand eucalyptus.
La pluie ruisselle toujours sur ces longues feuilles pointues.
Vous la poserez dessus.

Elle ne cessait de s'agiter, comme si elle souffrait.

Gregory acquiesça. Ils se turent. C'était la première fois
qu'elle parlait de son enfant.

Elle était si petite, dit-elle, elle a vécu si peu de temps –
trois heures. On me l'a posée tout contre moi, mais je ne l'ai
pas vue. Je l'ai sentie. (Elle marqua une pause.) Ses pieds
étaient tout froids. Je les ai pris dans ma main pour les
réchauffer, ils étaient si petits qu'ils y tenaient tout entiers.
(Un tremblement brisait sa voix par instants.) Elle s'accro-
chait à moi, elle cherchait à boire, elle cherchait ma chaleur.
(Elle se raidit.) Je ne l'aimais pas. Son père n'était pas l'homme
de ma vie; je ne voulais pas d'elle. Mais elle était si petite.
(Elle agita la main.) J'espère que quelqu'un au moins l'aura
embrassée avant de l'emporter. Elle n'a pas eu le temps de

faire le moindre mal à personne. J'espère qu'au moins quelqu'un l'aura embrassée.

Gregory crut entendre un sanglot.

Plus tard dans la soirée, une fois le volet clos et la lampe
allumée, quand la pluie se mit à tambouriner sur le toit, il
décrocha la cape derrière la porte et sortit. En revenant il
s'arrêta au bureau de poste et rapporta une lettre. Dans le
vestibule il regarda longuement l'adresse. Comment ne pas
reconnaître cette écriture ? N'en avait-il pas autrefois examiné
tous les détails sur les morceaux d'enveloppes déchirées, dans
le petit salon ? Une douleur cuisante lui mordit le cœur. Si
quelqu'un maintenant allait surgir entre eux ! Il emporta la
lettre dans la chambre et il la lui donna. « Approchez-moi
la lampe », dit-elle. Quand elle en eut terminé la lecture, elle
demanda son écritoire.

Gregory, assis derrière la lampe, tout contre la courtine,
écoutait le crayon courir sur le papier. Quand il jeta un
coup d'œil par le côté du rideau, elle rêvait, la tête appuyée
sur l'oreiller. La lettre dépliée était posée près d'elle et
elle la contemplait avec tendresse. Cet homme aux yeux
charmeurs, dans quel étrange état d'émotion s'était-il donc
trouvé, pour lui écrire ces mots : « Permettez-moi de revenir
auprès de vous ! Ma chérie, laissez-moi vous prendre dans
mes bras, vous protéger contre le monde. Vous serez ma
femme et personne ne pourra rien contre vous. J'ai appris
à vous aimer avec plus de sagesse et plus de tendresse
qu'autrefois. Vous aurez une liberté totale. Lyndall, ma
grande fille courageuse, pour votre propre bien, soyez ma
femme !

« Pourquoi m'avez-vous renvoyé cet argent ? Vous êtes
cruelle. Je ne le mérite pourtant pas. »

Elle roulait lentement entre ses doigts son petit crayon
rouge, et une grande douceur éclairait son visage. Pourtant...

« Ce n'est pas possible, écrivit-elle. Je vous suis reconnais-
sante de l'amour que vous me témoignez ; mais je ne puis
vous écouter. Vous allez me traiter de folle, de sotte – c'est
généralement l'opinion du monde. Mais je sais ce qui me

convient et quel chemin je désire suivre. Je ne peux pas vous
épouser. Je vous aimerai toujours, à cause de ce petit être
que j'ai tenu contre moi pendant trois heures. Mais cela n'ira
pas plus loin. Je veux voir et connaître autre chose, je ne
veux pas être liée à quelqu'un pour qui mes sentiments ne
sont que ce qu'ils sont. Le monde ne me fait pas peur, je suis
prête à me battre. Un jour — peut-être très lointain — je
trouverai ce que toute ma vie j'ai cherché. Quelque chose de
plus fort et de plus grand que moi, devant quoi je pourrai
m'agenouiller. Vous ne perdez rien en ne m'épousant pas
aujourd'hui; je suis faible, égoïste, mauvaise. Un jour je
découvrirai enfin quelque chose en quoi je pourrai croire et
alors je serai... »

— Voulez-vous me débarrasser de mon écritoire? demanda-
t elle. J'ai brusquement envie de dormir. Je terminerai
demain.

Elle tourna le visage sur l'oreiller. C'est ainsi que dans les
grandes fatigues le sommeil vous surprend tout à coup. Elle
s'endormit sur-le-champ, et Gregory emporta doucement
l'écritoire, puis retourna s'asseoir. Les heures passèrent. Il
n'avait pas envie de se coucher. Il restait assis sur sa chaise,
écoutant la pluie s'en aller et s'étendre partout alentour le
calme de la nuit. A minuit il se leva et contempla une dernière
fois le lit où elle dormait paisiblement, puis se retourna pour
sortir. Il n'avait pas atteint la porte quand elle se réveilla en
sursaut et le rappela.

— Êtes-vous sûr de l'avoir bien accroché? demanda-t-elle
en regardant la fenêtre d'un air terrifié. Il ne risque pas de
glisser dans la nuit — le volet — vous êtes bien sûr?

Il la rassura. Oui, il était solidement fixé.

— Même quand il est fermé, dit-elle dans un murmure, elle
parvient à entrer! Tous les jours je la sens, à quatre heures
elle se glisse, elle se faufile, elle entre — glacée!

Elle frissonna.

Il crut qu'elle délirait et recoucha doucement le petit corps
tremblant entre ses couvertures.

— Je viens de rêver qu'il n'était pas bien accroché, dit-elle en le regardant dans les yeux. Elle entrait, et je me trouvais toute seule avec elle.

— De quoi avez-vous donc si peur? questionna-t-il avec tendresse.

— L'Aube Grise, répondit-elle en guettant la fenêtre. Je n'ai jamais eu peur de rien, même quand j'étais petite, sauf d'elle. Vous ne la laisserez pas entrer, n'est-ce pas?

— Mais non. Je vais rester auprès de vous.

Elle était plus calme à présent.

— Non, il faut aller vous coucher. Je me suis réveillée un peu brusquement, c'est pour cela. Il ne faut pas vous fatiguer inutilement. Ce n'est qu'un enfantillage.

Mais elle recommença à frissonner. Il s'assit auprès d'elle. Après quelques instants elle lui dit :

— Voudriez-vous me frictionner les pieds?

Il s'agenouilla au bout du lit et prit ses pieds menus entre ses mains. Ils étaient enflés, méconnaissables, mais il les caressa et, se penchant sur eux, les couvrit de baisers.

— Cela me fait du bien. Merci. Pourquoi m'aimez-vous donc tous?

Et elle murmura, les yeux dans le vague, comme pour elle-même :

— Pas foncièrement mauvaise, pas réellement mauvaise... mais pourquoi m'aiment-ils tous?

A genoux, la joue appuyée contre le pied qu'il frictionnait doucement, Gregory s'endormit. Il n'eût pas su dire combien de temps il demeura ainsi; quand il sortit de son sommeil, elle avait les yeux grands ouverts. Elle fixait quelque chose à l'autre bout de la chambre, le regard agrandi, comme terrifié.

Il regarda derrière lui, effrayé. Que voyait-elle? Les anges du ciel descendus la chercher? Quel spectacle terrible? Lui ne voyait qu'un rideau cramoisi et l'ombre projetée par ses plis. A voix basse, il lui demanda ce qu'elle voyait.

Elle répondit, d'une voix étrangement méconnaissable :

— Je vois l'image d'une pauvre âme qui poursuit le bien en ce monde. Rien ne la décourage. A la fin elle apprend, dans les larmes et dans la douleur, que la sainteté n'est rien d'autre qu'une compassion infinie pour autrui. Que la grandeur consiste à accepter la banalité de la vie en restant fidèle à soi-même. Que – elle leva sa main pâle et la pressa contre son front – ...que le bonheur est fait d'amour, de dévouement aux autres. Elle ne s'est pas découragée; elle aime ce qu'elle a appris, elle l'aime – et...

Était-ce bien tout ce qu'elle voyait dans l'ombre?

Le lendemain matin, Gregory dit à l'hôtelière qu'elle avait déliré toute la nuit. Mais quand il entra dans la chambre avec son petit déjeuner, elle se tenait assise bien droite contre ses oreillers, complètement transformée.

– Posez-le près de moi, dit-elle, et quand j'aurai fini je m'habillerai.

Elle mangea avec appétit tout ce qu'il avait mis sur le plateau.

– Je reste assise sans difficulté maintenant. Apportez-moi sa viande.

Et, la coupant en tout petits morceaux, elle fit manger son chien.

Elle se glissa jusqu'au bord du lit.

– Rapprochez-moi la chaise et aidez-moi à m'habiller. C'est d'être restée enfermée si longtemps dans cette chambre qui me rend malade, et de ne jamais voir autre chose que ce malheureux rayon de soleil à travers le volet. Et ces pattes de lion! fit-elle avec un regard de dégoût. Venez m'habiller.

Gregory s'agenouilla devant elle et essaya de lui enfiler son bas, mais le pied, tout gonflé, refusait d'entrer.

– C'est étrange que j'aie tant grossi depuis cette maladie, s'étonna-t-elle en regardant curieusement son pied. C'est peut-être le manque d'exercice?

Elle paraissait inquiète, et répéta :

– C'est peut-être le manque d'exercice.

Elle aurait aimé que Gregory le confirme. Mais il se contenta d'aller chercher une paire de bas plus larges; puis il tenta – avec quelle douceur! – de faire entrer de force les petits pieds dans leurs chaussures.

– Voilà, dit-elle enfin, en regardant ses pieds avec l'air ravi d'un enfant devant sa première paire de souliers. Je vais pouvoir faire une grande promenade. Comme je suis contente!

» Non, fit-elle ensuite en voyant la douillette robe d'intérieur qu'il lui avait préparée, je ne veux pas mettre ça. Allez me chercher ma robe blanche – celle qui a des nœuds roses. Je ne veux même plus savoir que j'ai été malade. C'est à force de penser aux choses qu'on leur donne une réalité. Si l'on concentre toute sa pensée et qu'on décide qu'une chose n'existe pas, la réalité s'incline devant vous; la chose disparaît. Tout est possible, avec la volonté.

Elle serra les lèvres et Gregory lui obéit. Elle était devenue si légère et si mince qu'il avait l'impression d'habiller une poupée. Quand il eut terminé, il s'apprêta à la soulever pour la poser par terre, mais elle le repoussa avec un petit rire très doux. C'était la première fois qu'elle riait depuis des mois.

– Non, non, je peux descendre toute seule, fit-elle en se laissant glisser avec précaution jusqu'au sol. Vous voyez! lança-t-elle avec un regard de triomphe et de défi en se mettant debout. Tenez le rideau, je veux me regarder.

Il écarta le rideau et resta le bras levé tandis qu'elle se regardait dans la glace. Petite silhouette de reine, toute rose et blanche. Petit visage transparent, tellement affiné par la souffrance qu'il avait pris une beauté presque céleste. Le visage dans la glace la regardait, et elle lui renvoyait son regard en riant doucement. Doss, tremblant d'excitation, gambadait autour d'elle en aboyant. Elle fit un pas vers la porte, les mains tendues pour garder l'équilibre.

– J'y suis presque, dit-elle.

Puis elle tâtonna devant elle.

– Oh! je n'y vois plus rien! Je n'y vois plus rien! Où suis-je? s'écria-t-elle.

Gregory se précipita. Elle gisait sur le sol, la face contre le pied coupant de l'armoire. Son front saignait. Il souleva avec tendresse le petit tas de mousseline chiffonnée et de rubans, et le reposa sur le lit. Doss sauta à côté de sa maîtresse

et ne la quitta pas des yeux tandis que les mains douces de
Gregory la dévêtaient.

— Demain vous serez plus forte, dit-il, nous pourrons
recommencer.

Mais elle n'eut pas un geste, pas un regard. Alors, l'ayant
déshabillée, il la recoucha dans son lit, et Doss s'étendit sur
ses pieds en gémissant doucement.

Elle demeura ainsi toute la matinée et tout l'après-midi.

De nombreuses fois Gregory s'approcha sur la pointe des
pieds pour la regarder, mais elle ne prononça pas une parole.
Était-ce l'épuisement ou le sommeil qui luisait faiblement
entre les paupières mi-closes? Il n'aurait su le dire.

Finalement, dans la soirée, il se pencha au-dessus d'elle.

— Les bœufs sont arrivés, prévint-il, nous pouvons partir
dès demain si vous le désirez. Dois-je faire préparer le chariot
ce soir?

Il répéta sa question deux fois. Alors elle ouvrit les yeux,
et il put voir que tout espoir s'était éteint dans ce regard si
beau. Ce n'était plus l'épuisement qui se reflétait là, c'était
le désespoir.

— Oui, partons, dit-elle.

— Cela n'a plus beaucoup d'importance, déclara le docteur
— qu'elle parte ou qu'elle reste. La fin est proche.

Le lendemain, Gregory la porta dans ses bras jusqu'au
chariot qui attendait, attelé, devant la porte. Comme il la
déposait sur le *kartel*, elle regarda longuement la plaine. Pour
la première fois de la journée elle parla.

— Cette montagne bleue tout là-bas... Nous nous arrêterons
là. Pas avant.

Elle referma les yeux. Il laissa retomber la bâche à l'avant
et à l'arrière, et le chariot s'ébranla lentement. L'hôtelière
et ses domestiques noirs le regardèrent s'éloigner depuis le
perron.

Le grand chariot roulait sans bruit sur l'herbe de la plaine.
Le conducteur, sur son coffre à l'avant, ne faisait pas claquer
son fouet, n'excitait pas son attelage de la voix. Gregory était
assis à côté de lui, les bras croisés. Derrière eux, dans le

chariot fermé, Lyndall était allongée, les mains jointes, calme, son chien à ses pieds. Gregory n'osait pas rester près d'elle. Tel Agar quand elle eut déposé son trésor dans le désert, il restait assis à distance : « ... Car, disait-elle, je ne peux pas voir mourir mon enfant. »

Lorsque le soir tomba, la montagne bleue était encore très loin. Le jour suivant ils continuèrent leur route lente sans qu'elle semblât se rapprocher davantage. Ce fut seulement dans la soirée qu'ils l'atteignirent. Elle était devenue plus brune que bleue. Plutôt basse, elle était couverte de longues herbes souples et de cailloux. Juste au pied, ils trouvèrent un recoin abrité pour la nuit. La température y était douce.

Quand il fit noir, que les bœufs fatigués eurent été attachés aux roues et que le conducteur et le bouvier enroulés dans leurs couvertures se furent endormis près du feu, Gregory attacha solidement les bâches du chariot. Il fixa une longue bougie au chevet de la couchette et alla s'allonger à l'arrière, à même le plancher. La tête appuyée au bat-flanc, il écouta le ruminement des bœufs, le crépitement du feu, et puis, vaincu par la fatigue, sombra dans un profond sommeil. Tout était calme dans le chariot. Le chien dormait contre les pieds de sa maîtresse, seuls deux moustiques, qui s'étaient infiltrés par un interstice de la bâche, traçaient dans l'air leurs cercles monotones.

La nuit était déjà bien avancée quand Lyndall s'éveilla. Elle sortait d'un long somme paisible. La bougie brûlait au-dessus d'elle, et son chien allongé sur ses pieds frissonnait, comme si un froid étrange montait de la couchette jusqu'à lui. Elle resta sans bouger, les mains jointes, les yeux levés. Elle entendait les bœufs qui ruminaient, voyait les deux moustiques tourner, tourner, et ses pensées... ses pensées remontaient le temps, couraient vers le passé.

Tout au long de ces mois d'angoisse, un brouillard lui avait recouvert l'esprit; voilà qu'il se levait enfin, et que sa claire intelligence retrouvait sa vivacité. Elle considéra le passé, regarda le présent, sut qu'il n'y aurait pas d'avenir. Retrouvant son courage, son âme pour la dernière fois rassembla toutes ses forces. Elle savait où elle se trouvait.

Se soulevant lentement sur un coude, elle détacha de la bâche le petit miroir qui y était accroché. Ses doigts étaient raides, glacés. Elle posa un coussin sur sa poitrine et y appuya le miroir. Le visage livide qui reposait sur l'oreiller contempla le visage livide du miroir. Combien de fois s'étaient-ils regardés ainsi? Ç'avait été d'abord un visage d'enfant, de grands yeux au-dessus d'un petit tablier bleu. Puis un visage de femme, une ombre dansant dans le regard, et quelque chose, venant de plus profond, qui disait : « Nous n'avons pas peur, toi et moi, nous sommes ensemble, nous lutterons, toi et moi. » Mais cette fois c'étaient des yeux mourants qui regardaient dans le miroir des yeux mourants — et les uns comme les autres savaient que l'heure était venue. Elle souleva la main et plaqua ses doigts gourds contre le verre. Elle pouvait à peine les bouger. Elle voulut parler à cet autre visage, mais déjà la parole s'était retirée à jamais. Seule restait dans les yeux l'ardente lumière du désir. Le corps était déjà mort, mais l'âme, transparente et claire, regardait encore.

Enfin lentement, sans bruit, les beaux yeux se fermèrent. Le visage que réfléchissait maintenant le miroir était merveilleux de beauté et de sérénité. L'Aube Grise se glissa dans le chariot et le surprit ainsi.

L'âme avait-elle trouvé ce qu'elle cherchait quelque chose en quoi elle pouvait croire? Avait-elle cessé d'être? Qui le dira? Un terrible voile de brume nous masque l'Au-delà.

« Dis-moi où est ton désir, je te dirai où est ton âme »,
prétend un vieux dicton.

« Dis-moi où sont tes rêves, je te dirai où est ton cœur »,
pourrait-on affirmer aussi sans se tromper.

Dès la petite enfance et jusqu'au plus grand âge, pas
après pas, jour après jour, notre vie éveillée se double et
se prolonge d'une vie rêvée – rêvée les yeux ouverts ou
pendant le sommeil. Rêves étranges, confus, inquiétants
comme l'image renversée des mirages, ou comme des formes
monstrueuses émergeant du brouillard, mais qui sont le
reflet d'une réalité.

Le soir où Gregory racontait son histoire, Waldo était assis
tout seul devant son feu. Il n'avait pas touché à son dîner.
Son travail l'avait tant épuisé qu'il n'avait plus la force de
manger. Il posa son assiette par terre où, en quelques coups
de langue, Doss eut tôt fait de la nettoyer, puis retourna
s'asseoir. Un peu plus tard il se jeta tout habillé en travers
de son lit et s'endormit immédiatement. Il dormit si longtemps que la bougie se consuma tout entière, laissant la
chambre à son obscurité. Mais il fit un rêve très beau.

A sa droite s'élevaient de hautes montagnes, aux sommets
couronnés de neige, aux pentes couvertes de verdure, inondées
de soleil. Devant elles s'étendait la mer, fraîche et bleue, plus
bleue que toutes les mers du monde, bleue comme celle des
rêves de son enfance. Dans l'étroite bande de forêt s'allongeant entre mer et montagnes, l'air embaumait du parfum

des mélianthes retombant en guirlandes sur les feuillages
sombres, et l'herbe veloutée s'entrouvrait sur de petits ruisseaux qui gazouillaient en bondissant jusqu'à la mer. Il était
assis sur un gros quartier de roc, à mi-pente, et Lyndall était
là près de lui, qui chantait, petite fille en tablier bleu, avec
un visage grave. Lui regardait les montagnes, et quand soudain il rabaissa les yeux elle avait disparu. Il se laissa glisser
au bas du roc et partit à sa recherche, mais ne trouva que
les petites empreintes de ses pieds sur l'herbe verte, le sable
humide et le long des ruisseaux qui gazouillaient en bondissant jusqu'à la mer. Il la chercha partout, partout, jusque
dans les taillis drapés de mélianthes. Enfin il l'aperçut au
loin dans le soleil, qui ramassait des coquillages sur la plage.
Ce n'était plus une petite fille mais une femme maintenant,
le soleil brillait dans ses cheveux, elle se penchait et remplissait de coquillages sa jupe blanche. En entendant ses pas
elle se redressa et l'attendit, sa jupe serrée contre elle. Elle
glissa sa main dans la sienne et ils marchèrent ensemble sur
le sable étincelant et les coquillages roses. Ils entendaient
chuchoter les feuillages, ils entendaient babiller les ruisseaux
qui couraient vers la mer, ils entendaient chanter, chanter,
chanter la mer.

Ils arrivèrent enfin sur une grande étendue de sable d'une
blancheur éblouissante. Elle s'arrêta et jeta un à un ses coquillages. Puis elle leva vers lui son beau regard. Elle ne dit rien,
elle tendit simplement la main, la lui posa doucement sur
le front, et posa l'autre sur son cœur.

Poussant un cri d'angoisse, Waldo sauta du lit, repoussa
violemment le vantail de la porte et se pencha dehors en
haletant.

Grand Dieu! ce n'était certes qu'un rêve, mais la douleur
était bien vraie, comme si on lui avait plongé un couteau en
plein cœur, comme si un assassin s'était jeté sur lui dans le
noir! Lui, la solidité même, haletait comme une femme peu-
reuse.

« Un rêve, oui, mais la douleur est bien réelle », murmura-
t-il en pressant sa main droite contre sa poitrine. Puis il

croisa les bras sur le bord de la porte et regarda longuement
la nuit étoilée.

Son rêve le hantait encore. Le temps ne l'avait pas séparé
de cette femme qui lui avait donné son amitié, puisque cette
nuit même il l'avait vue. Il leva les yeux vers ce ciel qui,
toute sa vie, avait été inextricablement mêlé à sa propre
existence. De là-haut, les mille visages qu'il aimait le regardaient, ces mille étoiles dans leur gloire, en couronnes, en
festons, ou majestueusement solitaires. Elles émouvaient
l'homme d'aujourd'hui comme elles avaient ému le petit garçon d'hier. Elles avaient conservé tout leur mystère. Mais
tout à coup il frissonna et détourna les yeux avec horreur.
De telles immensités, de telles multitudes, et elle qui ne s'y
trouvait pas! Il aurait beau les fouiller toutes, jusqu'au point
de lumière le plus ténu, le plus lointain, jamais il ne pourrait
en montrer une en disant « Elle est là! » Demain le soleil se
lèverait et poserait son or sur toutes les montagnes du monde,
et toutes les vallées seraient illuminées. Puis il se coucherait
et les étoiles sortiraient de nouveau une à une. Année après
année, siècle après siècle, la nature répéterait ses cycles inva-
riables, jour, nuit, été, hiver, temps des semailles, temps des
moissons — mais plus jamais elle n'y prendrait part!

Il referma la porte pour ne plus voir leur abominable
scintillement, et comme l'obscurité lui était pareillement
intolérable il alluma une bougie, et il arpenta la chambre à
grands pas. Il voyait devant lui tous ces siècles d'éternité qui
se dérouleraient sans la ramener jamais. Jamais plus elle
n'existerait. Un brouillard noir envahissait la chambre.

— Oh! petites mains! petite voix! petit corps! s'écria-t-il.
Oh! petite âme qui accompagnait la mienne, petite âme intré-
pide qui regardait au fond des gouffres, faut-il que tu n'existes
plus — plus jamais et pour l'éternité?

Ses larmes redoublèrent.

— C'est à cause de cette heure terrible — celle-ci même —
que les hommes crèvent les yeux de la raison, piétinent l'intelligence! C'est à cause d'elle, oui, d'elle, qu'ils troquent la
vérité et le savoir contre n'importe quel mensonge, n'importe

quelle croyance, pour ne plus entendre cette voix qui leur murmure que les morts sont bien morts! Ô Dieu! Dieu! Faites qu'il y ait un Au-delà!

La douleur faisait fléchir son âme : elle réclamait la vieille foi de jadis. Ce sont les larmes versées sur la terre fraîche d'une tombe qui cimentent le pouvoir des prêtres. Car l'âme qui perd ce qu'elle aimait n'a plus qu'un cri : « Tendez-nous un pont, reliez l'Ici-bas à l'Au-delà, revêtez les mortels d'une tunique d'immortalité, faites que je ne puisse jamais dire que ce mort est bien mort! Et je croirai tout ce qu'on veut, je supporterai tout, souffrirai tout! »

Waldo marchait la tête baissée en marmonnant tout seul, les yeux noyés de brume.

L'âme qui réclame éperdument l'être qu'elle a perdu se voit toujours proposer des réponses. Il entreprit de les examiner. Qui sait si parmi elles il ne pourrait puiser une goutte de réconfort?

— Tu la retrouveras, lui disait le Chrétien, l'authentique Chrétien nourri de la Bible. Oui, tu la retrouveras. « Et je vis les morts, les grands et les petits, debout devant le trône. Des livres furent ouverts, et les morts furent jugés, d'après le contenu des livres, suivant leurs actes. Quiconque ne fut pas trouvé inscrit dans le livre de vie fut jeté dans l'Étang de feu, qui est la seconde mort. » Oui, tu la reverras. Elle est morte pourtant sans plier le genou, sans tendre les mains vers le ciel, sans formuler une prière, dans tout l'orgueil de son esprit et la force de sa jeunesse. Elle aimait, elle était aimée, mais n'adressa aucune prière à Dieu, n'implora jamais sa pitié, ne confessa aucun de ses péchés! Mais tu la reverras.

Le cœur rempli d'une ironie amère, Waldo laissa échapper un rire sourd.

Ah! il y avait beau temps qu'il ne prêtait plus l'oreille à cette voix infernale.

Mais une autre s'élevait déjà.

— Tu la reverras, lui disait le Chrétien du dix-neuvième siècle, dont l'âme, à son insu, s'est profondément imprégnée des doutes et des idées des temps modernes — qui se sert de sa Bible comme le pêcheur de perles se sert des huîtres, triant le grain précieux pour en faire un bijou à son goût, toujours très joliment monté, et rejetant le reste. Ne crains rien, disait-il. L'enfer et le Jugement Dernier n'existent pas. Dieu est amour. Comme le grand ciel bleu sur nos têtes, l'amour de Dieu s'étend sur l'univers. Notre Père à tous te la rendra un jour. Non seulement son esprit, mais ces petites mains, ces petits pieds que tu aimais, et que tu pourras embrasser de nouveau. Christ est ressuscité, il a mangé et il a bu; elle aussi ressuscitera. Les morts, tous les morts, retrouveront un corps impérissable! Dieu est amour. Oui, tu la reverras.

Chant merveilleux, celui de ce Chrétien des temps modernes! On serait tenté de sécher ses larmes en l'entendant, s'il n'y avait ce détail... Et Waldo marmonna tout bas :

— La femme que j'aimais était un être jeune et plein d'audace. Lorsque sa propre mère est morte, elle a dû embrasser son enfant en priant Dieu de la revoir un jour. Elle-même, si elle avait vécu, aurait eu à son tour un fils, et plus tard celui-ci, en lui fermant les yeux et en lissant une dernière fois les rides de son front, aurait supplié Dieu de lui faire retrouver dans l'Au-delà ce doux visage fripé. Le fils ne conçoit pas le ciel sans le sourire de sa mère; c'est lui qu'il cherchera d'abord parmi les phalanges célestes, tandis que le jeune homme y cherchera la jeune fille qu'il a aimée, et la mère son bébé. A qui donc appartiendra-t-elle, au jour de la résurrection des morts?

« Ah! Dieu! Dieu! le beau rêve, s'écria-t-il. Mais ne peut-on le faire hors du sommeil?

Et Waldo arpentait sa chambre en gémissant de désespoir.

Il entendit alors la réponse arrogante du Transcendantaliste.

— Que t'importe la chair, ce vêtement misérable et grossier qui recouvre l'esprit? Oui, tu la reverras. Mais cette main, ce pied, ce front que tu aimais, tu ne les retrouveras jamais plus. Les amours, les peurs, les faiblesses nées de la chair disparaîtront avec la chair. Et c'est tant mieux! Mais il y a en l'homme quelque chose qui ne peut pas mourir : une graine, un germe, un embryon, une essence spirituelle. Et de même que l'arbre est plus grand que la graine, l'homme plus grand que l'embryon, lorsque tu la contempleras elle sera aussi plus grande qu'elle n'était sur la terre. Métamorphosée, glorifiée!

Paroles sublimes, et qui sonnent bien. Mais autant lancer des diamants aux affamés, de l'or à qui réclame du pain. Certes le pain est corruptible, et l'or inaltérable. Le pain ne pèse guère, l'or est lourd. Le pain est une denrée commune, l'or un métal précieux. Mais l'affamé échangerait toutes les mines du monde contre une bouchée de pain. Autour du trône de Dieu peuvent bien s'étager à l'infini les chœurs des anges, les cohortes de chérubins, de séraphins, ce n'est point parmi eux que l'âme cherche à grands cris ce qui lui manque. Ce qu'elle veut, c'est tout simplement la misérable créature humaine qu'elle a aimée un jour.

— Non, pas de métamorphose, pas de métamorphose! criat-il. Je ne veux pas d'un ange; c'est elle que je veux, ni plus sainte ni meilleure, avec tous ses péchés. Rendez-la moi telle qu'elle était ou ne me rendez rien!

Car n'est-ce pas justement pour leurs faiblesses que nous nous attachons à ceux qui nous sont chers? Le ciel n'aurait plus qu'à garder ses anges, si les hommes restaient parmi les hommes.

— Toute métamorphose est une mort, cria-t-il, une mort! Oserait-on dire que le corps ne meurt pas pour cette seule raison qu'il se change en herbes et en fleurs? Alors pourquoi prétendre que l'esprit est éternel sous le prétexte qu'il se trouve quelque part dans l'espace une étrange créature désincarnée, jaillie de ses décombres? Laissez-moi! Laissez-moi tranquille! cria-t-il dans sa rage. Rendez-moi ce que j'ai perdu, ou ne me rendez rien!

Car si l'âme réclame avec véhémence une immortalité, c'est essentiellement en ces termes: qu'on me redonne ceux que j'aime tels qu'ils étaient avant leur mort. Que je reste dans l'Au-delà tel qu'aujourd'hui je suis. Dépouillé des pensées, des sentiments et des désirs qui constituent ma vie, que reste-

t-il de moi? Votre immortalité est un néant, votre Au-delà
est un mensonge.

Waldo ouvrit la porte brusquement et, incapable de rester
en place tant ses pensées le torturaient, il arpenta la cour
sous le ciel étoilé.

— L'homme a une telle nostalgie de l'Au-delà qu'il doit
bien exister, murmura-t-il. N'avons-nous pas toute notre vie,
du berceau à la tombe, la nostalgie de ce que nous ne pouvons
pas atteindre? Il doit y avoir un Au-delà parce que nous ne
pouvons pas imaginer que la vie ait une fin. Mais pouvons-
nous imaginer qu'elle ait eu un commencement? Nous est-
il plus facile de dire « Je n'étais pas » que de dire « Je ne
serai plus »? Et cependant, il y a quatre-vingt-dix ans, où
étions-nous? Ah! des rêves, tout cela, des rêves! Songes et
mensonges! Rien n'est solide sous nos pas.

Il retourna dans sa cabane où il reprit ses déambulations.
Les heures passaient, il restait perdu dans ses rêves.

Car quoi qu'on fasse, l'homme rêvera toujours. Tout ce
que l'on peut lui souhaiter, c'est que ses rêves ne jurent pas
de façon trop criante avec la réalité qui l'entoure.

Waldo marchait, la tête baissée.

— Tout meurt, tout meurt! Le même rouge qui colore
aujourd'hui la rose était hier sur la joue d'un enfant. Les
fleurs ne sont jamais plus belles que sur les champs de bataille.
Le cœur même de la vie est tressé par les doigts de la mort.
Partout ils sont à l'œuvre. Les roches sont faites de matières
qui furent un jour vivantes. Corps, pensées, amours, tout
meurt. D'où vient donc cette petite voix qui murmure à notre
âme « Toi, tu ne mourras pas »? Où est la vérité dont ce rêve
serait le reflet?

Il se tut. Et tandis qu'il marchait, sans répit, la tête baissée,
son âme, ayant franchi le seuil de la contemplation, se retrouva
dans les vastes espaces où règne une paix absolue, dans ce
territoire où elle perd toute notion de sa minuscule existence
et sent, à portée de sa main, le mystère éternel de l'Unité
Universelle.

— Il n'y a pas de mort, pas de mort, murmura-t-il. Ce qui

est demeure à jamais. Le particulier disparaît, mais le Tout reste. Les organismes sont détruits, mais les atomes subsistent. L'homme meurt, mais le Grand Tout dont il n'est qu'un fragment le pétrit à nouveau dans son sein. Qu'importe que nos jours soient brefs, que le soleil se lève sur notre berceau pour se coucher sur notre tombe! Nous ne sommes qu'un souffle, exhalé un instant puis repris. Le Tout demeure, nous demeurons en lui.

L'âme timorée qui réclame à grands cris, pour elle et pour l'être qu'elle aime, que la vie continue sous sa forme présente, ne trouvera aucune consolation. Celle qui s'accepte comme une parcelle du Grand Tout, dont l'être aimé n'est lui aussi qu'un élément, et sent vibrer en elle la vie de l'univers, cette âme-là ne connaît pas la mort.

« Mourons donc, mon amour, et nous nous fondrons à jamais, toi et moi, dans la grande vie de l'univers! » Lorsqu'on s'abîme dans cette contemplation, tous les désirs les plus violents s'éteignent, et la sérénité descend sur nous. Waldo ne distinguait plus rien de ce qui l'entourait, ne pleurait plus ce qu'il avait perdu, son âme était en paix. Croyez-vous que l'apôtre Jean fut le seul être au monde à voir les cieux s'ouvrir? Ceux qui rêvent le voient tous les jours.

Bien des années auparavant, c'était son père qui arpentait ainsi la petite chambre et voyait des cohortes d'anges, et contemplait l'être divin qui descendait parmi les hommes, ceint de son immortalité. Si le fils ne partageait pas les croyances du père et si son rêve avait d'autres couleurs, la douceur qui montait en lui était la même, cette paix infinie que jamais le petit royaume usé, décomposé, de la réalité ne saurait nous offrir. Les barreaux du réel sont si serrés que nous nous y cognons les ailes; à peine ouvertes, celles-ci retombent ensanglantées. Mais si nous parvenons à nous glisser entre les barreaux, nous pénétrons dans ce grand territoire inconnu où nous pouvons planer à tout jamais dans l'azur éclatant, sans rien voir d'autre que nos ombres.

Ainsi les générations se succèdent, et leurs rêves se succèdent, mais la joie de celui qui rêve, nul autre que lui-même ne pourra la connaître.

Nos pères avaient leurs rêves, nous, nous avons les nôtres, et ceux qui viendront après nous en auront encore d'autres. Sans les rêves, sans les songes, l'homme n'existerait pas.

La journée avait été radieuse. La belle matinée s'était transformée lentement en un après-midi resplendissant. Les pluies avaient recouvert le karroo d'un épais tapis vert qui cachait entièrement le sol rouge. Dans les moindres fissures des murs de pierre, des bouquets de feuilles jaillissaient, et la beauté s'était alliée à la nature jusque dans le lit sableux des ravines où éclatait une végétation exubérante. Sur les murs de terre effondrés de la vieille porcherie, le mouron s'épanouissait et les ficoïdes glaciales déployaient leurs feuilles transparentes. Waldo avait repris son travail dans la remise. Il fabriquait pour Em une table de cuisine. De temps à autre, lorsque les longs rubans de bois s'amassaient devant son rabot, il s'arrêtait pour les jeter au négrillon qui avait échappé à sa mère, occupée à baratter la crème à quelques pas de là, en plein soleil. Le petit être nu, qui se traînait à quatre pattes, tendait sa main potelée pour recevoir une nouvelle pluie de copeaux. Doss, alors, jaloux de l'attention que portait son maître à cette insignifiante créature, attrapait les copeaux dans sa gueule et envoyait rouler le petit Cafre dans la sciure, à la grande joie de ce dernier. Le temps inclinait trop à la paresse pour que l'on ait envie de se fâcher vraiment, aussi Doss se contentait-il de faire semblant de mordiller les doigts du négrillon et de grimper sur lui pour le faire rire. Waldo, sans s'interrompre, leur jetait un coup d'œil en souriant. Mais jamais il ne relevait les yeux vers la plaine. Il n'avait pas besoin de la voir pour sentir cette

vaste présence verte, et cela suffisait à lui donner du cœur
à l'ouvrage. A la lisière de l'ombre, la mère du petit négrillon levait puis abaissait d'un geste lent le manche de sa
baratte en chantonnant l'une de ces mélopées léthargiques
que son peuple affectionne – et l'on croyait entendre le
bourdonnement lointain d'une ruche.

Le devant de la maison offrait un spectacle bien différent.
Le chariot de tante Sannie attendait avec son attelage, tandis
qu'elle-même buvait sa tasse de café dans le salon. Elle était
venue rendre visite à sa belle-fille, pour la dernière fois peut-
être car elle pesait maintenant ses deux cent soixante livres
et ne se déplaçait qu'avec difficulté. Son jeune benêt de mari,
assis sur une chaise, tenait le bébé dans ses bras – une grosse
face bouffie à l'œil morne.

– Va donc t'installer dans le chariot avec lui, lança tante
Sannie. Quel besoin as-tu de rester ici, à écouter nos histoires
de femmes?

Docilement le jeune homme se leva et sortit avec le bébé.

– Je suis bien contente que tu te maries, mon enfant, poursuivit-elle en aspirant la dernière goutte de son café. Je
ne pouvais pas te le dire devant lui, il en aurait tiré trop de
vanité, mais le mariage est la meilleure chose du monde.
J'en ai tâté trois fois, et s'il plaît à Dieu de me retirer celui-
ci, j'en prendrai volontiers un quatrième. Il n'y a rien de
meilleur, mon enfant, rien.

– Cela ne convient peut-être pas forcément à tout le monde
aussi bien qu'à vous, tante Sannie, répliqua Em avec une
nuance de lassitude dans la voix.

– Pas à tout le monde! s'exclama tante Sannie. Si notre
bien-aimé Sauveur n'avait pas voulu que les hommes se
marient, pourquoi aurait-Il créé les femmes? Voilà ce que je
dis. Une femme qui est en âge de se marier pèche contre la
volonté du Seigneur si elle ne se marie pas – comme si elle
prétendait en savoir plus long que Lui. S'imagine-t-elle que
Dieu s'est donné tout ce mal de la faire pour rien? Il est
clair qu'Il désire des enfants, sinon pourquoi nous en enver-
rait-Il? Il est vrai que je ne lui ai pas donné grande satis-

faction dans ce domaine, ajouta-t-elle d'un air contrit. Mais j'ai fait de mon mieux.

Elle se leva non sans peine de son fauteuil et s'avança à petits pas laborieux vers la porte.

— C'est curieux, dit-elle, comme on ne commence vraiment à aimer un homme que lorsqu'il nous a donné un enfant. Celui-ci, par exemple, au début de notre mariage, je ne pouvais pas m'empêcher de lui envoyer une claque chaque fois qu'il éternuait la nuit. Maintenant, s'il laisse tomber la cendre de sa pipe sur mes bassines de lait, je ne lève pas même un doigt sur lui. Rien ne vaut le mariage, conclut-elle en haletant, encore loin de la porte. Une femme qui a un enfant et un mari possède les meilleures choses que puisse lui donner le Seigneur. Encore faut-il que le bébé n'ait pas de convulsions. Quant au mari, peu importe. Qu'ils soient gros ou maigres, qu'ils boivent du brandy ou du gin, au bout du compte ils se valent tous. C'est du pareil au même. Un homme est toujours un homme.

Là-dessus elles arrivèrent près de Gregory qui était assis à l'ombre, devant la maison. Tante Sannie lui serra la main.

— Je suis contente que vous vous décidiez à vous marier, dit-elle. Je vous souhaite d'avoir autant d'enfants en cinq ans qu'une vache peut avoir de veaux, et même davantage. Avant de partir j'irais bien jeter un coup d'œil à ta cuve à lessive, ajouta-t-elle en se tournant vers Em. Non pas que je croie beaucoup à cette nouvelle mode d'y mettre de la soude. Si notre Père bien-aimé avait voulu que l'on mette de la soude dans le savon, pourquoi aurait-il créé les euphorbes et en aurait-il couvert le veld, aussi dru et serré qu'il le couvre d'agneaux à la saison de l'agnelage ?

Elle trottina derrière Em qui l'emmenait vers la cuve à lessive, laissant Gregory tel qu'elles l'avaient trouvé, sa pipe éteinte posée sur le banc, et ses yeux bleus fixés sans expression sur l'horizon, comme s'il était assis devant la mer et regardait un petit point s'éloigner, s'éloigner, puis disparaître. Serrée sur sa poitrine il gardait une lettre retrouvée dans le secrétaire. Elle portait son adresse mais n'avait jamais été envoyée.

Elle contenait seulement ces quatre mots : « Il faut épouser Em. » Il la portait dans un petit sac de toile noire suspendu à son cou. C'était la seule lettre qu'elle lui eût jamais écrite.

— Méfie-toi que tes moutons n'attrapent pas la gale cette année! dit tante Sannie en trottant pour rejoindre Em. Avec toutes ces nouvelles inventions, il se pourrait bien que la colère de Dieu tombe sur nous. Est-ce qu'Il n'a pas puni les enfants d'Israël pour avoir fabriqué un veau d'or? J'ai peut-être bien des défauts, mais je n'oublie jamais le sixième commandement : « Honore ton père et ta mère, afin que les jours de ton existence soient nombreux et que tu sois heureux dans le pays que le Seigneur, ton Dieu, veut te donner! » C'est bien beau de dire qu'on les honore, et d'aller ensuite inventer des objets qu'ils ne connaissaient pas, et agir autrement qu'eux! Ma mère a toujours fait sa lessive avec des euphorbes, et je ferai toujours ma lessive comme elle. Si la colère de Dieu doit s'abattre sur le pays, poursuivit-elle avec le calme de la bonne conscience, ce ne sera pas par ma faute. Qu'ils inventent donc leurs chariots à vapeur et leurs voitures à feu! Qu'ils fassent comme si le bon Dieu s'était trompé en nous donnant des chevaux et des bœufs! Mais ils n'échapperont pas à la colère du ciel. Je me demande comment ces gens-là lisent leur Bible. A-t-on jamais vu Moïse et Noé voyager en chemin de fer? En ces temps-là, c'était le Seigneur qui envoyait lui-même du ciel des chars de feu. Et si l'on continue comme ça, il y a peu de chances qu'Il recommence, ajouta-t-elle d'un air chagrin, songeant à cette occasion magnifique que la génération actuelle avait irrémédiablement perdue.

Arrivée à la cuve à savon, elle en examina le contenu d'un air méditatif.

— Si tu attrapes des boutons ou je ne sais quelle maladie, il ne faudra pas t'étonner. Jamais le Seigneur ne bénira une chose pareille, déclara-t-elle – puis brusquement elle explosa : Quand je pense qu'elle a quatre-vingt-deux ans, des chèvres, des béliers, huit mille morgen [1] – et de vrais angoras, ses

---

1. Ancienne mesure hollandaise, équivalant à un hectare. (NdT)

béliers –, deux mille moutons et un taureau shorthorn! lâcha-
t-elle en se redressant et en plaquant ses deux mains sur ses
hanches.

Em la considéra, muette d'étonnement, se demandant si
les joies du mariage et le bonheur de la maternité ne lui
avaient pas tourné la tête.

– Ah oui! dit tante Sannie, j'allais oublier de te le raconter.
Seigneur, si je le tenais celui-là! Nous allions au temple
dimanche dernier, Piet et moi, et juste devant nous je vois
la vieille tante Trana – avec son hydropisie et son cancer,
elle n'en a pas pour plus de huit mois. A côté d'elle marchait
un individu, les mains sous la queue de son habit, et flap,
flap, flap! menton en l'air, faux col amidonné et chapeau noir
enfoncé sur l'arrière du crâne. Je l'ai reconnu immédiatement! « Qui est-ce? » demandai je à quelqu'un. « Un riche
Anglais que tante Trana a épousé la semaine dernière. » « Riche
Anglais! Je vais le lui faire ravaler, son riche Anglais, répli-
quai-je. Je m'en vais aller dire deux mots à tante Trana. »
J'étais à deux doigts de ses bouclettes blanches, et si ça n'avait
pas été le dimanche de Consécration, je lui aurais fait passer
ses grands airs. Mais je me disais en moi-même : Tu ne perds
rien pour attendre, mon bonhomme... Et voilà que ce fils de
Satan, ce vieux renard sournois, cette graine d'Amalécites
m'aperçoit dans le temple. On en était à peine à la moitié de
la cérémonie qu'il attrape tante Trana par le bras et les voilà
sortis. Je colle le bébé à son père et leur emboîte le pas.
Malheureusement, soupira-t-elle, je n'ai pas pu les rattraper;
je suis trop lourde. Quand je suis arrivée au coin de la rue,
il la hissait déjà dans sa voiture. J'ai crié : « Tante Trana,
c'est un chien de Cafre que vous avez épousé là, un sale cabot
de Hottentot. » Je n'avais plus de souffle. Alors il a cligné de
l'œil en me regardant, moi! s'exclama tante Sannie, secouant
les hanches d'indignation. D'abord un œil, puis l'autre, et il
est parti au galop. Enfant d'Amalécites! Ah! si ça n'avait pas
été le dimanche de Consécration! Seigneur, Seigneur, Seigneur!

Là-dessus la petite Bochimane arriva en courant pour dire

que les chevaux se fatiguaient d'attendre, et tante Sannie, sans cesser de maudire son vieil ennemi, s'en retourna laborieusement vers le chariot. Elle fit ses adieux, embrassa affectueusement sa belle-fille, puis, avec quelque difficulté, on la hissa à bord. Le chariot se mit en route, lentement, et la grosse Hollandaise, sa large face sortant entre les pans de la bâche, souriait en hochant la tête. Em les regarda s'éloigner, mais au bout d'un moment, trouvant que le soleil l'éblouissait, elle se détourna. Il était inutile d'aller s'asseoir auprès de Gregory : il aimait trop rester seul, à regarder sans fin la plaine. Et comme, en attendant que la servante ait terminé son barattage, il n'y avait rien à faire de particulier, elle s'en alla trouver Waldo dans la remise et s'assit sur le bout de la table, balançant doucement son pied, tandis que les boucles de bois poussées par le rabot s'amoncelaient contre sa jupe.

— Waldo, dit-elle enfin, Gregory m'a donné l'argent qu'il a tiré de la vente du chariot et des bœufs, et je possède en plus cinquante livres qui me viennent de quelqu'un d'autre. Je sais ce que cette personne aurait aimé qu'on en fasse. Prends-les, et va quelque part un an ou deux pour étudier.

— Non, petite Em, je n'en veux pas, répondit Waldo en poussant lentement son rabot. Autrefois j'aurais accueilli avec reconnaissance le moindre argent, le moindre secours, la moindre possibilité d'apprendre quelque chose. Mais aujourd'hui j'ai fait trop de chemin tout seul et je ne peux plus revenir en arrière. Je n'en ai pas besoin, petite Em.

Elle ne parut pas trop peinée de son refus, et se remit à balancer son pied. Son petit front vieillot était simplement plus plissé encore que d'habitude.

— Pourquoi est-ce toujours ainsi, Waldo, toujours ainsi ? dit-elle. Nous désirons, désirons une chose de toutes nos forces, nous prions pour l'avoir, nous sommes prêts à tout donner pour nous en approcher, et elle reste toujours hors de portée. Et à la fin, quand c'est trop tard, quand nous n'en avons plus envie, quand elle a perdu son attrait, voici qu'on nous la donne. On n'en a plus envie, reprit-elle en croisant les mains d'un air résigné sur son petit tablier.

Et après un silence elle ajouta :

– Autrefois, il y a très longtemps, quand j'étais toute petite, ma mère avait une boîte à ouvrage remplie d'écheveaux de coton de toutes les couleurs. Je voulais toujours m'amuser avec eux, mais elle me l'interdisait. Un beau jour, elle m'a dit que je pouvais prendre la boîte. J'étais tellement heureuse que je ne savais plus que faire. J'ai couru derrière la maison, je suis allée m'asseoir sur les marches du perron en serrant ma boîte contre moi. Et quand je l'ai ouverte, les écheveaux n'y étaient plus.

Elle resta là encore quelques instants, jusqu'à ce que la servante cafre, ayant fini son barattage, reparte avec le beurre vers la maison. Avant de redescendre de la table, elle posa sa main sur celle de Waldo. Le rabot s'immobilisa et il leva les yeux.

– Gregory va en ville demain. Il va faire publier nos bans. Nous nous marierons dans trois semaines.

Waldo la souleva dans ses bras et la déposa gentiment par terre. Il ne prononça pas un mot de félicitation. Sans doute songeait-il à la boîte vide. Mais il lui posa gravement un baiser sur le front.

Elle s'éloigna vers la maison, mais à mi-chemin elle s'arrêta pour lui lancer : « Je t'apporterai un verre de petit lait quand il sera refroidi. » Et bientôt sa voix claire résonna par la fenêtre de l'office où elle lavait le beurre en chantant *Les flots bleus.*

Waldo n'attendit pas qu'elle revienne. Sans doute était-il fatigué de travailler; ou bien avait-il froid dans la remise – deux ou trois fois déjà il avait frissonné – mais par cette belle journée d'été c'était peu vraisemblable. A moins, et c'était plus probable, qu'il ne se fût soudain senti repris par ses vieux rêves. Il rangea soigneusement ses outils pour qu'ils soient prêts le lendemain, et il sortit tranquillement dehors. Le soleil donnait en plein contre le mur de la remise. Une poule entourée de ses poussins grattait le sol. Waldo s'assit près d'eux, le dos contre le mur de brique. L'après-midi tirait bientôt à sa fin, et le kopje commençait à projeter son ombre vers la ferme, sur les fleurs jaunes à tête ronde qui croissaient alentour. Des papillons blancs voletaient là-bas et sur les anciens murs d'un kraal trois chevreaux blancs faisaient des cabrioles. Assise par terre devant la porte de sa hutte, une vieille Cafre aux cheveux gris raccommodait des nattes de paille. Une paix indolente, une douce quiétude régnaient sur la ferme. Même la vieille poule paraissait éprouver un contentement profond. Elle grattait entre les cailloux, et quand elle avait découvert un trésor elle appelait ses poussins, et sans cesse elle se rengorgeait avec un air d'intense délectation. Waldo, les genoux remontés sous le menton et les bras croisés par-dessus, considérait tout cela en souriant. Le monde était certes méchant, trompeur, perfide et rempli de mirages; mais il avait aussi sa part de beauté, et c'était délicieux d'être là et de paresser au soleil. Rien que pour cet instant, cela valait la peine d'avoir été enfant, d'avoir pleuré, d'avoir prié. Il agita les mains comme pour les baigner dans la lumière. Tant qu'il y aurait de tels après-midi, la vie vaudrait la peine d'être vécue. Il rit doucement, tout envahi, comme la vieille poule, d'un sentiment d'intense délectation. Elle se réjouissait des insectes et de la chaleur, lui, du spectacle des vieux murs, des touffes de verdure et de la brume légère. La beauté est un vin que Dieu verse aux âmes qu'il veut récompenser – il les enivre ainsi.

Depuis un moment Waldo observait une petite pousse de ficoïde sur le mur de pisé de la porcherie. Lorsqu'il tendit la main vers elle, ce ne fut pas pour la cueillir, comme on eût pu le croire, mais pour la saluer d'un geste d'amitié. Car il l'aimait. Une feuille, traversée par le soleil, devenait transparente. Il distinguait sous la pellicule verte les minuscules cellules cristallines, prises comme des gouttes de glace dans la chair translucide, et il en frémissait d'émotion.

Rares sont les moments où l'homme voit la nature avec son âme. Tant que les passions le possèdent, ses yeux restent aveugles.

Vous aurez beau sortir dans la campagne, vous promener tout seul le soir sur la colline, si l'enfant qui vous est le plus cher est malade, ou si vous attendez la venue d'un être aimé, ou si vous spéculez dans votre esprit quelque opération financière, vous rentrerez chez vous dans l'état même où vous étiez sorti – pour tout dire, vous n'aurez rien vu. Car la nature, comme jadis le dieu des Hébreux, proclame bien haut : « Tu n'auras pas d'autre dieu que moi. » Il faut attendre qu'une pause survienne dans notre vie, que se présente un espace blanc, une fois que les vieilles idoles sont brisées, la vieille espérance morte et les vieux désirs étouffés, pour que se manifeste la divine consolation de la nature. Elle se révèle alors, elle vous attire si fort que vous croyez sentir son sang couler en vous comme par un cordon qui n'a jamais été coupé. Vous sentez dans vos veines battre sa vie.

Quand vient le jour où, brisé, vous vous laissez tomber au sol, que plus personne n'est là pour vous soutenir, que vos amours sont mortes ou demi-mortes; que même votre soif de savoir, sans cesse contrariée, s'est éteinte; que le présent n'a plus aucun désir à vous offrir ni le futur aucun espoir; alors, avec quelle bienfaisante tendresse la nature vous prend dans ses bras!

Les gros flocons de neige tout blancs qui tombent doucement, un à un, vous murmurent : « Calme-toi, pauvre cœur, calme-toi! » Et c'est comme si votre mère vous consolait en vous caressant les cheveux.

Le bourdonnement des abeilles aux pattes jaunes vous berce comme une mélodie enchantée. Sur les pierres brunes du mur, la lumière crée des formes qui sont comme des œuvres d'art. Le soleil qui scintille à travers une feuille vous affole le cœur.

C'est alors qu'il faudrait mourir. Car si vous continuez à vivre, aussi sûrement que les années succèdent aux années, aussi vrai que le printemps suit l'hiver, les passions vont se réveiller. Elles vont revenir se glisser une à une dans la poitrine qui les avait chassées, elles vont s'y agripper et c'en sera fini de cette paix. Le désir, l'ambition, les élans déchirants de l'amour qui vous pousse vers les êtres – tout cela resurgira. La nature laissera retomber un voile sur son visage, vous ne pourrez pas même en soulever le coin, vos regrets seront impuissants à faire revivre ces jours de paix. C'est maintenant qu'il faudrait mourir!

~

Assis par terre, les bras croisés sur les genoux, le bord de son chapeau rabattu sur les yeux, Waldo contemplait le soleil. L'air tout entier prenait une belle couleur de maïs mûr, et il était heureux.

C'était un être fruste et peu instruit, sans autre but dans l'existence que de fabriquer indéfiniment des tables et de construire des murs de pierre; et cependant en cet instant il éprouvait la vie comme un objet rare et précieux. Il se frottait les mains dans le soleil. Ah! vivre ainsi, année après année, combien ce serait bon! Vivre toujours dans le présent, laisser glisser les jours, chacun amenant sa part de travail et de beauté, voir les collines s'éclairer le matin, voir la nuit avec ses étoiles, le feu avec ses braises! Vivre ainsi, calmement, loin des sentiers des hommes; regarder vivre les nuages et les insectes, plonger au cœur des fleurs et observer pistils et étamines amoureusement blottis, examiner les petites graines dans les gousses d'acacia, voir comment elles aspirent la vie par leur frêle pédoncule roulé en boucle, et voir le petit germe qui dort à l'intérieur! Combien ce serait bon, oui, de ne plus bouger de son coin, de ne plus s'occuper du monde, sinon pour respirer ces autres fleurs que sont les livres, éclos sous les mains des grands hommes, et observer comment le monde des hommes, lui aussi, ouvre et déploie ses pétales merveilleux. Ah! que la vie est délicieuse, qu'il serait bon de vivre très longtemps, voir la nuit s'achever et le jour poindre! Voir venir le jour où l'âme ne repoussera plus l'âme qui la cherche, où l'homme qui réclame désespérément l'amour et la compréhension ne sera plus réduit à se réfugier dans la solitude. Vivre longtemps et voir poindre les temps nouveaux! La vie est bonne, si bonne! Dans la poche de son paletot, contre sa poitrine, là où il mettait autrefois sa vieille ardoise, se trouvait à présent un petit soulier de bal qui avait appartenu à l'amie disparue. Quand il croisait les bras bien fort sur sa poitrine il sentait sa présence – et cela aussi était bon. Il bascula un peu plus son chapeau sur ses yeux et resta sans bouger, au point que les poussins, le croyant endormi firent cercle autour de lui. L'un d'eux s'aventura jusqu'à picorer sa chaussure, puis se sauva bien vite. Tout jeune qu'il était, il savait déjà que les hommes sont dangereux, et que s'ils dorment, ils peuvent se réveiller. Waldo ne dormait pas, et sortant de ses songes ensoleillés, il tendit la main pour y faire monter la petite boule de duvet jaune. Mais le poussin la regarda d'un œil méfiant et courut se cacher sous l'aile de sa mère, sortant de temps en temps sa tête ronde pour observer l'énorme créature assise par terre. Bientôt ses frères coururent après un minuscule papillon blanc et il se dépêcha de les rejoindre. Mais quand le papillon s'éleva dans les airs ils s'arrêtèrent, déçus, le regardèrent voleter un instant, puis retournèrent près de leur mère.

Waldo, les yeux mi clos, les observait. Petites étincelles de vie, pleins de pensées, de craintes, de désirs eux aussi, si réels et si présents dans cette vieille cour de ferme, qu'étaient-ils, au fond? Et dans quelques années, où seraient-ils? Petits esprits comme nous, singuliers petits frères! Dans un élan de tendresse, il étendit la main vers eux. Mais aucun de ces petits êtres n'avait envie de s'approcher de lui, et il se contenta de les regarder d'un air grave. Puis il sourit et se remit à marmonner tout seul, selon sa bonne vieille habitude. Ensuite il replia les bras sur ses genoux et y appuya son front. Et dans le grand soleil doré il resta là, tranquille, marmonnant tout seul.

Peu après Em sortit par la cuisine, un foulard jeté sur la tête, un verre de petit-lait à la main.

– Ah! dit-elle en arrivant près de lui, il s'est endormi. Il sera content de le trouver tout à l'heure en s'éveillant.

Et elle posa le verre par terre auprès de lui. La poule s'affairait à gratter entre les pierres, mais les poussins s'enhardissaient et commençaient à se percher sur lui. Il en eut bientôt un sur l'épaule, qui frotta doucement sa petite tête contre ses boucles noires. Un autre essayait de garder l'équilibre sur l'extrême bord du vieux chapeau de feutre. Un troisième se tenait sur sa main, pépiant désespérément, tandis que le dernier, niché dans le creux de sa manche, s'y était endormi.

Em ne les chassa pas. Elle recouvrit le verre et répéta :

— Il sera content de le trouver quand il se réveillera, tout à l'heure.

Mais les poussins avaient déjà compris.

GLOSSAIRE

Aasvogel : Charognard.
Babootie-meat : Plat à base de viande hachée.
Benaauwdheit : Indigestion.
Biltong : Viande boucanée.
Davel : diable.
Kappje : Bonnet ou capote protégeant du soleil.
Karroo : Grandes étendues sableuses et arides.
Kartel : Couchette ménagée dans les chariots à bœufs.
Kopje : Sorte de butte-témoin (« petite tête ») au milieu de la plaine.
Kraal : Espace ceint d'un mur de pierre ou d'une haie d'épines, où l'on parque le bétail pendant la nuit.
Meerkat : Suricate, petit viverridé de la taille d'une belette.
Meiboss : Abricots secs.
Nachtmaal : Cérémonie nocturne où l'on célèbre la Cène.
Predikant : Pasteur.
Reim : Courroie d'attelage.
Sarsarties : Sorte de ragoût de mouton.
Schlecht : Mauvais.
Sloot : Canal de drainage ou d'irrigation.
Veld : Plateau herbeux; le mot peut désigner aussi tout simplement la campagne, la brousse.
Velschoen : Chaussures de cuir brut.

TABLE

PHÉBUS
libretto

des livres au format de poche
faits pour durer

LLEWELYN POWYS
L'Amour, la Mort, roman

THEODORE FRANCIS POWIS
Dieu et autres histoires
Préface de Patrick Reumaux

JOHN B. PRIESTLEY
Adam au clair de lune, roman

GARLAND ROARK
Le Réveil de la « Sorcière rouge », roman

KENNETH ROBERTS
L'Ile de Miséricorde, roman

RAFAEL SABATINI
Pavillon noir, roman
Captain Blood, roman
Le Faucon des mers, roman

SIEGFRIED SASSOON
Mémoires d'un chasseur de renards, roman

JACK SCHAEFER
Shane, roman

OLIVE SCHREINER
La Nuit africaine, roman

IRWIN SHAW
Le Bal des maudits, roman

SAMUEL SHELLABARGER
Capitaine de Castille, roman

CHARLES SIMMONS
Les Locataires de l'été, roman

WALLACE STEGNER
Vue cavalière, roman
La Vie obstinée, roman

JOHN STEINBECK
Le Règne éphémère de Pépin IV, roman

WILLIAM TREVOR
En lisant Tourguenier, roman
Ma maison en Ombrie, roman
Le Silence du jardin, roman
Le Voyage de Felicia, roman

RICHARD WATSON
Les Chutes du Niagara, roman

KATHLEEN WINSOR
Ambre, roman
D'or et d'argent, roman

HERMAN WOUK
Ouragan sur le « Caine », roman

HELEN ZAHAVI
True romance, roman

DOMAINE ALLEMAND

HEINRICH VON KLEIST
Michaël Kohlhaas et autres nouvelles

E.T.A. HOFFMANN
Intégrale des contes et récits (14 vol.) :
Les Élixirs du Diable, roman
Fantaisies dans la manière de Callot
Préface de Jean Paul Richter
Contes nocturnes
Préface d'Albert Béguin
Princesse Brambilla, conte
Préface de Stefan Zweig
Le Petit Zachée surnommé Cinabre, conte
Maître Puce, récit
Les Frères de Saint-Sérapion (4 vol.)
Préface de Jean Mistler de l'Académie française

DOMAINE PORTUGAIS

WANDA RAMOS
Littoral, roman

DOMAINE NÉERLANDAIS

SIMON VESTDIJK
L'Ile au Rhum, roman
Les Voyageurs, roman
Le Jardin de cuivre, roman

DOMAINE ITALIEN

VAMBA
Giannino Furioso, roman

Italia magica (recueil collectif de nouvelles)

DOMAINE SLAVE

LEONID ANDREÏEV
Le Mensonge, récits

VLADIMIR BARTOL
Alamut, roman

BRANKO HOFFMANN
La Nuit jusqu'au matin, roman

BORIS PAHOR
Printemps difficile, roman

HENRYK SIENKIEWICZ
Par le fer et par le feu, roman
Préface de Michel Mohrt

SVETLANA VELMAR-JANKOVIC
Dans le noir, roman

DOMAINE NORDIQUE

MIKA WALTARI
Les Amants de Byzance, roman
Jean le Péragrin, roman
Danse parmi les tombes, roman
Boucle d'Or, roman

DOMAINE TURC

Sublimes Paroles et Idioties de Nasr Eddin Hodja, récits
Hautes Sottises de Nasr Eddin Hodja, récits
Divines Insanités de Nasr Eddin Hodja, récits

DOMAINE HONGROIS

MÓR JÓKAI
Le Nouveau Seigneur, roman

MÍKLÓS MÉSZÖLY
Variations désenchantées, pseudo-roman

MÍKLÓS SZENTKUTHY
En marge de Casanova (Le Bréviaire de saint Orphée, vol. I)
Préface de Zéno Bianu
Renaissance noire (Le Bréviaire de saint Orphée, vol. II)
Préface de Zéno Bianu
Escorial (Le Bréviaire de saint Orphée, vol. III)
Préface de Robert Sctrick

DOMAINE HÉBREU ET YIDDISH

AHARON MEGGED
Derrière la tête, roman

JOSEPH BULOV
Yossik, récit

DOMAINE PERSAN

SADEGH HEDAYAT
Trois gouttes de sang, récit
Hâdji Aghâ, récit
L'Homme qui tua son désir, récits

M. F. FARZANEH
La Maison d'exil, roman

SAYD BAHODINE MAJROUH
Le Voyageur de Minuit (Égo-Monstre I), conte
Le Rire des Amants (Égo-Monstre II), conte

DOMAINE ARABE

ANONYME (XIVe siècle)
Le Livre des ruses
La stratégie politique des Arabes

MOUHAMMAD AL-NAFZAWI (Tunisie, XVe siècle)
La Prairie parfumée où s'ébattent les plaisirs

AHMAD AL-QALYOUBI (Égypte, XVIIe siècle)
Histoires étranges et merveilleuses

'ABD-AL-RAHMÂNE AL-DJAWBARI (Syrie, XIIIe siècle)
Le Voile arraché
L'autre visage de l'Islam

AHMAD AL-TIFACHI (XIIIe siècle)
Les Délices des cœurs

ABD EL-KADER (1808-1883)
Lettre aux Français

Anonyme (IXe siècle)
Les Aventures de Sindbad le Marin

Anonyme (VIIIe siècle)
Les Aventures de Sindbad le Terrien

CARLO GOZZI

Mémoires inutiles
Chronique indiscrète de Venise au XVIIIe siècle

GILLES LAPOUGE

Les Pirates
Forbans, flibustiers, boucaniers et autres gueux de mer

LAURIE LEE

Rosie ou le Goût du cidre
Une enfance dans les Cotswolds

Un beau matin d'été
Sur les chemins d'Espagne 1935-1936

EDWARD JOHN TRELAWNEY

Mémoires d'un gentilhomme corsaire
De Madagascar aux Philippines 1805-1815

SIR ERNEST SHACKLETON

L'Odyssée de l'« Endurance »
Première tentative de traversée de l'Antarctique 1914-1917
Préface de Paul-Émile Victor

THÉODORE CANOT

Confessions d'un négrier
Aventures du capitaine Poudre-à-Canon,
Trafiquant en or et en esclaves 1820-1840

FRANK BULLEN

La Croisière du « Cachalot »
A bord d'un baleinier 1875-1878

GEORGE BORROW

La Bible en Espagne
Un Anglais excentrique sur les traces de Don Quichotte 1835-1840

PETER FLEMING

Un aventurier au Brésil
Au fond du Mato Grosso sur les traces du colonel Fawcett
Courrier de Tartarie

DANIÈLE DESGRANGES
Autopsie d'un massacre
Mountain Meadows : une lacune dans la mémoire de l'Ouest

MICHEL VIEUCHANGE
Smara
Carnets de route d'un fou du désert
Préface de Paul Claudel

JAN YOORS
Tsiganes
Sur la route avec les Rom Lovara
Préface de Jacques Meunier
La Croisée des chemins
La Guerre secrète des Tsiganes 1940-1944

LOUIS LECOMTE
Un jésuite à Pékin
Nouveaux mémoires sur l'état présent de la Chine 1687-1692

DANIEL DEFOE
Histoire générale des plus fameux pyrates
I. Les Chemins de fortune
II. Le Grand Rêve flibustier

GEOFFREY MOORHOUSE
Au bout de la peur
Le Désert en solitaire
Le Pèlerin de Samarcande
Un voyage en Asie centrale

FRANCIS PARKMAN
La Piste de l'Oregon
A travers la Prairie et les Rocheuses 1846-1847

JAN POTOCKI
Au Caucase et en Chine
Une traversée de l'Asie 1797-1806

SYBILLE BEDFORD
Visite à Don Otavio
Tribulations d'une romancière anglaise au Mexique
Préface de Bruce Chatwin

ALAIN BOMBARD

Naufragé volontaire

A. O. ŒXMELIN

Les Flibustiers du Nouveau Monde
Histoire des flibustiers et boucaniers
qui se sont illustrés dans les Indes

JAMES BRUCE

Aux Sources du monde
A la découverte de l'Afrique
des montagnes Abyssinie 1769-1772

RICHARD E. BYRD

Seul
Premier hivernage en solitaire
dans l'Antarctique, 1934

WILLIAM SEABROOK

Yakouba
Le Moine blanc de Tombouctou
1890-1930

L'Ile magique
En Haïti, terre du vaudou
Préface de Paul Morand

ANDRÉ BERNIS

Les Nuits du Yang-Tsé
Chez les pirates du Grand-Fleuve
dans la Chine des annés 20
Préface de Joseph Kessel

THEODOR KRÖGER

Le Village oublié
Bagnard en Sibérie (1914-1919)
Préface de Jean Raspail

JACQUES BACOT

Le Tibet révolté
Vers Nepemakö, la Terre Promise des Tibétains (1909-1910)

A.W.KINGLAKE
Eothen
Au Pays de l'Aurore
Un dandy en Orient, 1834-1836

GERALD DURRELL
Les Limiers de Bafut
Au pays des souris volantes
Cameroun, années 50

Cet ouvrage
réalisé pour le compte des Éditions Phébus
a été reproduit et achevé d'imprimer
en mai 1999
dans les ateliers de Normandie Roto Impressions S.A.
61250 Lonrai
N° d'imprimeur : 99-0650

Dépôt légal : mai 1999
I.S.B.N. : 2-85940-626-3
I.S.S.N. : 1285-6002